LA ESPÍA DE LA CORONA

PATRICIA RYAN

LA ESPÍA DE LA CORONA

Titania
ARGENTINA - CHILE - COLOMBIA - ESPAÑA
ESTADOS UNIDOS - MÉXICO - URUGUAY - VENEZUELA

Título original: *The Sun and the Moon*
Editor original: Signet, New American Library, una división de Penguin
               Putnam, Nueva York
Traducción: Amelia Brito

Published by arrangement with NAL Signet, a member of Penguin Putnam Inc.

ISBN: 84- 95752-23-9
Depósito legal: B- 14.475 -2003

Fotocomposición: Ediciones Urano, S. A.
Impreso por Romanyà Valls, S. A. - Verdaguer, 1 - 08786 Capellades
(Barcelona)

Impreso en España - *Printed in Spain*

A Carol
Te extrañaré

El procedimiento alquímico consistía principalmente en dividir la materia prima, el llamado caos, en su principio activo o alma y su principio pasivo o cuerpo, que entonces se reunían en la forma personificada de la unión o «matrimonio químico» [...] la cohabitación ritual del Sol y la Luna.

Carl Jung, *Mysterium Coniunctionis,
Estudio de la separación y la síntesis
de los Opuestos Psíquicos en Alquimia*

Capítulo 1

*I*luminada por cirios, esa noche la iglesia estaba repleta de académicos que escuchaban atentamente la disertación del joven orador acerca de la aplicación de la razón a la fe.

El joven estudiante, mendicante a juzgar por su raída capa negra y el entusiasmo conque accedió a recibir los dos peniques que le ofreciera Hugh por señalarle a su presa, apuntó hacia un banco situado en la parte de atrás y susurró:

—Esa es. Esa es la que buscáis.

Oculto en la penumbra de la nave, Hugh de Wexford miró hacia el banco, en el que estaban sentadas varias mujeres en medio de un mar de hombres, todos ataviados con los negros hábitos talares académicos idénticos, muchos con tonsura en la coronilla de la cabeza, y algunos tocados con el solideo de clérigo.

—¿Cuál? —preguntó.

—La bonita —dijo el joven—, la que no lleva velo.

Siete mujeres ocupaban el banco; cuatro de ellas parecían ser monjas, a juzgar por sus velos y túnicas negras; otras dos, también con velo pero de atuendo no tan austero, debían de ser señoras de la localidad cuyos maridos les daban permiso para participar en la *studium generale* de Oxford, asociación abierta a todos, y que si bien estaba en sus inicios ya era famosa en toda Europa por sus iluminadores estudios.

Luego estaba la mujer sin velo. Hugh la observó con el ceño fruncido.

—¿Esa es Phillipa de París?

Le habían dicho que tenía veinticinco años, pero su pequeña estatura y sus enormes ojos oscuros la hacían parecer mucho más joven. Con su túnica azul sin adornos aunque de buena calidad y confección, sus cabellos negros divididos en dos trenzas que le caían sobre el pecho, daba más la impresión de ser una jovencita inocente y no una estudiosa autosuficiente y librepensadora; no calzaba con la idea que él se había formado acerca de una mujer así; ese era su primer encuentro con ese raro tipo de mujer. El único indicio de su profesión escolástica era su portadocumentos de cuero labrado que colgaba de su cinturón.

—Sí, esa es —dijo el joven—. Viene a la mayoría de las clases de aritmética y geometría, y a todas las *disputationes* de lógica. A veces incluso se levanta a discutir argumentos junto con los demás. Eso lo he visto con estos dos ojos.

—Ah.

Hugh se frotó la mandíbula, áspera por la barba de casi una semana. Se la había imaginado no sólo de aspecto mayor sino también fea, y tal vez incluso hombruna, dada su inmersión en estudios académicos, que eran de domino masculino. Además, desafiaba toda tradición al vivir con tanta independencia. Que una doncella de cuna noble hiciera su camino en el mundo sin padre, marido o señor que la guiara y protegiera, era algo extraordinario, incluso en comunidades de criterio tan amplio como Oxford. Que esa delicada jovencita de desamparada hubiera logrado esa hazaña era algo absolutamente extraordinario.

No le sentaba nada bien que lo hubieran enviado a buscar a un tipo de mujer como esa. Pero tenía una misión que cumplir y la cumpliría.

La mirada del joven estudiante se posó en sus cabellos despeinados y demasiado largos, en el odre de vino y el raído zurrón de cuero que llevaba colgados sobre el pecho, y finalmente en el afilado alfanje metido en su ornamentada vaina de plata apoyada en su cadera.

—¿Os molesta que os pregunte para qué buscáis a lady Phillipa?

—No. —Con la mano izquierda buena sacó dos peniques de plata del monedero de cabritilla que colgaba de su cinto y se los pasó al joven—. Mientras no esperéis respuesta.

—Es sólo que… bueno, no suelo ver a hombres como vos aquí en Oxford.

—Ni habéis visto a ninguno esta noche —dijo Hugh. Sacando otros dos peniques de su monedero, los colocó en la mano del joven, dirigiéndole una mirada cargada de intención.

12

—Ah —exclamó el joven, asintiendo nervioso y metiéndose las monedas en su monedero—. Muy bien, claro, compren…

—Proseguid vuestro camino —dijo Hugh, haciéndole un gesto de despedida, y volvió la atención a la joven del banco.

—Sí, señor. Buenas noches, señor.

Hugh continuó en la penumbra de la nave hasta que el joven orador pasó del latín al francés, el verdadero francés normando, no el idioma vulgar anglicanizado que se hablaba en círculos menos selectos, para anunciar que había terminado su exposición e invitaba a quienes desearan debatir esos temas a volver al día siguiente a tercia. Un murmullo de conversaciones llenó la iglesia de Saint Mary cuando los estudiantes se levantaron de sus bancos y se dirigieron a la salida.

Hugh se ocultó detrás de un pilar cuando lady Phillipa pasó cerca de él prendiéndose un manto gris sobre los hombros y conversando con dos jóvenes larguiruchos sobre lo que acababan de oír.

—Ah, pero es que es esencial entender la naturaleza de los universales —iba diciendo, con una voz melosa de niña—, si se acepta la postura nominalista de que los universales son sólo un elemento en el campo de la lógica, que en realidad trata más de las palabras, o de cómo expresamos los conceptos, que de la realidad absoluta, lo que es decir asuntos de metafísica…

—Por los clavos de Cristo —masculló Hugh para sus adentros observándola salir de la iglesia.

Realidad absoluta, pensó, es encontrarte cara a cara con un guerrero infiel aullando sus alaridos de guerra, y saber que o bien su afilado *kilij* o tu espada se hunde en la carne antes que la siguiente inspiración te llene de aire los pulmones. Universales, nominalismo, metafísica. Palabras dentro de palabras dentro de palabras.

Salió de la iglesia detrás de los últimos rezagados. Sólo oír esa cháchara le producía dolor de cabeza. Por dura y brutal que hubiera sido su vida de soldado, agradecía a los santos el haberse librado de la vida de clérigo plagada de todos esos maullidos y perogrulladas.

Salió a Shidyerd Street, cuyas tiendas y casas con techo de paja que la bordeaban no dejaban llegar a la calzada de tierra apisonada la escasa luz de la luna que lograba penetrar por el manto de nubes. El aire nocturno estaba impregnado de humedad; esa noche llovería. Se encaminó hacia el sur, su mirada predadora fija en lady Phillipa y sus acompañantes.

Tenía que sorprenderla sola. Y pronto, antes de que comenzara a llover.

En la esquina ella giró a la izquierda por High Street, la calle principal de la ciudad amurallada de Oxford, despidiéndose de sus amigos, que giraron a la derecha. Hugh la siguió a una distancia prudente, pegado a las casas para que la sombra lo ocultara. De tanto en tanto llegaba a la calle la tenue luz amarillenta de una linterna a través de las persianas de alguna ventana; la única otra fuente de iluminación era la de la luna llena casi tapada por los nubarrones que se iban juntando.

Encontró raro que una muchacha de alcurnia anduviera sola por las calles de la ciudad de noche. Sólo las prostitutas rondaban solas a esa hora. ¿Sería la arrogancia intelectual la que daba a Phillipa de París su ilusión de invulnerabilidad, o simplemente la falta de sentido común, tan predominante entre las mujeres de su clase?

En una esquina, ella dobló a la derecha y desapareció de la vista. Hugh esperó impaciente que pasara un grupo de estudiantes de aspecto desgreñado, todos riendo. No eran de los que asistieron a la charla en Saint Mary; venían de otra parte y apestaban a cerveza.

Cuando le vio la espalda al último, atravesó la calle corriendo y se asomó a la esquina por donde ella había girado. Era una callejuela estrecha, serpenteante, oscura como el infierno, salvo por una ocasional y tenue luz que salía de una que otra ventana.

Echó a andar rápido pero con sigilo, hasta que por fin la divisó; iba entrando en lo que parecía ser una pequeña tienda, todavía abierta a esa hora; era una de las muchas librerías de Oxford, a juzgar por el letrero que colgaba encima de la puerta: ALFRED DE LENNE, VENDITOR LIBRORUM.

Se acercó cautelosamente a la tienda a mirar por entre las persianas medio abiertas de la contraventana. Montones de libros con cubierta de madera estaban sujetos con cadenas a las enormes mesas de lectura que atestaban el pequeño espacio. Los textos más valiosos, muchos encuadernados en piel de ciervo, se exhibían en dos jaulas de hierro adosadas a la pared de atrás.

Pese a lo tardío de la hora, el librero, un hombre ceñudo con papada, cuya enorme tripa le estiraba la túnica de lana verde, estaba haciendo buen negocio. Cinco o seis estudiantes jóvenes y un hombre mayor, todos envueltos en capas, estaban pasando las hojas de los libros atados a la luz de linternas que colgaban del techo, decidiendo cuál alquilar para copiar. Lady Phillipa, que estaba de espaldas a Hugh, miraba los libros de las jaulas.

El gordo librero se acercó a ella haciendo tintinear el llavero que colgaba de su cinturón.

—Buenas noches, lady Phillipa.

—Señor Alfred —dijo ella, con una inclinación de cabeza hacia él.

—¿Hay algo en particular que deseéis ver, milady?

—Ese —repuso ella, apuntando un libro encuadernado en piel de ciervo teñida roja—. El *Rhetorica ad Herennium*.

El señor Alfred cogió una de las llaves y la hizo girar en la cerradura. En el momento en que él abría la puerta de rejas, Phillipa se giró bruscamente y miró hacia la ventana, donde estaba Hugh.

Al instante él se ocultó, maldiciendo en voz baja. Condenación, qué trabajo más antipático andar escondiéndose de esa manera. A él lo habían formado para enfrentarse y luchar, no para andarse ocultando en las sombras como un gato oliscando a un ratón. Pero las órdenes recibidas eran muy explícitas. Debía llevar a cabo su misión en el mayor de los secretos, no fueran a enterarse personas no convenientes.

Dejó pasar un momento y volvió a asomarse discretamente a la ventana. Los clientes seguían pasando las hojas de los libros encadenados; el librero estaba colocando el libro rojo en su lugar en la jaula.

¿Pero dónde estaba Phillipa?

¡Maldición!

Abriendo bruscamente la puerta, entró a grandes zancadas en la librería. Las cabezas se giraron, el librero detuvo el movimiento de poner llave a la jaula para mirarlo de arriba abajo, con el ceño más fruncido aún.

—¿Adónde fue? —le preguntó Hugh.

En su rápida inspección de la librería ya había descubierto dos salidas además de la puerta principal: una escala en un rincón, que llevaba a la planta superior y una puerta entre las dos jaulas de hierro.

—Veamos… —dijo el señor Alfred bloqueando la puerta con su considerable volumen—. ¿Para qué querríais ver a la dama?

«Chapucero», se reprendió Hugh. No hacía un minuto había estado pensando en la necesidad de discreción y ya había irrumpido ahí con el irreflexivo celo del soldado que fuera en otro tiempo, despertando sospechas al instante. Los hombres que estaban allí podían tener muy poco en cuanto habilidades para la lucha, pero eran seis, y él sólo era uno. Si querían detenerlo mientras lady Phillipa huía, lo más probable era que lo consiguieran.

Haría bien en recordar que su forma de ganarse la vida ese último tiempo dependía más de la astucia que de la fuerza muscular; astucia y facilidad para mentir, que nunca había sido un talento innato en él.

—La dama… eh… se le cayó algo cuando salía de Saint Mary, hace un momento. Sólo quería entregárselo.

—¿Qué se le cayó? —preguntó el librero, visiblemente dudoso.

Hugh se quitó el zurrón de cuero que le colgaba del hombro, lo dejó sobre la mesa más cercana y sacó el documento sellado que llevaba metido con su ropa y pertenencias.

—Esto es una carta, me parece. Algo hay escrito por fuera. —Frunció el ceño mirando las palabras en tinta escritas en la hoja de pergamino doblada, como si fuera incapaz de descifrarlas.

El hombre mayor, que supuso era un profesor, se acercó a mirar la carta.

—Está dirigida a lady Phillipa de París —dijo al librero—. Dejadlo salir.

El librero de apartó de la puerta con un suspiro malhumorado.

—Si vos lo decís, maestro.

Cogiendo su zurrón, Hugh pasó junto al rechoncho librero, abrió la puerta y salió a un patio trasero común a varias casas, cuya única salida era un pasaje estrecho entre dos casas de piedra que daban a la calle siguiente. Con la carta en una mano y el zurrón en la otra, caminó rápidamente por ese callejón, y ya casi había llegado al final cuando presintió algo, una presencia, la sensación de que no estaba solo. No había visto a nadie ni oído nada, pero no podía quitarse la impresión de que había alguien acechando en la oscuridad, observándolo pasar. Se giró a mirar el callejón. ¿Qué fue lo que sintió? ¿El murmullo de un movimiento? ¿El sonido de una respiración? ¿El calor de otro cuerpo?

—¿Quién está ahí? —preguntó.

¿Sería ella? ¿O sería tal vez algún ratero nocturno? Se metió la carta bajo el cinturón y se colgó el zurrón del hombro para dejarse libres las manos.

—Muéstrate.

Silencio.

«No hay nadie ahí. Sólo es una quimera, una fantasía inspirada por el aire húmedo de la noche. De todos modos…»

Con la mano sobre la empuñadura de su *jambiya*, reanduvo sus pasos, esta vez más lento, mirando hacia uno y otro lado tratando de penetrar la oscuridad. Encontró un pequeño entrante en la pared de piedra y se metió dentro, era el vano de una puerta de madera, movió el pomo de latón, pero estaba con llave.

Al salir del entrante alcanzó a ver movimiento en la penumbra, en la periferia de su campo de visión. Era una figura encapuchada, menuda y femenina, que salió corriendo de otro entrante en la pared un poco más allá. «Es ella.» Oyó alejarse el ruido de sus pasos; iba corriendo.

En tres zancadas le dio alcance, la cogió por los hombros y la hizo girarse. La capucha cayó hacia atrás.

—¡Atrás! —exclamó ella. En su mano relampagueó el brillo del acero—. Pon las manos donde yo pueda verlas. Levántalas.

—Por Dios, ¿es una daga eso? —rió él—. Sí que sois una nenita valiente. Os concedo eso.

—¡Arriba las manos! —ordenó ella, con un asomo de temblor en la voz que contradecía su bravata—. No vacilaré en usar esto.

—¿No sabéis que tendríais que apuntarme al cuello si queréis hacerme daño con eso? —dijo él avanzando un paso tranquilamente.

Ella retrocedió dos pasos para mantenerlo a la distancia de un brazo.

—¡Arriba las manos! —repitió.

Era un admirable despliegue de ferocidad, aunque fuera nacido de la desesperación. Sabiendo que él le daría fácilmente alcance si echaba a correr, se veía obligada a mantenerse firme, ¿pero qué haría? Casi sintió compasión por ella.

Casi.

Se frotó la mandíbula, apoyó indolentemente el hombro derecho en la pared de piedra, destapó su odre de vino y bebió un trago.

—Hace falta tener bastante fuerza para enterrar una daga en el pecho de un hombre, o incluso en su vientre. Sobre todo si hay que enterrarla a través de esto —dijo, palpándose su gruesa túnica de cuero—. Una cosita como vos, bueno… no es mi intención faltaros el respeto, milady, pero no creo que seáis capaz de…

—¡Cierra la boca y levanta las manos! —exclamó ella, dando la vuelta hasta ponerse frente a él.

Tal como él había esperado. Demasiado fácil.

—Ahora bien, la garganta, en cambio, se puede herir con sorprendente facilidad. Un niño podría hacerlo, siempre que sepa lo que hace. —Puso el tapón al odre con todo cuidado, le fastidiaba muchísimo que goteara—. El truco está en colocar bien el cuchillo.

Desenvainando velozmente su *jambiya* se lanzó hacia delante, obligándola a retroceder tambaleante. Ella ahogó una exclamación cuando sintió la fría pared de piedra en la espalda.

—¡No! —exclamó cuando él puso el filo de su ancho alfanje a un pelo de su garganta y lo mantuvo ahí, con el brazo estirado.

Agrandó sus enormes ojos mirando por encima del letal acero que brillaba en la penumbra. Lo miraba a los ojos, inmóvil y alerta, con su arma temblándole en la mano. Lentamente levantó la punta de la daga desde su pecho hasta su garganta, modificación inútil puesto que no podía alcanzarlo; la daga seguía estando a varios centímetros de él. Era valiente, sí, pero le faltaba mucho sentido común para haberse dejado caer en sus manos de esa manera. Ahora descubriría qué resultaba de esa falta de previsión.

—Supongo que sois una novata en peleas callejeras a cuchillo —le dijo en tono sarcástico—. Observad la diferencia en el largo de nuestros brazos. Podéis estar horas tratando de herirme sin causarme más daño que un arañazo, mientras que yo, simplemente aplicando más presión y moviendo la hoja así...

Movió la hoja del alfanje sobre su cuello intencionadamente, pero cuidando de no herirla. La mayoría de los hombres sometidos a esa demostración de fuerza superior chillaban y soltaban el arma. Lady Phillipa de París se limitó a cerrar los ojos, sin soltar la daga.

—¿Es plata lo que quieres? —preguntó ella con voz ronca, tensa. Abriendo los ojos, se metió la mano libre bajo el manto—. Tengo...

—No quiero vuestra plata.

Cuando lo miró, sus ojos lo hicieron pensar en un animalito pequeño, inteligente, que se encuentra acorralado por otro mucho más grande y poderoso pero, reacio a rendirse a su destino como harían otros, persiste en recurrir frenéticamente a todas sus opciones. En la mirada del animalito se ve no sólo miedo sino las maquinaciones de su pequeño cerebro.

—¿Qué deseas si no es dinero?

—¿Para qué retiene un hombre a una mujer con la punta del cuchillo en un callejón por la noche?

—Tengo conexiones poderosas —se apresuró a decir ella—. Mi padre es un gran barón de Normandía. Si me haces daño, él se encargará de que te den caza y te maten.

Era cierto que el padre de lady Phillipa, Guy de Beauvais, era un barón muy influyente y famoso, pero también era cierto que había engendrado a Phillipa y a su hermana Ada en una modista de París, no en su señora esposa. Sin embargo, a decir de todos, las había colmado de afecto igual que a sus hijos legítimos, aún cuando se hubiera visto obligado a tenerlas escondidas y a salvo en París. Y con toda seguridad daría caza y exterminaría al agresor de su hija si no hubiera muerto de viejo hacía unos cuatro años.

Interesante. Lady Phillipa lo miró a los ojos mientras hablaba de la venganza de lord Guy. Al parecer tenía mucha menos dificultad que él para mentir cara a cara.

—No será una muerte agradable —continuó ella, desesperada—. Los hombres de mi padre te harán sufrir hasta que...

—Intentáis escapar de esta dificultad con cháchara —observó él, impresionado a su pesar por su sangre fría—. Habríais hecho mejor evitándola. Cualquier persona sensata que se da cuenta de que la siguen, en especial una mujer sola por la noche, echa a correr huyendo de su perseguidor, no se esconde en un callejón aislado por donde era seguro que pasaría él. Ha sido un tonto intento de escapar de mí, supongo.

Ella levantó el mentón, los ojos relampagueantes de indignación.

—Te iba a seguir para ver dónde te alojas y luego informar al hombre del sheriff para que...

Hugh soltó un ladrido de risa de incredulidad.

—¿Pretendíais seguirme? Mujer, no tenéis la más remota idea de con quién tratáis. Sois una tonta por haber intentado hacer este jueguito, y cualquier daño que os ocurra es un daño que vos os habéis atraído a vuestra cabeza.

—¿Te sirve para justificar tu depravación poder acusar a tu víctima de haber provocado la agresión?

—Ah, vos la provocasteis, sí, vagando por las calles sola a esta hora de la noche como si fuerais la dueña del mundo, arrogantemente segura de que sois demasiado inteligente para caer víctima de un canalla como yo.

—Muy bien armada en realidad.

Él rió, despectivo.

—Si contabais con esa insignificante daguita para protegeros es que sufrís de peligrosas y engañosas ilusiones.

—Me ha protegido en el pasado y ha salido ensangrentada. No tengo miedo de usarla, si eso es lo que piensas. No estés tan seguro de tener las de ganar. Puede que sea pequeña pero soy rápida y ágil, y no vacilaré en defenderme rebanándote cualquier parte que tenga más a mano en el momento.

—Ah, bueno, eso sí que no.

Cogiéndole muñeca de la mano en que tenía la daga, se la retorció con presión suficiente para que abriera los dedos y la soltara, sin romperle ningún hueso. Ella emitió un gemido de furia cuando la daga cayó al suelo.

—Le tengo mucho cariño a todas mis partes —continuó él, alejando la daga con un puntapié—. No me gustaría perder ninguna. —Más de la que ya había perdido.

Sus ojos ya se habían acostumbrado a la oscuridad de modo que la veía más claramente. Por el rápido movimiento de su pecho al respirar y el asomo de terror que veía en sus ojos, comprendió que ella ya veía la inutilidad de sus intentos por salvarse de la situación.

Estupendo.

—La daga os hacía más vulnerable porque os daba la ilusión de una protección que no existía —le dijo—. Como veis, incluso desarmado yo os derrotaría.

Se acercó un paso, apoyando la mano izquierda en la pared mientras con la derecha seguía sosteniendo la hoja de su *jambiya* apenas rozándole la garganta; con expresión grave, ella se pegó más a la pared, tratando de apartarse de él.

—Os doblo en tamaño y soy muchísimo más fuerte, y estoy muy resuelto a obtener lo que he venido a buscar.

Ella le sostuvo la mirada, aunque estaba temblando de la cabeza a los pies.

—Os habéis equivocado terriblemente al evaluar esta situación —continuó él, dando un timbre más grave y amenazador a su voz, y acercándosele más—. Una joven bonita como vos tendría que saber que no debe permitirse acabar sola con un tipo como yo en un lugar oscuro y aislado como este, sin espacio para maniobrar y nadie que pueda ayudaros, u oíros si gritáis. Estáis totalmente a mi merced.

Posó su mirada en sus ojos, que se veían oscuros y acuosos en contraste con su piel cremosa, la posó en sus labios, tan rosados y nítidos como si los hubieran pintado en una estatua. Movió la *jambiya*, deslizando suavemente su filo por su garganta, como una caricia de amante.

Con la punta de la hoja le apartó el manto, dejándoselo colgado de los hombros. Ella hizo una inspiración entrecortada y cerró los ojos. Él paseó la vista por el resto de su cuerpo, que tenía aplastado contra la pared, con los brazos rígidos a los costados. Era delicada, de huesos finos y pechos altos y pequeños. El ancho cinturón bordado con abalorios con que se ceñía la túnica le marcaba la estrecha cintura y las femeninas curvas de sus caderas.

Volvió a mirarla a los ojos y vio que ella lo estaba mirando con odio, y sorprendentemente tranquila.

—Acaba de una vez, entonces.

Él se apartó y la miró detenidamente.

—¿Así de fácil?

—Tienes razón. Me aventajas —dijo ella, exhibiendo un notable grado de serenidad, dadas las circunstancias—. Puede que no logre salir de esto intacta, pero sí pretendo salir. No opondré resistencia, siempre que quites ese cuchillo de mi cuello y sólo... sólo hagas lo que has venido a hacer y acabes de una vez.

—¿Ah, sí? —Con una sonrisa triunfal, Hugh envainó su *jambiya* y llevó las manos hacia su cinturón—. Qué complaciente.

Capítulo 2

«Conserva la serenidad, hagas lo que hagas. El terror es tu peor enemigo.»

Phillipa cerró los ojos e hizo una respiración profunda para serenarse, pensando al mismo tiempo qué podría hacer para incapacitar a ese perro callejero y escapar, porque aunque prefería que la violara antes que le cortara el cuello, deseaba evitar las dos cosas.

Había logrado convencerlo que que estaba dispuesta a someterse, induciéndolo a bajar la guardia. Con ese extraño cuchillo metido en su vaina, podría tener alguna posibilidad de librarse de él, pero tenía que actuar con rapidez y decisión.

—Quiero que veáis esto —dijo él—. Abrid los ojos.

Ella los abrió y al mismo tiempo levantó los dos brazos, sujetándose una mano con la otra. «Ahora, fuerte.» Bajó la muñeca cogida hacia el puente de su nariz, pero en ese instante él vio venir el golpe y lo esquivó, soltando un gruñido cuando el golpe le dio en la mejilla.

—Bueno, que me cuelguen…

Su risa de incredulidad se convirtió en gemido cuando ella volvió a golpearlo, esta vez certera. El impacto le hizo doler todo el brazo a ella. Él soltó una maldición y algo blanco cayó de su mano aterrizando suavemente en el suelo.

Ella le enterró el talón en el empeine, pero la bota era muy gruesa y ella llevaba zapatos de cabritilla; él ni siquiera pareció sentirlo. Desesperada le asestó un puñetazo en la garganta y él se tambaleó hacia atrás.

«Corre.» Levantándose las faldas, se giró y echó a correr por el callejón, pero él le dio alcance en un instante, ciñéndola con los brazos en el momento en que los dos caían sobre el duro suelo de tierra apisonada.

Él se giró y cayó de espaldas con ella encima. Liberándose un brazo, ella le cogió la mano derecha y le buscó el pulgar para echárselo hacia atrás, pero no lo encontró.

¿No tenía pulgar?

Aprovechando su momentánea sorpresa, él le ciñó los brazos y la hizo rodar hasta dejarla boca abajo, inmovilizándola con el sólido peso de su cuerpo.

—Quedaos quieta, por el amor de Dios —le dijo, mientras ella se debatía, o al menos lo intentaba, porque debatirse contra él era como tratar de mover un trozo de granito.

Ella soltó una maldición, era la primera vez que semejante palabrota salía de sus labios.

Nuevamente él se echó a reír, con una risa ronca que le produjo hormigueos en el oído, y sintió estremecerse el pecho de él contra su espalda.

—Qué vergüenza, lady Phillipa. No creo que el buen canónigo Lotulf os haya educado para maldecir como un estibador del puerto.

Ella se quedó inmóvil, reflexionando sobre esa inesperada novedad. Conocía el nombre.

Y no sólo eso; también sabía de su bienamado tío Lotulf, el canónigo que la había criado, junto con su hermana, cerca del claustro de Notre Dame de París. Lo único que sabían de ella en Oxford era que había comenzado sus estudios en la Universidad de París antes de trasladarse allí hacía siete años. Decir que desde su nacimiento se había criado en esa ciudad y no en la baronía de su padre en Beauvais, habría dado pie a preguntas espinosas, preguntas que estaba decidida a evitar después de toda una infancia en que la llamaban, incluso a la cara, la Bastardilla Sesuda de Guy de Beauvais.

—¿Cómo me conocéis? —preguntó—. ¿De qué va esto?

—Tal vez esto os explique las cosas —respondió él.

Cambiando de posición encima de ella, estiró el brazo hacia atrás para recoger lo que se le había caído, acercándoselo a la cara para que lo examinara. Parecía una carta.

—Está dirigida a vos. —Poniéndole la carta en las manos, rodó hacia un lado y se puso de pie—. De Richard de Luci.

—Richard de… —Phillipa se sentó, mirando el documento en un vano intento de leer lo que había escrito en el pergamino, o descifrar la imagen grabada en el enorme sello—. ¿El juez del reino?

—Exactamente —repuso él ofreciéndole la mano.

Ella rechazó la atención, por venir de un hombre que sólo hacía un momento le había puesto un cuchillo en el cuello y amenazado su virtud. Estaba por verse si esa amenaza seguía en pie o si había sido amenaza realmente; tal vez él había querido divertirse mezquinamente a su costa. En todo caso, intentar escapar era ciertamente inútil, de modo que bien podía tratar de llegar al fondo de ese misterio.

Poniéndose de pie sin ayuda, se quitó el polvo de la túnica y el manto.

—No creo que esta carta sea de Richard de Luci. Jamás lo he conocido y no tiene idea de quién soy.

—Infravaloráis vuestra notoriedad —dijo él, con un matiz travieso en la voz.

Tenía una voz profunda, algo áspera y con un cierto matiz que indicaba que, a pesar de su apariencia indecente, pertenecía a la nobleza inglesa. Observó que se había apartado de ella un poco para hacerla sentirse cómoda, y estaba destapando de nuevo ese odre de vino.

—¿Os apetece un poco? —le preguntó él, tendiéndoselo.

Haciendo caso omiso del ofrecimiento, ella deslizó los dedos por las cintas de seda que pasaban por las pequeñas rajas cortadas en el pergamino y el enorme sello de lacre que impedía que lo abrieran.

—¿Qué demonios podría querer de mí Richard de Luci?

En calidad de Juez del Reino, lord Richard era el primer ministro del rey Enrique y regente de hecho durante las frecuentes ausencias de éste por viaje.

—Tengo una idea, pero no conozco los detalles. Es posible que su señoría os lo explique en la carta, pero lo dudo. Lo más probable es que tengáis que esperar hasta vuestra audiencia con él en West Minster.

Ella lo miró sorprendida.

—No tengo ninguna audiencia con…

—En realidad la tenéis. Él os espera el jueves por la mañana en sus aposentos en el palacio real. Me envió a escoltaros hasta allí.

—El jueves… —Phillipa movió la cabeza—. Dentro de dos días. West Minster está en las afueras de Londres. Debe de estar a unos ochenta kilómetros de aquí.

—Sesenta más bien. Si nos ponemos en marcha mañana temprano y el tiempo se mantiene, podemos llegar allí en dos días. Mañana podemos encontrar alojamiento en algún monasterio, hay muchísimos en el camino, y a la noche siguiente podemos alojarnos con mi hermana y su…

—¿Se espera que viaje con vos? ¿Que comparta alojamiento con vos? Eso es indignante.

—Lord Richard necesita hablar con vos tan pronto como sea posible. —Mirando hacia el cielo, añadió—: Deberíamos ponernos bajo techo antes que empiece a llover. Tal vez podamos encontrar algún sitio donde haya luz suficiente para leer y entonces veréis por vos misma lo que él espera de...

—No me importa lo que espere de mí, ni quién es. ¿De veras cree que voy a dejarlo todo y ponerme en marcha así, con... con...? ¿Quién demonios sois, por cierto?

—Hugh de Wexford, para serviros, milady.

Su asaltante, que resultó ser un enviado especial, le hizo una media reverencia que tenía todas las trazas de ser una burla. Enderezándose se quitó unos mechones del pelo rubio de la cara y se echó otro poco de vino en la boca. Era un hombre alto, de piernas largas y hombros anchos, delgado pero musculoso. Su apellido le resultaba familiar, pero lo recordaría si hubiera conocido a ese insoportable canalla.

—¿De qué os conozco?

—No me conocéis. Es decir, no nos hemos conocido, pero sí hay una persona a la que conocemos los dos. Graeham de Eastingham es mi cuñado.

—Graeham de... ¿Graeham Fox queréis decir?

—Sí. Ahora es lord de Eastingham y está casado con mi hermana. Pasaremos con ellos la noche del miércoles. Eastingham está un poco alejado de nuestro camino, pero creo que los dos estaremos más cómodos allí que en una posada o un monasterio. Además, a Graeham le hace mucha ilusión volveros a ver.

En otro tiempo el sargento de más confianza de su padre, Graeham Fox había estado comprometido en matrimonio con ella, sin haberla visto, pero se enamoró de una inglesa llamada Joanna, presumiblemente la hermana de Hugh de Wexford, y se casó con ella. Eso fue algo que no la preocupó en absoluto puesto que había accedido a la unión sólo por la propiedad en Oxfordshire que iba aparejada a la boda, propiedad que su amante padre le cedió inmediatamente después que Graeham declinara casarse.

La última misión que realizó Graeham al servicio de lord Guy fue acompañarla a ella en la travesía del Canal y dejarla bien instalada en Oxford. Durante esas semanas de viaje llegó a conocerlo, le cayó bien y le inspiró admiración.

—Pensé que erais un caballero a sueldo —dijo—. Creo recordar que Graeham dijo que luchabais por príncipes extranjeros a cambio de oro, que erais un experto espadachín que podía poner su precio.

—Mi mano de la espada ya no es lo que era —dijo él en tono despreocupado teñido por un matiz de algo... ¿amargura?

La mirada de ella le buscó la mano derecha, pero estaba demasiado oscuro para distinguir el espacio dejado por ese pulgar que le faltaba.

—Así que ahora sois miembro del séquito de lord Richard. ¿Un sargento de armas, o algo así?

—Algo más parecido a un... fantasma —dijo él, poniendo el tapón al odre—. Algo que podéis ver escabulléndose en las sombras si os giráis rápido.

—Un espía —concluyó ella.

—Lord Richard me llama simplemente agente de la corona. Mis deberes son variados. Por lo general son de naturaleza investigadora, pero, podría caerme también cualquier cosa que requiera pasos sigilosos y una hoja afilada.

—¿Vuestros deberes incluyen acosar a mujeres inocentes en callejones oscuros y...?

—El callejón oscuro fue idea vuestra —dijo él, acercándose un paso, ante lo cual ella retrocedió por reflejo automático— y no una particularmente inteligente. Os dejasteis atrapar en un lugar aislado y encerrado por un contrincante armado de fuerza muy superior.

—Tenía mi daga —dijo ella, y sus palabras le sonaron ingenuas—, y estaba bien escondida.

—Soy el tipo de hombre del que hay que huir —dijo él muy serio—, no esconderse. Vuestros instintos os habrán dicho eso, pero preferisteis hacer caso a ese cerebro vuestro tan inteligente, que insistió en que esto —recogió la daga del suelo y se la enseñó— os protegería.

Phillipa sintió subirle calor a las mejillas y agradeció la oscuridad que le ocultaba el rubor; le fastidiaba que la vieran ruborizada, en particular la persona que la había hecho ruborizarse.

—¿Pero cómo podía protegeros cuando ni siquiera apuntasteis al cuello? —continuó él—. Os dejasteis engañar por mí retrocediendo hasta la pared, que era lo único que debíais haber evitado a toda costa, y luego, claro, no teníais idea de cómo impedir que os desarmara.

—Tal vez no —dijo ella, molesta—, pero logré desarmaros, o más bien convenceros de que os desarmarais.

—Eso es cierto —repuso él inclinando la cabeza en señal de reconocimiento—. No fuisteis totalmente inepta, y en su mayor parte vuestros errores se debieron a inexperiencia; ciertamente sois muy inteligente.

—¿Me estabais… me estabais poniendo a prueba? ¿Me infundisteis terror adrede para ver cómo reaccionaría?

—Lord Richard espera que le ofrezca una especie de evaluación de vuestras fuerzas y flaquezas para este tipo de trabajo.

—¿Qué tipo de trabajo? ¿Qué queréis de…?

—Así que supongo que sí quise poner a prueba vuestro valor, para tratar de ver de qué estáis hecha. —Hizo girar la daga en las manos, examinando su empuñadura con incrustaciones de piedras preciosas—. Lo hicisteis mal en muchos aspectos, claro, aunque he de reconocer que no sucumbisteis al terror, por lo tanto todavía hay esperanzas para vos. Mantener la cabeza fría es la mitad de la batalla en estas situaciones; así fue como pudisteis engañarme para que envainara mi arma. Y al parecer tenéis buena capacidad de análisis, aunque os fiéis demasiado de ella y no lo suficiente de la intuición. En resumen, sois susceptible de formación. Tal vez lord Richard no esté totalmente loco al desear reclutaros.

—¿Reclutarme para qué? No puede pretender en serio utilizarme como espía.

Hugh hizo un mal gesto.

—«Espía» es una palabra fea, por no decir simplista. Pero sí, al parecer lord Richard os tiene en mente para una especie de servicio de esa naturaleza a la corona. Deberíais leer la carta antes de comenzar a martillearme con preguntas. —Con un asomo de impaciencia, añadió—: ¿No hay algún lugar iluminado al que podamos ir a esta hora de la noche? No la librería, un lugar donde podamos sentarnos y hablar. ¿Alguna taberna o lugar público de algún tipo?

Estaba el Red Bull, justo a la vuelta de la esquina, pero Phillipa tenía sus dudas respecto a ir allí con él, de ir con él a cualquier parte. No hacía mucho rato que le había puesto un cuchillo en el cuello. Sus recelos habían disminuido al enterarse del asunto de ponerla a prueba, y ciertamente era útil saber que era cuñado de Graeham Fox, pero no se habían desvanecido del todo. Lo único que sabía de él, de cierto, era que era un hombre peligroso.

Un hombre muy peligroso.

Extendió la mano y dijo, con el tono de mayor autoridad que logró sacar:

—Cogeré mi daga si no os importa.

—No debería devolvérosla. Sólo seguirá poniéndoos en peligro.

—Fue un regalo de mi tío Lotulf —dijo ella, astutamente—. Quedárosla sería un ro...

—Pero si os hace sentir más segura en mi compañía...

Le entregó la daga, que ella se apresuró a poner en la pequeña vaina que pendía de su cinturón. Sonriendo, él sacó su daga del cinto, con vaina y todo, y se la pasó:

—Tened. Esto aumentará al doble vuestra falsa sensación de seguridad.

Pasado un instante de perpleja vacilación, ella aceptó el ofrecimiento de paz, si es que era eso y no algún truco o broma por su parte. La vaina era de plata labrada en complejos dibujos, en forma de media luna, como el cuchillo que guardaba; se la puso con dificultad debajo del ancho cinturón.

—Empieza a caer —dijo él, suspirando.

Ella miró hacia arriba y sintió las primeras gotas de lluvia en la cara. Resonó un trueno y se abrieron los cielos descargando una lluvia torrencial que comenzó a empapar los techos de paja con un frío y constante siseo.

Phillipa se apresuró a guardar la carta en su portadocumentos junto a su tablilla encerada y las desgastadas copias de la *Logica Nova* y la *Logica Vetus* de Aristóteles. Cuando levantó la vista encontró a Hugh muy cerca de ella. Él le subió el capuchón en el momento en que un relámpago le iluminaba la cara, destacando una frente ancha y bien cincelados pómulos, y haciendo parecer más profunda la suave hendedura de su mentón oscurecido por la barba. Sus ojos le parecieron casi amables a la temblorosa luz blanca; una ilusión, sin duda, pero que de todos modos le hizo más fácil no retirar la mano cuando él se la cogió.

—Vamos —gritó él para hacerse oír por sobre el atronador ruido de la lluvia, e instándola a correr por el callejón en dirección a la librería.

—No. Conozco un lugar mejor —dijo ella apuntando en el sentido opuesto—. Por aquí.

Cogidos de la mano y azotados por la lluvia, con los truenos rugiendo arriba, corrieron por el callejón, atravesaron la calle y doblaron por una esquina. La presión de la mano de él era firme y sus pasos largos, aunque al parecer moderaba la velocidad para no acabar arrastrándola como a un saco de nabos.

Cuando llegaron a su destino, una puerta reforzada con barras de hierro, sobre la que había pintada en rojo la silueta de un toro, Phillipa estaba empapada y temblando.

—La taberna está abajo —dijo.

Hugh la guió con una mano en la espalda por una escalera iluminada por antorchas hasta una sala abovedada amueblada con mesas
largas y bancos.

Alrededor de la mesa más grande estaban sentados unos diez o
más estudiantes vestidos de negro, uno de los cuales estaba recitando
un poema picante que había hecho la ronda por Oxford ese último
tiempo; en otra mesa había dos ciudadanos conversando en voz baja.
Aparte de ellos, la única otra persona en la sala era la propietaria, la rolliza y rubicunda Altheda.

—Os sorprendió la lluvia, ¿verdad, milady? —saludó Altheda
conduciéndolos hacia un rincón tranquilo y evaluando a Hugh con un
rápido movimiento de los ojos. Cogió su manto empapado y lo colgó
en un gancho clavado en la pared, regañándola—: No deberíais dejar
que os ocurra eso. Podríais coger un fuerte catarro y morir de eso.
Sois muy inteligente, lady Phillipa, pero tenéis que dejaros de esos
pensamientos elevados y meteros bajo techo cuando es seguro que va
a caer un aguacero.

—Qué gusto da encontrar un poco de sentido común en una ciudad repleta de pensadores profundos —dijo Hugh mirando a Altheda
con una encantadora sonrisa, mientras se quitaba el pelo mojado de la
cara—. Me gusta una mujer que sabe protegerse de la lluvia.

Altheda se ruborizó.

Sonriendo para sus adentros, Phillipa se sentó a la rayada mesa a la
que Altheda los había conducido. Hugh de Wexford, pensó, tenía
todo el aspecto de ser un hombre al que siempre le resulta muy fácil
engatusar al bello sexo. Seguro que había muchas mujeres muy vulne-
rables a una cabeza de ondulados cabellos dorados y una sonrisa demasiado encantadora, sobre todo si esto iba acompañado por una
cierta medida de altura y fuerza muscular, pero ella nunca había sido
una de ellas. Los hombres que admiraba eran esos pensadores profundos de los que él se burlaba, pero claro, no podía esperar que un
ser como Hugh de Wexford, en parte matón a sueldo y en parte «fantasma» como se proclamaba él, valorara más el atractivo del intelecto
que el de los músculos.

Sentándose frente a ella, Hugh pidió una jarra de clarete, la que
Altheda se apresuró a traer, junto con dos maltrechas copas de latón,
una lámpara de aceite y, bendita ella, un brasero lleno de carbones en-
cendidos, que dejó en el suelo de creta cerca de los pies de ella.

—La propietaria os conoce bien —comentó Hugh, llenando las

copas—. Debéis de venir aquí a menudo. Jamás he sabido de una dama de alcurnia que ponga los pies en un establecimiento como este, y mucho menos que haga de eso una práctica periódica.

—Con frecuencia una *disputatio* continúa en cervecerías y tabernas —explicó ella—. Lo mismo ocurría en París. Allí fue que comprendí que tenía que estar dispuesta a frecuentar esos sitios si quería participar en el animado intercambio de ideas que hace tan interesante a una comunidad universitaria.

Él hizo una sonrisa sesgada.

—¿Encontráis interesante Oxford?

Ella se puso rígida ante su tono.

—Puede que no sea tan emocionante como merodear por callejones oscuros en busca de mujeres inocentes a las que aterrorizar, pero a mí me gusta bastante.

Riendo, él llevó la copa a sus labios, contemplándola por encima del borde, con una mirada demasiado directa, y divertida.

Sus ojos se veían translúcidos a la tenue luz ámbar de la lámpara de aceite; le recordaron el carísimo vidrio que su tío Lotulf hizo instalar en la ventana de su estudio en París. Cuando era niña, le gustaba sentarse en el ancho alféizar, mientras su tío trabajaba en su escritorio detrás de ella, a contemplar la bulliciosa vida callejera de la Rue Saint-Christofle a través de los gruesos paneles de vidrio verde claro llenos de burbujas. Era como mirar otro mundo a través de agua de mar, un mundo muy diferente al silencioso refugio escolástico en que habitaban ella y Ada, un mundo en que los niños corrían y saltaban como cachorritos, trabajando mucho y jugando más, y riendo, siempre riendo.

—¿Pasa algo? —preguntó Hugh, ceñudo, mirándola a los ojos, interrogante.

Acobardada por ese franco examen, ella desvió la mirada, posándola en algo que le brillaba en el lóbulo derecho. ¿Un pendiente?

Sí, era un pendiente, y bastante curioso: un pequeño arete de oro en que estaba grabado un dibujo que parecía vagamente pagano. Jamás en su vida había visto a un hombre que usara un pendiente, mejor dicho, a ningún hombre de su mundo. Varias veces en París y una vez en Oxford, había visto hombres de piel morena y ropa exótica con pendientes como ese.

Cuando Hugh bajó la copa, vio que tenía la nariz enrojecida y un pequeño bultito a la mitad.

—¿Yo os hice eso? —le preguntó, repentinamente consternada—. La-lamento haberos golpeado así, pero creí...

—No lo lamentéis. Esa fue una de las pocas cosas sensatas que hicisteis allí.

—¿Está… está rota?

—Sí, pero no os sintáis halagada pensando que vos disteis ese puñetazo tan bueno. Fue Graeham Fox el que hizo los honores, hace unos seis o siete años, aunque sólo dio tanto como recibió. Fue una paliza bastante salvaje la que nos dimos, si no recuerdo mal.

Phillipa bebió un poco de clarete, al que Altheda no había añadido tanta agua como tenía por costumbre.

—¿Pero por qué? Creí que erais amigos.

—Lo somos. Sólo tuvimos un… un pequeño malentendido respecto a mi hermana.

—Un malentendido.

—Lo aclaramos.

—Supongo que no podíais haberlo aclarado hablando de la situación como dos personas razonables.

Él arqueó una ceja.

—No sabéis mucho acerca de los hombres, ¿verdad?

—Por el contrario —dijo ella, irritada por su tono de superioridad—. Toda mi vida he estado rodeada por estudiantes y clérigos, casi todos ellos hombres.

—Castrados, todos ellos. Saben menos que vos de lo que hace falta para ser un hombre.

—¿Y qué creéis, pues, que hace falta para ser un hombre? ¿La capacidad para dar una paliza salvaje a otro hombre?

—Si creo que ha hecho daño a mi hermana, absolutamente; sin vacilar. O si es un peligro para mi reino, muy ciertamente.

—¿O si os pagan bien? —preguntó ella, mordaz.

Él bebió lentamente un poco de vino, nuevamente mirándola por encima del borde de la copa, pero esta vez sin sonreír.

—Deberíais leer la carta de lord Richard, ¿no creéis?

«Ah, sí, la carta.» Sacándola de su portadocumentos, miró atentamente el enorme sello en el que aparecía una figura que supuso era el rey Enrique sentado en su trono con dos objetos no identificables en sus manos extendidas. Escritas en una esquina de la misiva estaban las palabras: «Lady Phillipa de París, Oxford».

Rompió el sello, tiró de las cintas y desplegó la hoja de grueso y crujiente pergamino.

Capítulo 3

*H*ugh esperó que Phillipa leyera la carta de lord Richard, con los codos apoyados en la mesa, sosteniendo la copa entre sus manos y pensando cómo reaccionaría ella cuando se enterara de cómo el juez se había enterado de su existencia, y de qué iba realmente todo. O tal vez su señoría había juzgado que esa información era demasiado delicada para ponerla por escrito y esperaba que él la pusiera al tanto de los detalles pertinentes, incluido lo que sabían de ella.

Pronto lo descubriría.

Ella estaba leyendo con una concentración que le formaba un diminuto surco entre las dos graciosas y finas cejas negras. Su seriedad y ceñuda concentración estaban en claro contraste con sus delicados rasgos y sus trenzas al descubierto como una niña. Sus cabellos negros y relucientes como el ala de un cuervo los llevaba partidos al medio con tremenda precisión y cómodamente trenzados. Él casi no podía apartar la mirada de una guedeja rebelde, mojada por la lluvia que tenía pegada a una mejilla en un encantador bucle.

Ella levantó la vista, observó la dirección de su mirada y se apresuró a echarse hacia atrás el bucle.

Él exhaló un suspiro.

—Es cierto —dijo ella, en tono de extrañeza, indicando la carta con un gesto—. Tiene en mente un especie de... misión de espionaje para mí.

Hugh no pudo dejar de sonreír. Pese a su fría intelectualidad, lady Phillipa tenía unos ojos muy expresivos, como los de una niña. Sin duda se creía mundana; las personas que han recibido esa formidable educación tienden a confundir el saber libresco con la verdadera experiencia. Sin embargo, era cualquier cosa menos mundana. Había en ella una especie de mansa inocencia, sin duda la consecuencia de haber pasado toda su vida en el protegido ambiente académico. Creía saber muchísimo, cuando en realidad no sabía casi nada de verdadera importancia.

Esa era una actitud mental peligrosa para una persona que se iba a embarcar en una misión clandestina para la corona, pero bien sabía que no debía manifestar sus dudas acerca del juicio de su superior inmediato, el cual, en su calidad de juez del reino, era el hombre más importante de Inglaterra después del rey. Y aunque siempre le había dolido someterse a la autoridad de otros, quince años de experiencia militar lo habían acostumbrado a obedecer incluso esas órdenes de cuya prudencia dudaba.

—¿Cuánto sabéis de lo que lord Richard tiene planeado para mí? —le preguntó Phillipa.

Él hizo un poco de tiempo bebiendo otro trago del clarete, que estaba demasiado dulce.

—¿Qué os dice en la carta?

—No mucho, sólo que agradecería que os acompañara a West Minster para una audiencia con él sobre un asunto de enorme importancia para el reino, un asunto secreto, pero vos ya me habéis dicho eso.

—Mmm.

O sea que él tendría que ponerla al corriente de los acontecimientos que llevaron a esa misteriosa misión, incluso por qué lord Richard llegó a la decisión de elegirla a ella para realizarla.

—Lord Richard no puede obligarme a ir a West Minster con vos —dijo ella—. Él reconoce eso en la carta. Y, francamente, no me veo abandonando mi vida aquí de esa manera, para embarcarme en un viaje de dos días con...

Bajó la vista y él trató de discernir qué ocultaba su expresión: ¿Disgusto? ¿Miedo? ¿Otra cosa?

—Con un hombre como yo —suplió.

—Exactamente. Es evidente que lord Richard previó mis sentimientos al respecto, porque la carta trata principalmente de vos.

—¿De mí?

—Supongo que quería tranquilizarme respecto a vuestro pasado y carácter, puesto que espera que me coloque alegremente en vuestras manos durante los dos próximos días.

Y por algún tiempo después, ya que sin duda trabajarían juntos, pensó él, pero decidió que ella tendría bastante tiempo para descubrir eso una vez que estuviera en West Minster y se comprometiera a la empresa.

—¿Qué dice de mí su señoría? —le preguntó.

Phillipa le dirigió una mirada indignada.

—Nada que contrapese el haberme puesto un cuchillo en el cuello y me amenazarais con violarme.

Hugh soltó un suspiro de exasperación.

—Ya hemos hablado de eso. Sólo quería…

—Poner a prueba mi valor. —Levantó la copa y lo miró furiosa mientras bebía—. ¿Cómo creéis que reaccionaría lord Richard si supiera con qué eficacia vuestros actos desacreditaban todas las cosas admirables que dice de vos?

«Nada bien.» Obligándose a sonreír despreocupadamente, él intentó dirigir hacia otro tema la conversación.

—¿Dice que soy admirable?

Ella miró la carta.

—Dice que sois el hijo mayor de una de las casas más nobles de Inglaterra, y que vuestro padre, William de Wexford, os educó desde la infancia para ser —levantó la vista y lo miró con expresión dudosa— ¿el caballero más fabuloso de la cristiandad?

Hugh apuró la copa y cogió la jarra.

—Fracasó.

Ella paseó la mirada por su pelo demasiado largo, su pendiente, su túnica de cuero sucia.

—Sí, bueno… Al parecer lord Richard os tiene en la mayor estima. Veamos… —musitó, pasando la vista por la carta—. Aquí está. Cuando tenía doce años, el joven Hugh de Wexford ya era famoso por su pericia con la espada. Lo armaron caballero a los dieciocho, después de lo cual se convirtió en caballero a sueldo, y su manejo de la espada se hizo legendario en los casi quince años que batalló en el extranjero.

Los dedos de la mano derecha casi inútil de Hugh se cerraron automáticamente alrededor de la base de su copa, como habían hecho incontables veces alrededor de la empuñadura bañada en plata de la espada que ya no se molestaba en llevar.

—Sir Hugh entró a trabajar a mi servicio hace dos años —continuó leyendo Phillipa—, gracias a la recomendación de Richard de Clare, lord de Chepstow y conde de Pembroke, también llamado Richard Strongbow, para quien Hugh había luchado en Irlanda. Una herida recibida durante la toma de Dublín lo obligó a retirar su espada —miró hacia la mano mutilada de Hugh que sostenía la copa—, pero Strongbow pensó que un hombre de su temple sería de un valor incalculable a mi servicio. Y así ha sido.

Phillipa dobló la carta y la guardó en su portadocumentos.

—Pensé que sólo luchabais para reyes extranjeros.

—He luchado por cualquiera que me prometiera la mayor cantidad de oro. Hace tres años ocurrió que fue Strongbow. Se le había metido en la cabeza restablecer en el trono al rey exiliado de Leinster, casarse con su hija y heredar sus tierras. Y eso hizo, con mi ayuda y la de muchos otros caballeros a sueldo, para al final entregar su hermoso trozo de Irlanda al rey Enrique y mantenerla como su vasallo, cosa que yo siempre supe que iba a ocurrir.

—Pero también sabíais que acabaríais con la bolsa llena de oro, y era eso lo único que os importaba, ¿verdad?

Hugh se habría sentido ofendido por el tono en que ella hizo esa afirmación, si no fuera porque era, Dios nos asista, la pura y llana verdad.

—Tal vez algún día —dijo tranquilamente—, cuando tengáis más experiencia del mundo, podamos tener esta conversación. Mientras tanto, me temo que no tengo la paciencia para eso.

Ella le sostuvo la mirada un largo rato, hasta que finalmente la bajó a su copa, pensativa. Le reapareció la arruguita entre las cejas.

—¿Por qué os convertisteis en caballero a sueldo? —Levantando la vista, añadió—: ¿Quién os armó caballero, el señor feudal de vuestro padre?

—Sí, pero me hicieron jurar fidelidad a mi padre también, y estaba entendido que continuaría en Wexford bajo sus órdenes, al menos hasta que él hubiera acabado de moldearme según su visión del caballero perfecto. —Se llevó la copa a los labios—. Hacéis demasiadas preguntas.

—Defecto de estudiante. —Se inclinó sobre la mesa, apoyada en los codos—. ¿O sea que os hicisteis mercenario aun cuando habíais jurado continuar en la casa de vuestro padre y servirlo?

Él asintió secamente.

—Al día siguiente de ser armado caballero me marché de Wexford para siempre.

—¿Queréis decir que simplemente cortasteis los lazos con vuestra familia?

—Con mi padre. Mi hermana estaba en Londres entonces, si no

no me habría marchado. Y mi madre ya había muerto; murió después del nacimiento de Joanna.

—Pero… ¿no sois el heredero de Wexford? ¿Y vuestra herencia?

—Mi padre no es del todo el señor de Wexford; tiene la propiedad en nombre de su señor, el cual podría no cederme su posesión llegado el momento.

—Pero de todos modos… hicisteis un juramento de fidelidad. ¿Qué…?

—Llega un momento en que un hombre debe decidir si conformar o no su vida a las expectativas de otros o forjarse su propio camino por el bosque, y si ese camino entraña ciertos sacrificios, bueno, también le da la libertad para seguir su camino y ser su propio amo. Sin duda comprendéis lo que quiero decir, milady, puesto que vos os habéis forjado vuestro camino bastante único en la vida.

—Sí —dijo ella en voz baja; sus grandes ojos castaños reflejaban la oscilante luz de la llama de la lámpara de aceite—. Sí, lo comprendo perfectamente.

Se hizo un pesado silencio entre ellos, interrumpido al cabo de un rato por la irrupción de un grupo de estudiantes en la taberna, todos riendo ruidosamente y pidiendo vino, aunque estaba claro que la mayoría ya se había hartado de beber en otra parte. Ocuparon una mesa cercana y comenzaron a golpearla con los puños, al parecer con el fin de que Altheda se apresurara a servirlos.

—Creo que de ninguna manera puedo ir a West Minster con vos, sir Hugh —dijo ella en voz alta para hacerse oír por encima del bullicio de la mesa vecina—. Por favor, decidle a lord Richard que si bien agradezco su confianza en mí, debo, lamentablemente, declinar su petición…

—No hablemos de esto aquí —dijo él, mirando hacia la mesa llena de estudiantes borrachos—. Sería mejor que saliéramos, a un lugar donde nadie pueda oírnos, pero sigue lloviendo…

—No está lloviendo, pero no hay nada de qué hablar. Ya he tomado mi decisión.

Y él tenía sus órdenes; dejar a Phillipa de París en Oxford no era una opción.

—¿Cómo podéis estar tan segura de que ya no llueve? —le preguntó. El sótano en que estaban no tenía ventanas y las paredes eran gruesas.

—Sus capas están secas —dijo ella haciendo un gesto hacia el grupo que acababa de entrar.

—Pues sí —dijo él, impresionado por su rápida deducción—. Vamos, entonces. —Levantándose del banco, sacó unos cuantos peniques del monedero y los colocó sobre la mesa—. Tengo entendido que tenéis habitaciones en la ciudad. En Kibald Street, ¿verdad?

Ella se levantó, ceñuda.

—¿Cuánto sabéis de mí?

—Mucho más de lo que os gustaría, sin duda. —«Espera a que se lo digas todo…»

Sacando el manto del gancho, la ayudó a ponérselo, alisándole la lana húmeda sobre los hombros, notando de paso que estos eran de huesos finos, casi frágiles.

Ella se puso rígida.

—Si creéis que os voy a dejar entrar en mi…

—Mi única intención es acompañaros a casa —dijo él apaciblemente—. Pensad de mí lo que queráis en otros aspectos, pero jamás me he metido a la fuerza en la habitación de una dama. Es posible que no creáis eso, después de mi demostracioncita en el callejón, pero es la pura verdad. No soy un peligro para vos.

Ella desvió la vista, arreglándose el manto.

—Muy bien, entonces.

No sólo había dejado de llover, sino que la tormenta había disuelto los nubarrones que la produjeron, dejando el cielo maravillosamente despejado y las calles inundadas por la luz de la luna. El aire nocturno era agradable, con esa especie de limpieza fresca que queda a veces después de una lluvia de verano. Habría sido la noche de junio perfecta para un paseo si la tormenta no hubiera dejado las calles convertidas en ríos de lodo.

—Supongo que sabéis —dijo Hugh, mirando alrededor para asegurarse de que no había nadie más— que hace dos años la reina Leonor abandonó al rey y se marchó de Inglaterra, y que ahora reside en su palacio de Poitiers.

La ostentación en público del romance de su marido con Rosamund Clifford fue lo que impulsó a la formidable Leonor, condesa de Poitou, duquesa de Aquitania y reina de Inglaterra, a retirarse furiosa y humillada a su ciudad ancestral. Allí, en su cálida tierra natal de la Francia suroccidental, había establecido una nueva y femenina corte real presidida por su hija Marie de Champagne, en la que el *beau monde* franco alternaba con poetas y trovadores, filósofos y clérigos.

—Sí, he oído hablar mucho de la corte de Poitiers —dijo Phillipa, levantándose delicadamente las faldas para sortear los peores charcos de lodo; esfuerzo inútil puesto que ya tenía empapado de lodo todo el ruedo de la túnica—. Dicen que la reina Leonor y la condesa Marie han tomado un serio interés en idear un código de modales que se pueda aplicar a... a los afectos entre hombres y mujeres. *L'amour courtois* lo llaman. La idea es que los asuntos amorosos deberían llevarse de acuerdo a ciertas reglas de caballerosidad y cortesía.

—Sabéis, supongo —dijo él cuando entraron en Kibald Street—, que ese llamado «amor cortés», con todas sus complicadas reglas de conducta, adopta una serie de ideas muy poco ortodoxas. Los romances ilícitos no sólo se toleran en la corte de Poitiers sino que se alientan, porque nada debe estorbar la flecha de Cupido. Se dice que el matrimonio sofoca al verdadero amor, y la seducción, en especial la de alguien que no sea el marido o la esposa, se considera algo así como una forma de arte.

—Sí, lo sé. —Se echó a reír al ver la expresión perpleja de él—. ¿Creíais que esas revelaciones me escandalizarían? Me he pasado la vida intercambiando ideas con algunas de las mentes más ilustradas del mundo. He asistido a clases de más de un hombre ex comulgado por herejía. Las ideas radicales no me asustan, sir Hugh. ¡Me vigorizan!

A Hugh le hormigueó la nuca al sentir una vaga sensación de algo, de una presencia, y entonces lo oyó: era un sonido parecido a un jadeo, proveniente del callejón al que iban llegando. Se detuvo y levantó una mano para silenciar a Phillipa, que había abierto la boca para hablar.

Entonces se oyó un gruñido ronco seguido por un siseo de otra persona. Hugh se llevó la mano al cinto para coger su *jambiya*, pero claro, no estaba ahí. Rápidamente se giró, cogió a Phillipa por la cintura y sacó el arma de la vaina. Apoyando un dedo en los labios, movió la cabeza hacia el callejón.

Ella asintió, con los ojos enormes.

Él le indicó que retrocediera hasta la esquina y se quedara allí. Asomándose sigilosamente a la boca del callejón, se preparó y entró rápidamente, apuntando con la *jambiya*.

La sorprendida risa de una mujer lo hizo parar en seco, como también la vista de la rolliza pelirroja apoyada en la pared del callejón con las faldas levantadas, rodeando fuertemente con las piernas desnudas, blancas como la leche a la luz de la luna, las caderas de su acompañante, mientras éste la follaba con violentas embestidas. No le veía la cara al hombre, pues estaba de espaldas a él, pero sí vio que tenía tonsura y llevaba capa, toda desordenada.

Bajó la *jambiya*.

La muchacha lo miró a los ojos, meciéndose contra la pared, con una seductora sonrisa, muy practicada, y le sostuvo la mirada, pasándose la punta de la lengua por el labio superior pintado, en un vulgar gesto de promesa sexual.

—Tendrás que esperar a que termine con éste, mi amor —le dijo con voz ronca—, y te costará tres peniques.

El estudiante de negro giró bruscamente la cabeza. Era un joven con la cara llena de espinillas que no tendría más de dieciséis años.

—¡Lárgate! —gruñó a Hugh.

—Faltaría más —dijo Hugh, retrocediendo e inclinando la cabeza como un cortesano saliendo de la presencia del rey—. Perdonad la intrusión.

—¡Dos peniques, entonces! —gritó la prostituta, mientras su cliente protestaba y maldecía—. Tienes trazas de hombre capaz de dar un revolcón que no se olvida pronto.

—Y tú eres justo la mujer para estimularlo —contestó él, magnánimo—. Pero, ay de mí, ya estoy comprometido en otra parte.

—Eso veo —dijo la mujer desviando la mirada como para mirar por encima de su hombro.

Hugh se giró y vio a Phillipa a la entrada del callejón, contemplando con sorprendente ecuanimidad a la pareja. Supuso que a lo largo de los años ella se habría tropezado muchas veces con parejas follando en los callejones, puesto que insistía en caminar por las calles de la ciudad sola por la noche. De todos modos…

—Disfruta de tu… compromiso.

La prostituta volvió la atención a su cliente, apaciguándolo con un ardiente beso, moviéndose contra él en un ritmo carnal.

Cuando Hugh volvió a mirar hacia Phillipa, ella ya no estaba allí. Salió del callejón y la vio caminando tranquilamente como si nada hubiera ocurrido. Cuando le dio alcance, ella le pasó la vaina de su *jambiya*.

—Me ha estado pinchando todo el rato, mañana tendré moretones.

Él volvió a atarla a su cinto.

—Eh… eh… lamento que hayáis visto eso… es decir, lo que estaba ocurriendo ahí.

—Ese callejón es popular entre las damas de la ciudad —dijo ella con una indiferencia que parecía algo forzada—. A veces hay más de una pareja ahí, y una vez había dos mujeres y… bueno…

—¿Sí?

—No es que yo mire —se apresuró a decir ella—. Ciertamente no me asomo a mirar cada vez que paso.

—Eso es mucha circunspección de vuestra parte —dijo él, pensando «Yo miraría».

Continuaron caminando en incómodo silencio hasta que ella, al parecer resuelta a volver la conversación a su curso anterior, dijo, demasiado alegremente:

—¿Habéis oído hablar de los «juicios de amor» que están estableciendo la reina Leonor y su hija en Poitiers? Es una costumbre bastante fascinante de Gascuña, en que los dilemas y agravios entre amantes se discuten ante un jurado de damas, de forma anónima, a través de abogados, y el juicio final lo da la reina y su...

—No lo diréis en serio, me imagino —interrumpió él riendo—. ¿Encontráis fascinantes esos ridículos juicios de amor? Y yo que os había tomado por una mujer de cierto discernimiento.

—¿Por qué las relaciones íntimas entre hombres y mujeres han de eximirse de las reglas de la conducta civilizada?

¿Cuánto cuidado debería poner en la elección de sus palabras?, pensó Hugh. La mujer con quien estaba hablando, pese a su aura de sofisticación intelectual, era doncella, casi con toda certeza. La mayoría de las doncellas se sienten naturalmente incómodas ante el tema de los asuntos de la carne, sin embargo Phillipa de París ni siquiera había pestañeado ante el espectáculo del callejón. Optando por el camino del medio en cuanto a la franqueza, dijo:

—Lo que ocurre entre un hombre y una mujer en la cama, milady, nunca ha estado destinado a ser «civilizado». Es un momento para dar rienda suelta a nuestra naturaleza animal, no para sofocarla.

Ella emitió una suave exclamación de irritación.

—Me refiero tanto a la pasión del corazón, sir Hugh, como a la de... las partes pudendas.

—La pasión se origina en las partes pudendas y ahí se queda, si uno tiene sensatez.

—¿Queréis decir que el deseo físico sustituye al deseo del corazón y la mente, que la unión espiritual de los amantes está en segundo lugar a la mera gratificación animal?

A él se le escapó una risita despectiva.

—Esa «unión espiritual» de que habláis, esa idea cortés del amor romántico, es una bonita mentira inventada por las damas de la corte de Poitiers con el fin de emascular a cualquier hombre que sea lo bastante tonto para tomársela en serio.

—Emascular… —rió ella, despectiva—. De verdad, sir Hugh…

—No habéis visto, como yo, a los jóvenes caballeros y príncipes que han caído en las redes del amor cortés. Van por ahí con pasos menuditos, mangas vaporosas y zapatos puntiagudos, lisonjeando a las damas como mimosos cachorritos. No salen a cazar, no participan en torneos, no hacen volar a los halcones ni tiran los dados. Lo único que hacen es recitar insípidos poemas románticos acerca de alondras desmayadas y alegres estorninos, contemplando amorosos a la dama de sus amores… un espectáculo patético.

—¿Habéis estado en la corte de Poitiers? —preguntó ella.

—Hace un año y medio pasé tres meses allí. Fue una experiencia insólita. Si alguna vez presenciaseis uno de esos juicios de amor, no los encontraríais…

—Hace un año y medio… —dijo Phillipa, ceñuda, pasando por el borde de un charco de barro particularmente difícil—. Ya estabais trabajando para lord Richard. ¿No puso ninguna objeción a que pasarais tres meses ahí, lejos de…? —Ahogó una exclamación y se detuvo en seco—. ¡Él os envió allí! Estuvisteis allí como espía. ¡Espiabais a la reina!

Hugh se detuvo el tiempo suficiente para destapar su odre y ofrecérselo a ella, que negó con la cabeza. Después de beber un trago, continuó caminando.

—Esa palabra «espía» que tenéis continuamente en la boca…

—Lord Richard sólo os habría enviado allí por orden del rey Enrique. —Corrió para darle alcance, manchándose de lodo los zapatos—. ¿Su propio marido ordena que la espíen?

—Su propio marido «separado» que oyó ciertos rumores desconcertantes cuando estaba en Irlanda volviendo a Strongbow a su redil y tomando posesión de sus nuevas tierras.

Phillipa tardó un segundo demasiado largo en contestar, y cuando lo hizo su tono salió demasiado indiferente:

—¿Rumores?

—Sí —repuso él, observándola atentamente por el rabillo del ojo—. Se rumoreaba que la corte de Poitiers se había convertido en un semillero de sedición, estando la reina en el centro de una coalición desleal que planeaba una revuelta contra el rey. ¿No habéis oído nada sobre esto?

Ella lo miró y con una sinceridad extraordinariamente fingida, contestó:

—No. ¿Debería haber oído algo?

—No.

Pero sí que había oído. Hugh suspiró cansinamente, consternado por esa capacidad de mentirle a la cara, aunque al mismo tiempo la admiraba a regañadientes; tal vez el espionaje se le daría con más facilidad a ella que a él.

—Se dijo que los principales conspiradores eran los hijos del rey, los tres mayores, Enrique el Joven, Ricardo y Godofredo.

—Es una pena que padres e hijos se conviertan en desconocidos entre ellos —dijo ella.

—No siempre es fácil ser el hijo de un hombre poderoso con ambiciones elevadas —dijo él tristemente—. Sobre todo cuando los planes que el padre tiene para el hijo no son los que éste elegiría.

Ella le dirigió una mirada perspicaz.

—Habláis por propia experiencia me parece.

«Hablo por idiotez», se dijo él. ¿En qué estaba pensando? ¿Remover las viejas heridas ante una mujer a la que apenas conocía? Lo ocurrido entre él y su padre era algo muy antiguo; no servía de nada revivirlo en ese momento.

—Supuestamente, no sólo están implicados los hijos —continuó—, sino también Guillermo, el rey de los escoceses, y Felipe, el conde de Flandes, como también los barones de Bretaña, Aquitania y Anjou… e incluso, si uno lo cree, el rey Luis de Francia.

—Ay, Dios.

«Ay, Dios, desde luego…» Luis Capeto era el eterno enemigo de Enrique Plantagenet, rey de Inglaterra, duque de Normandía y conde de Anjou por derecho propio, a la vez que duque de Aquitania y conde de Poitou en virtud de su matrimono. El rey Luis era el primer marido de Leonor, que se divorció de ella después de engendrarle dos hijas, la mayor de las cuales era Marie de Champagne.

—Si la reina está tramando una rebelión —dijo—, lo tiene bien tapado. Es una mujer inteligente, totalmente capaz de hacer sus planes en el más absoluto secreto. La verdad es que no me enteré de nada valioso durante mi visita a Poitiers.

Tal vez eso sólo se debía a que a él se le daba mejor la confrontación franca que la intriga solapada, sobre todo en ese tiempo, cuando acababa de retirarse del campo de batalla. Pero claro, los otros diversos colaboradores de lord Richard tampoco habían descubierto nada.

—O sea que por lo que se refiere al rey —dijo ella, tal vez con cierto desasosiego—, los rumores son sólo eso, habladurías sin mucha base.

—Sí, lo cual lo coloca en mala posición para defenderse. ¿Cómo puede tomar medidas contra su esposa, contra sus hijos, sin tener pruebas? Últimamente es bastante impopular, con la indignación por la muerte de Becket y ahora con ese romance con Rosamund Clifford. Traicionó a su mujer, y públicamente, lo que le ganó enorme compasión a ella. Si ahora la pone bajo custodia sin causa, lo van a vilipendiar. No puede permitirse actuar con precipitación, o con demasiadas pocas pruebas fehacientes.

Pasado un momento de tenso silencio, ella dijo:

—Este… servicio que lord Richard desea de mí… tiene algo que ver con esos rumores, supongo.

—Sí. El rey Enrique está en Normandía en estos momentos. Hace poco el conde de Toulouse vino a verlo en secreto para advertirle que en Poitiers se está incubando una traición. Lo único que necesita el rey es tener pruebas de esa traición para luego tomar medidas. Creo que ahí es donde entráis vos, aunque no me imagino qué pretende hacer con vos lord Richard.

—Ni yo.

Phillipa se detuvo delante de una tienda cerrada en cuya puerta colgaba un letrero en forma de bota.

—Aquí es donde vivo, en dos habitaciones en la planta de arriba.

Hugh contempló la modesta morada confundido: la hija de un barón vivía encima del taller de un zapatero remendón.

—Esta conversación no ha cambiado nada —dijo ella—. No tengo la menor intención de acompañaros a West Minster. De todos modos, tengo curiosidad por saber cómo se le ocurrió a su señoría pedirme ayuda. Y, por favor, no volváis a decirme que fue mi notoriedad por ser estudiante. Aun en el caso de que el juez del reino haya oído hablar de mí, no tenía ningún motivo para querer reclutarme para estos asuntos. ¿Qué lo hace pensar que tengo algún interés en ellos, o que mis intereses coinciden con los suyos? De hecho, ha corrido un gran riesgo al intentar reclutarme. ¿Y si mis simpatías fueran hacia la reina Leonor?

—Supongo que podría ser así —dijo Hugh. Permitiéndose una sonrisa, se apoyó en la puerta y bebió un largo trago de vino de su odre—. Pero no lo es.

Ella cruzó los brazos sobre el pecho.

—No tenéis manera de saber eso.

—Ah, pues sí que la tengo, y también lord Richard. —Enroscó cuidadosamente el tapón en la boca del odre—. Desde hace algún tiempo me ha hecho interceptar la correspondencia de… ciertas personas, al cruzar el Canal.

La cara de ella, luminosa a la luz plateada de la luna, se puso más blanca aún.

—Ciertas personas...

—Ciertas personas sospechosas de albergar mala voluntad hacia el rey de los ingleses... personas como Lotulf de Beauvais, canónigo de Notre Dame y consejero del tediosamente pío rey Luis.

—¿Mi tío Lotulf? —Bajando los brazos dio un paso hacia él—. ¿Habéis... habéis estado leyendo las cartas de mi tío?

—Sí, descubrí que el joven acólito que le sirve de correo siente debilidad por la plata, de modo que fue una sencilla cuestión de...

—¿Todas?

—Sí, milady —repuso él muy serio—. Tenemos todas las cartas que os ha escrito los dos últimos años, o mejor dicho, las copias. Las originales se enviaban a vos, como es lógico.

Nuevamente vio en sus ojos esa expresión de animalito acorralado, esa frenética y rápida evaluación de su situación, sopesando las posibilidades y opciones.

—Pero... yo me habría dado cuenta. Las cartas venían atadas... y selladas...

Él sonrió indulgente.

—No es muy difícil volver a sellar una carta para que parezca que no se ha abierto nunca. Hay triquiñuelas...

—No me cabe duda de que sabéis triquiñuelas —masculló ella, dándole la espalda y presionándose las sienes con dedos temblorosos—. Entonces supongo que sabéis... sabéis...

—¿Que vuestro tío, siendo un íntimo del rey Luis ha llegado a la conclusión de que hay un complot para destronar al rey Enrique? Sí, y he de decir que ha sido una condenada indiscreción por su parte comunicaros por escrito sus conjeturas. Y más imprudente aún al declarar rotundamente que está a favor de la insurrección, tachando a Enrique de Plantagenet de... ¿cómo dice?, ladrón de esposas, asesino de obispos, fornicador secuaz de Lucifer, mientras que a su amado Luis Capeto sólo falta canonizarlo. Lo sabemos todo, milady, hasta el último y condenador detalle.

—Condenador podría ser a vuestros ojos y a los de lord Richard —dijo Phillipa con voz trémula—, pero haréis bien en recordar que mi tío es súbdito de Francia, y como tal, no tenéis ningún derecho a... a castigarlo ni a... —Desvió la mirada a la *jambiya*, que volvía a estar envainada sobre la cadera de Hugh.

—No soy un asesino, milady —dijo él tranquilamente. Antes de que ella pudiera saborear su alivio, añadió—: Pero la corona sí emplea a otros hombres para ese fin, hombres que llevan virulencia en sus venas y que matan por deporte, y a los que no les importa un pepino si tienen o no el «derecho» para hacerlo.

—Dios mío —susurró ella.

De pronto se veía muy joven y confundida. Perversamente, el primer impulso de él fue cogerla en sus brazos y tranquilizarla, diciéndole que lord Richard no representaba ningún peligro para su tío, si es que era así, pero su deber lo mantuvo apoyado insolentemente en la puerta mientras ella se retorcía las manos y se angustiaba. Le habían encargado llevar a Phillipa de París a la audiencia con el lord juez en el palacio de West Minster el jueves por la mañana, y si para eso era necesario llenarla de terror por el bienestar de su tío, pues sea. Era culpa de ella, por ser tan terca y poco colaboradora. No le tenía compasión.

No debía tenerle compasión. Suspiró disgustado.

—Debéis saber —dijo—, que también interceptamos vuestras cartas, quiero decir las dirigidas a vuestro tío, o la mayoría de ellas.

—Claro —dijo ella, asintiendo distraídamente—. Claro.

—Por eso sabemos que vuestras simpatías no están con la reina ni con su sedición, sino con el rey Enrique. En una carta reciente, si la recordáis, le decís a vuestro tío que después de siete años en Oxford os consideráis más inglesa que francesa y que sentís cierta lealtad hacia el rey inglés. Repetidamente habéis tratado de disuadir al canónigo Lotulf de meterse en cualquier «diablura mal concebida» que pudieran estar tramando el rey Luis con la reina Leonor, aunque en vano, claro. Me parece que vuestro tío es tan tozudo como vos.

—Mi tío es un buen hombre —dijo ella con conmovedora seriedad, sus grandes ojos oscuros brillantes de lágrimas—. A mi hermana y a mí nos acogió bajo su tutela cuando el tifus mató a nuestra madre. Éramos dos niñas pequeñas a las que no había visto nunca antes, de cuatro años y…

—Milady…

Apartándose de la puerta, Hugh dio un paso hacia ella. Esta vez no retrocedió sino que le puso una mano en el pecho, con mucha suavidad, pero él tuvo la impresión de que sentía su contacto hasta el fondo de su ser a través de su gruesa túnica de cuero y su camisa; tuvo la sensación de que una mano lo penetraba y le apretaba suavemente el corazón.

—Y nos acogió —continuó Phillipa, desesperada, sin dejar de mirarlo a los ojos—, y nos crió, como una amabilidad con mi padre, o al menos eso creí durante años, pero una vez, justo antes de que me marchara de París para venirme a Oxford, me dijo la verdad.

—Milady —Hugh cerró su mano buena sobre la de ella—, os ruego que...

—Me dijo que le había dicho a mi padre que no podría vivir con dos niñitas, que estaba demasiado ocupado en los asuntos eclesiásticos para responsabilizarse de nosotras, y que debía enviarnos a un colegio convento... pero entonces nos conoció. Cuando nos vio, con nuestras muñecas apretadas al pecho y las caras mojadas de lágrimas, no pudo rechazarnos. Dijo que igual no nos había amado al instante, pero que comprendió sin lugar a dudas que llegaría a amarnos tanto como amaba a la vida. Nos crió, sir Hugh, no como a simples pupilas, sino como si hubiéramos sido sus propias hijas, aunque nos daba tanta libertad como si hubiéramos sido hijos. Me dio todo, me permitió estudiar con los más grandes maestros de París, me enseñó a pensar independientemente...

—Milady, os ruego me escuchéis —le suplicó Hugh, apretándole la mano, que sentía temblar.

—Puede que esté equivocado respecto al rey Enrique —continuó ella con una vocecita temblorosa—, pero eso sólo se debe a su cariño por Luis Capeto. Es un hombre viejo, muy obstinado a veces, pero muy devoto y de muy buen corazón. Es un hombre maravilloso, sir Hugh, y... —Se le cortó la voz—. Y cualquier daño que le ocurra..., creo que eso me mataría.

Continuó manteniéndolo cautivo de su mirada suplicante, las lágrimas temblándole en los ojos, a punto de desbordarse. Curiosamente, Hugh sintió que le faltaba aire.

—N-o, no tiene por qué ocurrirle ningún daño a vuestro tío —dijo.

—¿No? —Pestañeó y le corrieron chorritos de lágrimas por la cara.

Hugh le soltó la mano para limpiárselas. Las lágrimas estaban calientes al tacto y sus mejillas eran suaves como las de un bebé.

—Él no es nadie, en realidad —se oyó decir—, sólo es un manso clérigo anciano, no un verdadero conspirador. No tiene por qué ser necesario... es decir...

«No te dejes influir por sus lágrimas», se reprendió, abatido por haberse dejado conmover de esa manera. «No olvides tu objetivo.»

Ella agrandó los ojos cuando su trabajadora mente comprendió lo que él no dijo por estar desconcertado.

—Queréis decir que no tiene por qué ser necesario hacerlo…
—Miró la *jambiya* y luego volvió a mirarlo a la cara. Retrocedió un
paso, rompiendo el contacto con él—. Mientras yo colabore, ¿verdad?

Hugh hizo una respiración fortalecedora.

—Digámoslo así, yo no puedo responder de lo que ocurrirá si no
trabajáis con nosotros. Pero si lo hacéis, no concibo que lord Richard
permita que vuestro tío sea… castigado por albergar unas cuantas
ideas excéntricas. Es un anciano, al fin y al cabo, y somos civilizados.

—Vamos, por favor, no me digáis lo civilizado que sois —dijo ella,
estremecida— después de sólo unos instantes de haberme amenazado,
aunque sólo haya sido implícitamente, con hacer asesinar a un anciano inofensivo.

Hugh se mordió la lengua, mientras ella le daba la espalda, frotándose la frente. Enfrentar a los turcos armados con *kilij* era un juego de
niños comparado con eso.

—Entonces, está claro —dijo ella desanimada—. Me negué a poner de lado toda mi vida para servir al juez de Inglaterra en una misión
que sigue siendo un completo misterio para mí, por lo tanto me chan-
tajeáis. Si quiero que mi tío siga a salvo y bien, debo dejaros llevarme
a hacer de espía para lord Richard.

—Lo único que se espera de vos en estos momentos —dijo él lisamente— es que me permitáis escoltaros a West Minster para la audiencia con lord Richard. Él os dirá lo que tiene en mente para vos. Si
después de oírle seguís deseando no tomar parte en eso —se encogió
de hombros—, estaréis libre para volver a Oxford, confiada en que se
dejará en paz a vuestro tío.

Ella se giró a mirarlo a los ojos, interrogante.

—¿De verdad?

—De verdad. Pero espero que su señoría logre convenceros de
ayudarnos en nuestra causa. Después de todo es una causa con la que
estáis de acuerdo, el derecho del debidamente coronado rey de los ingleses, Enrique de Plantagenet, a continuar en el trono. Y tal vez…
—Titubeó, pero continuó—: Tal ves os haría bien alejaros de Oxford
por un tiempo para ver un poco del mundo real.

Ella arqueó una elocuente ceja:

—¿Tan resguardada me creéis?

—Sé que habéis estado muy resguardada —rió él—. Será interesante ver cómo os equipáis cuando tengáis que tratar con algo más que
dóciles cleriguitos y estudiosos.

—¿Es eso un reto, sir Hugh?

—Evidentemente —dijo él sonriendo, pensando que ella era una persona que se enorgullecía de ponerse a la altura de los desafíos—. Ahora os dejaré para que podáis dormir un poco. Nos espera un agotador viaje. Tendremos que partir temprano, de modo que vendré a recogeros a la salida del sol.

—¿Dónde os alojáis? —preguntó ella—. ¿En la posada de las afueras de Eastgate?

Él negó con la cabeza.

—En ese priorato agustino adosado a la muralla sur de la ciudad.

—¿Saint Frideswide? Allí es donde tengo a mi yegua *Fritzi*. No vengáis a por mí. Me reuniré con vos allí, en el establo, cuando las campanas toquen prima.

—De acuerdo, entonces. Ah, llevad un equipaje ligero, no he traído percherón.

—Eso no será ningún problema —dijo ella con una sonrisita irónica—. Sólo tengo una túnica más.

«La hija de un barón con sólo dos vestidos», pensó Hugh, devolviéndose por Kibald Street de camino hacia el monasterio de Saint Frideswide. Aunque la verdad era que eso no lo sorprendía. Phillipa de París era una entidad bastante peculiar, seguro, pero sus dos disparres mitades, la inocente doncella noble y la urbana estudiante de Oxford, parecían fundirse de una manera que les daba una especie de curioso sentido. Había una cierta lógica en ella y por lo tanto una cierta previsibilidad.

Si hubiera pensado en eso, habría adivinado que sólo poseía dos túnicas.

Aminoró el paso cuando divisó a una figura estacionada en la esquina de Kibald con Grope Lane, y lo aceleró al darse cuenta de que sólo era una mujer, y pequeña además.

—Buenas noches, señor —gritó ella al verlo, con una voz tan aguda y atolondrada que parecía la de una niña.

Al acercarse más vio que en realidad era sólo una niña, pese a su cara pintada y su holgada túnica roja. Con sus trenzas de pelo teñido de negro, grandes ojos y delicada constitución, parecía una desconcertante versión más joven y vulgar de lady Phillipa.

—¿Te sientes solo, entonces? —le preguntó ella con una coqueta sonrisa.

¿Por qué siempre querían saber si se sentía solo? Cuando se sentía solo buscaba a unos amigos para pasar un rato de bulliciosa compañía. Era en momentos como ese, después de pasar demasiado tiempo sin una mujer, cuando salía de ronda en busca de alguna muchacha complaciente, y no le importaba pagar si hacía falta, a no ser que ésta acabara de estar con otro hombre. Le gustaba ser el primer cliente de la noche de una prostituta; así no tenía que preocuparse de qué otro puñetero cabrón había usado el mismo hospedaje.

—¿Estás embarazada? —le preguntó al observar un bulto bajo la túnica, bastante grande, que los ingeniosos pliegues no lograban ocultar.

—No te estorbará —prometió ella, dándose palmaditas en el redondo vientre—. Puedo ponerme a cuatro patas y ni te enterarás de que está aquí. Sólo te cobraré un penique si te molesta. Normalmente cobro el doble, pero esta noche ha estado floja, eres mi primer cliente.

—¿Qué edad tienes?

Ella titubeó y volvió a mirarlo con esa sonrisa coqueta.

—¿Qué edad quieres que tenga?

Él la miró muy serio y triste. La muchacha hizo un teatral gesto de poner en blanco los ojos.

—Catorce años —dijo, con esa misma sonrisa, la única de su repertorio.

Hugh enarcó una ceja, escéptico.

—Casi. Vamos, entonces, señor. Hay un sitio en esta calle donde podemos ir. Te haré muy feliz, y sólo te cobraré un penique.

Ah, la felicidad, la supuesta cura para la soledad. Metió la mano en su monedero.

—Pierdes el tiempo, Mae —dijo una mujer mayor saliendo de la oscuridad. Era la pelirroja del callejón—. Éste ya se ha corrido esta noche, cortesía de su señoría. —Tendió la mano con el dedo meñique levantado, como esperando que un caballero cortés la acompañara a dar un paseo por los jardines del castillo.

¿Creía que se había acostado con lady Phillipa? Le salió una risita incrédula mientras sacaba peniques de la bolsita de cabritilla.

—Te equivocas, Gildy —dijo Mae, apuntando a la mano de él con aire de triunfo—. Está fijando el… —Se le cortó la voz, mirando boquiabierta las monedas.

—Ten —dijo él. Le cogió la mano, le volvió la palma hacia arriba y se la llenó de monedas—, deben de ser unos dos chelines. —Le cerró los dedos sobre las monedas—. Hay un convento al sur de aquí, el de Saint Ermenegild. Me han dicho que la abadesa acepta a mujeres necesitadas a cambio de una modesta donación. Ve allí antes de la fecha prevista para que nazca tu bebé. —Mirándole el vientre hinchado, añadió—: Si yo fuera tú, no dejaría pasar ni un momento.

Mae estaba mirando sin pestañear las monedas que tenía en la mano.

—Señor... yo... —Movió la cabeza, incrédula.

—Todo un galante caballero, ¿eh? —dijo Gildy—. ¿Lo ves, Mae? Te dije que no querría echar unos polvos con una muchacha como tú, después que su señoría se levantara las faldas para él.

—¿De dónde diablos has sacado esa idea? —le preguntó él, tirando del cordoncito del monedero.

—Ah, pues sí que eres galante, ¿eh? —dijo Gildy con una risa dura—. No tiene ninguna reputación que proteger ésa, así que no gastes saliva. Aquí todos saben de lady Phillipa.

—¿Saben qué?

—Es una de las librepensadoras, una de las mujeres que piensan que tienen tanto derecho como cualquier hombre al deporte de la cama. Dicen que ni siquiera es partidaria del matrimonio. ¿Cómo fue lo que le dijo? «Las ideas radicales no me asustan, sir Hugh. ¡Me vigorizan!»

—Apuesto a que ésa se abre de piernas con la misma facilidad que yo —continuó la prostituta con una risa burlona—, sólo que no acepta plata por hacerlo. ¡Y luego dicen que es ella la lista! —añadió, desternillándose de risa.

—Es la verdad, señor —dijo Mae, llenándose el pequeño monedero—. Se echa amantes con la misma libertad de cualquier hombre, hombres de ropa negra, principalmente. Los lleva a su casa, y tan tranquila. Lo he visto con mis propios ojos.

—Y los hombres con que comparte la cama no hacen ningún secreto de eso —dijo Gildy—. Incluso alardean mientras me follan a mí.

—Ah.

Hugh se pasó la mano por la mandíbula, sin saber muy bien qué pensar de esa extraordinaria afirmación. Era cierto que Phillipa tenía opiniones progresistas y valoraba muchísimo su libertad e independencia. Y resultaría atractiva a los hombres, ciertamente. Era bastante bonita, pero no de la manera que él relacionaba normalmente con las mujeres fáciles.

¿Sería posible que hubiera descarados apetitos escondidos bajo la inocente fachada de estudiosa de Phillipa de París? Su instinto le decía que no, pero si bien su instinto le servía admirablemente la mayoría de las veces, también lo había descaminado bastante de tanto en tanto.

¿Podría ser que se hubiera equivocado rotundamente al juzgar el carácter de la joven? Por una parte lo consternaba pensar eso, pero también, tenía que reconocer que lo encontraba interesante.

Muy interesante, en realidad.

—Lo siento si no lo sabías —dijo Mae.

Hugh sonrió despreocupadamente.

—No tiene ninguna importancia. Ahora deberías irte a casa. Por la mañana puedes pagarle a algún carretero que vaya al sur para que te lleve al monasterio de Saint Ermenegild.

—Eso haré, señor —prometió ella, poniéndose de puntillas para darle un beso en la mejilla—. Gracias —gritó por encima del hombro cuando se alejaba—. Jamás olvidaré esto.

Gildy lo miró de arriba abajo, como si él fuera una pieza colgada en el escaparate de una carnicería.

—Su señoría es una tonta si vuelve a esos estudiantes de vientre fofo después de haberte probado a ti. Pero si quieres mi opinión, cualquier muchacha que lo hace gratis es una tonta.

Con un indiferente encogimiento de hombros, él reanudó la marcha perdiéndose en la oscuridad.

Capítulo 4

Casa señorial de Eastingham, dos días después

—¡*B*asta, Hugh! ¡Deja de dar patadas a tu hermana!

Haciéndose visera para protegerse del ardiente sol poniente, Phillipa miró hacia el prado donde Graeham Fox estaba supervisando una competición deportiva entre su hijo y los hijos de su villanos, tradición veraniega nocturna, a juzgar por la forma cómo se reunieron los más o menos veinte niños en el prado después de la cena, equipados con unos palos de extraña forma y pelotas forradas en cuero. Un público de entusiasmadas niñas, entre ellas Cateryn, de seis años, la mayor de los tres hijos de Joanna y Graeham, formaban una hilera de cantarines gorriones sentadas sobre el muro bajo de piedra que rodeaba el prado. Ella y la muy embarazada Joanna también estaban sentadas en el murillo, pero a cierta distancia de las niñas para poder conversar en relativa paz. A los pies de Joanna, sobre la hierba, estaban echados un viejo gato blanco y negro y un spaniel de tres patas que la seguía a todas partes.

—¡He dicho basta! —exclamó Graeham, reprendiendo a su hijo Hugh de Eastingham, de cinco años, acercándose rápidamente.

—No le pegué fuerte —aseguró el niño, sosteniendo el palo fuera del alcance de su hermanita de tres años, Nell, que se había metido en el campo de juego en medio del partido.

—¡Déjame verlo! —suplicó la pequeña, ataviada con una enorme túnica, estirando los regordetes bracitos—. ¡Déjame verlo!

—Ya estamos —rió Joanna. Haciéndose bocina con las manos, gritó—: Lo siento, Graeham. Ya sabes cómo es, no se queda quieta.

Desde el prado, Graeham miró a su mujer con un exagerado ceño amenazador; ella le contestó con una expresión de fingido terror. Durante la cena Graeham había comentado que Joanna era una de esas mujeres cuya belleza sólo puede aumentarla el embarazo. Y en efecto, con sus sonrosadas mejillas y sus chispeantes ojos, parecía brillar como iluminada desde dentro.

—¡No me deja en paz! —gritó Hugh, apartándose de Nell con el palo levantado sobre su cabeza.

—¡Déjame verlo! —chilló la pequeña, suplicante.

—Ese no es motivo para que la patees —dijo Graeham cogiendo en brazos a su hija, que casi se cayó con sus esfuerzos por coger el palo.

—¡Déjame verlo!

—Todas las noches es igual —protestó Hugh—. Se mete en el campo de juego como un jabalí, chillando y estropeándolo todo.

—Tal como hacías tú cuando tenías su edad —dijo Graeham, llevando a la frenética Nell hacia su madre.

No podía haber ninguna duda de que esos dos eran padre e hija, con sus luminosos ojos azules y los cabellos castaño rojizos que brillaban como fuego a la luz del sol poniente. Cateryn tenía la melena color bronce de su madre, mientras Hugh, con sus cabellos dorados como trigo maduro, se parecía a su tío, del que le habían puesto el nombre.

Graeham le pasó la niña a Joanna, que dejó a un lado su bordado para sentarla en el pequeño espacio que dejaba su hinchado vientre. Después de ordenarle a Nell que se quedara con su madre, Graeham la besó en la nariz, después besó a su madre en la boca y cuando echó a caminar de vuelta al campo de juego, envió otro beso a Cateryn.

—Muy bien, muchachos, acabemos esto mientras tenemos luz para ver.

—¡Déjame verlo! ¡Quiero verlo! —gritó Nell, debatiéndose y tratando de pasar por debajo de los brazos de Joanna para bajarse.

—Nell, quédate quieta —dijo Joanna en voz alta, para hacerse oír por encima del griterío de los niños en el prado y las risas de las niñas—. ¿No te acuerdas que llevo un bebé aquí dentro? Se pondrá triste si sigues así.

Phillipa se sorprendió tendiendo los brazos.

—Yo puedo cogerla.

—¿Segura? Tiene el diablo en el cuerpo.

—Ah, creo que me las arreglaré.

¿Qué gran dificultad podía haber en tener a una niña en la falda?

Era como tener un saco lleno de veinte kilos de serpientes enloquecidas. La niña tenía más fuerza de la que había supuesto, y estaba muy resuelta a zafarse y correr de vuelta al prado; y eso hizo, casi al instante.

—Tienes que cogerla un poco más firme —le gritó Joanna cuando ella echó a correr detrás de la niña.

—Tenía miedo de hacerle daño —explicó, cogiendo a la pequeña, que se soltó al instante y echó a correr, gritando entusiasmada. Joanna se echó a reír.

—No puedes hacerle daño sujetándola en la falda. ¿Has tenido en brazos a un niño alguna vez?

—No. —Phillipa logró coger a la niña, la rodeó con los brazos y la llevó medio a rastras, medio en peso, hasta el murito.

—¿Nunca? —dijo Joanna, riendo incrédula.

Por algún estúpido motivo, Phillipa sintió acalorada la cara cuando se sentó sobre el murito, rodeando fuertemente con los brazos a la agitada Nell.

—Nunca… en realidad nunca he estado con niños.

Incluso cuando ella era pequeña, la única otra niña con la que había tenido contacto era su hermana Ada.

—Perdona —dijo Joanna, poniéndole la mano en el brazo—. Lo que pasa es que tu vida es tan distinta a la mía, que no sé entenderla.

—Pocas personas la entienden —dijo Phillipa, adoptando una estudiada sonrisa de indiferencia mientras Nell pataleaba y chillaba en sus brazos—. No tiene importancia. Mi vida me sienta bien, y eso es lo que importa.

Eso mismo había dicho a Hugh hacía dos noches en Oxford. Nunca nadie la había hecho ponerse tan a la defensiva respecto a su solitaria existencia. Eso se debía a que, hasta ese momento, siempre había estado rodeada por otros académicos, que entendían lo difícil que es llevar al mismo tiempo una vida mental y una vida familiar. De hecho, aquellos que recibían las órdenes menores en la Iglesia, perdían bastante categoría si se casaban, incluso sus privilegios docentes, y el matrimonio ya estaba prohibido para diáconos y sacerdotes.

—Claro que te sienta bien tu vida. —Joanna reanudó su bordado, un complicado dibujo en seda azul, con pavos reales y enredaderas—. Jamás sugeriría otra cosa.

«Tu hermano no tiene tanto tacto», pensó Phillipa, recordando sus conversaciones acerca de Oxford y los estudios académicos durante su viaje de dos días, y la convicción de él de que ella estaba envuelta en un «cómodo y proctector capullito de saber libresco», en que no podía ni ver ni sentir el mundo que la rodeaba.

—Ojalá mi hermano no hubiera desaparecido así después de la cena —dijo Joanna, como si hubiera adivinado que ella estaba pensando en él—. Nell se queda quieta con su tío Hugh; es el único capaz de controlarla.

La niña se quedó quieta al oír el nombre de su tío.

—¿Dónde tío Hugh? —preguntó, mirando alrededor.

Se había colgado de él tan pronto como llegaron a Eastingham esa tarde, e incluso estuvo sentada en su falda durante toda la cena, lo que él toleró con sorprendente ecuanimidad, dándole trocitos de carne de su propio tajadero, como si la pequeña fuera una dama a la que estaba cortejando. Era evidente que era un visitante asiduo en la casa de su hermana, y el ser humano favorito de Nell en el mundo.

Joanna levantó la vista de su bordado y le preguntó:

—¿Te dijo adónde iría cuando salió después de la cena?

—Dijo que necesitaba lavarse el polvo del viaje.

—Ah, sí. Hay un riachuelo en el bosque sur. Le gusta bañarse ahí.

—¡Quiero a tío Hugh! —gimoteó Nell, agitando las regordetas piernecitas.

—El tío Hugh tiene una reunión con un hombre importante mañana —le dijo Joanna—. Quiere estar guapo y limpio.

Según Hugh, Joanna y Graeham eran las únicas dos personas de Inglaterra, aparte del rey y de su juez, que sabían de su trabajo clandestino para la corona. Para sus conocidos era simplemente un noble bastante simpático con demasiado tiempo libre y demasiado dinero en sus manos, otro primogénito más que desperdiciaba sus años hasta convertirse en el señor de la casa señorial. Pocas personas sabían que había pasado quince años trabajando a sueldo; si notaban la falta de su pulgar eran demasiado educados, como ella, para preguntarle qué le había pasado. En general tampoco se sabía que había estado distanciado de su padre durante toda su vida adulta, como su hermana, ni si lo nombrarían señor de Wexford cuando muriera su padre.

—Puedes bañarte también, si quieres —le dijo Joanna—, y no hay ninguna necesidad de que recurras al riachuelo. Tenemos una buena bañera y tendré mucho gusto en ordenar que la lleven a tu habitación y la llenen de agua caliente si te apetece un buen baño antes de acostarte.

—Eso me encantaría. Habéis sido muy hospitalarios.

—Espero que la habitación sea de tu gusto. Puedo trasladarte a otra si...

Phillipa cogió más firme a Nell, que había empezado a moverse distraídamente, aunque ya no se debatía por bajarse.

—No, está muy bien, es perfecta.

—Es bastante pequeña. Cuando Graeham construyó la nueva ala, quiso poner en ella el mayor número posible de habitaciones, pero algunas no son más grandes que retretes.

—Tal vez, pero esas enormes ventanas lo compensan —dijo Phillipa, mirando hacia la casa de piedra al otro lado del prado; era una casa maciza compuesta por un sector en forma de L donde estaba la primera sala grande, el aposento principal soleado y la capilla, y el ala recién construida con sus muchas habitaciones individuales.

—Lo primero que hizo Graeham cuando nos casamos y nos instalamos aquí fue comenzar a construir esa nueva ala. Habíamos acordado que llenaríamos la casa de niños, pero él no quería que durmieran con los sirvientes en la sala grande. Él pasó su infancia durmiendo en el enorme dormitorio de Holy Trinity con otros cien niños, y después en las barracas del castillo de tu padre en Beauvais, de modo que la intimidad ha sido siempre...

—Mamá —dijo Nell, retorciéndose agitada en la falda de Phillipa—, necesito hacer pis. Ya.

«¿Ya?», pensó Phillipa. «¿En este instante?»

—Lady Nellwyn —entonó Joanna sin equivocarse en un solo punto de su bordado—, ¿qué os he dicho sobre no esperar hasta el último minuto?

Meciéndose hacia delante y atrás en la falda de Phillipa, con expresión afligida, la niña dijo:

—Necesito ir al retrete, mamá.

—Ne-necesita ir al retrete —repitió tontamente Phillipa.

Estaba pensando que la túnica gris que llevaba puesta era la más limpia de las dos que tenía, porque la azul estaba manchada con lodo por la lluvia de la noche anterior a salir de Oxford, y que si la niña, santo Dios, se orinaba en ella, no tendría nada decente que ponerse para la audiencia con lord Richard a la mañana siguiente.

—¿Puedes aguantarte un ratito? —le preguntó Joanna a la niña.

—Tal vez debería —dijo Phillipa levantando a Nell para ponerla en el suelo— sacarla de mí...

—No, haz lo que quieras, pero no la bajes. Se escapará y no volveremos a cogerla.

—Ah.

Phillipa volvió a sentar a la niña en su falda, pensando que el asunto de cuidar de una niña de tres años era bastante más complicado de lo que había imaginado.

Joanna exhaló un suspiro y gritó:

—¡Cat, te necesito!

—¿Para qué mamá? —gritó su hija mayor, que estaba sentada más allá con sus amigas.

—¡No preguntes para qué! ¡Ven aquí!

«Y date prisa», suplicó Phillipa en silencio, mientras Cateryn caminaba lentamente hacia ellas, de mala gana.

—Quiero que lleves a Nell a la casa a usar el retrete —ordenó Joanna a su hija mayor—. Y ya que estarás allí, prepárala para la cama.

—Pero mamá, el partido no ha terminado —protestó Cateryn.

—Terminará muy pronto, y ya sabes que va a ganar el equipo de tu hermano.

«¡Vamos, por piedad!», pensó Phillipa, esperando sentir en cualquier momento la temida humedad en su túnica.

—Yo la llevaré.

—No, gracias de todos modos —dijo Joanna—. Cateryn debe aprender a hacer lo que se le ordena. Ahora, Cat.

Haciendo una mueca, la niña le cogió la mano a Nell y de un tirón la bajó de la falda de la agradecida Phillipa.

—Vamos, pesadita. Vamos.

Dándole un beso en la cabeza a la pequeña, la condujo de la mano hacia la casa.

Phillipa exhaló un monumental suspiro de alivio.

Joanna le sonrió y volvió la atención a su bordado.

—No logro sobreponerme a la sorpresa de lo mucho que te pareces a Ada. Nos hicimos amigas cuando estuvo viviendo en Londres, ¿sabes? Claro que estaba muy enferma entonces.

—Sí, me contó que la cuidasteis maravillosamente bien. Está muy agradecida, de todo lo que tú y Graeham hicisteis por ella. Yo también.

—¿Sigue en el extranjero?

Aunque nunca fue tan estudiosa como ella, Ada se interesó por la medicina cuando se estaba recuperando de su enfermedad en el hospital Saint Bartholomew de Londres. A su regreso a París, pidió a lord Guy que la enviara a estudiar las enfermedades de mujeres en la gran escuela de medicina de Salerno, donde estudiantes de ambos sexos aprendían las artes curativas.

—Ah, no lo sabes —dijo Phillipa sonriendo—. Sí, sigue en Salerno y se quedará allí. Se casó en marzo.

—¡Se casó!

—Con otro médico, un italiano llamado Tommaso Salernus. Me escribe que él es muy inteligente y está totalmente consagrado a ella, y que es alto, de pelo negro rizado y se parece a un dios romano.

—¡A un dios romano! —exclamó Joanna riendo—. Debe de estar muy enamorada.

—Seguro que te escribió para comunicarte su matrimonio, pero las cartas de Italia pueden tardar muchísimo en llegar aquí. Está muy feliz allí. Dice que el clima es templado y que adora su trabajo tanto como adora a su marido. Asegura que no ve las horas de empezar a tener hijos, pero...

Joanna levantó la vista de su bordado.

—¿Pero?

Phillipa entornó los ojos para ver a los niños que jugaban en el prado a una fuerte contraluz.

—Ser médico es una enorme satisfacción para ella. Me temo que si tiene hijos no tendrá tanta libertad para ejercer la medicina.

—No la tendrá.

Joanna miró hacia el prado, pensativa. Phillipa comprendió que estaba mirando a su hijo.

—Pero habrá gratificaciones suficientes para compensar —añadió Joanna.

Phillipa negó enérgicamente con la cabeza.

—Nada puede compensar la pérdida de la libertad, ni aunque la coarte sólo un poquito.

Joanna sonrió y metió y sacó la aguja de la tela de seda azul celeste.

—Mi hermano se parece mucho a ti.

—¿Hugh? —exclamó Phillipa, riendo dudosa—. Estás bromeando.

—No, en absoluto. Es fanáticamente autosuficiente, insiste en vivir según sus propias normas. Tú y él tenéis eso en común, creo.

—Sí, bueno, eso es lo único que tenemos en común. No es muy dado a pensar las cosas tu hermano. Sólo lo conozco desde hace dos días, pero ni una sola vez se ha sentado a analizar concienzudamente una situación, ni a hacer un plan y llevarlo a cabo. Es más bien... bueno, por ejemplo, ayer alrededor de esta hora, cuando estábamos a medio camino de aquí y deberíamos haber buscado un sitio donde pasar la noche, pasó por alto un monasterio perfectamente conveniente simplemente porque no había lugar para nosotros en la casa del prior y tendríamos que haber dormido en la casa de alojados con los viajeros indigentes. A mí no me importaba, pero él insistió en que continuáramos viaje. Al final acabamos en la casa del prior de Chertsey, pero ya estaba bastante oscuro cuando llegamos allí, y *Fritzy* y yo estábamos agotadas. Si hubiera dependido de mí, habría organizado los alojamientos con antelación, y no habríamos estado a merced de...

—Se dio cuenta de que la boca de Joanna estaba curvada en una sonrisa sesgada, muy parecida a la de su hermano—. ¿Qué es tan divertido?

—Mi querida Phillipa... Nunca he sabido que mi hermano organice las cosas con antelación ni que analice ninguna situación, ni concienzudamente ni de otra manera. Prefiere sencillamente... hacer frente a las circunstancias a medida que se presentan.

—No es muy juicioso eso.

Sorbió por la nariz, pensando «qué pedante debo parecer; he de recordar que ya no estoy en Oxford». Su tío siempre aconsejaba que las opiniones puras que se alentaban y esperaban en las comunidades universitarias deben callarse en el mundo más amplio, donde se da más valor a la diplomacia que a la franqueza.

—Lo que quiero decir es que, tomando en cuenta las reponsabilidades que le ha impuesto lord Richard...

—Sí, lo sé —dijo Joanna—, pero no sé cómo, siempre todo le resulta bien a Hugh. Piénsalo, encontró alojamiento para pasar la noche y te apuesto a que dormiste mejor en Chertsey, donde supongo que tuviste tu propia habitación, que si hubieras dormido en la paja de la casa de alojados de un monasterio entre desconocidos. Y al cubrir tanto terreno ayer, llegasteis aquí más temprano, con más tiempo para descansar y reponeros del viaje antes de vuestra reunión con lord Richard mañana.

—Mmm.

—Puede que mi hermano sea impetuoso o impulsivo, y enloquecedor a veces, pero no es tonto.

—No he querido decir que lo fuera —se apresuró a replicar Phillipa—. De hecho, supongo que tiene muchísima inteligencia innata. Un hombre no puede ser totalmente tonto y sobrevivir a quince años de batallas.

De todos modos, siendo soldado, las capacidades cognitivas de Hugh de Wexford estarían limitadas a aquellas aplicaciones útiles en el campo de batalla, como improvisar estrategias en el camino, que al parecer era su especialidad. La mayoría de los caballeros ni siquiera sabían escribir su nombre.

En el prado se elevó un rugido de gritos y vivas infantiles.

—¡Bien hecho! —gritó Joanna.

—¿Qué ocurrió? —preguntó Phillipa.

—Acabó el partido. ¿No has estado atenta?

¿Atenta? Teniendo poco interés por las competiciones deportivas, y sin saber de qué iba ese juego, no le había prestado casi ninguna atención. Que Joanna se las hubiera arreglado para seguirlo mientras hablaba con ella y bordaba era algo muy extraordinario.

El entusiasmo de Joanna, y el de Graeham cuando se reunió con ellas y los otros niños del equipo de Hugh, sorprendió bastante a Phillipa. Después de todo sólo era una forma infantil de divertirse manipulando una pelotita de cuero. Sintió esa sensación de distanciamiento que solía invadirla cuando se aventuraba en el mundo más grande, fuera de su refugio académico; la sensación de que, por un lado, tenía mucha más perspectiva y conocimiento que las personas que la rodeaban, y por el otro, que todos participaban de un vasto y misterioso tesoro de conocimientos del que jamás participaría ella.

Después de enviar a su hijo de vuelta a casa con una afectuosa palmada en el trasero, Graeham se sentó a horcajadas sobre el murito al otro lado de Joanna.

—¿Os divertisteis con el partido, lady Phillipa? —le preguntó.

—Eh… fue…

—No se enteró de lo que ocurría —dijo Joanna. Apretándole la mano a Phillipa, añadió—: Ojalá pudieras pasar el verano aquí con nosotros. Te iría bien un poco de color en las mejillas. Yo podría instalar una red en el prado y enseñarte a jugar a la pelota.

Graeham le pasó suavemente la mano por el prodigioso vientre, sonriendo indulgente.

—No creo que este año puedas jugar a la pelota, mi señora esposa.

—No, supongo que no. —Suspirando, Joanna cerró la mano sobre la de su marido—. ¿Por qué será que tantos veranos estoy tan gorda de embarazo cuando sólo deseo retozar al sol con todos los demás?

Graeham se rió con cariño.

—Porque en invierno te gusta estar acurrucada en un lugar calentito y cómodo. —La rodeó con los brazos y añadió—: Con tu marido.

Después le susurró algo al oído y Joanna se echó a reír. Se besaron. Phillipa miró hacia otro lado, sintiéndose violenta, como una mirona, o peor aún, como una intrusa. Fingiendo una actitud despreocupada, se levantó y se alisó la túnica.

—Creo que voy a dar un corto paseo antes de que se ponga totalmente el sol. Después de dos días en la silla de montar, me irá bien estirar un poco las piernas.

—¿Queréis que os acompañemos? —le preguntó Graeham, aunque ella percibió que sólo lo hacía para ser atento—. Podríamos haceros un buen recorrido de…

—Si os da lo mismo, no me importaría estar sola un rato, esa es otra cosa que no he tenido mucho últimamente.

—Eso lo entiendo muy bien —dijo Graeham sonriendo—. Disfrutad de vuestro paseo.

«Tendrá que ser un paseo rápido», pensó ella alejándose por la hierba acamada por la suave y fragante brisa. «No queda mucho rato de luz». Las dehesas carneriles y los campos de cultivo formaban manchas al azar sobre el ondulante terreno. A la derecha, en una especie de valle no profundo, se divisaban los techos de paja de la aldea de Eastingham, dorados por la luz del sol poniente. Al frente vio lo que parecía un huerto, aunque no supo discernir de qué tipo; nunca había sido buena para identificar árboles. Más allá del huerto había un estanque con peces y más allá, la espesura del bosque.

Ella era una criatura urbana, a pesar de poseer Linleigh, la propiedad en Oxfordshire que su generoso padre le había regalado hacía siete años. Agradecía tener esa propiedad por los ingresos que le aportaba, los que le permitían el lujo de comprar los libros que tapizaban las paredes, del suelo al techo, en su pequeño alojamiento en Oxford. Sin embargo, rara vez la visitaba, dejándola a cargo de su administrador de confianza. Por hermoso que fuera el campo, las actividades campestres la aburrían; siempre la habían aburrido.

El huerto atrajo su atención, tal vez por las ordenadas hileras en que estaban plantados los árboles, que apelaba a su gusto por la precisión y el orden. Echó a caminar por un sendero bordeado de árboles, aspirando los aromas de la tierra y escuchando el dulce coro de trinos y gorjeos procedente de la bóveda formada por el abundante follaje. El sol, suspendido sobre el horizonte, arrojaba sus últimos rayos a través de las hileras de árboles, formando franjas de luz y de sombra sobre el huerto.

Cuando se había adentrado varios metros en el huerto, se giró a mirar hacia atrás, y vio a Graeham y Joanna mirándose a la cara, sobre el murito, solos, pues terminado el partido, los aldeanos se habían marchado a sus casas. Joanna le cogió la mano a Graeham y se la puso sobre el vientre.

Phillipa se colocó detrás de un árbol, no fuera que miraran y la sorprendieran observándolos.

De pronto Graeham hizo un gesto de sorpresa, ¿tal vez porque sintió moverse al bebé? Se rió y dijo algo a Joanna; ella también se rió.

Se tocaron las frentes; con la mano libre Graeham le rodeó la nuca y le dijo algo. Joanna asintió sonriendo.

Phillipa hizo una honda inspiración, que se le quedó atascada en la garganta. Podría ser ella, pensó, la que estaba sentada en el muro con su cuarto hijo acurrucado en su vientre mientras su marido se maravillaba por el hijo, y por ellos dos. Si las cosas hubieran ocurrido como estaban planeadas hacía siete años, si Graeham no hubiera preferido casarse con Joanna, ese marido sería de ella. En ese tiempo ella sólo sintió alivio, incluso gratitud: tendría Linleigh y la oportunidad de seguir sus estudios en Oxford, que rápidamente se estaba convirtiendo en el centro de estudios de ideas más avanzadas de Europa, pero sin la carga de un marido. Disfrutaría de una vida de extraordinaria autonomía, el tipo de vida con que muchas mujeres sólo podían soñar, en especial las mujeres de su rango a las que, educadas para ser esposas trofeo, se las disuadía de dedicarse a cualquier actividad más ambiciosa que los exquisitos trabajos de aguja. Y claro, en ese tiempo ella no sentía nada por Graeham, al que acababa de conocer; tampoco en esos momentos albergaba ningún sentimiento por él, aparte de amistad, pero tenía que reconocer que ninguna mujer podía pedir un marido más atento ni un padre más cariñoso. La fortuna sonrió a Joanna cuando Graeham Fox lo sacrificó todo, o estuvo dispuesto a sacrificarlo, para casarse con ella.

En ese momento Graeham cogió a Joanna en sus brazos y la volvió a besar, pero esta vez el beso continuó; se besaron largamente, mientras ella los observaba, avergonzada por fisgonear así en su intimidad, pero curiosamente incapaz de desviar la vista.

Claro que ella era tan afortundada como Joanna, pero de diferente modo. Algunas mujeres están destinadas a casarse y tener hijos, y otras a... ¿cosas más grandes?

Seguían besándose.

Cosas diferentes.

—Qué vergüenza, lady Phillipa —dijo una voz suave detrás de ella, en tono travieso.

Capítulo 5

*P*hillipa se giró bruscamente ahogando una exclamación de sobresalto, y se encontró ante Hugh de Wexford, que estaba a menos de dos metros de ella, a la sombra de los árboles. Tenía un aspecto diferente; llevaba una camisa larga suelta sobre medias grises, los cabellos mojados bien peinaditos hacia atrás, y… había otra cosa distinta en él, que no logró identificar. Como siempre, llevaba su zurrón de cuero colgado al hombro y el infaltable odre de vino colgado sobre el pecho, pero no llevaba su cinto y por lo tanto tampoco esa extraña daga pagana.

Simulando la mayor serenidad del mundo, dijo:

—No deberíais aparecer de esa manera tan furtiva detrás de una persona.

—¿Qué otra manera hay de descubrir las flaquezas secretas de las personas? —respondió él. Sonriendo, dejó el zurrón en el suelo y destapó el odre—. No os habría tomado por el tipo de persona que se oculta para espiar a la gente desprevenida.

—¡Quién habla! —dijo ella, con una risita despectiva.

—Yo espío por el bien del reino.

—Por el bien del monedero, querréis decir.

Él suspiró y dio un paso hacia ella, quedando bajo una franja de luz que hizo centellear su pendiente y dio un brillo deslumbrante a su camisa blanca de lino. Tendiendo hacia ella el odre de vino, dijo:

—Supongo que no tiene ningún sentido ofreceros un poco de esto.

Su reacción siempre era negar automáticamente con la cabeza, como bien sabía él después de dos días en su compañía. Pero esta vez se armó de valor, ¿contra qué?, y cerrando la distancia que los separaba extendió el brazo para coger el odre. Arqueando las cejas, sorprendido, él se lo pasó.

La contempló mientras bebía, con la mirada posada en su boca y su garganta. Sus ojos se veían cristalinos a la luz del sol poniente, su mirada desconcertantemente fija, como siempre.

Entonces vio lo que tenía diferente, y cayó en la cuenta, consternada, de que también lo había estado mirando fijamente.

—Os afeitasteis —dijo, bajando el odre.

Él se pasó la mano por la mandíbula y por ese fuerte mentón con la ligera hendedura, rasgo que compartía con su hermana.

—No estaría bien presentarme en West Minster con la facha de un barrendero.

Phillipa sonrió para sus adentros imaginándose al insolente y arrogante Hugh de Wexford barriendo las calles y limpiando las letrinas.

—¿Pudisteis afeitaros en un riachuelo en medio del bosque?

—Un soldado aprende a afeitarse en cualquier parte, a dormir en cualquier parte y a comer cualquier cosa.

Ella notó que él fijaba la mirada en un punto detrás de ella, por encima de su hombro. Se giró y vio que estaba mirando a Joanna y Graeham que seguían abrazados, aunque ahora estaban hablando, no besándose.

—¿Es cierto que no sois partidaria del matrimonio? —le preguntó él.

Ella lo miró severamente, fastidiada por lo mucho que sabía de ella, o creía saber.

—¿Dónde oísteis eso?

Hugh la miró.

—Fue algo... —Aparentemente confuso, desvió la mirada—. Alguien me lo dijo en Oxford. ¿Es cierto?

¿Qué más le habrían dicho?, pensó ella, y tuvo la seguridad de que lo sabía.

—No es tan simple como... no ser partidaria del matrimonio. No creo que haya nada malo en él en teoría, pero en la práctica puede ser... sofocante, sobre todo para el trabajo de la mente. Hay un motivo para disuadir a los clérigos de casarse.

—No sois clérigo.

—Sólo porque soy mujer. Todos los estudiosos serios reciben las órdenes menores en algún momento. Si yo fuera hombre, estaría tonsurada desde hace años.

—¿Habéis considerado la posibilidad de haceros monja?

Ella se atragantó con un sorbo de vino.

—No quise decir que tuviera alguna inclinación a enterrarme en un convento. Sólo quise decir que el matrimonio y los estudios académicos no combinan muy bien.

—Como tampoco el matrimonio con el verdadero amor, si se cree en esa tontería del amor cortés, como parecéis creer vos.

—Nunca he dicho que creyera en eso —repuso ella, poniéndole el odre en la mano—. Exactamente… eso es, no tengo ningún motivo para no creer…

—¿Habéis experimentado en vos ese rayo de amor del que tanto hablan en Poitiers? —preguntó él, colgándose el odre sobre el pecho—. Dios santo, sí, ¿verdad? Os habéis imaginado en las garras del verdadero amor, impotente en la corriente de su…

—¡Ciertamente no! —exclamó ella, con una convicción algo exagerada—. Sólo… sólo lo encuentro… interesante.

Él se rió y agitó la cabeza.

—¿Cómo es posible que una persona pensante lo encuentre otra cosa que algo fatuo, sentimental, egoísta…?

—¡Sentimental! —exclamó ella, sintiendo subir el calor a la garganta—. ¿Queréis decir que soy sentimental?

Él rió más aún ante su indignación.

—Creo que sois vulnerable al sentimentalismo, pese a esa imagen de fría intelectualidad que os gusta proyectar. ¿Qué si no explicaría que os dejéis engañar por esa tontería?

—Puedo explicar mi interés en el amor cortés. No tiene nada que ver con sentimentalismo. Supongo que no habéis oído hablar de una mujer llamada Eloísa. Hace unos cincuenta años se hizo notoria en París por su romance con un gran filósofo y profesor llamado Pedro Abelardo, aunque tenía fama de inteligente por derecho propio.

Hugh apoyó la espalda en un árbol, mirándola con expresión inescrutable, y se llevó el odre a la boca.

—Ah.

—Me ha interesado Eloísa desde que era niña —continuó ella—, porque sabía que, tal como a mí, la crió un tío que era canónigo de Notre Dame, Fulbert era su apellido. Al margen de vuestro desprecio por la idea de una unión espiritual, sir Hugh, entre Abelardo y Eloísa había una pasión verdaderamente del corazón y la mente. Todo París celebraba su amor, aunque, por ser clérigo y profesor, se esperaba que Abelardo fuera casto.

—¿Y no lo fue? —dijo él sonriendo; su sonrisa le pareció a ella demasiado conocedora—. O sea que su unión era algo más que espiritual.

—No he dicho que fuera una unión platónica —dijo ella, inexplicablemente nerviosa—. Incluso tuvieron un hijo. De todos modos, Eloísa se resistió a la exigencia de Fulbert de que se casara con Abelardo para salvar su reputación. Pensaba que Abelardo era el más grande pensador de Europa y que el matrimonio lo destruiría como profesor. Al final... —exhaló un largo suspiro—, todo se complicó.

—Todo se complica siempre —musitó Hugh, en tono casi triste.

—Eloísa se dejó convencer por Abelardo y se casaron, pero en secreto, lo cual enfureció aún más a Fulbert, que hizo... —Miró nerviosa a Hugh, que seguía mirándola con esa implacable intensidad—. Hizo... castrar a Abelardo. Abelardo se hizo monje, Eloísa se hizo monja, pero nunca fue esposa de Cristo realmente. Perteneció en alma y corazón a Abelardo, hasta el día de su muerte.

—Eso no lo podéis saber.

—Pues lo sé. La conocí cuando yo tenía catorce años, tres años antes de que ella muriera. Mi tío Lotulf me llevó al convento del Paraclet, donde era abadesa. Me pareció la persona más extraordinaria que había conocido. Crepitaba de inteligencia, y sin embargo era también divertida, amable, acogedora, y seguía profundamente enamorada de Abelardo, aunque él había muerto hacía casi veinte años y ella no lo veía desde muchos años antes. Lo único que se me ocurrió pensar en esos momentos fue que yo quería ser como ella, a excepción, lógicamente, de hacerme monja. Todo ese espíritu, toda esa luz, enclaustrada en un convento para toda la vida. Qué tragedia la de...

—Comprendéis, supongo, que ese ídolo vuestro, esa Eloísa, fue destruida, igual que Abelardo, justamente por esa pasión romántica que encontráis tan inexplicablemente interesante.

—Los destruyó la idea de que su pasión era vergonzosa si no existía dentro de los lazos del santo matrimonio —corrigió ella, astutamente—. Abelardo los condenó a los dos cuando la convenció de convertirse en su esposa.

—¿Queréis decir que deberían haber vivido públicamente en pecado? Creo que Fulbert no habría tolerado eso mucho tiempo.

—Podrían haber huido de París, tal vez a Oxford, donde no son tan rígidos en las exigencias.

Hugh hizo tiempo poniendo cuidadosamente el tapón al odre, con expresión pensativa.

—Lord Richard dice que en París tuvisteis muchos pretendientes, jóvenes nobles que estudiaban en la universidad, pero que desde que llegasteis a Oxford no habéis tenido tantos.

Phillipa emitió un gemido de exasperación.

—¿Hay algo que no sepáis de mí?

—Seguro que hay cosas que no sé —dijo él, y antes que ella pudiera preguntarle qué quería decir con eso, añadió—: Supongo que habéis evitado el matrimonio debido a lo que le ocurrió a Eloísa.

—Habría sido vergonzosamente ingenuo por mi parte, sobre todo después de conocer a Eloísa, creer que podía tener la vida de la mente y la vida de esposa y madre al mismo tiempo.

Frotándose los brazos se giró poniéndose de espaldas a él. Las franjas de luz se habían apagado y la luz crepuscular cubría el huerto de una fresca capa purpúrea.

Hacía tiempo que no pensaba en esos jóvenes equivocados con sus impacientes proposiciones. Jamás había alentado sus atenciones; en realidad los evitaba, pero de todos modos ellos la buscaban y cuando la encontraban se le pegaban de tal forma que le resultaba difícil librarse de ellos. Todos esperaban que ella renunciara a sus estudios, y a su libertad, claro, una vez que estuviera casada, o al menos una vez que comenzara a producir herederos.

Poco después de llegar a Oxford le ocurrió algo curioso. Su primer pretendiente no buscado, Walter Colrede, al enterarse de su admiración por Eloísa, sacó la conclusión, errónea pero conveniente, de que ella tenía tan pocas trabas respecto a los asuntos de la carne como su ídolo.

La realidad era muy diferente; jamás había ni siquiera besado a un hombre, y mucho menos ido con uno a la cama. Como descubrió entonces, una cosa es admirar e incluso postular la libre expresión de la pasión física y otra muy distinta practicarla. El acto de copular se le antojaba tremendamente grosero, y plagado de riesgos. Tal vez si hubiera estado enamorada, como Eloísa… pero ni siquiera los más ardientes de sus pretendientes le habían inspirado sentimientos más fuertes que el afecto fraternal.

Sacada su conclusión, Walter la informó de que el matrimonio con ella era imposible. Perteneciendo al llamado clero secular, cuyos miembros, si no habían recibido órdenes mayores como los diáconos y los presbíteros, podían casarse si estaban dispuestos a renunciar a ciertos privilegios, pero tenían estrictamente prohibido casarse más de una vez, y la esposa debía ser virgen. Y así le llegó la solución para su problema con los molestos pretendientes; cuando él le prometió caballerosamente que no revelaría a nadie sus costumbres licenciosas, ella le aseguró que esa discreción era innecesaria. No le importaba si los ignorantes la juzgaban con dureza; no se avergonzaba de sus convicciones y, como Eloísa, desdeñaba el matrimonio. Desde entonces, ese subterfugio había servido a su finalidad de evitarle ser buscada por jóvenes con ideas de matrimonio.

—¿Cómo es esa vida de la mente por la que habéis sacrificado tanto? —le preguntó Hugh desde detrás—. ¿Cómo pasáis los días?

Ella cogió una ramita del árbol cercano y la rompió.

—Estudiando.

Transcurrió un momento. Cuando él volvió a hablar, estaba detrás de ella, muy cerca, aunque ella no había oídos sus pasos.

—¿Eso es todo?

Ella se encogió de hombros, se alejó un poco y girándose hacia él, apoyó la espalda en un árbol.

—Hay monjes y monjas que no hacen otra cosa que rezar todo el día.

En la creciente oscuridad, lo vio sonreír.

—Ya habéis establecido lo que pensáis de la vida enclaustrada. Supongo que no sois particularmente devota.

—Pero no irreflexivamente —respondió ella, alisando con los dedos cada una de las hojitas de la rama que tenía en la mano—. Abelardo dijo: «Dudando nos hacemos preguntas; haciéndonos preguntas llegamos a la verdad». En cuanto a consagrar mi vida al estudio, al hacerlo por lo menos mejoro mi mente. No se puede decir lo mismo de los monjes y monjas que se pasan los días en incesante oración detrás de los muros de un convento.

Él caminó lentamente hacia ella, impulsándola a aplastarse instintivamente contra el árbol.

—Tal vez así mejoran el mundo.

—Tal vez se esconden del mundo —replicó ella.

—¿Y no es eso lo que hacéis vos? —le preguntó él, repentinamente delante de ella, muy cerca—. Os escondéis en ese cómodo refugio escolástico, sin pensar jamás en salir al mundo y aplicar ese formidable cerebro vuestro a ningún verdadero propósito. Habéis aprendido mucho, ¿pero de qué sirve ese conocimiento si está encerrado ahí?

Le rozó la frente con sus ásperas yemas, produciéndole un hormigueo que le llegó hasta el fondo del pecho.

La ramita se deslizó por sus dedos cayendo silenciosamente al suelo. Deseó contestar a su acusación con alguna réplica ingeniosa, pero el aire parecía haber abandonado sus pulmones.

—Verdaderamente estáis escondida en un capullo —dijo él, casi en un susurro, acariciándole suavemente la cara.

A ella se le oprimió el pecho. Cerró los ojos, pasmada de que esa tempestad de sensaciones pudiera estar provocada por algo tan simple como el roce de unos dedos callosos por su sien, mejilla y la curva de la mandíbula. Aspiró el calor de la piel de Hugh, mezclado con los aromas a jabón de Castilla y a hierbas, provenientes de su limpia camisa de lino, y se sintió extrañamente aturdida.

—Me pregunto qué será de vos —musitó él, girando la mano para pasarle los nudillos por el cuello y el escote de su túnica.

Ella abrió los ojos y se encontró con los de él, luminosos a la media luz. Vio algo casi tierno en su expresión, o tal vez veía lo que deseaba ver.

—Las orugas se convierten en mariposas —dijo él—, pero primero tienen que desearlo. Tienen que salir de ese agradable y familiar capullo. Tienen que renunciar al refugio que conocen para poder formar parte del mundo más grande.

Suavemente ahuecó la mano en su mentón y se lo levantó.

Ella hizo una inspiración entrecortada, y se disolvió el hechizo en que él la había envuelto.

—¿Por qué hacéis esto? —le preguntó, girando la cabeza hacia un lado.

Pasado un momento de silencio, él le preguntó:

—¿Tiene que haber un motivo?

—Todo lo que ocurre tiene un motivo.

Dio un paso a un lado, apartándose de él, y retrocedió, rodeándose fuertemente con los brazos. Él la contempló en silencio un momento, con un destello evaluador en sus ojos, como si quisiera comprender algo inexplicable.

—¿Os molesta que os toque?

¿Molestarle? Le alteraba la sangre, le quitaba el aire de los pulmones. ¿Qué haría si fuera otro tipo de mujer, la mujer que en Oxford creían que era? ¿Cómo reaccionaría a esa hechicera caricia si fuera realmente Eloísa y no sólo lo fingiera?

—N-no me molesta —mintió—. Simplemente no veo cuál es la finalidad de…

—¿Finalidad? —rió él. Apoyando el hombro en el árbol que ella acababa de abandonar, se cruzó de brazos—. ¿Tienen una finalidad los animales del bosque cuando se hocican y lamen mutuamente simplemente por el placer de hacerlo, o cuando se acurrucan juntos por la noche... o cuando se aparean?

¿Es que quería desconcertarla?

—No somos animales —dijo, detestando lo remilgada que parecía.

—Las personas ansían acariciarse, igual que los animales, ya sea que busquen el simple agrado de la caricia, o el calor o la liberación carnal. —La estaba observando atentamente, ¿para ver su reacción?—. El error está en complicar un impulso humano elemental, como el sexual, envolviéndolo en ese falso concepto del amor romántico.

—Muy bien, pues —dijo ella, tratando de no parecer tan nerviosa como se sentía; seguro que a Eloísa no se habría sentido inquieta al oír hablar a un hombre de «liberación carnal» ni de «impulso sexual»—. ¿Sois partidario del matrimonio?

Él se pasó distraídamente una mano por la mandíbula.

—El matrimonio es útil para legitimar a los hijos y para asegurar que una propiedad pase adecuadamente al heredero, pero hasta ahí llega todo.

—Entonces supongo que tenéis pensado casaros cuando seáis el señor de Wexford.

—¿Qué demonios os hace pensar que seré el señor de Wexford? —dijo él riendo extrañado.

—Sé que existe la posibilidad de que el señor de vuestro padre no os lo conceda...

—Y si lo hace lo rechazaré.

A ella la pasmó que él rechazara tan de plano lo que le correspondía por derecho de nacimiento.

—¿Rechazaríais una de las mejores propiedades de Inglaterra?

Incluso a la tenue luz vio cómo él apretaba las mandíbulas.

—Los años más desgraciados de mi vida los pasé en Wexford. No tengo el menor deseo de volver a poner los pies allí.

—Pero sois el primogénito, el único hijo varón. ¿No es vuestro deber conservar Wexford en la familia? Y en lo que se refiere al matrimonio, ¿no creéis que tenéis la obligación de perpetuar el...?

—¡Obligación! —exclamó él, apartándose bruscamente del árbol—. ¿Quién demonios sois para sermonearme sobre mis obligaciones?

—Sólo quería...

—Para que lo sepáis, milady, y no es que sea asunto vuestro pero veo improbable que ceséis en este interminable interrogatorio, mis obligaciones comienzan y terminan —se golpeó el pecho con el puño— conmigo. El castillo de Wexford se puede desmoronar y convertirse en ruinas por lo que a mí respecta. Siendo así, no tengo por qué enfrentar la desagradable perspectiva de unirme en matrimonio con una mujer para el resto de mi vida, gracias a los santos.

—O sea que veis tan poca utilidad en el matrimonio como en el romance. —No queriendo que él pensara que la habían escandalizado sus francas referencias a la relación sexual, añadió—: Supongo entonces que… os apareáis como un animal, por el simple placer físico.

Él se encogió de hombros.

—Vos declaráis no ver ninguna utilidad en el matrimonio tampoco, y me parece recordar que dijisteis que nunca habéis estado enamorada. Entonces, ¿no es por eso que os apareáis? ¿Por el placer?

«¿No es por eso que os apareáis…?» O sea que había oído todo lo que había que oír, y creía en lo que le habían dicho. O bien eso o… sí, lo veía en sus ojos. No lo creía, o más bien no sabía qué creer, porque las murmuraciones acerca de ella contradecían la imagen gazmoña estudiosa que tenía de ella. La estaba poniendo a prueba, provocándola para ver si se ruborizaba, tartamudeaba y defendía frenéticamente su reputación. Decidiendo no darle esa satisfacción, dijo:

—Yo pregunté primero, sir Hugh. ¿Por qué os apareáis? ¿Simplemente por el placer físico?

Descendió el silencio entre ellos, mientras él asimilaba lo que ella había dicho, o más bien lo que no había dicho, las negativas que no había ofrecido. Deseó verle la expresión un poco mejor, pero ya la oscuridad era casi completa.

—Si creéis que hay algo simple en el placer físico, milady —dijo él finalmente—, creo entonces que lo habéis buscado con hombres no adecuados.

—¿Sí? —dijo ella en un borboteo de risa nerviosa.

—Efectivamente. —Cruzó la distancia que los separaba antes que ella pudiera pensar qué más decir—. Incluso algo tan simple como un beso no tiene por qué sentirse tan simple. —Cogiéndole la cabeza entre sus enormes manos, se la levantó—. Si se hace bien.

Apenas ella había hecho una inspiración para objetar cuando él puso su boca sobre la de ella, afirmándole la cabeza para inmovilizarla, sin hacer caso del involuntario gemido que le subió a la garganta.

Sintió sus labios cálidos y húmedos, y mucho más blandos de lo que se había imaginado que podían sentirse unos labios de hombre sobre los suyos. Apoyó las manos en sus hombros para apartarlo, palpando los músculos duros, inflexibles, pero él no hizo caso.

Él movió la boca sobre la de ella, posesiva y ávidamente, pero lento, lento, como paladeando su sabor, su contacto, pese a sus inútiles esfuerzos por apartarlo. Continuó el beso y ella se sintió atrapada en un sueño, un sueño febril, delirante, embriagador.

Afirmándole la nuca con una mano y rodeándola fuertemente con el otro brazo, la estrechó contra él, casi levantándola del suelo, prolongando el beso, induciéndola a correspondérselo. Ella apretó los puños cogiéndole la camisa, con el corazón retumbándole en los oídos.

Sintió el calor de la excitación, como mil llamitas que la lamían desde dentro, encendiéndole un extraño y embriagador placer que no había conocido jamás antes. «Estoy loca», pensó, medio mareada. «Me ha robado los sentidos con un beso.»

Él la recorrió con las manos, cálidas, seductoras, insistentes, a través de la túnica de lana. Le acarició los brazos, la espalda, la curva de la cintura, sus caricias cada vez más intencionadas, moldeándola a su cuerpo.

Notó una especie de desesperación en el modo como le cogió las caderas, apretándola contra él. Algo duro le presionó la parte inferior del abdomen, haciéndola retener el aliento, esa extraña daga, pensó, pero entonces recordó que no la llevaba. Se frotó contra ella, apretando esa prominencia sólida contra su entrepierna, frotándola con ella; ella notó su forma y calor a través de la ropa y comprendió qué era.

«¡Jesús!» Interrumpió el beso y salió bruscamente de su aturdimiento sensual.

—Sir Hugh...

—No os preocupéis —dijo él, jadeante, levantándole la falda con mano nerviosa—. Aquí nadie puede vernos.

—No es eso. —Le cogió las muñecas, pero su fuerza era inferior a la de él, y la falda continuó subiendo—. Basta, Hugh... por favor...

—Pondré mi camisa en el suelo para que vuestra falda no se...

—¡He dicho basta!

—O tal vez podríamos ir a mi habitación sin que nadie sen entere —continuó él, metiendo una mano bajo la falda arrugada y colocándosela en las nalgas.

—¡Basta! —Levantando la mano le golpeó la cara con la mayor fuerza que pudo.

A él se le fue hacia atrás la cabeza. A ella le dolió la mano.

Le soltó la falda. Ella retrocedió, sacando por reflejo la daga de su vaina, con la mirada fija en su figura oscura.

Durante un buen rato él se limitó a mirarla fijamente, sus ojos medio ocultos por mechones de pelo mojado que se le agitaban con cada respiración. Posó la mirada en la daga que ella sostenía en la temblorosa mano. Por encima del sonido de su respiración agitada, ella lo oyó reírse.

—No olvidéis apuntar hacia la garganta —dijo él.

Dándole la espalda y cambiando tranquilamente su peso en la otra cadera, se quitó el pelo de la cara. Sólo su respiración agitada delataba su verdadero estado mental.

—Si yo fuera el tipo de hombre que fuerza a una mujer —continuó, con voz ronca—, eso no os serviría de nada. Yo habría pensado que nuestro pequeño encuentro en ese callejón de Oxford os enseñaría eso por lo menos.

Ella envainó la daga y se obligó a hablar con voz serena.

—Os dije que pararais.

—Sí, bueno… —Sin girarse a mirarla, se frotó la mejilla donde ella lo había golpeado—. Creí que queríais protegeros la túnica. Tenía entendido que vuestra virtud ya es irredimible.

Phillipa sintió arder las mejillas; ¡el perro despreciable!

—Ese fue el único motivo de que… me maltratarais así, debido a lo que habéis oído de mí. No tenía nada que ver conmigo… era por pura gratificación física.

—La gratificación habría sido mutua, os lo aseguro. —Quitó el tapón a su odre de vino—. ¿Qué les ocurrió a esas exaltadas ideas de libertad sexual que a las que tenéis fama de adheriros?

—Libre no significa indiscriminado.

Pasó un momento de frío silencio mientras él asimilaba eso, con el odre a medio camino hacia la boca; le colocó el tapón, sin beber y se volvió a mirarla, con expresión sombría.

—Perdonadme, milady —dijo en tono glacial, obsequiándola con una de esas leves e insultantes inclinaciones de la cabeza—. No debería habérseme ocurrido pensar que concederíais vuestros favores a un hombre como yo, teniendo para elegir entre todos esos dignos estudiantes de Oxford de mente cultivada y suaves manos blancas.

Phillipa se tragó el deseo de decirle que no era eso lo que había querido decir, que había hablado en general y no era su intención insultarlo personalmente; después de todo, debía tratar de desalentarlo, no de apaciguarlo. La experiencia le había enseñado a usar cualquier medio a su alcance para menguar las atenciones amorosas de los hombres, y jamás se había sentido tan amenazada por esas atenciones como en esos momentos.

«Porque estás en su poder», pensó; «porque también sientes la excitación, el deseo…»

Sí, Hugh era indigno de ella, se dijo. Era un libertino encantador, acostumbrado a las seducciones fáciles. Sólo quería utilizarla; lo había reconocido, sin vergüenza ni vacilación. Que ella aceptara teóricamente la libre expresión del deseo sexual no tenía nada que ver. Entregarse a ese hombre la rebajaría; se encogía por dentro al pensar que había sucumbido a su beso, aunque sólo fuera por un momento.

—Mientras nos entendamos —dijo con voz débil.

Le pareció que él sonreía. Estaba oscuro; tal vez era una mueca.

—Yo no diría que os entiendo, milady. —Caminando hasta el sitio donde estaba su zurrón, lo recogió y se lo echó a la espalda—. Pero por lo menos ahora no voy a malgastar más tiempo intentándolo.

Acto seguido giró sobre sus talones y echó a andar hacia la casa.

Capítulo 6

West Minster

*H*ugh estaba asomado a una de las ventanas del despacho de Richard de Luci en el palacio real, observando un patio inundado por la luz de la mañana. En el extremo más alejado estaba Phillipa de París sentada en un banco de piedra con la nariz metida en uno de esos libritos que llevaba en el portadocumentos de cuero labrado que colgaba de su cinturón, pasando el tiempo hasta que el juez estuviera preparado para verla.

Lord Richard lo había llamado a él primero para que lo informara, acerca de su viaje a Oxford, de su opinión acerca de lady Phillipa y de las aptitudes de ella para el trabajo de espionaje, como también para explicarle someramente la misión que tenía planeada para ellos. Al oír lo que tenía pensado su señoría, Hugh casi deseó haber dejado a Phillipa en Oxford.

—No me gusta —dijo.

—Esto no se lo pediría a una mujer casada —dijo lord Richard desde su escritorio, detrás de Hugh—, ni, sabe Dios, a una doncella. Pero como vos mismo me habéis informado, lady Phillipa tiene fama de... de no estar obstaculizada por ideas convencionales en sus relaciones con los hombres.

Hecho que su señoría sabía perfectamente bien antes de enviarlo a Oxford, pero no se lo había dicho. ¿Se habría guardado adrede esa información para ver si él la descubría solo?

—Es condenadamente conveniente para nosotros que sea tan libre para conceder sus favores —continuó lord Richard—, en especial dado que sabemos que sus simpatías están con el rey. Y, lógicamente, está su historia con el individuo que nos interesa. No podría ser más perfecta para esta misión.

—De todos modos no me gusta —dijo Hugh, viendo al tema de su conversación levantar la vista del libro para observar a dos cachorros retozando en el patio de piedra.

Su sonrisa la hacía parecer muy joven y dulce. ¿Era esa la misma mujer que la noche anterior le correspondiera el beso con tan ardiente abandono, para después bajarle los humos cuando él quiso llevar su pasión a su conclusión lógica?

—A mí tampoco me gusta mucho —reconoció el juez suspirando—. De todos modos, el asunto no es si el plan nos gusta sino si va a dar resultado. Yo creo que sí. Y creo que es nuestra mejor opción para sacar a la luz el complot de la reina mientras todavía hay tiempo para hacer algo al respecto.

Hugh se volvió a mirar a lord Richard. Éste estaba sentado en el borde de su escritorio, un macizo tablero de pulidísimo roble del tamaño de una habitación pequeña, pero empequeñecido por la espaciosa grandiosidad de esa cámara, con su cielo raso elevado y sus paredes espectacularmente pintadas.

El juez se cruzó de brazos, observándolo con esos abrasadores ojos azules. Ese día su figura lucía más imponente que de costumbre, con una túnica negra orlada con cordones de oro, y sus cabellos plateados peinados hacia atrás, dejando al descubierto su frente prodigiosamente ancha, considerada señal de su inteligencia rápida como latigazo.

—¿Y si no acepta?

—Se lo pondré como desafío. ¿No acabas de decirme que no puede resistirse a aceptar un reto?

Pues sí que se lo había dicho, maldita sea.

Lord Richard hizo entrar a uno de los criados que esperaban órdenes fuera de la puerta y lo envió al patio a buscar a Phillipa.

—Te veo claramente ambivalente respecto a esta misión, Hugh. Eso está bien. No espero estúpida sumisión de un hombre como tú, pero sí espero que ejecutes mis órdenes al máximo de tu capacidad, al margen de que te caigan bien o no.

—¿He actuado de otra manera alguna vez?

—No que yo sepa, pero pareces particularmente molesto por la participación de lady Phillipa en esto.

—Una cosa es que se eche amantes de su elección debido a sus convicciones —repuso Hugh, tal vez con demasiada estridencia—, y otra muy distinta esperar que... que...

—Si su participación no fuera esencial para nuestra causa, ni se me ocurriría pedirle una cosa así, sea cual fuere su reputación; al fin y al cabo es una dama de alcurnia, no una vulgar ramera. Pero, Hugh, si ella se niega a colaborar, sencillamente no hay nadie que pueda ocupar su lugar. Ojalá no le hubieras dicho que tenía elección en el asunto. Desperdiciaste el peligro para su tío al decirle que sólo se trataba de traerla a West Minster y que entonces ella decidiría. Deberías haberla hecho creer que le arrancaríamos las entrañas y desmembraríamos al viejo si ella se negaba a participar.

—De vez en cuando —dijo Hugh entre dientes—, incluso yo llego a un límite de lo cabrón que puedo ser.

—¿Sí? —dijo el juez sonriendo mansamente—, no me lo habría imaginado. Lo único que te pido —añadió más serio—, o mejor dicho, te exijo, es que no digas nada durante la reunión que pueda disuadirla de ayudarnos. Después de todo, si acepta, querrá decir, obviamente, que no habrá sido tan grande la herida a su sensibilidad.

«¿Obviamente?» Hugh volvió a asomarse a la ventana y vio que ya no había nadie en el banco. No había nada obvio en eso, ni en ella, nada convencional ni lógico, y ciertamente nada previsible, pese a lo que había pensado brevemente de ella. No había nada que tuviera verdadero sentido. Era un total enigma para él esa delicada criaturita envuelta en su capullo de seda que aseguraba estar muy versada en los usos del mundo.

—Lady Phillipa de París —entonó el criado, entrando con Phillipa en la sala.

Lord Richard se adelantó a saludarla, presentándose, todo encanto y gracia, el diplomático consumado. Hugh se limitó a inclinar la cabeza hacia ella desde su sitio junto a la ventana.

Despidiendo al criado con la orden de traer vino, el juez llevó a Phillipa hacia un conjunto de sillones de respaldo alto tallados en complicados relieves cerca de un hogar en arco primorosamente provisto de leña sin encender. Ella agrandó los ojos al mirar las colosales figuras, en colores de joyas, pintadas sobre la lisa pared encalada del frente; girándose a mirar la pared que quedaba a su espalda, examinó las igualmente grandiosas Doce Labores de los Meses y luego el Mapa del Mundo circular que adornaba el espacio sobre el hogar. Debido a sus muchas ventanas, la pared de atrás sólo estaba pintada de verde con cientos de pequeños soles y medias lunas dorados.

—Tengo debilidad por la decoración pictórica —explicó su señoría, invitándola con un gesto a sentarse en un sillón, y él se sentó en otro al frente—. Ese es el único verdadero lujo que me permito.

—Ah. Sí.

—¿Qué os parecen las pinturas?

Phillipa pestañeó y en ese instante Hugh comprendió qué pensaba de ellos, que era exactamente lo que pensaba de él, es decir, como reza el dicho, que demasiado de algo no es nada.

—Eh…mmm, para ser sincera, milord…

Desde su sitio, él captó su mirada e hizo un leve gesto de negación con la cabeza, modulando la palabra «extraordinario». Ella desvió la mirada, reprimiendo una sonrisa. Mirando al juez a los ojos, añadió:

—Las encuentro extraordinarias, sire.

Lord Richard sonrió de oreja a oreja.

—Estoy pensando en hacer pintar algo en el cielo raso. ¿Qué opináis, lady Phillipa, los Vicios y las Virtudes, o tal vez una inmensa Rueda de la Fortuna?

Ella miró a Hugh, que enarcó una ceja y se encogió de hombros.

—Eh… los Vicios y las Virtudes diría yo. Esto es… eh… mucho más instructivo.

—¡Sí! —exclamó su señoría con expresión complacida—. Sería más instructivo.

Llegó el criado con una bandeja con vino y frutas, la dejó sobre una mesita y se marchó. Lord Richard cogió su copa, se reclinó en el sillón y cruzó las piernas. Después de agradecerle a Phillipa el haber hecho el largo trayecto de Oxford a West Minster con tan poco tiempo para prepararse, llamó a Hugh y le indicó que se sentara en el sillón contiguo al suyo, que estaba en diagonal con el que ocupaba ella. Después comenzó la entrevista.

—Milady, ¿recordáis a un hombre que conocisteis en París llamado Aldous Ewing? Debisteis conocerlo cuando teníais dieciséis o diecisiete años; él era tres o cuatro años mayor que vos.

Phillipa frunció el ceño.

—Conocí a un Aldous de Tettenham, era inglés.

—Ese es el hombre. —Volviéndose hacia Hugh, que sólo conocía el nombre del hombre y ninguno de los particulares, explicó—: Hijo menor de un barón de Middlesex. Recibió las órdenes menores a los catorce años y al año siguiente se trasladó a París para estudiar derecho canónico. Erudito, encantador… —Miró a Phillipa—. Y muy apuesto, tengo entendido.

Phillipa le sostuvo la mirada.

—Ciertamente él parecía creerlo.

—Fue un ardiente pretendiente vuestro, ¿verdad?

—No porque recibiera algún aliento de mi parte.

Lord Richard se llevó la copa a los labios, sin dejar de clavar su penetrante mirada en ella.

—Estaba absolutamente enamorado de vos, a decir de todos. Os suplicó que os casarais con él, pese a... las circunstancias de vuestro nacimiento, aun cuando eso habría sido un obstáculo infranqueable en su carrera eclesiástica, porque le impediría recibir las órdenes mayores. Tengo entendido que quedó destrozado cuando lo rechazasteis.

Phillipa dirigió una mirada interrogante hacia Hugh, que se puso a contemplar las esteras del suelo.

—Ahora es abogado —continuó diciendo su señoría— y diácono de la Iglesia.

—¿Ah, sí? —dijo Phillipa, sorprendida—. O sea, después de todo, que recibió las órdenes mayores.

—Al parecer, puesto que no consiguió teneros, se decidió por el poder y el prestigio. No sé cómo era en París, pero mis informes dicen que se convirtió en la quintaesencia del abogado canónico, astuto, egoísta, hipócrita y, por encima de todo, rabiosamente ambicioso. Y como la mayoría de los de su calaña, no ha permitido que su ordenación como diácono le impida llevar una existencia disoluta e incluso mundana. Ha tenido numerosas queridas a lo largo de los años, aunque se ha esmerado en ser discreto en eso. Los diáconos que alardean de tener amantes no logran ascender a archidiáconos, y eso es algo que él desea desesperadamente.

—¿Dónde vive? —preguntó Hugh—. ¿En Londres?

—Sí, cuando no está en el extranjero. Se construyó una casa al otro lado del río, en Southwark.

—¿En Southwark? —exclamó Phillipa.

Hugh sabía por qué eso la sorprendía. Ese barrio de Londres era notorio por sus tabernas y casas de baño, muchas de las cuales eran poco más que pretenciosos prostíbulos.

—Este último tiempo hay algo más que burdeles en Southwark, milady —dijo—. En realidad son cada vez más los nobles que construyen sus casas urbanas ahí y no dentro de las murallas de la ciudad. Se ha convertido en un barrio tan elegante como de mala fama.

—Y Aldous Ewing no es nada si no elegante —comentó el juez—.

Dicen que importa las mejores lanas de Sicilia y las mejores sedas de Florencia para sus hábitos clericales.

—En París era… diferente —dijo Phillipa, pensativa—. No es que no tuviera sus vicios. Ya era egocéntrico entonces, y engreído, y distaba mucho de ser casto si se hacía caso a las habladurías, pero también eran así muchos de los estudiantes que iban allí a estudiar, al margen de que fueran o no tonsurados. Él era como el resto, en el sentido de que nunca entendió mi interés por los estudios académicos. Siempre lo consideré simplemente un joven —se encogió de hombros— inocuo.

—Inocuo… —repitió lord Richard. Moviendo la cabeza, disgustado, apuró su copa—. Ojalá continuara siendo inocuo y yo no hubiera tenido que haceros venir de Oxford, milady.

—¿Qué ha hecho? —preguntó ella.

Haciendo un gesto de preocupación, lord Richard dejó su copa vacía en la mesita.

—Eso es lo que espero que vos logréis descubrir.

Phillipa pasó la mirada del juez a Hugh y nuevamente miró al juez.

—¿Está involucrado en la rebelión de la reina?

—Si verdaderamente existe esa rebelión, sí, eso creemos. Se ha mostrado crítico al rey desde ese asunto con Thomas Becket por limitar el poder de la Iglesia. Y desde la muerte del pobre Becket, ha hablado mal del rey públicamente; incluso ha llegado tan lejos como decir que deberían acusarlo de su asesinato.

—Muchos otros han dicho lo mismo —observó Hugh—. ¿Qué pruebas hay de que sea uno de los conspiradores?

Lord Richard se echó hacia atrás y juntó las manos presionando las yemas de los dedos.

—He aquí lo que sabemos. Aldous Ewing está ostensiblemente ligado a la iglesia de Saint Paul de Londres, pero las donaciones de su padre a la Iglesia le han comprado la libertad de hacer lo que le da la gana, y lo que le da la gana es pasar la mayor parte del tiempo en el extranjero. Viaja con frecuencia a París, y se sabe que es un favorito en la corte del rey Luis. Estuvo allí para Pascua, periodo en que según se sabe hubo muchísima actividad sediciosa allí. El mismo día que se marchó de París para volver a Inglaterra, su hermana se marchó de Poitiers… pero me estoy adelantando. Tiene una hermana mayor…

—Sí —dijo Phillipa—, Clare de Halthorpe. La conocí un poco

cuando fue a París a visitar a Aldous. Recuerdo que reñía constantemente con su hermano. Puso empeño en informarme de que era confidente de la reina Leonor.

—Sí, eso es típico de lady Clare —dijo el juez. A Hugh le explicó—: Es la esposa del barón Bertram de Halthorpe, pero durante años ha sido un elemento fijo en el círculo de la reina.

—Cuando la conocí en París —comentó Phillipa—, me dijo que hacía más de un año que no había estado en Inglaterra ni visto a su marido, y que no los echaba de menos.

—Se sabe que lady Clare siente un absoluto desprecio por Inglaterra —dijo lord Richard—. Encuentra el clima frío y deprimente y la gente estrecha de criterio, comparados con el clima y la gente del Continente. «Horrorosamente moralistas», dice en una carta a su hermana.

Hugh observó que Phillipa apretaba los labios ante la despreocupada referencia de lord Richard a la intercepción de cartas, pero se quedó callada.

—En especial, detesta Halthorpe —continuó el juez—. Nunca soportó vivir allí. De hecho, durante los dos últimos años, se ha instalado en el palacio de la reina en Poitiers.

—Recuerdo a una lady Clare de Poitiers —dijo Hugh rascándose el mentón—. Piel muy blanca, pelo negrísimo, ojos hermosos pero fríos.

—Es ella —dijo Phillipa—. A mí me hacía pensar en una estatua de mármol a la que han pulido demasiado.

—Siempre estaba susurrando en un rincón con uno de los caballeros jóvenes —añadió Hugh.

Lord Richard asintió.

—Ha sido el centro de un buen número de intrigas románticas. Para Navidad escribió a su hermana que Poitiers era un «refugio de afecto, elegancia y deliciosa disipación» y que prefería que le arrancaran los ojos con atizadores al rojo que marcharse de allí.

—Sin embargo se marchó —observó Phillipa.

—Sí, y su partida fue muy repentina, aunque no hay ninguna prueba de que haya caído en desgracia con la reina; por el contrario, parecían especialmente inseparables antes que se marchara. Dicen que su marido, lord Bertram, casi no la reconoció cuando se presentó en el castillo de Halthorpe con su séquito, tanto tiempo hacía que no la veía. Él se marchó inmediatamente al Continente con su querida y sirvientes, aunque dejó a todos sus soldados ahí.

—¿Y Aldous se marchó de París al mismo tiempo? —preguntó Hugh.

—Sí, pero no solo. Se vino acompañado de numerosos hombres armados, los que suponemos están al servicio del rey Luis, y con dos carretas llenas de barriles y cajones, aunque no tenemos idea de qué contienen. Una semana después dejaron esa misteriosa carga al cuidado de lady Clare en el castillo de Halthorpe. Aldous volvió inmediatamente a su casa de Southwark, pero los hombres armados se quedaron en Halthorpe.

Hugh apoyó la espalda en el asiento y entrelazó las manos sobre el abdomen.

—Hay gato encerrado ahí —dijo.

—Lo hay —afirmó el juez—. Ojalá supiéramos qué llevaban esas dos carretas.

—¿No podríais enviar un contingente de hombres a registrar el castillo de Halthorpe? —sugirió Phillipa.

Lord Richard negó con la cabeza.

—Los hombres del rey Luis opondrían resistencia, y posiblemente también los soldados de lord Bertram, los que tenemos entendido son bastante numerosos. Mientras tanto podrían destruir o enviar a otra parte cualquier objeto incriminatorio, antes que podamos ponerle las manos encima. Pero lo más importante es que el rey no quiere cargar contra un castillo inglés con soldados mientras no tenga pruebas de que hay traición. Desea que se investigue el asunto, pero con suma discreción, y desea pruebas sólidas, irrecusables, de la sedición de la reina. Ahí, milady, es donde entráis vos —dijo a Phillipa.

Recelosa, ella preguntó:

—¿Queréis que… restablezca mi amistad con Aldous?

—Eso y… —Desviando la mirada, lord Richard se quitó una imaginaria pelusilla de su túnica—. Lo ideal sería que… os introdujerais en su casa, y posiblemente en Halthorpe también.

Con la intensidad de su mirada, ella obligó al juez a mirarla.

—¿Y cómo, milord, proponéis que haga eso? —preguntó con voz tensa.

La expresión de lord Richard delató su azoramiento por tener que decirlo, y su irritación por verse obligado a hacerlo.

—Hubo una época en que Aldous Ewing estuvo muy enamorado de vos, milady. Estaba dispuesto a sacrificar su carrera eclesiástica para ser vuestro marido. Si el destino os volviera a poner en su camino, y si esta vez vos lo alentarais, bueno… yo diría que se precipitaría a aprovechar la oportunidad de tener ahora lo que no pudo tener en París.

—Ahora que es diácono no puede casarse —dijo ella. Sosteniendo resueltamente su mirada, continuó—: ¿He de suponer entonces que me pedís que me convierta en su querida?

Nuevamente su señoría pareció incapaz de mirarla a los ojos.

—Eh… yo jamás le pediría a una mujer que… violara sus principios.

Lo cual, claro, no contestaba la pregunta, en especial dados los «principios» bastante iconoclastas de Phillipa. El juez cogió su copa y, al encontrarla vacía, volvió a dejarla sobre la mesa, ceñudo.

—Al margen de los principios —dijo Phillipa—, no entiendo por qué los hombres siempre suponen que si una mujer desea algo, su única manera de conseguirlo es conceder sus favores sexuales. ¿Tan incapaz parezco de usar mi ingenio para descubrir la información que deseáis?

Siempre el diplomático cauteloso, lord Richard dijo:

—El grado de familiaridad con él depende de vos, lógicamente. Yo digo que cuanto más… íntima sea vuestra relación con él, más deseará estar con vos y más descubriréis.

—Su señoría tiene razón —acotó Hugh—. Por muy agudo que sea vuestro ingenio, milady, el arma más potente de una mujer hermosa no es, me temo, lo que reside entre sus orejas.

Phillipa le dirigió una mirada de disgusto.

Lord Richard lo miró con expresión lúgubre mientras servía vino en la copa de Phillipa.

—Es imposible insistir lo suficiente en lo esencial que es vuestra colaboración, milady, y lo agradecido que estará el rey Enrique. —Dejó la copa en la mesa al negarse ella a cogerla—. Os recompensaría muy bien, milady. Os haría una mujer muy rica y…

—¿No os pareció lo bastante insultante pedirme que me acueste con ese hombre para sonsacarle sus secretos, que ahora me proponéis pagarme, como si yo fuera una prostituta de la esquina? —espetó Phillipa—. ¿Cuánto será, dos peniques, cada vez que me tumbe y le abra las piernas?

Hugh no pudo dejar de admirar su estallido, y se rió para sus adentros al ver el evidente desconcierto de lord Richard.

—No quise faltaros el respeto, milady. Lo que pasa es que estoy desesperado, como lo está el rey. Los dos recordamos muy bien la lucha entre el rey Esteban y la emperatriz Matilde que asoló Inglaterra hace treinta años, años de caos y devastación. Otra guerra civil podría destruir Inglaterra. Con vuestra ayuda, podemos evitar que ocurra eso.

A Hugh el pecho se le fue oprimiendo mientras la observaba, esperando su respuesta. «No lo hagas», pensaba, y al instante se reprendía. ¿Por qué había de preocuparle que ella hiciera de puta por el bien del reino? Lo había hecho ya bastante por motivos menos nobles.

A excepción, claro está, de la noche anterior, en que le dejó muy claro que sí tenía sus valores.

Ella lo miró, visiblemente inquieta, y él desvió la vista intencionadamente.

—Sois la persona idónea para infiltrarse en el círculo íntimo de Aldous y Clare y traernos las pruebas de lo que traman —dijo el juez a Phillipa—. Dado vuestro pasado con Aldous y vuestra inteligencia innata, es posible que tardéis muy poco en conseguir que os haga confidencias. Y en cuanto a descubrir secretos, Hugh me ha dicho que vuestra capacidad analítica sólo es inferior…

—Ahorraros la adulación, milord. No soy vulnerable a ella.

—¿Sois vulnerable a la súplica? Si os suplico que nos ayudéis porque sois la única persona capaz de…

—Milord, sé… sé que estáis desesperado, pero yo… —Movió la cabeza—. No lo entendéis. No puedo…

—No os creéis capaz de hacerlo —dijo lord Richard. Se inclinó y apoyó los codos en las rodillas—. No puedo decir que no comprenda vuestra falta de confianza en vos.

—No he dicho que no tenga confianza en mí —corrigió Phillipa.

«Perro ladino», pensó Hugh. Nuevamente cambiaba de táctica. Lord Richard quería entramparla justamente como había dicho que lo haría: poniéndoselo como un reto.

—No, es comprensible que os sintáis intimidada por una misión de este tipo —dijo el juez—. Habéis llevado una vida muy resguardada, al fin y al cabo, y…

—¿Por qué todo el mundo piensa que he estado resguardada simplemente porque me he educado?

—Sí, bueno —repuso lord Richard—, lo que quiero decir es que comprendo por qué os sentís abrumada ante la perspectiva de una misión de espionaje, aunque yo esperaba que lo considerarais —se encogió de hombros— una especie de desafío. Y también como una oportunidad de experimentar un poco el gran mundo que se extiende más allá de las murallas de Oxford.

Phillipa se hundió en el sillón mordiéndose el labio. Captando la mirada de Hugh por primera vez durante toda la reunión, le preguntó:

—¿Qué opináis que debo hacer?

Tanto se sorprendió Hugh de que ella le pidiera consejo que momentáneamente se encontró mudo. La vio tan desconcertada, tan atormentada, que no pudo evitar compadecerla; condenado inconveniente, pues lord Richard le había hecho prometer que no diría nada que pudiera disuadirla de acceder a esa ignominiosa misión.

¿Pero por qué había de compadecerla cuando ella lo consideraba con tanto desprecio? La noche anterior le había contado la historia de Abelardo y Eloísa como si él se hubiera pasado la vida en una caverna y no tuviera idea de quiénes eran; y eso antes de informarlo de que era demasiado selectiva para follar con él como había follado con la mitad de Oxford. Así de ignorante, así de patéticamente indigno de ella lo consideraba.

En el análisis final, ¿importaba realmente cómo la aconsejara? La decisión la tomaría ella, y no le parecía el tipo de mujer que se dejara influir fácilmente; aceptaría o rechazaría la misión, no por lo que él le dijera sino de acuerdo a su propia idea de lo que es correcto. Y en cuanto a prostituirse por la corona, ¿cómo fue lo que le dijo lord Richard antes? «Si acepta, querrá decir, obviamente, que no habrá sido tan grande la herida a su sensibilidad.»

Ella lo estaba mirando, esperando su consejo. También lo estaba mirando lord Richard, al que debía lealtad… y obediencia. Cogió su copa de la mesa y se bebió todo el vino de un trago.

—No sería la primera vez que tendríais un solideo colgado del poste de la cama, milady.

Las mejillas de Phillipa se tiñeron de un rojo subido.

—Lo haré —dijo.

Hugh sintió hervir de calor el vientre al imaginarse a Phillipa abrazada amorosamente con ese Aldous Ewing. Apretando las mandíbulas, en silencio se maldijo a sí mismo y maldijo a Phillipa, a lord Richard, al rey, a su voluntariosa reina, a sus malhadados hijos y a todo ese maldito asunto.

Lord Richard se hundió en su sillón, aliviado.

—No lamentaréis esto, milady —dijo.

Hugh volvió a llenar su copa y se echó hacia atrás para beber.

—¿Creéis que no? —dijo—. Esperad a haberle explicado el resto.

Capítulo 7

Londres

¿*H*abría aceptado esa misión si lo hubiera sabido?, iba pensando Phillipa, caminando por el Puente de Londres, cogida del brazo de Hugh. Cuando lo decidió en esa reunión de la semana anterior, aún no sabía que la misión la realizarían los dos, haciéndose pasar por marido y mujer.

La respuesta de lord Richard a su protesta por el arreglo fue: «Mi estimada señora, ¿no creéis que estaría mal que os enviara sola a una situación así, una mujer indefensa sin un hombre que la acompañe para protegerla? Además, con toda vuestra inteligencia, sois una novata en el trabajo de investigación, mientras que Hugh es ciertamente el hombre de más confianza que tengo, si no el más experimentado».

—Este es un buen lugar —dijo Hugh.

Habían llegado al extremo sur de la decrépita estructura de madera que conectaba la ciudad de Londres propiamente tal con Southwark y los demás barrios del otro lado del Támesis. Guiándola con una mano apoyada en su espalda, Hugh la condujo por entre el bullicioso tumulto de transeúntes hasta el borde occidental del puente. Apoyando los codos en la erosionada baranda de roble, contemplaron el anchísimo río en que la luz del sol brillaba como lentejuelas, y las barcas que lo pululaban esa preciosa tarde, navegando o ancladas: barcos vikingos, pequeñas barcas mercantes para dos tripulantes, barcos de altos mástiles en que ondeaban banderas de otros países, e incluso un extraño y ancho barco con castillos de proa y de popa.

—¿Eso es Southwark? —preguntó ella, mirando el grupo de casas bastante poco atractivas, con techos de paja y de tejas, cerca de la orilla—. No tiene mucho aspecto de ser un antro del pecado.

—¿Y qué esperabas ver? ¿Mujeres desnudas bailando en las calles? —dijo él con su risa áspera—. De verdad, deberías salir de Oxford más a menudo, milady.

—Estoy aquí, ¿no?

Y bien contenta que se sentía, a pesar de las circunstancias. Había un algo especial en estar en Londres, con sus chillonas vistas, y estridentes sonidos u olores, por no hablar de eso de formar parte de una misión clandestina que le hacía correr la sangre por las venas como nunca antes.

—Trata de mirar hacia el norte —dijo él—, hacia la ciudad. Así habrá más probabilidades de que Aldous te reconozca cuando pase por aquí.

Tenía razón; después de todo, la finalidad de estar allí era tropezarse «casualmente» con Aldous Ewing, que sin duda atravesaría el puente en algún momento antes del anochecer, de camino a su casa, procedente de la catedral de Saint Paul, donde hacía las veces de cumplir sus deberes de diácono cuando estaba en la ciudad. Habían estado todo el día anterior vagando por los alrededores de la catedral, en vano; él no había pasado junto a ellos, y si había pasado, no los había visto, o mejor dicho, no la había visto a ella. Con un poco de suerte, esa tarde no sólo los vería sino que acabaría ofreciéndoles la hospitalidad de su casa urbana en Southwark; con un poco más de suerte, finalmente podrían ver el interior del castillo de Halthorpe, situado a unos 12 kilómetros al noreste de Londres.

Se giró hacia el norte y contempló la bullente actividad en los muelles, que se extendían más o menos un kilómetro a la orilla del río, en el lado sur de la ciudad, limitados al oeste por el castillo de Baynard y al este por la mucho más grande Torre de Londres, que se veía espectacular toda encalada. La ligera brisa, impregnada de los olores del río, le mecía sobre las trenzas el velo de finísimo brocado que llevaba prendido por un cintillo de filigrana de plata.

—No encuentro nada acertado que nos hagamos pasar por marido y mujer —dijo—, siendo nuestra intención que Aldous me corteje. No creo que no lo amilane verte siempre a mi lado observándome coquetear con él.

Hugh se encogió de hombros.

—Igual que su hermana, y como tú si es por eso, parece estar totalmente imbuido de esa tontería del amor cortés. El matrimonio no es ningún impedimento para personas como él, en especial si el marido de la dama se ve inclinado a hacer la vista gorda. Me parece, milady, que te resulta más fácil abrazar la idea intelectualmente que ponerla en práctica, defecto común entre aquellos que pasan demasiado tiempo leyendo acerca de la vida y muy poco viviéndola.

—Lo que pasa es que todo esto me es desconocido —dijo ella, pasando por alto la mofa—. Cuando lord Richard dijo que Aldous parecía atraído en especial por mujeres casadas, tú asentiste como si lo entendieras perfectamente, pero yo, por vida mía, no logro entender por qué a alguien habría de gustarle una situación que sólo hace las cosas mucho más complicadas.

—Porque en realidad hace las cosas mucho más sencillas —dijo él con cierto tono de superioridad—. Las damas casadas tienden a esperar muy poco de un hombre, aparte de una cierta medida de pericia en el deporte del amor. Puede ser condenadamente tranquilizador no tener que fingir enamoramiento a cambio de uno o dos revolcones amistosos.

—¿Siempre tiene que fingirse? —le preguntó ella, volviéndose a mirarlo, y maldiciendo el matiz de tristeza que detectó en su voz—. ¿Nunca has tenido verdaderos sentimientos por una mujer?

Por un sobrecogedor momento, le pareció que sus ojos, más verdes y profundos que el agua que los rodeaba, la penetraban hasta lo más recóndito de su interior, viendo su alma desnuda. Él le cogió el mentón, sus dedos tan ásperos y ardientes que le hicieron latir alocadamente el corazón. «Me va a volver a besar», pensó, «y yo se lo voy a permitir. Le corresponderé el beso.»

Pero él no la besó, sino que dijo:

—Sigue mirando hacia el norte.

Y le giró la cabeza en esa dirección, rozándole lentamente el contorno de la mandíbula con las yemas de los dedos antes de retirar la mano.

Apoyándose en la baranda a su lado, le rodeó la cintura con un brazo, como si fueran una amante pareja casada que habían salido a dar un paseo esa tarde de verano, y no dos agentes de la corona que no tenían nada en común aparte de un celoso deseo de autonomía, pero los que, por alguna broma cósmica, estaban obligados a pasar juntos todas las horas del día durante las próximas semanas. Y presumiblemente, si todo iba de acuerdo a lo planeado, también todas las horas de sueño.

Phillipa se frotó los brazos, aunque la brisa era templada.

—¿Nerviosa? —le preguntó Hugh, friccionándole suavemente la espalda.

Sintió su palma cálida a través de la delgada seda de su túnica color rosa guarnecida con hilos de plata, y la camisola de lino que llevaba debajo, uno de los lujosos atuendos del guardarropa que lord Richard mandara a hacer para ella a las modistas y modistos reales después de su reunión en West Minster. Por orden del juez, los vestidos estaban cortados siguiendo la nueva y provocativa moda de París, con escotes que dejaban a la vista una buena porción de pechos, y corpiños muy ceñidos, mediante frunces, elegantes alforzas y apretados lazos.

También la había aprovisionado de los convenientes accesorios: exquisitos cinturones anchos, zapatos, collares, pendientes, broches y, lógicamente, un anillo de bodas, con muy bien pulidas piedras preciosas engastadas en toda su circunferencia. La ropa y las joyas eran de ella, podía quedárselas, junto con el cofrecillo con incrustaciones de marfil lleno de monedas de oro españolas. Todo esto no sólo era recompensa por su servicio a la corona sino que también servía al fin de equiparla para su papel. «Tenéis que veros prósperos y elegantes», decretó el juez. «Los dos.»

Ese día Hugh se había puesto una finísima túnica color púrpura oscuro y medias negras; llevaba la cara bien afeitada y el pelo peinado hacia atrás, recogido en una coleta en la nuca. Seguía llevando ese curioso pendiente en la oreja, y de su cinto colgaba la daga pagana en lugar de la espada que acostumbraba a llevar un caballero; por lo demás, era la imagen misma de un elegante joven noble, extraordinariamente apuesto; ese ligero bultito en la nariz aportaba una nota de tosquedad a su rostro, que de otra manera habría sido demasiado hermoso.

—No estoy nerviosa… exactamente —repuso Phillipa, tratando de hacer caso omiso de las estelas de calor que iba dejando la mano de él en su espalda al friccionársela.

Esos últimos días había tenido que hacerlo a menudo: deliberadamente no hacer caso del emocionante zumbido de sensaciones generado por sus despreocupadas caricias, su despreocupada sonrisa, su misma presencia. Al reconocer esas sensaciones por lo que eran, atracción sexual, se sentía disgustada y curiosa al mismo tiempo. ¿Por qué, de todos los hombres, tenía que haber sido el engreído y peligroso Hugh de Wexford el que la hiciera sentir por primera vez esos deseos desmadrados? ¿Por qué no había sido un hombre más digno, un hombre de la mente, uno de esos pensadores profundos a los que siempre había tenido en tan alta estima?

Porque Hugh era distinto, evidentemente, no se parecía en nada a los mansos estudiantes y clérigos de los que había estado rodeada los primeros veinticinco años de su vida. Sí que eran hombres admirables, la mayoría de ellos: inteligentes, considerados, civilizados. Los respetaba a todos, alguna vez incluso le habían gustado. Pero ni una sola vez en su vida, ni siquiera el más atractivo de sus antiguos pretendientes la había hecho permanecer desvelada por la noche, imaginándose el calor y la fuerza de su cuerpo apretado contra el de ella, pensando cómo sería ser poseída por él, totalmente, cómo sería experimentar el acto físico del amor del que tanto había oído hablar.

Cautivada como estaba por esas nuevas y embriagadoras ansias, se aconsejaba recordar que no nacían de nada que tuviera más peso que la simple novedad de Hugh de Wexford. Lo encontraba exótico y, por lo tanto, deseable, solamente porque era todo lo que ella no estaba acostumbrada a ver: viril, impulsivo y sexualmente agresivo. En compañía de soldados, su conducta pasaría inadvertida. En realidad no había nada especial en él, nada que inspirara sentimientos más profundos que el hambre sexual, hambre que evidentemente él también sentía, a juzgar por el incidente en el huerto. Y ciertamente no era que ella fuera el objeto exclusivo de su deseo, pues los soldados están acostumbrados a aliviar sus necesidades con cualquier mujer complaciente.

No debía ver demasiado en sus pequeñas atenciones: la frecuencia con que la tocaba, la callada intensidad de su mirada cuando, de tanto en tanto, ella se volvía a mirarlo y lo encontraba mirándola. Esos gestos no significaban nada para un hombre como él. En realidad, haría bien en recordar su pulla acerca de los solideos colgados en el poste de su cama.

Esa imagen la llevó a pensar con inquietud en Aldous Ewing. De ninguna manera se acostaría con él; eso era totalmente innecesario, como trató de explicarles a lord Richard y Hugh en la reunión. En vista de que no le hicieron caso, en lugar de seguir insistiendo en ese punto, los dejó creer lo que querían creer: que estaba dispuesta a convertirse en la querida de Aldous, aunque ella tenía la intención de sonsacarle los secretos haciendo uso de su ingenio, no de su cuerpo. Claro que tendría que incitarlo, debía hacerlo creer que estaba dispuesta a dejarse seducir, pero seguro que lograría sacarle la información sin tener que actuar en conformidad.

—¿Phillipa? ¿Lady Phillipa?

Era una voz de hombre pero no la de Hugh. Saliendo de su ensimismamiento, miró alrededor. Un hombre alto, irresistiblemente apuesto, de pelo negro y vestido de negro, la estaba mirando a través de la muchedumbre de transeúntes.

—Aldous —dijo, sintiéndose atenazada por el terror.

Por un instante, Hugh presionó más la mano sobre su cintura; la apartó de la baranda y la hizo girarse hacia Aldous y, poniéndose detrás de ella, le apretó la mano en gesto tranquilizador.

—Eres capaz de esto, Phillipa —le susurró—. Yo estoy aquí contigo. Sonríe —añadió, en el momento en que Aldous se les acercaba con los brazos abiertos.

—Aldous —dijo ella, sonriendo—. ¿De veras eres tú?

—¡Phillipa! ¡Dios mío! —Cogiéndola por los hombros, la besó sonoramente en las dos mejillas—. ¡Mírate! —La miró de la cabeza a los pies, con visible admiración—. Estás más preciosa que nunca. ¿Cuándo fue la última vez que te vi?

—Tiene que haber sido en París —dijo ella, tragándose los nervios—. Hará siete años, tal vez ocho.

—Sí, claro, París.

La mirada de Aldous pasó a Hugh, y se desvaneció un tanto su sonrisa al verles las manos cogidas.

—Eh, Aldous —dijo ella—, él es… mi marido, Hugh de Oxford. Hugh, te presento a un viejo amigo de París, Aldous de Tettenham.

—Ah. —Por los expresivos ojos castaños de Aldous pasó un fugaz relámpago de sorpresa… y de consternación—. Entonces, ¿te casaste después de todo?

Cuando Aldous la estaba cortejando con tanto ardor ella le había dicho lo que decía a todos sus pretendientes, que no se casaría jamás, por temor a que el matrimonio la destruyera. Entonces creía. Dios santo, ¿es que ya no lo creía?

—Sois un hombre afortunado, Hugh de Oxford. —Forzando una amable sonrisa en la cara, obsequió a Hugh con una leve inclinación de la cabeza.

—Lo sé muy bien —repuso Hugh, asintiendo con la cabeza.

Volvió a apretarle la mano a Phillipa, rodeándole la cintura con el otro brazo, gesto posesivo que a ella la sorprendió, puesto que su papel en esa comedia era el de un cornudo bien dispuesto. Como si a él se le hubiera ocurrido lo mismo, la soltó y dio un paso al lado, poniéndose más apartado de ella de lo que estaba Aldous.

—Por cierto —dijo Aldous—, desde mi ordenación como diácono, me llaman Aldous Ewing.

—¡Eres diácono! —exclamó Phillipa—. Creía que no te interesaban las órdenes mayores.

Con repentina seriedad, Aldous contestó:

—Parece que los dos hemos tomado caminos que en otro tiempo jurábamos que no tomaríamos nunca. —Repentinamente volvió a sonreír—. Pero así es la vida, ¿verdad? Las cosas cambian. Ciertamente tú has cambiado. —Nuevamente la miró de arriba abajo, esta vez deteniendo su atención en los femeninos contornos revelados por las líneas puras de su elegante atuendo. Cuando volvió a mirarla a los ojos, había franco interés en su mirada, que no se molestó en disimular—. Veo que has abandonado esas amorfas túnicas de lana, y también ese horrible portadocumentos. Has trocado esos tus preciados libros por vestidos de seda y chucherías de fantasía, ¿eh?

—Eh...

—En realidad no ha abandonado nada —dijo Hugh, acudiendo al rescate—. Phillipa sigue amando sus libros, sólo que yo he logrado convencerla de que no los ande trayendo colgados alrededor de ella. Es demasiado hermosa como para que ande por ahí con aspecto de cruce entre una monja y un correo, ¿no os parece?

—Por supuesto —exclamó Aldous, mirándola, esta vez fugazmente, con una mirada que la hizo sentirse como si estuviera desnuda delante de él... o como si él deseara que lo estuviera—. ¿Y qué os ha traído a Londres? ¿O vivís aquí?

—No, vinimos de Oxford a pasar unos días —contestó ella. Se obligó a mirarlo a los ojos para exponerle la historia que habían acordado con Hugh; una combinación de verdades y mentiras; obligada a mentir, más valía hacerlo de forma creíble—. Hemos estado alojados en el castillo de Wexford con el padre de Hugh, pero nunca se han llevado bien, así que la visita se nos ha hecho... —titubeó, como si no quisiera ser indiscreta— un poco aburrida, así que decidimos buscar una posada en Southwark. Sólo por una noche. Mañana nos volvemos a Oxford.

Aldous miró detenidamente a Hugh, como tomándole la medida.

—¿Sois hijo de William de Wexford?

—Sí.

—¿No el que se hizo mercenario?

—Sólo tiene uno.

Aldous sonrió y su mirada pasó del pendiente a la daga envainada en su cinto.

—Respuesta astutamente vaga. Interesante. Vuestro padre y el mío solían ir juntos de caza con halcones. Bastante, creo.

Eso era una novedad para Phillipa, y al parecer también para Hugh, que tardó un poco en hablar.

—¿Ah, sí? No tenía idea. ¿Vos ibais con ellos?

—Fui una o dos veces. Eso nunca ha tenido mucho atractivo para mí. Mi hermana solía acompañarlos, tiene una especial afición a las aves de presa.

—Entonces debe de haberse llevado muy bien con mi padre.

—Muy bien —repuso Aldous con una leve sonrisa sarcástica—. He de decir que siento curiosidad por saber cómo un hombre… de vuestro pasado acabó unido en matrimonio con una dama estudiante de París.

—En realidad la conocí en Oxford.

—Me marché de París no mucho después que tú, hace siete años —dijo Phillipa a Aldous—, con la idea de proseguir mis estudios en Oxford. Fue al año siguiente, para Navidad, cuando conocí a Hugh. Yo había ido al castillo de Oxford a presentar mis respetos a la reina Leonor, que se había retirado allí para dar a luz a su hijo Juan. Estaba… bueno, estaba de ánimo triste en ese tiempo. Su médico lo atribuía a la presencia de bilis negra en sus venas.

Hugh hizo un mal gesto, muy convincente.

—Lo más probable es que fuera la presencia de la puta de su marido en Woodstock —dijo, refiriéndose al casual encuentro, unas semanas antes, de la reina Leonor con Rosamund Clifford, que estaba cómodamente instalada en esa muy amada residencia de la reina.

—Sí, oí hablar de eso —musitó Aldous.

Cómo no lo iba a oír; todo el mundo en Inglaterra y Francia lo había oído.

—Pasé bastante tiempo en el castillo de Oxford por esas Navidades —dijo Phillipa—, tratando de alegrarle el ánimo a la reina. Allí fue donde conocí a Hugh. Lo había hecho llamar la reina, junto con otros caballeros de su confianza, para que la aconsejaran sobre cierto asunto, y…

—Querida mía —dijo Hugh, cogiéndole fuertemente el brazo y mirándola ceñudo, como si hubiera hablado imprudentemente—. A tu amigo no le interesan los más pequeños detalles. —Volviéndose hacia Aldous, dijo—: Baste decir que me enamoré de lady Phillipa en el mismo instante en que nos conocimos.

—Yo también. Me golpeó el rayo del verdadero amor —dijo Phillipa. Por el rabillo del ojo vio que a Hugh le temblaban los labios—. Pero me negué a casarme con él mientras no dejara esa vida de mercenario.

—Sois confidentes de la reina, entonces —dijo Aldous, en tono ligeramente impresionado.

—Ojalá pudiera decir eso —repuso Hugh, modestamente—. En los últimos años sólo he estado una vez en su presencia, durante una visita a Poitiers, y no hablamos. Dudo mucho que me recuerde de Oxford, estaba muy preocupada entonces.

—Ni a mí —añadió Phillipa—. No es que yo no la recuerde, y rece por ella, todos los días. En especial ahora que su marido la ha humillado y ha deshonrado el trono...

—Phillipa... —la regañó Hugh en voz baja.

—Por favor —dijo Aldous levantando una mano—. No tenéis por qué ser tan circunspectos en mi presencia. Os aseguro que simpatizo totalmente con vuestras opiniones.

—¡Ah, lo sabía! —exclamó Phillipa, avanzando un paso hacia Aldous y cogiéndole las dos manos—. Siempre tuviste tanto discernimiento y percepción. Siempre sabías dicernir entre lo correcto y lo incorrecto, y jamás temías adoptar una postura. Cómo admiraba eso en ti.

La verdad era que la asombraba muchísimo que Aldous se hubiera dejado engañar tan fácilmente y creyera que ellos compartían su deslealtad para con el rey, subterfugio que en opinión de lord Richard era esencial, si querían que Aldous bajara la guardia ante ellos.

Había picado el anzuelo; ahora tenían que tirar del sedal. A juzgar por su expresión enamorada mientras ella lo miraba a los ojos, eso no sería difícil. Y no se sentía exenta de una cierta medida de contrición al jugar con él de esa manera. Ya estaba mal mentirle a un hombre mirándolo a los ojos; jugar con sus afectos era casi inexcusable. Si ella fuera una mujer piadosa, buscaría a un sacerdote para confesarse de su doblez, fuera o no fuera por el bien del reino; tal vez lo haría de todos modos.

—Ojalá no tuviéramos que volver a Oxford mañana, sobre todo ahora que sé que estás aquí. —Le acarició las palmas con las yemas de los dedos—. Te he echado mucho de menos a lo largo de los años —dijo con la voz ligeramente más ronca—. Tengo... un cierto pesar —añadió en voz más baja, como si temiera que la oyera Hugh—. Muchas veces he deseado poder volver a verte para tal vez... —bajó la vista, con la esperanza de no estar exagerando la nota— no sé, compensar, de alguna manera insignificante, el haber sido tan... el no haberte valorado entonces.

—Sí —dijo él roncamente. Aclarándose la garganta, continuó—: Es decir, sí... me encantaría verte más. —Bajó la vista a sus pechos y volvió a mirarla a los ojos—. Es decir... quiero decir...

—Creo que sé lo que quieres decir —susurró ella con voz sedosa—, y a mí también me gustaría eso. O, mejor dicho, me habría gustado, si no tuviera que...

—Cariño, deberíamos ponernos en movimiento —interrumpió Hugh, acercándose por detrás de ella y poniéndole una mano en el hombro.

Ella se apresuró a soltarle las manos a Aldous, con expresión culpable.

—Tenemos que encontrar una posada y llevar allí nuestros caballos y equipaje antes de que oscurezca —continuó Hugh—. Y necesitas un tiempo para relajarte si quieres pasar una buena noche de sueño antes de nuestro viaje de mañana.

—¿Es... es absolutamente indispensable que os marchéis a Oxford mañana? —preguntó Aldous.

Ella asintió.

—No creo que pueda soportar más de una noche en una posada.

—No tenéis ninguna necesidad de alojaros en un lugar así ni siquiera una noche.

—Probamos en los monasterios locales. No había ningún alojamiento conveniente para nosotros, aunque nos permitieron dejar los caballos y pertenencias en Holy Trinity. Si conociéramos a alguien en la ciudad...

—Me conocéis a mí. Aunque no vivo exactamente en la ciudad, vivo en Southwark, mi casa es bastante grande y sois más que bienvenidos a alojaros allí.

—Ay, Aldous, de ninguna manera podemos impon...

—No sería ninguna imposición —se apresuró a decir él—. Podéis quedaros todo el tiempo que queráis, semanas, meses...

—Eso es tremendamente generoso de tu parte, Aldous —dijo Hugh—. ¿Qué te parece, Phillipa? Podemos tener nuestras vacaciones después de todo.

—Di que sí —le imploró Aldous—. Me encantaría tenerte.

—¿Oyes eso, cariño? —dijo Hugh, cerrando las manos sobre sus hombros y dándole un suave masaje—. Le encantaría tenerte.

—A los dos —se apresuró a corregir el otro—. Y os daré el dormitorio más grande. Tiene una cama de plumas y su propio hogar.

—Parece fabulosamente acogedor, ¿verdad? —le susurró Hugh al oído.

«Demasiado acogedor», pensó Phillipa, preguntándose en qué exactamente se había metido.

Capítulo 8

Southwark

Hugh oyó las risas sofocadas en el instante en que cruzó el umbral de la puerta principal de la casa de Aldous, risas roncas, íntimas, de ella y de él.

Hizo una inspiración profunda, entrecortada, y dejó salir lentamente el aire.

A un lado del pequeño vestíbulo de entrada había una fuente de mármol con agua bendita, una más de las muchas mojigaterías del cabrón. Siempre pasaba de largo junto a ella, pero esa noche se sintió impulsado a mojar los dedos en el agua y santiguarse, pensando: «Ayúdame a soportar esto. Ayúdame a que no me importe».

Las risas provenían del salón de la primera planta, que servía de sala de estar y comedor en la enorme y ostentosa casa de piedra de Aldous. Subió lentamente la escalera, con la mirada fija en la cortina de cuero que colgaba en la puerta del salón, sus pasos silenciosos a pesar de la suela de madera de sus botas de montar que se había puesto para su viaje a West Minster esa tarde.

Ese había sido su primer informe de progreso para lord Richard, puesto que ya hacía una semana que se habían trasladado a la casa de Aldous.

—¿Ha habido suerte en hacerlo hablar de algún complot contra el rey? —le preguntó el juez.

—No, aunque cada vez que sacamos el tema, presiento que oculta algo.

—Sí, eso está muy bien Hugh, pero por excelente que sea tu intuición, el rey Enrique necesita algo más que eso para poder actuar contra la reina.

—Hemos logrado fisgonear un poco durante el día, mientras Aldous está en Saint Paul. Encontramos una carta reciente de su hermana, lady Clare, acerca de un importante personaje cuya llegada están esperando, un extranjero, supongo. Es evidente que espera que Aldous acompañe a este hombre al castillo de Halthorpe, tan pronto como llegue a Londres. Tengo una copia —añadió, pasándole el documento.

Fue Phillipa la que escribió la copia, encargándose de la tarea sin consultárselo. Ciertamente suponía que él era un iletrado.

—Buen trabajo —comentó lord Richard, elogioso—. En cuanto a lady Phillipa, es ella la que espero que le extraiga la verdad a Aldous. ¿Ya ha añadido su solideo a su colección?

Él tuvo que apretar los dientes hasta que le dolieron.

—No, pero está trabajando en ello...

Llegando al rellano de la primera planta, se detuvo y apartó ligerísimamente la cortina; entonces los vio; estaban muy juntos en el estrecho balcón del otro extremo del salón iluminado por lámparas, contemplando el Támesis. Phillipa, que llevaba un vestido de damasco color marfil que le dejaba desnudos los hombros y la parte superior de los pechos, con sus cabellos negros recogidos en un moño envuelto en perlas en la nuca, se veía etéreamente hermosa contra el cielo oscuro.

En cuanto a Aldous, esa era la primera vez que lo veía llevando ropa que no fuera su hábito negro clerical. Esa noche no tenía puesta la larga sotana ni el solideo, ¿tal vez porque sabía que iba a estar a solas con Phillipa? Vestía una nívea camisa plisada sobre medias negras. Cuando giraba la cabeza se le veía la pequeña tonsura, muy bien afeitada, metida entre sus abundantes cabellos negros. Se veía inmenso junto a Phillipa, ya que era casi tan alto como él. Pese a las actividades de su vocación, se veía en buena forma física, y a juzgar por la forma como tartamudeaban y se ruborizaban las mujeres en su presencia, desde damas de alcurnia a sus propias criadas, lo encontraban muy apuesto.

Claro que jamás había visto a Phillipa reaccionar así ante él. Incluso cuando se mostraba de lo más coqueta, mantenía una serena dignidad, la que él, y al parecer Aldous también, encontraba extrañamente atractiva. Pero claro, Phillipa era la última mujer del mundo que él esperaría que perdiera la serenidad por un hombre. Por ejemplo, sospechaba que ella se sentía tan atraída sexualmente por él como él por ella; eso lo vio claramente en la forma como reaccionó a su beso en el huerto, antes de refrenarlo, y lo veía en otras cosas, miraditas, gestos, comentarios...

Pero esas eran cosas sutiles, indicios y suposiciones. Estaba claro que ella quería parecer inmutable ante él, y la mayor parte del tiempo lo conseguía. Pese al disgusto que sentía porque ella lo consideraba indigno, una parte de él la admiraba por no rendirse a él con tanta facilidad como la mayoría de las mujeres en que había puesto los ojos.

—¿Te apetece otra? —oyó decir a Aldous.

—Mmm, sí, por favor —contestó ella.

Vio que el diácono tenía un plato de plata en la mano. Cogió una delicada fresa con pedúnculo largo y la puso junto a la boca de Phillipa. Ella cerró los labios sobre la fruta madura y la desprendió del pedúnculo, sin dejar de mirar a Aldous a los ojos.

Soltó el aliento que tenía retenido, pensando por qué le molestaba tanto verla seducir así a Aldous Ewing. No debía importarle desear para él los favores que ella finalmente concedería a Aldous. Varias veces en su vida había compartido mujeres con otros hombres, incluso mujeres que le gustaban bastante, como esa voluptuosa lavandera de cabellos platinados que los acompañó durante la campaña en Finlandia. Si no le había molestado que Ingebord follara con la mitad de los hombres de su regimiento, ¿por qué había de molestarle que Phillipa estuviera planeando acostarse con Aldous? Ni siquiera se había acostado con ella, ni era probable que lo hiciera, dados sus gustos selectivos. No tenía ningún derecho sobre ella, para sentirse furioso ante la perspectiva de que ella se acostara con Aldous.

Sin embargo se sentía furioso.

—¿A qué hora crees que volverá tu marido de esa feria de caballos? —preguntó Aldous.

Phillipa levantó los hombros en un gracioso gesto de indiferencia y metió la mano en el plato que sostenía Aldous.

—Hugh va y viene a su antojo. Es difícil seguirle la pista, y líbreme Dios de intentar hacerlo.

Dicho eso, puso la fresa junto a los labios de Aldous, que le cubrió la mano con la suya al desprenderla del pedúnculo.

—¿Puedo suponer tal vez que ese «rayo de amor» que experimentaste con él se ha ido desvaneciendo con el tiempo? —le preguntó.

—No es fácil mantener ese tipo de pasión a lo largo de la vida conyugal. Además, Hugh es... un hombre difícil de amar. En su corazón es algo así como un solitario. Es tremendamente independiente, detesta tener que dar cuentas a nadie.

Todo lo cual, pensó Hugh, era totalmente exacto. Habían adoptado la costumbre, en sus tratos con Aldous, de darle informaciones verificables siempre que fuera posible, no sólo porque es más fácil decir la verdad que mentir, sino también como precaución, para el caso de que se le ocurriera comprobar si eran ciertas.

—Creo que por eso se hizo mercenario —continuó Phillipa—; consideró mejor luchar a sueldo por una serie de príncipes extranjeros, libre para dejar su servicio en cualquier momento, que tener que rendir cuentas a un solo hombre por el resto de su vida. Y creo que tal vez por eso reniega del tipo de lealtad ciega, irreflexiva, al rey Enrique, que aflige a tantos de sus súbditos. Hugh ofrece su lealtad a aquellos que considera merecedores de ella, como la reina Leonor y sus hijos.

«Astuta criaturita», pensó Hugh, admirando la destreza con que hizo girar la conversación hacia el tema político. Pero sus esperanzas de que Aldous pisara el palito quedaron aplastadas cuando el diácono preguntó:

—¿Y cuáles son los sentimientos de Hugh por ti? ¿También se han desvanecido?

Phillipa disimuló bien su decepción, cogiendo otra fresa del plato y haciéndola girar cogida del pedúnculo.

—Das por supuesto que alguna vez tuvo verdaderos sentimientos por mí.

—¿Quieres decir que nunca te ha amado? —preguntó Aldous, incrédulo—. No me puedo imaginar conocer a una mujer como tú, estar con ella y no enamorarse perdidamente. Debe tener una piedra por corazón. Es incapaz de amar.

Phillipa negó con la cabeza, con expresión auténticamente triste, ¿o sería una falsa impresión de él?, pensó Hugh.

—No es que sea incapaz de amar —dijo Phillipa—. No quiere amar. Creo que teme que si deja entrar a una mujer en su corazón, incluso… incluso a mí, estará en poder de ella, sometido a sus expectativas. Tiene miedo de perder su preciada independencia.

Era increíble, pensó Hugh, lo bien que lo describía, aunque lo fastidiaba oírla analizar su carácter para ese hijo de puta engreído e hipócrita. Saber que ella sólo quería hacer creer a Aldous que su matrimonio había perdido su chispa, lo que presumiblemente le allanaría el camino para seducirla, no le quitaba el dolor al pinchazo.

—¿Por qué se casó contigo, entonces? —preguntó Aldous.

—Deseaba poseerme —repuso Phillipa, comiéndose la fresa y dejando el pedúnculo en el plato. Después cogió una de las dos copas de cristal azul de la baranda de piedra del balcón y bebió un sorbo—. Una vez que me poseyó, perdió interés.

Hugh estaba admirado, y un poco confuso, por lo bien que lo había evaluado, porque ciertamente esa había sido su actitud desde que comenzó a ir de fulanas a los quince años. Se obsesionaba por una mujer y tenía que poseerla, a toda costa, pero desde el instante en que la tenía debajo de él, se rompía el hechizo. Y no era que no volviera a llevársela a la cama otra vez, sobre todo si era excepcionalmente deseable, como Ingeborg, pero nunca volvía a sentir el compulsivo deseo de poseerla, y sólo a ella.

Porque cuando estaba en las garras de una obsesión sexual así, ninguna reemplazante podía satisfacerlo; el apareamiento compensatorio con prostitutas o mujeres por el estilo siempre era vagamente patético y no más gratificante que la masturbación. Con los años había aprendido a no tomarse el trabajo de buscar a otras mujeres mientras el objeto de su pasión no se hubiera rendido a él.

Justamente por ese motivo durante esa semana pasada no había aliviado su lujuria visitando alguno de los muchos burdeles de Southwark, aunque había considerado la posibilidad. Noche tras noche yacía en la enorme cama de plumas que compartía con Phillipa, aspirando su calor, su aroma femenino, observando el movimiento de sus pechos al respirar bajo esos condenadamente decorosos camisones que usaba.

Acostado ahí en la oscuridad, con el miembro dolorosamente rígido bajo los calzoncillos, empapaba de sudor las sábanas, tratando de no pensar en Phillipa sentada en la cama quitándose ese camisón por la cabeza… Phillipa cálida, blanda y desnuda en sus brazos, Phillipa gimiendo de placer mientras la penetraba una y otra vez, arqueando su cuerpo ávido de él, saciándolo por fin para que ya no volviera a soñar con ella todas las noches ni pensara en ella todo el día, para que ya no le importara y dejara de estar bajo su dominio.

La mayoría de las noches esto llegaba a ser demasiado. Si aún no había sucumbido al sueño cuando tocaban maitines las campanas de Saint Mary Overie, se levantaba, sigilosamente para no despertarla, se vestía, ensillaba a *Odín* y cabalgaba a la mayor velocidad posible por una de las carreteras hacia el sur. Cuando regresaba, después de cepillar al cansado caballo, volvía a meterse en la cama, por lo general tan agotado que lograba dormirse.

Si pudiera poseer a Phillipa, aunque sólo fuera una vez, si ella se dignara darle eso, entonces quedaría libre de ese enloquecedor deseo que lo tenía en sus garras. Si no fuera por la baja estima en que ella lo tenía, posiblemente ya se habría sometido a él, pero no había nada que pudiera hacer el respecto. Él era quien era, un soldado de corazón, una criatura del cuerpo; Phillipa de París, en cambio, era una criatura de la mente, inclinada a buscar a los de su especie.

Como, por ejemplo, Aldous Ewing, que en ese momento le estaba acariciando la cara con el dorso de la mano, mirándola a los ojos.

—Si yo fuera tu marido —le estaba diciendo—, no me cansaría de ti, nunca jamás. Tú serías lo único que necesitaría, lo único que desearía siempre.

Si Phillipa compartía sus dudas en ese aspecto, no lo demostró. Lo miró a los ojos y sostuvo su mirada, como si estuviera atrapada en el momento, tan embelesada como él. De hecho, la noche anterior le había dicho que para ella esa era la parte más difícil de su misión, hacer creer a Aldous que se estaba enamorando de él.

—Habrías sido un buen marido —dijo ella—. Eso lo sé ahora. Perdóname por haberte rechazado así.

—Eres tú la que debes perdonarme —susurró él, dejando el plato de plata en la baranda—, por no haber luchado más por ti. Si hubiera sabido lo muy enamorado de ti que iba a seguir estando todos estos años, no te habría permitido rechazarme.

Le cogió la cara entre las manos e inclinó la cabeza. Ella lo miró sin pestañear, mientras él se preparaba para besarla, con la copa tan apretada en la mano que se le pusieron blancos los nudillos.

Abriendo de par en par la cortina, Hugh irrumpió en el salón.

—Ah, estáis aquí.

Al sonido del estruendo de cristal roto, Aldous y Phillipa se separaron bruscamente.

—Oh.

Phillipa, pálida como pergamino, salvo las dos manchas rojas de sus mejillas, miró a Hugh y luego los trozos de cristal azul a sus pies. En el suelo de piedra del balcón y en su túnica color marfil había salpicaduras color rojo, de vino.

—¡Ay, Aldous, tu copa! Era cristal veneciano, debe de ser carísimo.

—No me importa nada la copa —dijo Aldous—. Te has estropeado ese precioso vestido.

—No, si pongo un poco de sal sobre las manchas inmediatamente —dijo ella.

—Llamaré a alguien para que te ayude.

Atravesando el salón sin siquiera mirar en dirección a Hugh, Aldous se dirigió a un rincón donde había una campanilla sobre un armario lleno de reliquias. La cogió y la hizo sonar.

Entrando en el salón desde el balcón, Phillipa miró a Hugh como avergonzada por haber sido sorprendida a mitad de su seducción, pero él detectó en sus ojos algo que identificó como desconcierto. Le extrañaba que él hubiera interrumpido ese interludio romántico, puesto que ella tenía la orden de convertirse en la querida de Aldous.

Hugh estaba igual de extrañado.

Un trío de criadas, jóvenes y hermosas, como todas las criadas de Aldous, irrumpió en el salón a cumplir su cometido. Haciendo chasquear la lengua al ver el vestido de Phillipa, Blythe se la llevó para limpiárselo. Claennis se puso a limpiar la suciedad del balcón. Hugh detuvo a Elthia cuando salía con el plato de plata en una mano y la copa de Aldous en la otra y eligió una fresa del plato.

Desenvainando su *jambiya*, separó la fresa de su pedúnculo, la cogió con la punta de la afilada hoja y se la metió en la boca. Puso el pedúnculo en el plato y dejó marchar a la criada, después se limpió la hoja manchada con jugo en una de las polvorientas medias de cabalgar. La fruta estaba perfectamente madura y dulce como miel.

—Nunca había visto una daga así —dijo Aldous, desde cierta distancia, con un ceño pensativo—. ¿De dónde es?

—Se la robé hace nueve años a un turco muerto, en un lugar llamado Trípoli —contestó Hugh, haciendo girar la hoja como para saborear el ondulante movimiento del acero adornado con complicadas inscripciones paganas grabadas en oro—. Probablemente él se la robó a otro pobre hijo de puta muerto, que se la había robado a otro, etcétera. Esta *jambiya* es muy antigua. Es imposible decir de dónde procede. Podría proceder de cualquier parte de Bizancio, o tal vez de Anatolia, o Siria, o incluso de Egipto.

—Es muy impresionante.

Hugh metió la hoja en su vaina.

—Crees que la llevo por presunción.

—No, en... —Aldous ahogó una exclamación al ver a Hugh desenvainar la *jambiya* con deslumbrante celeridad.

—Por esto se ha convertido en mi arma preferida —dijo Hugh haciendo un molinete tan rápido que la hoja silbó.

—¿Porque... la manejas tan bien? —osó decir Aldous.

—Simplemente porque puedo manejarla —repuso Hugh, levantando el arma con su mano derecha mutilada para demostrar lo bien que podía coger con sólo cuatro dedos su extraña empuñadura de marfil de foca en forma de yunque—. Para manejar una espada es necesario tener pulgar, pero con esta no necesito el pulgar para destripar a un hombre con bastante facilidad. —Acercándose en dos zancadas, simuló una estocada dirigida al vientre del diácono, que lo hizo retroceder, tambaleante—. O abrirle el cuello, o pincharle el corazón… —Se encogió de hombros perezosamente—. Me ha sido útil en un buen número de ocasiones.

Aldous se apoyó en la pared, observándolo ceñudo.

—¿Sabes si quedó algo de la cena? —preguntó Hugh, envainando despreocupadamente la *jambiya*—. No he comido nada desde hace horas.

—Si vas a la cocina, seguro que la cocinera te encontrará algo —dijo Aldous con voz envarada.

Hugh le agradeció con una inclinación de la cabeza y salió del salón diciéndose: «¡Estúpido, imbécil!» Haber irrumpido allí justo cuando Aldous se disponía a besarla ya fue una estupidez, pero luego armar esa amenazadora escenita… ¿En qué había estado pensando?

No había estado pensando. Había reaccionado por instinto, haciendo frente como cualquier animal macho cuando otro macho le estaba usurpando lo suyo. Lo cual estaría muy bien, si no fuera porque Phillipa distaba mucho de ser «suya», y además, su papel en ese misterio era hacer la vista gorda a las indiscreciones de su esposa, no frustrarlas con implícitas amenazas de destripamiento.

La verdad era que él era soldado de corazón, con la predisposición del soldado al enfrentamiento franco. Las sutilezas del espionaje, la simulación y las mentiras, le eran tan absolutamente ajenas a su naturaleza que era una maravilla que lograra hacer algo. Phillipa, en cambio, con su inteligencia innata, su serenidad y su don para representar su papel, era mucho más apta que él para ese trabajo.

Tal vez lord Richard debería haberla dejado realizar sola la misión. Al parecer para lo único que él era bueno era para estropear las cosas.

Esa noche, acostada en la cama, Phillipa oyó en la distancia las campanas de la iglesia tocando maitines. Se quedó absolutamente inmóvil, fingiendo dormir, hasta que oyó crujir las sogas de sujeción de la cama y abrirse las cortinas, al mismo tiempo que sentía cambiar el peso de Hugh sobre el colchón de plumas; entonces abrió los ojos.

A la luz acuosa de la luna que iluminaba el espacioso dormitorio, lo vio sentado en el borde de la cama, su espalda enmarcada por las cortinas abiertas, con la cabeza inclinada y los codos apoyados sobre las rodillas. Su camisa, mojada por el sudor, se le pegó a los fuertes músculos de los hombros y brazos cuando levantó las manos para pasárselas por el pelo.

Él siempre se esforzaba por no hacer ruido cuando se levantaba durante la noche, al parecer sin darse cuenta de que ella también estaba despierta, tratando de dormir aunque sólo fuera unas pocas horas. La primera noche, ella había atribuido el insomnio a su falta de costumbre de compartir una cama, pero en las inquietas noches siguientes tuvo que reconocer que era Hugh el que la mantenía despierta: su cercanía, su calor, el recuerdo de lo ocurrido en el huerto, y el saber que sólo tenía que acercársele para que él tomara con ansias lo que ella le había negado entonces.

Suspirando cansinamente, él se agachó a buscar algo en el suelo: una media del par marrón que se había quitado al acostarse. Cogiendo la media de lana, metió un pie y se la subió por la pierna, levantándose la larga camisa para sujetarla mediante una tira de cuero atada a sus calzoncillos de lino.

Cómo estaba conectada la tira con los calzoncillos era un misterio para ella, puesto que siempre le daba la espalda cuando se estaba preparando para una de esas misteriosas excursiones nocturnas.

Hasta la semana anterior, cuando comenzó a compartir esa habitación con Hugh, no había visto nunca a un hombre en ropa interior, y mucho menos dormido al lado de uno. Cuando empezó a desvestirse la primera noche, ella pensó cuánta ropa se quitaría, puesto que le habían dado a entender que la mayoría de los hombres dormían absolutamente desnudos, sobre todo en tiempo caluroso. Se sintió aliviada al ver que se dejaba puestos la camisa y los calzoncillos, aunque una parte de ella sintió un poquitín de desilusión.

Lo más próximo a un hombre desvestido que había visto era al ocasional aguador o estibador que, cuando el día estaba especialmente caluroso, sólo se cubría con un taparrabo o calzones cortos. Su impresión de cómo podía verse un hombre sin nada de ropa se la formó de niña, cuando con Ada abrieron con una palanqueta un armario cerrado con llave en el estudio del tío Lotulf, y encontraron un libro en que aparecía una ilustración de Adán y Eva antes de la Caída. El grabado era notable por la absoluta desnudez de la pareja, que las escandalizó y fascinó al mismo tiempo. Lógicamente, fue Adán el que les despertó más curiosidad. Tenía el cuerpo tan terso y lampiño como Eva, pero no tenía pechos, tenía el abdomen más plano y entre las piernas le salía un curioso apéndice en forma de gusano, no más grande que su dedo meñique.

Las dos estuvieron muchísimo rato observando atentamente ese apéndice, elucubrando acerca de sus posibles funciones. Con el tiempo, analizando los chistes y canciones obscenos que oían, llegaron a la conclusión de que este apéndice entraba en juego durante actividades impúdicas con mujeres de mala reputación. Años después, cuando ya eran casi adultas, leyendo los escritos de Trotula de Salerno y otras dos o tres médicas italianas, llegaron a enterarse, aunque sólo nominalmente, lo que ocurría en el acto llamado coito, y que su finalidad era la procreación.

Trotula y sus colegas también enumeraban diversas técnicas para evitar la concepción, lo que la desconcertó tremendamente. Por mucho que defendiera la libre expresión sexual, secretamente siempre la había desconcertado que una mujer tomara parte en ese acto, a no ser que fuera con el fin de quedar embarazada; porque, aunque jamás lo reconocería públicamente, eso de dejar que un hombre le meta ese gusanillo por entre las piernas y derrame en ella su simiente, siempre se le había antojado no sólo indecoroso sino francamente repulsivo.

Hasta ese momento.

Pensando en lo ocurrido en el huerto, recordó su espanto cuando Hugh la apretó contra él haciéndola sentir su parte vital, que era muchas veces más grande que el del Adán del grabado. Entonces comprendió que ese órgano debía ponerse algo rígido para poder entrar en la cámara femenina, ¡pero que se agrandara hasta esas proporciones! Eso la dejó pasmada.

Tenía que doler terriblemente esa invasión del cuerpo por algo tan grueso y tan duro. Por las cosas que había oído, estaba bastante segura de que perder la virginidad era efectivamente una experiencia muy dolorosa. ¿Pero y después? Reflexionando, había llegado a la conclusión de que, una vez acostumbrada a ella, esa sensación de ser penetrada tan totalmente podría producir una cierta medida de satisfacción primitiva que se podía interpretar como placentera.

En realidad, Ada sostenía la hipótesis de que las mujeres son capaces de una liberación física similar a la eyaculación del hombre. Ella lo dudaba, aunque había llegado a aceptar que las mujeres pueden experimentar un cierto grado de excitación carnal. Ella misma la había sentido esa semana cuando estaba acostada al lado de Hugh, con su imaginación desbordada. Había descubierto que la contemplación de asuntos carnales produce una extraña lasitud de los sentidos, a la vez que una especie de vacío atroz en las partes femeninas, que se siente parecido a placer y dolor. Algo así como sentir un picor excepcionalmente enloquecedor y no tener manera de rascárselo.

Hugh se puso la otra media y las botas de montar; después se levantó, cogió su cinto de la percha, con el monedero y la daga pagana que colgaban de él, y se lo puso sobre la camisa.

Phillipa volvió a cerrar los ojos por si él miraba hacia ella antes de salir sigilosamente del dormitorio. Una vez que él salió, se levantó y se dirigió a la ventana, que daba al patio del establo. Oculta detrás de la contraventana a medio cerrar, lo vio salir de la casa por la puerta de atrás y entrar en el establo, como hacía todas las noches. Pronto apareció una tenue luz, cuando él encendió la linterna de cuerno que colgaba de la viga encima del corral de *Odín*; pasados unos minutos, aparecería montado en su enorme semental pardo y saldría disparado por Tooley Street.

Normalmente ella se quedaba observándolo hasta que se alejaba; después volvía a la cama y caía en un sueño inquieto del que despertaba más tarde cuando él volvía a meterse bajo las mantas. A los pocos minutos lo oía respirar con el ritmo profundo y regular del sueño. Después, por lo general continuaba un buen rato despierta, pensando adónde habría ido, y qué habría hecho para volver tan agotado. ¿Tirar los dados en una taberna, tal vez? ¿O, lo más probable, desahogarse en la cama de alguna mujer? Tal vez tenía una querida en las cercanías; sería lógico que un hombre como Hugh de Wexford tuviera una mujer a mano que se ocupara de aliviarle sus necesidades.

Por mucho que lo intentara, no podía borrar de su mente la imagen de Hugh metido entre las piernas de esa mujer sin rostro, penetrándola, llenándola con su simiente. Encontraba algo inexplicablemente doloroso en la idea de Hugh desahogándose con otra.

¿Con otra? Pero qué tontería sentirse celosa de una amante anónima de Hugh, cuando ella le había dejado claro que sus requerimientos no eran bien recibidos.

¿Y si lo hubiera aceptado? ¿Y si lo hubiera dejado extender su camisa en el suelo, se hubiera tumbado sobre ella y le hubiera abierto los brazos? ¿Y si lo hubiera dejado obtener su placer con ella en el fresco y soñador crepúsculo? «La gratificación habría sido mutua, os lo aseguro.» ¿Y si hubiera ignorado sus temores, sus dudas, y se hubiera permitido estar en el mundo y ser del mundo durante un breve y encantado interludio?

Él simplemente la habría utilizado, claro, como había utilizado a cientos de mujeres antes. La relación sexual no tenía más sentido para él que cualquier otra función corporal, aunque un poco más divertida. Durante ese encuentro en el huerto, cuando él la desarmó con sus besos sólo para tomarse esas asombrosas libertades con ella, sintió repugnancia ante la idea de entregarse a un hombre cuyo único interés en ella era como recipiente de su lujuria. Pero después, acostada junto a él noche tras noche, con el cuerpo sacudido de deseo, había tenido ocasión de repensar el asunto.

Eloísa sólo tenía dieciocho años cuando perdió la inocencia, y según el muy difundido relato de Abelardo de su fracasado romance, ella disfrutaba tanto como él de la relación sexual. No fue la pasión física la que destruyó a Eloísa sino la pasión que ardía en su corazón. Por fascinante que le pareciera el amor romántico, pensó, ella no estaba en peligro de caer presa de él; no sólo era demasiado cerebral para dejarse avasallar así, sino que, además, el desgraciado destino de Eloísa era para ella una potente fuerza disuasoria.

Siempre había sabido que debía evitar a toda costa enamorarse. Y hubo un tiempo en que también estaba feliz de evitar los placeres de la carne, pensando que no eran una gran pérdida. Pero últimamente…

Últimamente había llegado a considerarlo una gran pérdida.

«Las orugas se convierten en mariposas, pero primero tienen que desearlo. Tienen que salir de ese agradable y familiar capullo…»

Cogiendo de la percha su nuevo manto negro forrado en piel de marta, se lo puso sobre el camisón de dormir, salió de la habitación, descalza para no hacer ruido, bajó por la escalera de servicio y salió al patio del establo.

Capítulo 9

*P*hillipa se detuvo en la puerta del establo, inmensa estructura de piedra y madera, con capacidad para muchísimos más caballos que los que Aldous habría de albergar allí alguna vez. Su resolución se debilitó cuando vio la luz amarillenta de la lámpara sobre el corral de *Odín*, al final del largo pasillo central, y oyó el sonido de las tiras de cuero con que Hugh estaba afirmando la silla.

Armándose de valor, se arregló los cabellos sueltos que le caían en desordenados mechones hasta las caderas y echó a andar lentamente por el pasillo. De pronto crujió la paja bajo sus pies. Cesaron los sonidos procedentes del corral.

Se quedó inmóvil, reteniendo el aliento.

Hugh salió al pasillo con la rienda colgada de la mano, y la miró con callada sorpresa.

Ella se mojó los labios resecos; la mirada de él se posó en sus labios y luego en sus ojos.

—Phillipa —dijo en voz muy baja—. ¿Qué haces aquí?

Ella hizo una inspiración profunda, que no la calmó nada.

—Todas las noches, cuando te marchas a compartir la cama con otra mujer, yo me quedo ahí pensando… —Bajó la vista, con el corazón martilleándole tan fuerte que casi no se oía la trémula voz—. Deseando… que estuvieras en mi cama.

Tragó saliva. «Ya está, ya lo he dicho.» En el atronador silencio que siguió, pensó: «Dios mío, ¿qué he dicho?».

—Ha sido un error —dijo y, arrebujándose el manto, se giró para salir.

—¡Phillipa! —exclamó él, soltando la rienda.

Pero ella ya iba corriendo por el pasillo, con las piernas temblando, la sangre agolpándosele en la cara en una oleada de humillación. Cuando llegaba a la puerta oyó muy cerca las fuertes pisadas hollando la paja. Él la cogió por los hombros y la hizo girarse.

Ella trató de zafarse, pero él la hizo retroceder hasta dejarla apoyada en un macizo poste de roble, sin soltarla.

—Por favor…

—No ha sido un error —dijo él con voz ronca, cogiéndole la cara entre sus manos temblorosas.

La besó violentamente, con desesperación, pasando los dedos por entre sus cabellos para sostenerle la cabeza, rascándole la cara con su fina barba de un día.

Medio mareada, ella le correspondió el beso, rodeándole la espalda con los brazos, palpando sus tensos músculos. Él casi le hacía doler la boca, pero agradeció el asalto. «Poséeme», pensó. «Libérame.»

Con el pecho agitado él le besó la mandíbula, la mejilla, la frente.

—No existe ninguna otra mujer —dijo jadeante con la boca en sus cabellos—. Sólo existes tú.

Abriéndole el manto cerró las manos sobre sus pechos, captando su sorprendido gritito con la boca. Le masajeó los sensibles pechos con apasionada urgencia, raspándole los pezones con los callosos dedos a través del camisón. Debería dolerle, pensó ella, pero la sensación la hizo emitir un gemido de desvergonzado placer.

Él intensificó el beso, soltándole los pechos para acariciarla por todas partes donde llegaba con las manos: los brazos, la curva de su cintura, las caderas, e incluso…

Ella emitió una exclamación y le enterró los dedos en la espalda cuando él moldeó una mano sobre esa parte de la entrepierna, acariciándosela con tanta precisión por encima del camisón, que ella supo que tenía que sentir su excitación, su necesidad…

—Casi me he vuelto loco deseándote —resolló él.

Se desabrochó el cinto y lo arrojó a un lado. Le levantó la falda del camisón y la levantó, apoyándola contra el poste, y le colocó las piernas envolviéndole la cintura. Apoderándose nuevamente de su boca, movió las caderas, apretándose contra ella, friccionándole el lugar que ella sentía más excitado, su deseo tan evidente como una columna de piedra bajo su camisa y calzoncillos.

Él se levantó la camisa y se soltó el cordón que le sujetaba los calzoncillos. En su imaginación, Phillipa vio a la prostituta pelirroja que follaba con sus clientes apoyada en la pared de ese callejón de Kibald Street de Oxford. Girando la cabeza hacia un lado, interrumpió el beso.

—Aquí no —dijo—. Así no.

Hugh la bajó hasta el suelo, pero si ella creyó que la iba a llevar de vuelta a su dormitorio y a esa agradable y mullida cama, estaba muy equivocada. Él la metió en el primer corral y la tumbó sobre un montón de paja fresca.

Ella empezó a sentarse, abriendo la boca para decirle que no era eso tampoco lo que tenía en mente, pero él ya estaba encima, hundiéndola en la piel y la paja con el peso de su cuerpo, y silenciando su protesta con otro ardiente beso.

Subiéndole el camisón, le abrió los muslos y dejó una mano allí mientras se soltaba los calzoncillos.

A ella le llegó a doler el pecho con los fuertes golpes de su corazón. Eso iba demasiado rápido; se sentía como si la hubiera sorprendido una furiosa tormenta sin tener donde resguardarse.

Ahogó una exclamación al sentir algo duro y caliente sobre la delicada piel del interior del muslo. Era amedrentadoramente grande, una columna de acero muy pulido, la punta mojada con algo pegajoso; no había esperado eso.

Metiendo las manos por debajo de sus nalgas para levantarla, él retrocedió el cuerpo para tomar posición.

«Esto dolerá.»

—Hugh, espera —le rogó, cogiéndole la camisa.

—No puedo esperar.

Con un movimiento de las caderas, la tocó para abrirla.

—Tenemos que hablar.

—Después.

Con los nervios y venas del cuello hinchados por el esfuerzo, él se preparó para introducirse en ella.

—Hugh, sólo… no tan rápido.

—¿Por qué? ¿Qué pasa?

Estaba temblando, arqueado sobre ella, con los cabellos colgando, y la cara enrojecida.

—Es mi primera vez.

—¡¿Qué?!

—Es… es mi primera vez, y pensé que si pudieras hacerlo más lento, no sería tan…

—¿Tu primera vez? —La miró como si estuviera loca—. No puedes decirlo en serio. ¿Quieres decir «nuestra» primera vez?

—Soy… soy virgen, Hugh. De verdad.

Él la miró fijamente, con una expresión de asombro absoluto; después cerró los ojos y soltó una maldición en voz baja.

—Hugh… te lo iba a decir, pero todo ocurrió tan…

—Debería haberlo sabido. —Rodando hacia un lado, le dio la espalda y se ató los cordones de los calzoncillos—. En realidad lo sabía.

Phillipa se sentó y se bajó el camisón cubriéndose las piernas.

—¿Hugh? No quise decir que no podemos… —Le puso tímidamente la mano en el hombro—. Sólo quise decir que tal vez podrías tomarte la cosas con más lentitud.

—Ciertamente lo habría hecho —dijo él, girándose a mirarla—, si lo hubiera sabido. ¿Por qué demonios dejas que piensen que eres…? —Agitó la cabeza—. ¿Por qué?

Desviando la mirada, ella se rodeó con los brazos las rodillas levantadas.

—Era la mejor manera de hacerme parecer no apta para el matrimonio.

—No apta… ah, claro.

Por el rabillo del ojo ella lo vio frotarse la nuca.

—Claro, es absurdamente lógico. Pero… te han visto hacer entrar hombres en tu casa. Y hablan de ti, esos hombres que has… los hombres con que supuestamente te has… has estado. Se jactan de haberte llevado a la cama.

Ella se encogió de hombros.

—He invitado a estudiantes a mi casa cuando la conversación era especialmente interesante y no quería que acabara. Si algunos de ellos han tergiversado la visita después, bueno… se sabe que los hombres mienten acerca de estas cosas.

—Y a ti te iban bien esas mentiras porque fomentaban tu imagen de libertina intelectual. —Se quitó el pelo de la cara con las dos manos—. Pero en realidad no tiene lógica. Si tan resuelta estabas a tener una reputación manchada, ¿por qué no simplemente… mancharla a conciencia y francamente? Bien puedes ser lasciva si eso es lo que los demás van a creer de todas maneras.

—La verdad es que nunca sentí deseos de… de hacer las cosas que le ganan a uno ese tipo de reputación. —Lo miró furtivamente de soslayo, nerviosa—. Tal vez si alguna vez hubiera estado enamorada, pero…

—Ah, el amor. —Sonrió irónico—. El motivo de que nunca te haya herido la flecha de Cupido, milady, es que no hay flechas en su aljaba. Si quieres esperar el verdero amor, creo que vas a ser eternamente virgen.

—Eso lo sé. Y no quiero hacerme vieja y morir sin haber experimentado... —Se mordió el labio, tan renuente como siempre a decirlo—. Por eso pensé...

—Por los clavos de Cristo. Así que de eso se trata. Querías que yo te librara de tu aburrida virginidad.

—No fue así. No fue un plan... a sangre fría.

—Bueno, eso es algo —dijo él, mordaz.

—Lo deseaba. —Se giró sobre el montón de paja a mirarlo—. Te deseaba a ti. Y sé que tú me deseabas, no porque tengas... algún sentimiento por mí, por supuesto, sino porque... bueno, supongo que un hombre simplemente tiene... necesidades animales.

Él la estaba mirando atentamente, su expresión imposible de discernir en la penumbra del corral.

—Y eso está bien —se apresuró a añadir—. Eso es bueno. Es perfecto, en realidad, porque no quiero... ninguna complicación emocional. Sólo deseo experimentar... —desvió la vista, envolviéndose en el manto, como en un capullo—, experimentar un poco más de la vida. ¿No es eso lo que vives diciéndome que debo hacer?

—Sí, pero el modo como propones hacerlo...

—Lo que propongo es un arreglo muy sencillo, una aventura si quieres, pero del tipo más rudimentario, puramente físico.

—Creí oírte decir que no era un plan a sangre fría.

—Si yo fuera tan desapasionada como al parecer crees que soy, habría entregado mi inocencia a alguien hace mucho tiempo. Te dije que te deseaba a ti, y lo dije en serio.

«Cuidado.» Un hombre como Hugh de Wexford, para quien la seducción sólo era otro pasatiempo más, se reiría si supiera que había estado despierta noche tras noche, con un febril deseo de él.

—El asunto es que no busco afectos, ataduras, pero tampoco tú. Una vez que termine esta misión no nos volveremos a ver nunca más. En realidad las circunstancias son muy ventajosas.

—Circunstancias ventajosas —dijo él con una risita amarga—. Bueno, supongo que eso es mejor que si predicaras sobre alondras y estorninos y el resto de esa tontería sensiblera.

—Entonces estás... dispuesto a... a...

—No —dijo él, levantándose y agachándose a quitarse trocitos de paja de las medias.

—Pero...

—No obstante mis... necesidades animales —dijo él alegremente—, no creo que la manera de satisfacerlas sea deshonrando doncellas.

—Deshonrando..., vamos, por el amor de Dios. —Se puso torpemente de pie aceptando la mano que él le ofrecía—. No me deshonrarías. Mi reputación ya no tiene remedio. En cuanto a mi virtud, me sirve muy poco. En todo caso, se me está convirtiendo en una carga.

—Eso lo dices ahora, ¿pero cómo te sentirás por la mañana?

—Aliviada.

—Posiblemente. O tal vez podrías descubrir, a la luz del día, que has desperdiciado algo precioso... —Guardó silencio un instante y continuó muy serio—: En alguien que no lo valoró. Nunca me ha gustado el papel de seductor, Phillipa. No quiero ser el hombre al que una mujer no soporta mirar al día siguiente cuando se da cuenta de que en realidad sólo fue algo... puramente sexual.

—Pero es que es solamente sexual. No soy una niña enamorada, Hugh, y eso quiero decir cuando digo que no deseo afectos. Si temes que yo te acose con atenciones indeseadas después, tranquilízate, no tengo ningún interés de ese tipo en ti. Eres el último hombre al que le entregaría el corazón.

La expresión de él se ensombreció al asimilar eso. Ella vio cómo se le movía la mandíbula al apretar los dientes.

—Gracias por esa clarificación, milady, pero no era necesaria. Conozco muy bien mis muchos defectos.

—Eh, no lo dije bien...

—Lo has dicho muy bien. —Saliendo al pasillo, se agachó a recoger su cinto y se lo puso con movimientos rápidos y eficientes—. Sé lo difícil que es para ti fingir tacto, pero no hay ninguna necesidad de que te tomes ese trabajo conmigo.

—Hugh...

—Puesto que estamos hablando con sinceridad —continuó él, con mordacidad—, tal vez te convenga saber que no soy tan noble como he dado a entender. Es cierto que no me gusta desflorar vírgenes, pero no porque sea tan caballeroso que no quiera deshonrarlas. La verdad es que es un asunto tedioso iniciar a una virgen. Prefiero una mujer experimentada, que sepa lo que hace.

Phillipa se quedó observándolo, con las mejillas ardientes de rabia y humillación. Él se giró y caminó por el pasillo de vuelta al corral de *Odín*, pero se detuvo en la puerta, pasándose la mano por el pelo.

—Hay una cosa que no entiendo —dijo. Emitiendo un gruñido

sarcástico, añadió—: En realidad son muchas cosas, pero... —Mirándola por encima del hombro, le preguntó—: Dada tu... inexperiencia, ¿por qué aceptaste esta misión, sabiendo que entrañaría acostarte con Aldous Ewing?

—Os lo dije al principio, a ti y a lord Richard —contestó ella, malhumorada—. Hay maneras de obtener información de un hombre, sin tener que pagarla con el cuerpo.

Suspirando, él se agachó a recoger la brida donde la había dejado caer.

—De verdad eres muy ingenua, milady.

—¿Yo, ingenua?

Él se giró a mirarla.

—Y tan segura como siempre de que ese cerebrito tuyo tan inteligente va a resolver cualquier problema y te va a sacar de cualquier aprieto. Pero ocurre que no es de tu cerebro del que está tan enamorado Aldous. Anoche te oí intentando sonsacarle información, y en vano. Pero dale a probar eso que desea tan ardientemente —la miró de la cabeza a los pies— y creo que será más maleable.

—Tonterías —dijo ella, pero la protesta le sonó hueca a sus propios oídos. Durante esa semana, cada vez que Aldous desviaba sus intentos de sonsacarle sus secretos, se había ido convenciendo cada vez más de que sus esfuerzos eran inútiles—. El problema es que Aldous no es estúpido. Declarar que simpatiza con la reina es una cosa, reconocer su participación en un complot contra el rey es declararse traidor. Tengo que ser más lista que él, no acostarme con él.

—Si te acuestas con él —dijo Hugh, cansinamente—, podrás ser más lista que él. Esto no es algo que espero que sepas, pero los hombres se ponen estúpidos en la cama, estúpidos, confiados y crédulos. Un hombre le confía más cosas a su amante que a una mujer que sólo lo deja meterle fresas en la boca. Lord Richard sabe esto, por eso espera que te conviertas en la querida de Ewing, como también lo espera Aldous ahora. Es ingenuidad pensar que puedes jugar indefinidamente a seducir sin entregarte. Tarde o temprano él se hartará de tus jueguitos y te mandará a hacer tu equipaje, ¿y en qué situación quedaremos?

Ay, Dios, si no tuviera una lógica tan excelente. La fastidiaba quedar atrapada en una red de lógica, siendo ese su dominio intelectual particular; que Hugh de Wexford hubiera conseguido esa hazaña, sólo lo empeoraba.

—Si tengo que... entregarme, me entregaré —aseguró, sorprendida por decirlo más o menos en serio.

¿Por qué no acostarse con Aldous Ewing si eso podía salvar a Inglaterra de otra devastadora guerra civil? Tal vez si otro hombre tuviera algún derecho sobre ella... pero el único hombre de su vida estaba delante de ella en ese momento, y no daba la impresión de albergar ningún sentimiento, a excepción tal vez de un moderado desprecio por su ingenuidad. Ciertamente a Hugh no le importaría que ella llevara a Aldous a su cama; en realidad, la estaba empujando en esa dirección, sólo unos instantes después de su abortada relación sexual con ella.

Además de los otros motivos sensatos para acostarse con Aldous, estaba el hecho de que Richard de Luci, el juez del reino, se había tomado considerable trabajo y hecho considerables gastos para reclutarla, engalanarla para su papel e instalarla en la casa de Aldous. Se estremeció al pensar cuál podría ser la reacción de su señoría si ella abandonaba la misión en ese punto a causa de un aspecto que él le había explicado francamente desde el principio: la expectativa de que ella se convirtiera en amante de Aldous Ewing.

—No lo dices en serio —dijo Hugh, observándola atentamente—. No tienes la menor intención de dejarte seducir por Aldous.

—Es algo puramente sexual —dijo ella, tratando de parecer más indiferente de lo que se sentía, tratando de creer que no significaba nada, que podría hacerlo por el bien del reino—. Antes me molestaba la idea de entregarme a un hombre al que no amara, pero como lo habrá demostrado esta noche, ya no tengo esos escrúpulos.

Hugh la miró a los ojos, consternado. Interesante. Su consternación era visible, hasta que se dio cuenta y arregló la expresión.

—No, eso es un farol. Supongo que sabes que Aldous se dará cuenta de que eres virgen la primera vez que te lleve a la cama. ¿Cómo te las arreglarías para explicar eso, si supuestamente estamos casados tú y yo?

Nuevamente la había atrapado en otra antipática red de lógica. Sonrió al ocurrírsele una manera de salir de esa.

—Nunca le he dicho a Aldous con tantas palabras que nuestro matrimonio no se ha consumado.

—¿Y por qué no se habría consumado?

Ella se encogió de hombros.

—Tal vez le diga que tienes la sífilis y no quiero contagiarme.

—La sífilis. —Levantó una mano—. Ahora bien, espera...

—O puedo decirle que eres impotente —sugirió ella, quitándose despreocupadamente trocitos de paja del manto.

120

—¡Impot...! Maldita sea, ¡no le dirás que soy...!

—O, ¡ya sé! Le diré que prefieres a los hombres y que te casaste conmigo sólo por las apariencias —dijo ella girándose y dirigiéndose a la puerta.

—Maldición, Phillipa...

—Hay cientos de maneras de explicarlo —dijo ella alegremente, deteniéndose en la puerta para mirarlo; a él se le estaba poniendo la cara granate y le temblaba el arnés en la mano—. Ya se le ocurrirá algo a este cerebrito mío tan inteligente.

Capítulo 10

—*T*ú juegas —dijo Hugh, echándose atrás en el asiento y cogiendo su copa de vino.

Phillipa observó atentamente el tablero de ajedrez que ese atardecer habían puesto sobre la mesita de piedra del balcón. Ella tendía a tomarse más tiempo para pensar su jugada, a diferencia de él, cuyas decisiones eran mucho más espontáneas. Y ella tenía la costumbre de morderse el labio inferior mientras pensaba, lo que la hacía parecer engañosamente infantil.

¿O no era engañosamente? Ahora que él sabía que ella no era la joven mundana que simulaba ser, le resultaba menos enigma, pero igual de fascinante. Y, Dios misericordioso, igualmente atractiva.

Ataviada con un vestido de raso rojo sangre, las mejillas arreboladas por la luz del crepúsculo, lo hacía pensar en una delicada fruta en su punto de madurez para cogerla. Le habían peinado los cabellos en cuatro largas trenzas envueltas de a dos por cintas doradas elaboradamente entretejidas; en la cabeza llevaba un cintillo de oro batido. Cuando se inclinaba sobre el tablero, los pechos se hinchaban por encima de la cinta dorada que orlaba el escote de su túnica, cortado intencionadamente bajo para dejar visible el seductor encaje blanco de su camisola de seda blanca.

Durante toda la cena la había observado coquetear con Aldous, sin poder dejar de imaginársela sólo con la camisola, los cabellos sueltos sobre los hombros, y los brazos abiertos para abrazarlo a él.

No a Aldous, a él.

Sabía que no debía entregarse a esas fantasías, después de ese desalentador encuentro en el establo la noche anterior. Después ella había vuelto a la casa, y él había cabalgado como alma llevada por el diablo hasta caer desplomado en la cama justo antes que despuntara el alba, despreciándola por tenerlo en tan poca estima, y resuelto a sacársela de la cabeza.

De todos modos esa mañana despertó tremendamente excitado por haber soñado una y otra vez con ella, y maldiciéndose por no haber tomado lo que ella le ofreciera tan francamente esa noche. Por lo menos le habría curado la insaciable hambre que lo afligía. Después de lavarse las manos respecto a ella esa noche, estaba en su poder más que nunca. Joanna siempre le había dicho que era incapaz de guardar rencor.

Tal vez debería aprender a hacerlo. Ya era bastante problema desearla tan obsesivamente, pero sentirse tan posesivo, tan protector, ansiar tanto su compañía, sorprenderse pensando que era la mujer más extraordinaria que había conocido, preguntarse, Dios santo, si ella se sentiría tan atraída por él como él por ella…

Y sentir esa furia tan hirviente ante la idea de que se entregaría a Aldous Ewing…

Sucumbir a ese tipo de enamoramiento no sólo era temerario sino muy peligroso además. Cuando un hombre se ata a una mujer jamás vuelve a tener independencia en su vida, por eso él había pasado sus treinta y cinco años evitando ese tipo de atadura. Había aprendido a controlar sus sentimientos, satisfaciendo al mismo tiempo las necesidades de su cuerpo. Aunque le habían gustado la mayoría de las mujeres que habían compartido su cama a lo largo de los años, y a muchas les había tenido auténtico cariño, jamás se había sentido en peligro de enamorarse.

Hasta ese momento.

Desde abajo llegó el ruido de cascos de caballo sobre las losas de piedra y de voces masculinas hablando en otro idioma. Después de mirarlo fugazmente, Phillipa se levantó de la mesa, igual que él, a mirar por encima de la baranda.

Por la puerta del patio principal iban entrando dos hombres montados en mula seguidos por un par de percherones cargados. El hombre que iba delante vestía una larga y anticuada túnica, y de sus hombros colgaban en bandolera bolsas y portadocumentos; el hombre era tan delgado que llegaba a ser huesudo; por debajo de una gorra de fieltro atada bajo el mentón asomaban cabellos negros con hilos de plata. Su acompañante, humildemente vestido, también tenía cabellos negros, pero era gordo y de piel más morena.

Tiraron de las riendas y desmontaron; el mayor de ellos dijo algo en un idioma que a Hugh le pareció conocido, aunque sólo entendió una que otra palabra.

—Habla uno de los dialectos italianos —dijo a Phillipa—, pero no el que yo conozco.

Ella lo miró con curiosidad, como si la sorprendiera que él supiera algún idioma extranjero; si supiera cuántos hablaba, pensó él, después de haber luchado con extranjeros en todos los rincones del mundo, se quedaría pasmada.

Se oyeron pasos apresurados en la escalera. Los dos se volvieron a mirar y vieron entrar precipitadamente en el salón a Claennis, una de las bonitas criadas de Aldous.

—¡Señor Aldous! Ha llegado el caballero de... —Miró nerviosa alrededor y entonces vio a Phillipa y Hugh en el balcón—. Perdonad, pero, ¿sabéis dónde puedo encontrar al señor Aldous?

—No lo hemos visto desde la cena —dijo Hugh, entrando en el salón con Phillipa.

—Ah. —Claennis se retorció las manos—. Hay dos caballeros abajo, y creo que uno de ellos es ese Orlando Storzi que el señor Aldous estaba esperando. Él quería recibirlo personalmente, pero...

—¡Orlanzo Storzi! —exclamó Phillipa, aunque a Hugh no le decía nada ese nombre.

—Sí, ha hecho el viaje desde Roma, y el señor Aldous...

—Nosotros iremos a buscar al señor Aldous —dijo Phillipa—. Tú baja a darles la bienvenida, y envía a buscar al mozo del establo para que se encargue de sus monturas.

—Sí, milady.

Mientras la muchacha bajaba corriendo por la escalera, Hugh se volvió a mirar a Phillipa.

—¿Y ese Orlando Storzi es...?

—Un conocido científico y metafísico —dijo ella—. Escribió un famoso tratado sobre las dos fuerzas esenciales de la naturaleza, la disolución y la coagulación. También es famoso por sus investigaciones sobre los adelantos científicos orientales.

—Mmm... fascinante. —Cogiéndola del brazo, la llevó fuera del salón—. ¿Alguna idea brillante sobre dónde podría estar Aldous?

—¿No le pidió a Elthia que le llevara unos polvos para el dolor de cabeza al final de la cena? Tal vez está acostado.

Cuando llegaron a la puerta del dormitorio de Aldous, Hugh levantó una mano para golpear, pero la detuvo al oír la voz del diácono, ronca y jadeante:

—Sí… aahh…

Frunciendo el ceño, perpleja, Phillipa susurró:

—Pensé que estaría acostado.

—Me imagino que lo está.

Un impulso diabólico lo hizo girar el pomo y abrir la puerta.

—Aldous, ¿estás…?

—¡Jesús! —exclamó Aldous.

Estaba sentado en el borde de la cama, encima de la cual colgaba un enorme crucifijo de madera, con la sotana levantada, las manos aferradas a mechones del pelo rubio de Elthia, que estaba arrodillada entre sus piernas.

—Perdona que te moleste, Aldous —dijo Hugh como si tal cosa—, pero ha llegado el *signore* Orlando.

Cerrando la puerta, cogió por el codo a la perpleja Phillipa y echó a andar.

—Parece que no estaba acostado después de todo. ¿Bajamos a saludar a los invitados de Aldous? Parece que el buen diácono tiene asuntos más importantes que atender.

Mientras Hugh la llevaba hacia la escalera, Phillipa giró la cabeza para mirar la puerta del dormitorio de Aldous por encima del hombro.

—¿Qué estaban… es decir…? —Mirando interrogante a Hugh cuando bajaban por la escalera, continuó—: Elthia no puede haber estado… no puede ser lo que parecía.

—¿Qué parecía? —le preguntó él con estudiada inocencia.

Ella emitió una especie de maullido de exasperación.

—Por favor, simplemente dime qué estaban haciendo.

—¿Por qué no intentas poner a trabajar ese cerebrito tuyo tan inteligente?

Llegó con la ceñuda Phillipa al vestíbulo de entrada, donde vieron a Claennis haciendo pasar a los dos italianos.

—¡*Signore* Orlando! —gritó Aldous, bajando a toda velocidad la escalera, arreglándose enérgicamente la sotana, la cara enrojecida, el pelo despeinado. Se le cayó el solideo, pero él no pareció notarlo—. Soy Aldous Ewing. Perdonad que no haya salido a recibiros. Estaba —miró hacia Phillipa, con visible humillación— ocupado con… asuntos de la Iglesia.

—Estimulando a una de tus criadas a hacer oración, ¿verdad?

—dijo Hugh. Al ver el rubor y la furiosa mirada de Aldous, añadió—: Vi a alguien arrodillada. Supuse que…

—*Signore* Orlando —se apresuró a decir Phillipa—, es un honor conoceros. Soy Phillipa de Oxford, y él es mi marido Hugh. He leído vuestra *Chemicum Philosophorum*. Muy esclarecedora.

Aldous la miró boquiabierto.

—¿Conocéis mi obra? —preguntó Orlando en un francés muy a la italiana, cogiéndole las manos a Phillipa y dándoles un buen apretón—. ¡Una mujer hermosa que lee la metafísica! ¡Istagio! ¿No te dije que me encantaría Inglaterra?

—*Sí, signore* —respondió Istagio, mirando lascivamente a Claennis—. Es un país muy hermoso.

—*Signore* Orlando —dijo Aldous—. Seguro que os iría bien tomar algún refrigerio después de un viaje tan pesado. Claennis, ¿harías el favor de llevar un poco de vino con especias y pasteles de almendras al salón? Ah, y llévate al criado del *signore* a la cocina para que coma un poco de…

—Istagio no ser mi criado —dijo Orlando—. Es… ¿cómo diríamos?, hace las campanas.

Hugh y Phillipa se miraron. ¿Hace las campanas?

—Sí, bueno… —Con aspecto algo perplejo, Aldous extendió las manos con las palmas hacia arriba y se encogió de hombros—. Si el *signore*… ¿Istagio?, tiene la bondad de unirse a nosotros arriba…

—Si poder primero por favor ver mi laboratorio —dijo Orlando—, para poder desempaquetar mi equipo…

—Vuestro lab…

—El lugar donde voy a trabajar en…

—¡Ah! —Aldous emitió una risita nerviosa—. No, no, no. Eso no tendrá lugar aquí, señor Orlando. Mi hermana debería haberos explicado más claro eso cuando os escribió. Mañana a primera hora os acompañaré al castillo de Halthorpe, que está al noreste de Londres. Allí es donde os alojaréis y… eh… —Miró furtivamente hacia Hugh y Phillipa—. Mi hermana ha dispuesto un lugar para vos, en el sótano, creo, donde podéis… —se aclaró la garganta—, desempaquetar vuestro equipo.

—Ah —dijo Orlando sonriendo, como pidiendo disculpas—. Lady Clare me escribir en ese idioma franco, que soy malo para entender. Es mi culpa, enteramente. *Sono spiacente*. Ruego perdonar.

—No tiene importancia —dijo Aldous.

—Podríais tener bastante dificultad con el francés anglicanizado que hablamos aquí en Inglaterra, *signore* —dijo Phillipa—. ¿Preferiríais hablar en latín?

Aunque normalmente el latín se reservaba para el discurso académico y religioso, era un idioma que la gente educada de cualquier parte conocía bien.

—*Grazie*, pero no —dijo Orlando—. Estar impaciente por ampliar mi mente hablando en vuestro idioma nativo. Además, tenemos que pensar en Istagio, sabe muy poco latín.

—Como gustéis —dijo Aldous, indicando a Orlando e Istagio que subieran por la escalera—. Es la puerta de la derecha. —A Hugh y Phillipa dijo, pero dirigiéndose más a ella—: Sabéis que sois muy dueños de quedaros aquí hasta que yo vuelva de Halthorpe. No tardaré mucho; sólo pienso quedarme una noche.

Su voz era mesurada, suave, y bien que hacía, después de la inverosímil escena que acababan de presenciar.

Phillipa dirigió una mirada preocupada a Hugh; él sabía lo que estaba pensando: mal podían permitirse continuar en Southwark mientras la situación que estaban investigando se desarrollaba en Halthorpe.

—Oye, Aldous —se atrevió a decir Hugh—, ¿no te parece que podríamos acompañarte mañana?

Aldous lo miró ceñudo.

—¿A Halthorpe? ¿Para qué?

Hugh se encogió de hombros.

—Sería un cambio de paisaje. Me han dicho que el lugar es muy hermoso.

Aldous emitió una risita despectiva.

—Te han informado mal. Es un inmenso y lúgubre montón de piedras. Es el castillo más horrible de Inglaterra.

—Bueno, me gustaría volver a ver a tu hermana. La recuerdo bien de Poitiers.

—No puedes recordarla tan bien si tanto deseas volver a verla. —Negando firmemente con la cabeza, añadió—: No, sólo lo pasaríais mal acompañándome, y además, no tiene ningún sentido puesto que regresaré inmediatamente.

Hugh maldijo para sus adentros, pues no ganaría nada insistiendo; Aldous parecía inamovible.

—Tú primero —dijo Aldous, haciéndose a un lado para que Hugh subiera delante de él.

Cuando comenzaba a subir, Hugh observó que Aldous le ponía una mano en el brazo a Phillipa para retenerla.

—Volveré tan pronto como pueda —le prometió, con voz apenas más alta que un susurro.

Hugh pensó que ella iría a insistir para que los invitara a Halthorpe, aunque lo más probable era que fuera inútil, pero ella dijo con serena reserva:

—No estaré aquí, Aldous. Creo que es mejor que Hugh y yo regresemos a Oxford cuanto antes.

Aldous susurró su nombre, suplicante, y luego se oyó un frufrú de sedas.

En lo alto de la escalera, Hugh se giró a mirar y vio a Aldous haciendo pasar a Phillipa a la despensa, que daba al vestíbulo de entrada, y luego dejaba caer la cortina de cuero que cubría la puerta. Echando una mirada en el salón, vio a Orlando e Istagio en el balcón, conversando en su idioma y contemplando la ciudad bañada por el sol poniente al otro lado del Támesis.

Bajó la escalera y se detuvo delante de la cortina cerrada, sin hacer el más mínimo sonido.

—... perdona, lo siento tanto —estaba diciendo Aldous en tono contrito—. Sólo te deseo a ti, sólo a ti. Sólo recurrí a Elthia porque me tienes loco de deseo.

—Cuando te vi así con ella —dijo Phillipa—, me sentí como si un cuchillo me hubiera perforado el corazón.

—Imagínate cómo me siento yo —repuso Aldous con voz entrecortada—, sabiendo que perteneces a otro, que compartes su cama todas las noches mientras yo estoy ahí atormentado por las ansias...

—Aldous...

—Ven a mi habitación esta noche cuando Hugh ya se haya dormido —le suplicó él.

Hugh cerró las manos en puños. Por Dios, el lujurioso cabrón estaba tan resuelto a poseerla que se arriesgaba a su ira, incluso después de su demostración con la *jambiya* el día anterior. Y bien que lo comprendía.

—No, Aldous.

—No... no acabé con Elthia. Por favor, Phillipa, te necesito. Y tú me necesitas, aunque tal vez no lo sepas.

—Ah, sí que lo sé —dijo ella dulcemente—. Te necesito desesperadamente. Casi no logro pensar en otra cosa.

—Dios mío, ¿entonces por qué no quieres venir a mí? Él no te ama, tú misma me lo dijiste. No se merece tu fidelidad.

—Eso lo sé, lo que pasa es que...

—¿Sí?

—No logro decidirme a traicionarlo mientras duerme bajo el mismo techo.

Hubo un momento de silencio; al parecer Aldous estaba considerando eso. «Ah, vaya si no eres listilla», pensó Hugh tristemente. Demasiado inteligente.

—Si hubiera otro lugar —dijo ella—, cualquier lugar que no sea esta casa, con Hugh tan cerca, no vacilaría en... en estar contigo. Qué no daría por la oportunidad de... de hacerte olvidar mi actitud contigo en París. Tanto que te negué entonces. No sabes cómo deseo entregarme a ti, en cuerpo y alma, perder los sentidos en tus brazos. Cuando pienso cómo podría ser entre nosotros, con qué pasión, con qué absoluto desenfreno...

—Ven conmigo a Halthorpe —interrumpió Aldous—. Sólo tú.

Sí que era ingeniosa, de acuerdo, pensó Hugh. Puso la trampa y Aldous cayó en ella sin darse cuenta. Una parte de él deseó que no hubiera caído.

—¿Sólo yo? —dijo ella—. Pero... ¿qué le diremos a Hugh?

—Dile... no sé... dile que... —Aldous emitió un gemido de frustración—. Dios, ¡tiene que ocurrírsenos algo!

—Ya sé...

Hugh levantó la mirada al cielo; claro que ya se le había ocurrido algo.

—Hugh le prometió a su hermana que pasaría un tiempo con ella mientras estábamos en esta parte de Inglaterra —dijo ella en tono conspiratorio—. Lo hemos ido postergando porque yo no me llevo muy bien con ella, pero Hugh ha estado un poco irritado, porque desea ir a verla. Podría decirle que te convencí de que me permitieras estar en Halthorpe mientras él está de visita allí solo. De esa manera puede quedarse todo el tiempo que quiera ahí, sin tener que oírme protestar y quejarme todo el tiempo.

—¡Sí! ¡Sí!

—Claro que entonces tendrías que alargar tu visita a Halthorpe. Es decir, nuestra visita. Si fuera sólo una noche, tal vez no nos resultaría. Pero si fuera unas cuantas semanas...

—Ah, qué no daría yo por estar contigo todo ese tiempo. Vendería mi alma al diablo por ese privilegio.

Hugh puso los ojos en blanco.

—Yo también —dijo ella en voz baja—. No veo la hora de compartir tu cama.

Hugh deseó que no fuera tan condenada buena actriz. Secretamente se había sentido aliviado cuando ella le dijo su intención de sonsacarle los secretos a Aldous sin acostarse con él. Ahora que había abandonado esa idea ingenua pero tranquilizadora, ya no sabía cómo se sentía. Debería alegrarse de su decisión, porque así progresarían en la misión y posiblemente salvarían a Inglaterra de otra desastrosa guerra civil. Pero cuando se la imaginaba en la cama de Aldous, cogiéndolo en sus brazos… y en su cuerpo… se le anudaban las entrañas de impotente furia.

No estaba acostumbrado a estar a merced de sus emociones, y no le gustaba nada sentirse así. No debía permitirse pensar que él tenía algún derecho sobre Phillipa de París. Si ella estaba dispuesta a hacer el papel de la querida de Aldous Ewing, él debía animarla, no sólo por el bien del reino sino también por su preciada libertad. En realidad, debería estar impaciente porque ella se acostara con Aldous, porque si algo podía extinguir su ingobernable pasión por ella, ciertamente sería saber que era la amante de otro hombre.

—A partir de mañana por la noche —dijo Aldous—, compartirás mi cama. Diré a Clare que nos ponga en habitaciones conectadas.

Hugh se frotó la palpitante frente.

—Me parece un sueño —dijo Phillipa.

O una pesadilla, pensó Hugh, según el punto de vista de cada cual. Sin duda lord Richard estaría feliz por la decisión de Phillipa de marcharse con Aldous al día siguiente, dado que esa parecía ser la única manera que uno de los dos viera el interior del castillo de Halthorpe y tuviera oportunidad de descubrir la intriga; esto al margen del hecho de que él no estaría con ella para protegerla, si surgiera la necesidad. Pese a su agudísimo ingenio y a sus excelentes dotes de actriz, sin él estaría más vulnerable. Además, con toda su inteligencia deductiva, él tenía más experiencia que ella en ese tipo de trabajo.

Sí, pero no es sólo por eso que no quieres que vaya.

—Quiero que sepas —dijo Aldous con untuosa sinceridad— que de ahora en adelante no existirá nadie fuera de ti, nada de Elthias… Esto es una promesa solemne.

—Gracias, Aldous. Eso significa muchísimo para mí.

Hubo un largo silencio. ¿Se estarían besando? De pronto Hugh cayó en la cuenta de que los dedos de su mano mala se habían cerrado por reflejo sobre la empuñadura de su *jambiya*. Cerró los ojos, haciendo acopio de todas sus fuerzas. «No pienses en eso. No pienses, quítatelo de la cabeza. Elévate por encima…»

—¿Sir Hugh?

Abrió los ojos y se encontró ante Claennis, que estaba al pie de la escalera con una bandeja llena de pasteles de almendra, copas y una jarra de arcilla con vino exóticamente aromatizado.

—¿Os pasa algo? —le preguntó ella.

—No, nada, sólo estaba... —Agitó la cabeza y se frotó la nuca.

—¿Tenéis dolor de cabeza? Puedo traeros...

—Estoy muy bien. —Precipitadamente pasó junto a ella y subió la escalera de a dos peldaños—. No necesito nada, gracias. Absolutamente nada.

—Ya está todo listo, milady —anunció Blythe, la doncella que le había asignado Aldous para atender a sus necesidades durante su estancia en Southwark. Cerrando la tapa del enorme arcón de madera reforzado con flejes de hierro que contenía la mayor parte de su ropa, continuó—: Tenéis todo preparado para mañana. Espero que tengáis una buena estancia. Me han dicho que Halthorpe es uno de los castillos de piedra más antiguos de Inglaterra, y enorme, casi demasiado enorme. Dicen que uno se puede perder allí si no tiene cuidado.

—Seguro que disfrutaré de mi estancia allí —dijo Phillipa, asomada a la ventana abierta, contemplando el cielo nocturno y pensando: «¿Qué voy a hacer? Debo de estar loca».

—Os prepararé para la cama, entonces.

Blythe le sacó el cintillo de la cabeza, luego los anillos y los pendientes de granate, y los guardó en el cofrecito con marfil que contenía sus objetos de valor. Situándose a su espalda le soltó las cintas doradas que envolvían los dos pares de trenzas.

Se oyó un golpe en la puerta y luego la voz apagada de Hugh.

—Soy yo.

Siempre golpeaba antes, por si ella se estuviera bañando o vistiendo. Cuando llegaba a acostarse ella ya estaba en camisón y metida bajo las mantas, y las lámparas apagadas, pero esa noche se había retrasado, por el tiempo que le llevó hacer su equipaje.

—¿Le digo que se marche, milady? —le preguntó Blythe, cogiendo el cepillo con mango de cuerno del lavabo.

—No, déjalo entrar.

No había tenido la oportunidad de hablar en privado con él desde la llegada de Orlando e Istagio.

La doncella abrió la puerta; Hugh entró y se detuvo en seco al ver que ella estaba totalmente vestida.

—Perdona, pensé que estarías… —Girándose, dijo—: Volveré más tarde.

—No, quédate. Blythe, ahora puedes marcharte. —Tendió la mano para coger el cepillo de manos de la doncella—. Me arreglaré yo sola.

Una vez que salió la doncella y cerró la puerta, los dos se quedaron mirándose desde ambos extremos del dormitorio, en incómodo silencio. Él vestía la más elegante de sus túnicas nuevas, azul oscuro con orla negra, y llevaba el cabello peinado hacia atrás, como le gustaba a ella. Se veía insoportablemente apuesto a la luz dorada de la lámpara… pero también parecía algo distante, y tal vez triste, como lo había visto toda la velada. No estaba acostumbrada a ese lado callado y serio de él, y cayó en la cuenta de que prefería al antiguo Hugh, al Hugh insolente y engreído.

Necesitada de hacer algo con las manos, empezó a deshacerse y cepillarse una trenza.

—No pareciste sorprendido —dijo, sin levantar la vista— cuando Aldous dijo a Orlando e Istagio que yo los acompañaría mañana a Halthorpe.

—Te oí tramar el plan con él.

Ella hizo un involuntario gesto de pesar, avergonzada de que él se hubiera enterado de esa horrorosa escenita, oído las cosas que ella dijo… «No sabes cómo deseo entregarme a ti, en cuerpo y alma, perder los sentidos en tus brazos…»

—¿Lo besaste? —le preguntó él.

Ella levantó la vista, sorprendida no sólo por la pregunta sino por la pena que detectó en su voz, y negó con la cabeza. Él pareció aliviado, hasta que ella añadió:

—Él me besó a mí.

Recordó su disgusto cuando la boca de Aldous le aplastó la de ella, su repugnancia cuando trató de meterle la lengua entre los labios. Lo apartó alegando que temía que alguien los sorprendiera ahí. Entonces fue cuando comprendió lo horroroso que sería perder la virginidad con ese hombre.

Hugh desvió la vista, manos en las caderas y la mandíbula tensa, de esa manera que indicaba que estaba apretando fuertemente los dientes.

—Espero que sepas en qué te estás metiendo. Si vas con él a Halthorpe, ya no tendrás manera de evitar ir a la cama con él.

—Lo sé —dijo ella, con un ligero temblor que delataba el miedo que le atenazaba el estómago.

Él asintió, con la mirada fija en las baldosas pintadas con elaborados dibujos.

—Yo no estaré allí para protegerte si algo va mal.

—Tengo mi ingenio para protegerme.

Creyó que él le iba a hacer una broma con eso, pero él se limitó a mirarla a los ojos, muy serio.

—Tén cuidado, Phillipa —dijo dulcemente.

A ella se le oprimió la garganta alrededor de las imprudentes palabras que ansiaba decir: «Pídeme que me quede... suplícame que no vaya. Hugh, por favor, dime que no quieres que esté con él, que no podrías soportarlo, que eso te mataría». Giró la cabeza hacia la ventana. «Estoy perdida si le digo esas cosas», se dijo intentando convencerse de que no debía decirlas; pensaba que él le suplicaría que se quedara si ella le importara algo... Si ella le importara como él le importaba a ella.

—¿Estás segura de estar dispuesta a pasar por esto? —le preguntó él en voz baja.

Eso no era lo mismo que pedirle que no lo hiciera. Sin volver la cabeza, le dijo:

—¿Puedo acostarme con un hombre al que no soporto por el bien del reino? Creo que sí. Sólo que... —Las palabras se le quedaron atascadas en la garganta. Haciendo una inspiración profunda para cobrar valor, añadió—: Sólo que no deseo que sea él el primero.

Vuelta de espaldas a él, cerró los ojos, esperando, temiendo, su respuesta... «No me gusta desflorar vírgenes... es un asunto tedioso...»

Sin poder oír nada por encima del rugido de la sangre en sus oídos, se preguntó si él seguiría en la habitación todavía, o si se habría marchado riéndose...

Se le detuvo la respiración cuando él la rodeó con los brazos desde atrás. Le apoyó la espalda contra él, acariciándole la cabeza con la boca; a través de todas las capas de ropa, sintió los fuertes latidos de su corazón, tan alocados como los suyos. Sintió un ardiente hormigueo en el pelo cuando él le susurró con voz ronca:

—Yo tampoco.

Capítulo 11

—No me dejes hacer esto si no estás segura —susurró él en su pelo.

—Estoy segura.

Jamás había estado tan segura de algo en toda su vida.

Estirando un brazo, él cerró la contraventana asegurándola con la clavija de madera. Después la cogió por los hombros y la hizo girarse hasta ponerla de cara a él y la abrazó, con mucha suavidad, como si ella fuera rompible. Con el cepillo todavía en la mano, ella le correspondió el abrazo, hundiendo la cara bajo su cuello, aspirando el calor de su piel, saboreando la fuerza de sus brazos alrededor de ella, saboreando lo correcto de eso, que él fuera el primero.

Ojalá no tuviera que haber nunca ningún otro.

Él le besó la coronilla de la cabeza, diciendo:

—No quiero que después lamentes esto.

—No lo lamentaré, pero…

—¿Pero?

—Creo que tú sí podrías ya estar lamentándolo.

—¿Yo? He deseado esto desesperadamente, casi desde el instante en que te conocí.

—Pero… esas cosas que me dijiste anoche sobre… que prefieres mujeres experimentadas…

Del fondo de la garganta de él salió un sonido parecido a un cruce entre una risa y un gemido.

—Nunca debes creer nada de lo que dice un hombre cuando está furioso con una mujer.

135

Apartándola un poco le besó la frente, muy suavemente, luego los párpados, la sien, el pómulo, la punta de la nariz... Le levantó la barbilla con los dedos y susurró:

—¿Estás nerviosa?

—Un poco.

—Yo también.

Phillipa sintió cálida su boca sobre la de ella, el beso dulce, suave, perfecto.

La asombraba esa ternura, que era lo último que habría esperado después de esos encuentros en el huerto y en el establo. Entonces él había estado desenfrenado, voraz, en su pasión. Esa noche parecía resuelto a refrenarse, por ella, y eso la conmovía profundamente.

Cuando acabó el beso él dijo:

—Tu pelo necesita un cepillado. Déjame que lo haga yo.

La petición la sorprendió, pero le pasó el cepillo. Entonces él le cogió la mano y la condujo hasta la cama, abrió las cortinas para que ella se sentara en el borde del colchón de plumas cubierto por sábanas de lino bordadas y una colcha de seda blanca. Él se sentó a su lado y la hizo girarse de modo que quedara de cara a los pies de la cama y él detrás, y procedió a terminar de deshacerle la trenza que ella había empezado. Terminada esa, continuó con el resto, y después comenzó a pasarle el cepillo lentamente por los cabellos sueltos, una y otra vez, las cerdas rozándole el cuero cabelludo de un modo deliciosamente tranquilizador. Cerró los ojos para disfrutar de la sensación.

Él se tomó su tiempo en la tarea, cepillándole el pelo hasta que crujía. Ella se sentía maravillosamente tranquila, como si estuviera flotando en las calmas y cálidas aguas de un lago, sin ninguna obligación, sin ninguna expectativa, gozando de la pura gratificación de los sentidos.

Dejando a un lado el cepillo, Hugh le recogió los cabellos y se los pasó por encima de un hombro, dejándolos caer como una cascada de seda sobre su falda. Al cabo de un instante, sintió sus labios ardientes, blandos, sobre la nuca. Y otra vez, y otra vez.

El aturdimiento sensual que él le producía, aumentaba el placer de sus besos. Sentía el ardor, la promesa de esos besos, en lo más profundo de su ser. Encendían algo en ella, un hambre inmensa que había estado dormida en ella mucho tiempo y que ahora él apaciguaría.

Se le aceleró el corazón cuando lo sintió tirar del cordón dorado que le cerraba la túnica en la espalda; él desató el lazo y comenzó a pasar el cordón por los ojetes. El ceñido corpiño se soltó y quedó colgando holgadamente sobre la camisola de sutil seda arrugada que llevaba debajo. Por primera vez en el día, pudo respirar a sus anchas.

Él pasó las manos hacia delante para desatarle la cinta que cerraba la escotada camisola, con la clara intención de quitársela también, pero ella cerró una mano sobre las de él, deteniéndolo.

—¿Puedo… dejarme puesta esta camisola? —le preguntó, mirándolo por encima del hombro.

Medio esperaba que él protestara o tal vez se riera de sus remilgos, pero no detectó ningún asomo de fastidio ni de condescendencia en su tono cuando él contestó:

—Por supuesto. Estoy demasiado impaciente. —Después de otro largo y dulce beso, le preguntó—: ¿Quieres que apague las lámparas?

—Tal vez sólo dejar una —repuso ella, conmovida por su solicitud.

Hugh se levantó y apagó dos de las tres lámparas, dejando el dormitorio sumido en una suave media luz ámbar. Se quitó el cinto y la túnica y se desató el cordón de cuero que le recogía los cabellos. Los primeros ojetes de su camisa no estaban cogidos por el cordón, dejando a la vista un terso y musculoso pecho ligeramente cubierto por vello dorado. Se sentó en la cama para quitarse los zapatos y las medias.

Levantándose, ella se quitó el vestido de seda y lo colgó. Se dejó una parte de los largos cabellos cubriéndola por delante, por modestia, porque la camisola era casi transparente. Dejó caer los zapatos de cabritilla dorada y echó hacia atrás la ropa de cama.

—No te acuestas con las medias puestas, ¿verdad? —lo oyó decir.

Se giró y lo encontró ante ella, de pie, sólo con la camisa y los calzoncillos, sonriéndole.

—N-no.

Pero tampoco se acostaba con camisola; esa noche no regía la rutina acostumbrada para irse a la cama, aunque no sabía muy bien qué debía reemplazarla.

—Déjame a mí —dijo él.

Arrodillándose a sus pies, metió las manos por debajo de la larga camisola y las subió por una pierna con media, haciéndole atascarse el aliento en la garganta. Le quitó la liga y le bajó la media de seda negra enrollándola, con una facilidad producto, sin duda, de años de práctica, pero ella no quería detenerse a pensar en las muchas mujeres con que había compartido la cama. Esa noche la compartiría con ella, y eso era lo único que importaba.

Cuando él le hubo quitado las dos medias, Phillipa se recostó en los almohadones apilados contra la cabecera y se tapó hasta la cintura con la ropa de cama, procurando que los cabellos siguieran cubriéndola. Era tonto preocuparse de la transparencia de la camisola, tomando en cuenta lo que iba a ocurrir entre ella y él, pero, en toda su vida, nadie la había visto jamás desnuda, ni siquiera Ada.

Metiéndose también en la cama, Hugh se puso de costado, apoyado en un codo, y con la mano izquierda le acarició la cara y el cuello, contemplándola con lánguida intensidad, como si pudiera contentarse con hacer eso durante horas. A ella jamás se le había ocurrido que la relación sexual pudiera entrañar tantas caricias, aparte de las necesarias para el acto en sí. ¿Cuánto tiempo estarían en esos preliminares hasta que él se subiera encima de ella y acabara el asunto?, pensó. ¿Desearía él que ella lo acariciara? ¿Le dolería cuando la penetrara? Suponía que la eyaculación era instantánea, si no, no sabría cómo proceder.

En todo caso, estaba en la más absoluta ignorancia.

—Me gustaría ser más experimentada —dijo—. Entonces sabría qué hacer y sería mejor para ti.

Él le sonrió como a una niña equivocada.

—Nunca ha sido mejor para mí que ahora. Lo estás haciendo muy bien.

Ella se mojó los labios, nerviosa.

—No querría quedar embarazada. Tengo entendido que hay maneras…

—Me retiraré antes.

Ella miró el tapiz sarraceno que colgaba en la pared del frente, tratando de entender eso. Los métodos recomendados por Trotula y sus colegas para evitar el embarazo consistían en colgarse ciertas cosas del cuello o colocarlas en la entrada de la matriz. Si por «retirarse» él quería decir retirar su miembro de su cuerpo antes de liberar su simiente, entonces el acto debía de llevar más tiempo de lo que había imaginado.

Hugh le pasó un dedo por entre las cejas.

—Se te forma una arruguita aquí cuando estás inquieta por algo. En realidad es bastante atractiva en la mayoría de las ocasiones, pero no en esta.

Ella exhaló un suspiro reprimido.

—¿Cuánto sabes de lo que hacen las mujeres y los hombres juntos en la cama?

—Al parecer menos de lo que creía.

Él se echó a reír y bajó su palma por el centro del pecho, dejándola reposar entre sus pechos. Se le desvaneció la sonrisa.

—Tienes el corazón acelerado. Tienes miedo.

—Un poco.

—¿De qué? ¿Del dolor?

—En parte. Y en parte de mi ignorancia. No sé qué esperar, aparte del dolor. Temo hacer las cosas mal, o no hacer las cosas a que estás acostumbrado. Temo decepcionarte.

—De ninguna manera podrías decepcionarme.

—Ya lo he hecho, no quitándome la camisola. Una mujer experimentada no se avergonzaría de estar desnuda en la cama con un hombre.

—No voy a negar que me encantaría que te la quitaras. Miles de veces me he imaginado verte cómo eres sin ropa. Todas las noches sueño que te tengo desnuda en mis brazos. —Sonrió—. Pero las mujeres más listas saben que a veces para el hombre es más aliciente lo que está oculto de la vista —pasó la mano por debajo del manto de cabellos ocultadores y la moldeó suavemente en un pecho, por encima de la camisola— que lo que se enseña abiertamente.

Ella sintió cálida su mano a través de la arrugada seda, y su contacto, tranquilizador y seductor a la vez.

—Yo te diré lo que debes hacer, si es importante —le prometió él, continuando la caricia, una fricción enloquecedoramente sutil que le puso el pezón rígido y duro como una piedrecilla—. Y te diré qué debes esperar, para que nada te alarme. En cuanto al dolor… —se puso serio—, no puedo prometerte que no habrá dolor. Pero haré todo lo posible para que tu placer lo supere.

—¿Es posible eso? —preguntó ella, dudosa.

Él sonrió, frotándole suavemente el pezón con el pulgar, produciéndole una sensación que le llegó hasta el fondo, serpenteante, haciéndola retener el aliento con sorprendido placer.

—Creo que no habrá ningún problema —dijo él muy seguro, tratándole el otro pecho con la misma delicada tortura.

—Es que yo no sabía, hasta hace poco… —Le subió calor a la garganta al pensar cómo podía expresarlo—. Es decir, yo creía que… esa parte del hombre que… —Automáticamente bajó la vista a la sábana, arrugada sobre sus caderas.

—Esa parte que penetra en la mujer —suplió él, sin sonreír, gracias a Dios.

Ella hizo una inspiración y continuó:

—Una vez vi un grabado, cuando era niña, una ilustración de Adán y su… su parte, y se veía, bueno, muy pequeña y muy… —se encogió de hombros—, no como algo que pueda causar verdadero dolor a una mujer.

—Ni ningún verdadero placer —dijo él, irónico—. Conozco ese tipo de ilustraciones, y son… un poco engañosas. Tú ya has comprendido eso y ahora estás más aprensiva que nunca porque no tienes idea de qué esperar. Hay un remedio sencillo para eso.

Echó hacia atrás la sábana y se metió las manos bajo la camisa para desatarse los calzoncillos.

—Oh —dijo Phillipa sentándose—, no, por favor, todavía no. —Sintió arder la cara y se la cubrió con las manos—. Dios mío, debes pensar que soy la más remilgada, la más infantil de…

—Nada de eso. —Sentándose también, él la envolvió en sus brazos—. Estoy precipitando las cosas. Claro que necesitas tiempo.

—Ay, Dios, sí que es tedioso iniciar a una virgen, ¿verdad?

—Estar aquí así contigo —le susurró él en el pelo— y saber que soy el único hombre al que te has entregado, es lo más asombroso, hermoso y emocionante que me ha ocurrido en la cama. No dudes de eso, ni por un momento.

Ella lo miró y le examinó la mirada; la encontró totalmente sincera, y llena de ternura; sintió desenrollarse algo en su interior.

«No», pensó, «lo que siento no es verdadero, no es de fiar.» La perspectiva de hacer el amor le estaba haciendo estragos en las emociones. No albergaba esos sentimientos por Hugh. No podía permitírselos. No quería.

—Pero sería mejor para ti —dijo él— si no me tuvieras miedo.

—No te tengo…

—Le tienes miedo a esa parte mía que no quieres que me descubra.

—Ah.

—Ven aquí.

La instó a acostarse de costado, él se puso de cara a ella, subió la sábana hasta su cintura y se subió la camisa.

—Dame la mano. —Al ver que ella titubeaba, adivinando lo que él pretendía, añadió—: Me dejaré puestos los calzoncillos, si eso te tranquiliza. No me los desataré hasta que estés dispuesta. En realidad, tendrás que desatármelos tú, te juro solemnemente que no los tocaré. ¿Qué te parece eso?

—Muy tranquilizador —dijo ella, sin poder evitar sonreír ante sus esfuerzos por tranquilizarla, aunque todavía se sentía absurdamente renuente a seguir adelante.

Con una sonrisa sesgada, él añadió:

—La… la susodicha parte está bastante reposada por el momento, no del tipo de cosa que haga desmayar de terror a una dama.

Poniendo en blanco los ojos, ella le tendió la mano. Él se la guió por debajo de la sábana y la presionó, suavemente pero con firmeza sobre su entrepierna. A través del fino lino de los calzoncillos, ella palpó una tibia masa bastante más larga y gruesa que el minúsculo instrumento de Adán, pero bastante flexible. El sentido común y el recuerdo de lo que sintió apretado contra ella la noche anterior, le sugirieron que no iba a continuar así.

Él le guió la mano un poquitín más abajo. Su desconcierto debió ser evidente, porque él dijo:

—La anatomía de Adán estaba incompleta, me figuro.

—Ciertamente.

Él le subió la mano y modeló sus dedos alrededor del miembro, por encima de los calzoncillos, y a ella le parecía que se había hinchado un poco.

—¿Cómo se siente… cuando ocurre eso? Cuando se…

—Siempre se siente bien —contestó él, soltándole la mano—, como la excitación que se va acumulando ahí. Pero esta noche se siente extraordinariamente bien, porque eres tú la que hace ocurrir eso.

Ella exploró tímidamente el miembro, a medida que se iba hinchando y lo sentía más pesado en la mano. Él la observaba en silencio, y su mirada fue perdiendo enfoque a medida que ella se lo frotaba a todo lo largo. La maravillaba que se pusiera rígido a su contacto, pero retiró bruscamente la mano cuando el miembro se movió y comenzó a levantarse.

—No pares —le suplicó él, poniéndole nuevamente la mano allí.

Mientras ella lo acariciaba, la besó, pasando las manos por sus cabellos, respirando más rápido. Hizo más profundo el beso, su lengua jugando con la de ella. Echándole hacia atrás la enorme mata de pelo, hizo vagar sus manos por toda ella, en una lenta y hechicera danza, llenándola de un tembloroso agrado. Con la mano libre ella le acarició el pecho, la espalda y los hombros por encima de la camisa, notando cómo se iban tensando sus músculos a medida que aumentaba su excitación. Él movió las caderas, apretando el miembro contra su mano, que estiraba al máximo la tela de sus calzoncillos.

—Si… si estás preparado —dijo ella—, bien podrías seguir adelante y…

—No me has desatado los calzoncillos —dijo él sonriéndole a los ojos.

—Ah.

O sea que dijo en serio que tendría que hacerlo ella. Le cogió el cordón, pero no logró decidirse a tirarlo.

—Vacilas porque aún no estás preparada.

Armándose de valor, ella aseguró:

—Lo estoy.

Se tensó cuando él le subió la camisola hasta más arriba de las caderas, aunque seguía cubierta por la sábana y la colcha. Se le escapó un gritito cuando le tocó allí donde ningún hombre la había tocado jamás, donde jamás se había tocado ella. Él exploró suavemente, abriendo, palpando…

Ella cerró los ojos al sentir la tempestad de sensaciones provocadas por las yemas de sus dedos sobre su parte más sensible.

—Todavía no estás lista, no del todo —dijo él—. Será mejor para ti que estés mojada cuando yo te penetre.

«¿Mojada?»

—Ah, sí, claro.

—Quiero que… sientas el placer final, aunque sea tu primera vez.

Dios santo, pensó ella, ¿tenía razón Ada, entonces? ¿De verdad las mujeres podían…?

Él sonrió y le frotó ese lugar entre las cejas.

—No tienes idea de lo que quiero decir, ¿verdad?

Ella negó con la cabeza, frustrada.

—Ojalá no fuera tan ignorante en… los asuntos de la carne.

—Me alegra que lo seas. —La hizo rodar hasta dejarla de espaldas y se afirmó sobre ella, acercándole la boca—. Eso significa que tengo que estar contigo la primera vez que llegues a la cima de la pasión. —La besó dulcemente—. Puedo mirarte la cara cuando te desates… —Otro beso—. Tal vez incluso estar dentro de ti. Cierra los ojos —susurró, pasándole los dedos por el pelo y extendiéndolo sobre los almohadones.

Ella cerró los ojos, tratando de no pensar en lo mucho que él podría ver a través de esa traslúcida camisola sin el pelo que la cubriera.

—Eres preciosa —susurró él, deslizándole las yemas de los dedos por el cuello, los pechos, el estómago…

Ella abrió bruscamente los ojos cuando llegó a la parte no cubierta por la camisola subida, pero él se los cerró con un beso.

—Relájate —susurró con la boca en sus párpados, y subiendo la mano—. Considéralo un viaje a un lugar donde nunca has estado. Déjame que te lleve allí.

142

Cerró la mano sobre un pecho, piel contra piel; la sensación fue tan excitante y asombrosa que le expulsó el aire de los pulmones. Le frotó los pezones con las yemas de los dedos, haciéndola emitir cortos suspiros de placer. Cuando por último deslizó la mano hacia abajo, por el abdomen, y la posó ligeramente sobre su entrepierna, ella ya estaba estremecida de expectación.

—Separa un poco las piernas —susurró él.

Ella suspiró impotente cuando sintió el primer roce de su dedo. Él la besó largamente, mientras iba intensificando la caricia, sus hábiles dedos frotando y atormentando hasta que ella movió las caderas desvergonzadamente y gimió en su boca.

Se le arqueó la espalda cuando él introdujo un dedo en ella, aunque encontró resistencia y no pudo entrar muy adentro.

—Estás muy cerrada, estrecha —susurró, insertando otro dedo (¿para ensancharla?) y luego reanudó la caricia íntima con las yemas de los dedos que ya estaban extraordinariamente resbaladizos.

La deliciosa frustración que había sentido todas esas noches acostada junto a él, imaginándose ese momento, no era nada comparada con el hambre que se iba acumulando en ella. Era un hambre que él también sentía, a juzgar por su respiración entrecortada y por la forma como le vibraba el cuerpo, como la cuerda de un arco al tensarlo.

Sólo había una manera de calmar esa hambre, ese vacío terrible. Bajando la mano, le desató los calzoncillos, lo que le ganó un ardiente beso, casi doloroso, de él.

—Dime qué debo hacer —le suplicó—. ¿Me… sigo así aquí, o…?

Él negó con la cabeza.

—Tendríamos que comenzar contigo encima. —Levantándola, se puso de espaldas—. Pon una pierna a cada lado de mí, a horcajadas, así.

—¿Qué? ¡No! —Estaba sentada a horcajadas sobre él, cubiertos con sus camisas, aunque sus partes más íntimas estaban en contacto directo—. No puedo estar encima, Hugh. No sé qué hacer.

—Sí que sabes. —Pasándole la mano por la nuca, le bajó la cara hacia la suya y la besó profundamente—. Lo que pasa es que todavía no te das cuenta.

—Hugh…

—Es mejor así. Eres muy pequeña y estrecha, y tu himen está intacto. Y yo estoy… muy cerca, muy excitado. Temo acabar haciéndote daño si estoy encima. De esta manera puedes introducirme a tu ritmo.

—Pero…

—Créeme, cariño. —Le acarició la mejilla, con la expresión conmovedoramente seria—. Te dolerá menos así. No quiero hacerte daño. Venga. —Cogiéndole la cadera con una mano, pasó la otra por debajo de la camisola—. Levántate un poquito.

Ella sintió una presión dura, mojada, cuando él se introdujo en ella, solamente la punta, aunque la sensación fue como si un puño la abriera.

—Ay, Dios, para.

—Ya paro. —La soltó y bajó las manos a los costados—. Ya he parado, no haré nada más. Ahora todo depende de ti.

Ella casi deseó que no dependiera de ella. Con todo lo que lo deseaba totalmente dentro de ella, no lograba imaginarse cómo iba a caber ese miembro ahí, cómo iba a hacerlo caber.

—Ve bajando lentamente —dijo él—. Inténtalo.

Ella empezó a bajar, mordiéndose el labio, y notó que él encontraba la barrera de su virginidad.

—¿Cómo vas a romperlo para pasar?

—No tengo para qué. Tú te irás ensanchando para alojarme si lo haces muy lento. Te dolerá menos así.

Ella continuó bajando, con un gesto de dolor a medida que él la empalaba. ¿Esa era la manera menos dolorosa?

—Ve lento —le recordó él—. Y si en cualquier momento deseas parar, quiero decir parar del todo y no continuar, estará bien, puedes hacerlo.

La miró a los ojos, tranquilizador. Estaba hermoso como un niño, la espalda enterrada en la montaña de almohadones, los ojos entornados, sus cabellos rubios desordenados, y el exótico pendiente brillando a la dorada media luz.

—¿No te… quedarías frustrado si yo decidiera no continuar?

—Un hombre aprende a vivir con esas frustraciones. O aprende o encuentra maneras de forzar a mujeres no dispuestas, y hablaba en serio cuando dije que no soy un seductor. Claro que, si vas a poner fin a esto, preferiría que no esperaras hasta el último mom…

—No voy a poner fin a nada. Creo que yo lo deseo mucho más que tú.

—Eso lo dudo mucho —dijo él, soltando una risa que ella sintió dentro del vientre.

Cerrando los ojos, bajó otro poco, haciendo un mínimo progreso, aunque le ardía la piel con el estiramiento.

—Levántate un poco —sugirió él—, y vuelve a bajar.

Así lo hizo, y descubrió que eso facilitaba enormemente la entrada de él en su cuerpo. Sin abrir los ojos, continuó ese movimiento arriba y abajo, adentrándolo más en ella poquito a poco. De pronto disminuyó el dolor, eclipsado por el placer, tal como le había pronosticado. La sensación de que él la iba llenando le reencendió la excitación que aumentó rápidamente hasta su primera intensidad. Una exquisita tensión se apoderó de ella, especialmente donde su cuerpo se juntaba con el de él. Sus movimientos adquirieron un desesperado desenfreno, esforzándose por adentrarlo totalmente en ella.

Oyó la respiración de él, cada vez más irregular, sintió el estremecimiento de sus caderas a medida que la penetraba más y más. Cuando por fin se enterró totalmente, ella abrió los ojos y lo vio con las manos aferradas a los almohadones para no tocarla, su cara enrojecida, sus ojos brillantes como si estuviera borracho.

—¿Te sientes bien? —le preguntó él con voz ronca, rasposa.

Ella asintió.

—Es…

No encontró palabras para explicar el atroz placer de estar tan íntimamente conectada con él. Lo sentía vibrar dentro de ella e instintivamente levantaba las caderas haciéndolo salir un poco y luego entrar otra vez, gimiendo por la sensación de ser acariciada desde dentro; él también gemía. Rindiéndose a la urgente necesidad de su cuerpo, embestía una y otra y otra vez, sintiendo que esa extraña tensión iba aumentando con temblorosa inevitabilidad… hacia algo…

El corazón se le aceleró con el terror de la inminente crisis. Indecisa entre el placer cada vez mayor y el miedo a lo desconocido, se quedó quieta.

—No…, no puedo…

—Puedes. —Soltando la almohada, él cerró las manos en sus caderas y se las meció lentamente, arqueándose para responder a sus embestidas—. Debe ocurrir. Deja que ocurra.

Sus sinuosos movimientos la hicieron sentirse acariciada, profunda y lentamente, donde más lo necesitaba. Aferrándole la camisa con los puños, se agitó y retorció delirante sintiendo aproximarse la crisis. Oyó su propio grito cuando la devoró, rugiendo por toda ella como un rayo, repentina y convulsiva.

Hugh la atrajo hacia él y rodó hasta quedar encima. La embistió fuerte; ella se mordió el labio para sofocar el gemido de dolor. Luego vino otra feroz embestida, y otra y otra, y entonces él se detuvo y, con un ahogado gemido por el esfuerzo, se retiró violentamente de ella.

La abrazó con tanta fuerza que le dolió, y se estremeció cuando algo vibró entre ellos. Con un suspiro resollante, se desplomó sobre ella, con los brazos temblorosos a su alrededor.

—Lo siento —dijo con voz trémula—. Te hice daño.

—Shh. —Lo rodeó con los brazos por debajo de la camisa recogida—. No pasa nada. Estoy bien. Fue maravilloso.

—Tú eres maravillosa —musitó él, con el corazón martilleando contra el pecho de ella—. Estuviste… Dios mío, fue… —Emitió un gruñido masculino de gratificación—. Gracias. —Levantó la cabeza para besarla en la frente y volvió a desplomarse—. ¿Peso demasiado?

—No, quédate así —dijo ella.

Le agradaba sentir el peso de él encima. Le acarició la espalda por debajo de la camisa, y de pronto detuvo las manos al encontrar una irregularidad en su piel.

Él pareció dejar de respirar cuando ella pasó el dedo rozándole el tejido cicatricial. Era evidente que era la cicatriz de una herida vieja, y muy bien curada, que le iba desde la cintura al hombro derecho. Palpó otras cicatrices, que medio se cruzaban entre sí al azar, pero todas eran más o menos verticales.

No hacía falta que le dijeran que esas eran marcas de latigazos. ¿Qué delito podría haber cometido Hugh de Wexford para merecer lo que tuvo que haber sido una tanda de azotes excepcionalmente salvaje, o varias? ¿Eran esas feas cicatrices la causa de que él siempre se acostara con camisa? Lo miró y vio que la estaba observando con esos insondables ojos verde mar. Antes que ella pudiera preguntarle por las cicatrices, él la besó en la boca y se levantó, afirmándose en los codos para quitarle su peso de encima.

—Sí que soy pesado.

—Hugh…

—Preferiría no tener esta conversación, si te da igual —le dijo en tono amable.

Subiendo la sábana y la colcha, rodó hacia un lado y se ató los cordones de los calzoncillos, sin comprometer la modestia de ella, conmovedor gesto, considerando que acababa de quitarle la virginidad.

Hugh se bajó de la cama y fue a mojar un paño en la jofaina del lavabo.

—Hugh, tu camisa —dijo ella. Estaba rasgada hacia abajo desde la abertura delantera—. ¿Cómo ocurrió eso?

—La rompiste tú cuando… eh… al final.

Ella miró boquiabierta la rotura.

—Eh… lo siento.

—Yo no —dijo él, sonriendo.

Volviendo a la cama, le limpió el semen del abdomen, y después de lavar el paño lo pasó por entre las sábanas y luego por la parte interior de los muslos y la entrepierna, muy suavemente; la frescura del agua fue un alivio para su piel traumatizada. Después él miró el paño, y frunció el ceño al ver las manchitas de sangre. Dejándolo en el lavabo, apagó la lámpara de aceite, sumiendo la habitación en completa oscuridad; luego se metió en la cama y la abrazó

—Espero que no haya sido una experiencia demasiado terrible —le dijo—. Intenté hacerlo… quería que fuera…

—Fue todo lo que yo podría haber deseado que fuera —le aseguró ella, besándolo—. Gracias por darme eso.

—Agradezco tanto que me lo hayas pedido. Sólo desearía…

—¿Sí?

Él le contestó con un largo y resollante suspiro.

—La segunda vez no te dolerá tanto.

La segunda vez… Con Aldous. «Dios santo, ¿qué he hecho?»

Hugh pareció a punto de decir algo, pero se lo calló. Pasado un largo y atronador silencio, la besó en la frente.

—Duerme bien, Phillipa.

Pocas posibilidades había de eso, tomando en cuenta lo que tendría que enfrentar al día siguiente.

Capítulo 12

West Minster

—¿*T*ienes idea de cuánto tiempo la va a tener en Halthorpe? —le preguntó lord Richard.

De pie junto a la ventana, mirando el banco desocupado del patio del palacio real, Hugh exhaló un profundo suspiro.

—La verdad es que no lo sabría decir.

—¿Cuánto tiempo supones que lleva cansarse de una mujer como Phillipa de París?

«Toda una vida. Dos vidas.» Cerró los ojos y se frotó la nuca, tratando de no ver el tapiz de imágenes de esa noche pasada... Phillipa, intacta e inocente en ese seductor vestido rojo, implorándole con esos enormes ojos castaños: «Sólo que no deseo que sea él el primero».

Sonrió para sus adentros al recordar cómo ella prefirió ocultarse la cara con las manos antes que mirar sus partes pudendas.

Para luego rendirse al desenfreno erótico cuando él estuvo dentro de ella. Saboreó el recuerdo de su exquisito cuerpo apenas visible a través de esa finísima camisola de seda, de su desenfrenada agitación en delirante éxtasis, gritando de asombro al caer por el borde por primera vez.

Dios santo, le rompió la camisa por la mitad. ¿Quién se habría imaginado esa intensidad de pasión oculta bajo ese exterior remilgado?

Y fue él el instrumento de su placer, él, Hugh de Wexford, el que la hizo caer por ese borde, el que despertó su naturaleza sensual...

Sólo para pasársela a Aldous Ewing para su diversión carnal hasta que, como acababa de señalar lord Richard, se cansara de ella y la apartara a un lado.

Mientras tanto, ¿lograría ella descubrir los secretos del diácono y salvar a Inglaterra de la guerra civil? ¿Y le importaba eso a él siquiera?

—Tengo que felicitaros por haberos infiltrado con tanto éxito en la casa de Aldous sin ser descubiertos —estaba diciendo lord Richard—. A ti y a lady Phillipa. Y a ella por haberlo convencido de llevarla a Halthorpe...

Esa mañana al despertar y descubrir que ella ya se había marchado a Halthorpe, con Aldous y los italianos, se sintió como si le hubieran arrancado las entrañas, literalmente. Sólo haciendo el más denodado esfuerzo de voluntad logró llegar ahí para hacer un informe completo a lord Richard, como era su deber, en lugar de cabalgar hasta Halthorpe a arrancar a Phillipa de las garras de Aldous, como era su deseo.

Ciertamente Phillipa no había deseado despedirse de él, porque si no, lo habría despertado. En lugar de eso, se las arregló para vestirse y sacar su equipaje del dormitorio sin perturbar su sueño. Se había sentido absolutamente desconsolado desde el momento en que se dio cuenta de que ella ya no estaba, y furioso ante la perspectiva de que ella compartiría la cama de Aldous esa noche y las próximas... ¿cuántas semanas?

Esa mañana había cabalgado hasta ahí en una neblina de angustia, ira... y desconcierto. En el pasado, siempre se disipaba su obsesión por una mujer cuando se acostaba con ella. Había esperado que le ocurriera eso con Phillipa, había deseado y rogado que desapareciera ese salvaje deseo, y fuera reemplazado por una tranquila indiferencia. Pero esa mañana, al encontrar la cama vacía y desaparecidas sus cosas, sólo sintió el más terrible sentimiento de pérdida.

Ella se había llevado todo, incluso la ropa que vestía el día anterior y el cepillo con que él le había calmado los nervios. Lo único que quedaba de ella era una tenue insinuación de su aroma en los almohadones y una minúscula manchita de sangre en la sábana de abajo.

—El rey Enrique estará contento con vuestro progreso, seguro. Está muy deseoso de confirmar la sedición de la reina...

Aldous no sería cuidadoso con ella; no sabría que sólo era su segunda vez, y que todavía podía dolerle. Ella trataría de no chillar para no despertar sospechas. Tal vez lloraría después, cuando estuviera sola...

Se frotó la frente con el puño. Halthorpe no estaba muy lejos, aunque quedaba en el otro extremo de Londres desde West Minster. Si lord Richard no lo tenía ahí todo el día, podría llegar antes del anochecer. Necesitaría un motivo. Podría decir que su hermana vivía cerca, lo que era cierto pues Eastingham estaba no muy lejos al oeste de Halthorpe, y que había decidido hacerle visitas durante el día y pasar las noches en Halthorpe con su señora esposa.

—¿Hugh? ¿Me has oído?

Se giró a mirar a lord Richard, que estaba sentado en el borde de su escritorio, como tenía por costumbre, mirándolo enfadado; no era un hombre que tolerara que no le prestaran atención. Se apoyó en el alféizar y se cruzó de brazos.

—Perdonad… estaba…

—He dicho que voy a enviarte al otro lado del Canal, a Normandía.

—Normandía…

Cerró y abrió los ojos, maldiciendo a los hados. No podía ir a Normandía y a Halthorpe al mismo tiempo.

—A Ruán. El rey Enrique está allí y ha pedido una reunión contigo para que lo informes personalmente de tu progreso en descubrir el complot. Dada la naturaleza de tu misión, le iba a escribir preguntándole si no podría esperar unas cuantas semanas para ese informe —el juez se encogió de hombros—, pero puesto que ahora estás disponible…

—¿Pero para qué tengo que ir? ¿No podemos enviar a alguien con un mensaje cifrado?

Lord Richard negó con la cabeza.

—Insiste en hablar personalmente contigo.

Hugh gimió, exasperado.

—Sigo ocupado en una misión que no ha acabado, al menos de forma superficial. ¿Y si se me necesita aquí mientras estoy en Ruán? ¿Y si lady Phillipa se encuentra en un…?

—Hay más de un motivo para que el rey desee hablar contigo, Hugh.

—¿Qué queréis decir?

Lord Richard lo miró francamente con sus enérgicos ojos azules.

—No me oíste, pero el rey Enrique está pensando en nombrarte sheriff de Londres.

Hugh ladeó la cabeza, suponiendo automáticamente que había oído mal. Los dos sheriffs de Londres, responsables de mantener la paz en la gran ciudad y en los ducados circundantes de Middlesex, estaban entre los hombres más poderosos e influyentes del reino. En otro tiempo elegidos por los ciudadanos de Londres, ahora los nombraba directamente el rey de entre los nobles terratenientes. Agitó la cabeza como si eso fuera a resolver su confusión.

—Pero… Londres ya tiene dos sheriffs.

—John de Hilton dejará vacante su puesto en septiembre. Parece que ya no puede con su gota. Eso deja solo al viejo Martin Fitz William. El rey quiere asociarlo con alguien que verdaderamente tenga experiencia en investigar delitos y hacer respetar la ley, y que además sea joven para llevar los requerimientos del cargo, aunque ciertamente tendrás ayudantes que harán la mayor parte del trabajo callejero. Dirigirlos será uno de tus principales deberes. El otro será presidir el tribunal del sheriff, que tendrá su sede en tu casa…

Él vivía con su hermana y Graeham cuando estaba en la región de Londres, y en cualquier parte donde se encontrara cuando estaba en una misión.

—No tengo casa.

—Tendrás una si te nombran sheriff. Parte de tu remuneración será una hermosa casa en la ciudad, conveniente a tu posición. Informarás al juez de Londres, enlace directo con el rey, y es un hombre bueno y justo. Te llevarás bien con él.

—Habláis como si ya me hubieran nombrado.

—El rey te tiene en muy alta estima, Hugh. Quiere reunirse contigo en parte para tomarte la medida y asegurarse de que eres el hombre idóneo para el puesto. Conociéndolo, sé que si se decide por ti, probablemente te ofrecerá el puesto enseguida. En tu lugar, yo procuraría causarle una buena impresión. Vístete como un caballero, por el amor de Dios, no con esa horrible túnica de cuero, y muestra deferencia. No olvides que es el rey.

Hugh se echó a reír.

—Dais por sentado que deseo ser el sheriff de Londres.

Lord Richard lo miró pestañeando.

—Pero claro que deseas serlo. Es la oportunidad de toda una vida.

—Tal vez para un hombre al que no le importa estar atado a un lugar y a un amo para siempre.

—Pero te gusta Londres, me lo has dicho muchas veces. En cuanto a tener un «amo», tendrás bastante autonomía.

Hugh enarcó una ceja.

—Hasta un cierto punto —concedió lord Richard—. Escucha, Hugh, sé que no te gusta tener que rendir cuentas a nadie, ni siquiera a mí, pero…

—No quiero ese puesto —dijo Hugh resueltamente—. Si me lo ofrece lo rechazaré. Siendo así, con todo respeto pido que se me libere de tener que viajar a Ruán.

—Ah, pues vas a ir a Ruán —dijo lord Richard tranquilamente—. Aunque sólo sea para decirle al rey a la cara lo que me has dicho a mí, si tienes las pelotas para eso, pero vas a ir.

Hugh golpeó el alféizar soltando una maldición.

—¿Qué te preocupa, Hugh? —le preguntó lord Richard con voz suave, pero con una mirada tan condenadamente perspicaz como siempre.

—Nada —se apresuró a decir él, posando la mirada en el Mapa del Mundo por encima del hombro del juez.

—De verdad tienes que aprender a mentir mejor —observó lord Richard apaciblemente—. Mirar a otra parte te delata siempre.

Hugh se limitó a emitir un suspiro y a frotarse el puente de la nariz.

—¿Es la muchacha?

—No… es que…

—Estás preocupado por ella.

—Sí —contestó Hugh con un suspiro. Era la verdad, o al menos una parte.

—No te preocupes. Es más inteligente que cualquiera de nosotros; inventiva, ingeniosa, analítica. Nació para este tipo de trabajo.

—Lo sé, pero…

—No le pasará nada. Y tu presencia es requerida en Ruán.

—Lord Richard…

—Es un llamamiento real, Hugh. No tienes opción.

Y no la tenía, claro.

—Muy bien —dijo con las mandíbulas apretadas.

—Te sugiero que partas inmediatamente. —Lord Richard se sentó ante su escritorio y empezó barajar una serie de documentos apilados a un lado—. Quiero enviar algunas cosas al rey contigo, si no te importa.

—No, por supuesto.

Volviéndose hacia la ventana, Hugh cerró los ojos e hizo unos rápidos cálculos mentales. Suponiendo que no se encontrara con nada que lo retrasara en el camino a Hastings, el tiempo estuviera bueno para atravesar el Canal y no tuviera ningún problema en la cabalgada de Fécamp a Ruán, tardaría, en el mejor de los casos, unos cuatro días en llegar ahí y otros cuatro en volver. A eso debía añadir el tiempo que el rey lo hiciera esperar en el palacio ducal para recibirlo en audiencia, y eso si estaba ahí; Enrique de Plantagenet no tenía fama de estar mucho tiempo en un mismo lugar. Igual tenía que darle caza por media Francia...

Cuando regresara a Inglaterra y fuera a Halthorpe, ya habrían transcurrido ocho o nueve días como mínimo, si no dos semanas o más, y Phillipa...

Abrió los ojos y miró el banco de piedra del otro extremo del patio; seguía desocupado.

Phillipa sería la querida de Aldous Ewing.

Capítulo 13

*L*a joven doncella pasó el satinado y suave camisón blanco por la cabeza de Phillipa y lo dejó caer sobre su cuerpo.

—Milady... —dijo tímidamente—, ¿estáis segura de que queréis esto?

Phillipa no podía imaginarse nada menos atractivo que entrar subrepticiamente en el dormitorio de Aldous esa noche, toda perfumada y envuelta en ese minúsculo trocito de seda casi transparente, pero dijo:

—Sí, Edmée, muy segura.

Edmée le alisó y ajustó el escotado camisón sin mangas, frunciendo el ceño ante su escandaloso diseño. Era abierto por los costados hasta las caderas, con lacitos para unir la tela, como las túnicas para señoras de última moda, pero en lugar de dejar a la vista un coqueto trocito de la camisola interior, las dos aberturas dejaban al descubierto una buena y seductora porción de piel desnuda. Era una prenda cuyo único objetivo era incitar la lujuria masculina.

Y era evidente que eso Edmée no lo aprobaba. Edmée, una de las criadas que lady Clare había traído consigo de Poitiers, era en realidad una sencilla campesina, y piadosa, a juzgar por el tosco crucifijo de madera que llevaba colgado al cuello. Alta y rolliza al estilo de una robusta granjera, con cabellos color paja que asomaban del pañuelo que llevaba atado a la cabeza, y una cara ancha y pecosa, era la antítesis de ella, tanto en físico como en temperamento. Sin embargo era una de los pocos habitantes de Halthorpe con la que ella se sentía verdaderamente a gusto, una de dos, en realidad; el otro era Orlando Storzi, con quien tenía una especial afinidad intelectual.

Había otros huéspedes en el castillo, una camarilla de afectados poetas y nobles francos decadentes que habían seguido a Clare desde Poitiers en las últimas semanas. Pese a su tolerancia con las ideas radicales, la despreocupada amoralidad de esa gente le repugnaba; tal vez por eso Edmée le había tomado simpatía a su llegada a Halthorpe, induciéndola a pedirle a Clare que se la asignara como doncella personal, aunque al no ser numeroso el personal del castillo, tenía que compartirla con Clare y con la amiga y confidente de Clare, Marguerite du Roche.

Pero esa noche pondría en peligro esa simpatía, porque después de toda una semana de resistirse a las insinuaciones amorosas de Aldous, alegando que estaba en un periodo inconveniente del mes, no tenía más remedio que ofrecerle los favores sexuales que hasta el momento había conseguido evitar con tanto empeño. Estaba claro que Edmée se sentía decepcionada por esa pecaminosa rendición de su señora.

—Levantad el brazo, milady. —Atándole los lacitos del lado izquierdo del provocativo camisón con sus dedos ásperos por el trabajo, le dijo—: Perdonad la pregunta, pero, vuestro marido, ¿Hugh de Oxford es?

—Sí.

—¿Sabe sir Hugh lo de vos con el señor Aldous?

Phillipa hizo una respiración profunda para serenarse.

—Sí.

Edmée levantó la vista del lazo para mirarla con las cejas enarcadas, en gesto de desaprobación.

—Nunca entenderé a la gente de alcurnia —dijo, en una provinciana mezcla de francés normando y su rústico dialecto ancestral—. Los sacerdotes saben que el adulterio es pecado grave. ¿No teméis ninguno de vosotros los tormentos del infierno?

—Es… complicado —dijo Phillipa, mirando la pared de piedra que separaba su habitación de la de Aldous.

Resultó que cuando llegaron, las habitaciones conectadas que él había prometido ya estaban ocupadas por otros huéspedes, la mayoría de los cuales habían llegado después de la última visita de Aldous, y Clare no estaba dispuesta a hacer mudar a ninguno de ellos en favor de su hermano menor al que por lo visto escasamente soportaba. Aunque contento por encontrar a tantas personas en el castillo, que servirían de amortiguador humano entre él y su hermana, según explicó, Aldous se enfureció por tener que conformarse con habitaciones que no estaban comunicadas por una puerta. ¿Qué sería de su codiciado ascenso al archidiaconado si lo veían entrar en la habitación de Phillipa, o a ella entrar en la de él?, preguntó a su hermana. En su propia casa no necesitaba inquietarse tanto por la discreción, pero entre desconocidos debía estar vigilante, no fuera que su carrera eclesiástica acabara reducida a cenizas.

Para calmarlo, Clare le permitió merodear por todo el castillo, una madriguera de conejos del tamaño de una ciudadela, y buscar dos habitaciones adyacentes que estuvieran lo más alejadas posible del resto. Él eligió un par de habitaciones pequeñas y lúgubres como celdas de la planta baja en el último extremo del ala más vieja, y les hizo poner esteras nuevas y muebles. Pese a su relativo aislamiento, jamás la visitaba en su habitación, no fuera a verlo Edmée y llevar el cuento a los demás criados, y ella había encontrado pretextos para no ir a la habitación de él. Durante esa semana sólo la había besado una vez, gracias a Dios, y sólo rara vez hablado con ella a solas. Él realizaba sus comunicaciones más íntimas mediante notas enviadas a través de Clare, que al parecer consideraba todo el asuntito rayano en lo risible. Sin duda a espaldas de él se reía de sus ridículas maquinaciones con los otros huéspedes.

En todo caso, esas maquinaciones difícilmente podían engañar a nadie. Como si no fuera suficientemente revelador el haberla traído con él a Halthorpe instalándola en una habitación contigua a la de él, estaban sus constantes atenciones... su costumbre de susurrarle al oído durante la comida, el modo como le acariciaba el brazo, como si fuera por casualidad, las muchas veces que al girarse ella lo encontraba mirándola como un escolar enamorado, al parecer inconsciente de su expresión. Tratándose de ella, parecía perder la perspectiva. Ella alentaba eso, ciertamente, aunque seguía sintiendo repugnancia por hacerlo, pero hasta ese momento no había tenido suerte en sonsacarle ningún secreto.

Tampoco Orlando se había mostrado muy comunicativo respecto a sus misteriosas actividades en el sótano, que lo tenían ocupado con Istagio hasta la hora de la cena la mayoría de los días y a veces hasta bastante entrada la noche. Pese a la actitud de compañerismo con ella en temas intelectuales, siempre evadía sus preguntas con el aspecto de un hombre que ha jurado guardar el secreto. Sus discretas preguntas a los otros huéspedes habían sido infructíferas; no sólo no sabían de las actividades en el sótano sino que eran apáticos además, estaban demasiado ocupados en sí mismos y sus diversos líos románticos como para preocuparse de otras cosas.

—Ahora el otro brazo, milady. —Poniéndose al otro lado, Edmée comenzó a atar los lazos del lado derecho—. Es buena cosa que haya servido en el palacio de la reina en Poitiers, porque si no no sé qué pensaría de Halthorpe. Mi pobre madre caería muerta de un ataque si supiera cómo vive lady Clare, y esa Marguerite du Roche... —Se estremeció—. Algunas de las cosas que he visto sirviéndolas...

Ah, sí, la libidinosa lady Marguerite, con sus ojos de gata y su brillante pelo rojizo, que siempre llevaba suelto y descubierto, aunque se rumoreaba que tenía un marido en alguna parte. La criatura más sexualmente predadora que había conocido Phillipa en su vida, Marguerite du Roche se dedicaba a la seducción como a un deporte sangriento.

—¿Es cierto lo de la lista? —preguntó Edmée.

Phillipa suspiró.

A su llegada a Halthorpe, Marguerite había hecho una lista de veinte hombres con los que tenía la intención de acostarse antes que terminara el verano. Había elegido a los candidatos de entre los huéspedes y los hombres de armas más apuestos del rey Luis, que se alojaban con los soldados de lord Bertram en las barracas levantadas en el patio exterior. Que Marguerite hubiera puesto los ojos en esos hombres indicaba lo depravada que era, pues los hombres de Luis eran unos brutos entre cuyos pasatiempos se contaban acosar a los jabalíes, crueles peleas a patadas y, si podían creerse los rumores, alguna que otra violación.

—Sí, es cierto. Dicen que se acostó con todos menos tres en dos semanas.

—¿Incluso con Nicolas Capellanus?

El padre Nicolas era el sacerdote calvo y taciturno que servía en el ingrato papel de capellán de Halthorpe. En otro tiempo miembro de la corte del piadoso rey Luis en París, soportaba la impía atmósfera del castillo con una expresión de triste desaprobación.

—Tengo entendido que el padre Nicolas fue uno de los tres que se negó, junto con Turstin de Ver y Raoul d'Argentan.

Turstin, el trovador favorito de Clare, prefería los encantos de su propio sexo, y Raoul, para gran diversión de todos, estaba demasiado enamorado de su mujer, la hermosa aunque problemática Isabelle, como para entretenerse en amores con Marguerite.

—Si es así como os conducís los caballeros y damas —declaró Edmée, cepillándole el pelo—, no quiero nada de eso.

«Tampoco yo», se dijo Phillipa, pensando que el amor romántico, tal como existía en Halthorpe, con sus sórdidas intriguillas y su aura de depravación, distaba mucho de su idealista visión del amor cortés.

¿Tendría razón Hugh? ¿Sería todo una pura tontería egoísta y fatua? ¿No había nada más en las relaciones entre los sexos aparte de la propicia alineación de las partes corporales?

No. Sabía que no era tan simple. Después de haberse entregado a Hugh, de haberse unido con él y sentido en el alma el poder y la belleza de ese acto, sabía que no era simple cuestión de cuerpos.

Algo ocurrió esa noche, algo que no podía evitar considerar profundo, incluso sagrado. Ella había dejado de ser Phillipa y él había dejado de ser simplemente Hugh. Se habían conectado en un plano superior, un plano muy diferente del dominio de la carne. Esa interpretación le resultaba estimulante, y al mismo tiempo le inspiraba humildad.

Y el más absoluto terror también.

Sus dos primeros días en Halthorpe medio había esperado que apareciera Hugh con algún pretexto y, o bien la animara a marcharse o se hiciera invitar a quedarse. Su presencia allí le daría el pretexto que necesitaba para evitar acostarse con Aldous, lo que, había descubierto, era algo que ya no soportaba contemplar.

Hacer el amor con Hugh había sido algo trascendente. Pasar por los mismos movimientos con Aldous sería insoportable. Se había creído capaz, pero antes de que Hugh la despertara, con tanta ternura, a los misterios de la pasión física. ¿Cómo podía manchar lo que había compartido con Hugh tumbándose debajo de Aldous y abriéndole las piernas como una prostituta de dos peniques?

No podía, y de ahí el pretexto de que estaba sufriendo de su flujo menstrual, pero ya habían transcurrido siete días y no podía seguir usando la misma estratagema. Durante toda la semana había rogado secretamente que apareciera Hugh montado en *Odín* y la rescatara de ese horrible destino de convertirse en la amante de Aldous.

Pero él no llegó. Tampoco trató de impedirle que fuera allí. En realidad la alentó. «Un hombre le confía más cosas a su amante que a una mujer que simplemente lo deja meterle fresas en la boca...»

La desesperación le ardió como una brasa encendida en el estómago. «Hugh, Hugh, ¿por qué me dejaste venir? ¿Por qué no has venido a buscarme?»

Sintió una terrible rabia hacia él, como le ocurría siempre que sus pensamientos viajaban por ese sendero. Él no la quería, no podía quererla, si la abandonaba así a ese destino.

Cerrando los ojos, lo visualizó como estaba esa noche, acostado debajo de ella, los ojos soñadores y hermosos a la parpadeante luz de la lámpara. Desapareció la rabia, reemplazada por un anhelo tan intenso que la perforó como un cuchillo.

«Ven a buscarme, Hugh, por favor…»

En ese momento sonó un golpe en la puerta, seguido por una sedosa voz:

—¿Phillipa? Soy Clare.

—¿Le digo que ya estáis acostada? —susurró Edmée, que sabía lo poco que Phillipa quería a su anfitriona, antipatía que al parecer compartía.

Phillipa estaba a punto de decirle que sí, cuando Clare añadió en un tono de conspiradora, ligeramente travieso:

—Tengo algo para ti. El caballero se va a sentir muy molesto si no te lo entrego inmediatamente.

Phillipa gimió para sus adentros. Otra nota de Aldous. Valía más que la mirara.

—Déjala entrar —dijo a Edmée, con un cansino suspiro.

Cuando Edmée estaba a punto de coger el pomo de la puerta, esta se abrió y entró Clare, acompañada por el tintineo de las llaves de castellana que llevaba colgadas del cuello en una larga cadena de oro. La señora de Halthorpe estaba blanquísima y pulida como siempre, ataviada por una lujosa túnica de raso azul medianoche con aberturas en el corpiño y las mangas para enseñar la camisola interior, su peluca negra peinada con el mayor refinamiento, y anillos de zafiros en todos los dedos, incluso el pulgar, de la mano derecha; la mano izquierda la llevaba metida en su omnipresente guantelete para protegérsela de las garras de la cernícalo encapirotada aferrada a ella; estaba entrenando a la joven halcón a cazar, le había explicado Aldous; la llevaba a todas partes con ella para acostumbrarla a la compañía de seres humanos.

—Ah, estás aquí, querida —dijo Clare, curvando maliciosamente los labios pintados al verle el elegante salto de cama, con sólo una breve mirada hacia Edmée; ella y Marguerite trataban a la doncella con el más absoluto desprecio—. Y vestida para la cama, la de mi hermano por lo que veo. Ya era hora. Ya debe tener las pelotas a punto de explotar.

Phillipa sostuvo su mirada, pero por el rabillo del ojo vio a la pobre Edmée quedarse boquiabierta.

—¿Me ha enviado otra nota? —preguntó.

—Sí. Está muy inquieto porque no le contestaste la que te entregué esta mañana.

—No sabía que esperaba que se la contestara.

—Lo que ocurre es que está sobreexcitado por la inminente consumación de vuestra pasión —dijo Clare secamente.

El mensaje de la mañana decía: «A aquella a quien más deseo, a aquella cuya voz es tan dulce como la del ruiseñor, por cuyas extremidades ansío sentirme abrazado como por las tiernas ramas de la madreselva. De tu pobre y enamorado Aldous, que está esclavizado por tu belleza, cautivado por tus encantos. Cómo anhelo el solaz de tu abrazo, amada señora. Ven a mí esta noche y permíteme amarte. Eres el ángel de mi corazón, la paloma de mi alma, mi deleite terreno y mi inspiración celestial».

Pero eran las últimas líneas las que ella había leído una y otra vez mientras se iba formando una idea en su mente: «No olvides que sólo existes tú y solamente tú. Mi amor permanece puro para ti, mi cuerpo casto, hasta la bendita hora en que me visites esta noche. No golpees, no hables. Simplemente reúnete conmigo en mi cama y allí rindámonos el uno al otro».

Clare se metió dos dedos por entre sus voluminosos pechos bien empolvados y sacó del ceñido corpiño una pequeña hoja de pergamino muy doblada.

—Esta es la nota —dijo, entregándosela—. Le dije que no estaría mucho tiempo más haciendo de mensajera en esta aburrida farsa.

Acto seguido empezó a deambular por la habitación, mirando los viejos tapices que colgaban de las paredes y los muebles con su expresión perpetuamente hastiada. Crujió la paja cuando enterró la mano en el colchón cubierto por pieles de la cama sin cortinas.

Phillipa había observado que la cama de la habitación de Aldous era el doble de ancha que la de ella, bellamente tallada y pintada, rodeada por cortinas blancas con flequillo que se sujetaban con lazos de satén con borlas, y apostaría que el colchón estaba relleno con plumón.

Abrió la nota que acababa de entregarle Clare; comenzaba sin preámbulos: «Por favor, ven a mí esta noche, como te rogaba tan fervientemente en mi misiva anterior. No descansaré mientras no haya llegado a la cima de la dicha de tus brazos…».

—No hay mucho aquí, ¿eh?

Alzando la vista de la nota, vio a Clare junto al mueble del lavabo revisando apáticamente los artículos de aseo. Edmée, que estaba colgando la túnica que había usado ese día, miró hacia Clare y al instante desvió la mirada, como temerosa de que su repugnancia se le reflejara en la cara.

Clare sacó el tapón de vidrio de un frasco y lo olió.

—A tu cutis le vendría bien un poco de maquillaje igualador —dijo—. En París hay un boticario que prepara una mezcla de fino polvo blanco de plomo con agua de rosas que a mí me va de maravillas. Deberías probarlo. —Con una glacial risita, añadió—: No querrás parecer siempre la Bastardilla Sesuda de Guy de Beauvais, ¿verdad?

Puso el tapón al frasco, lo dejó en su lugar y se acercó al pequeño espejo de acero empotrado en la pared a mirarse la pintura de los labios.

Cuando Phillipa estaba preparando una réplica que no fuera demasiado mordaz, un ruido sordo, como de estallido, resonó en todo el castillo.

La cernícalo chilló y batió las alas, tratando de soltarse la pihuela atada a su pata.

—Tranquila, tranquila, *Salomé* —le dijo Clare, acariciándole suavemente las plumas—. Sólo ha sido un barril de vino que ha caído rodando del rimero.

Lo mismo había dicho a Phillipa la primera vez que se oyó ese ruido debajo de la sala grande, proveniente del sótano, donde Orlando e Istagio llevaban a cabo su misterioso trabajo. Si el ruido hubiera venido de fuera y no de abajo, ella lo habría tomado por un trueno; ¿qué otra cosa podía producir ese violento rugido?

—Deben de ser muy pesados esos barriles —dijo.

—Me imagino que sí —repuso Clare, jugueteando con su colección de llaves.

Ese era un tic nervioso ocasional que a Phillipa le indicaba que Clare distaba mucho de estar fríamente serena.

Dios, cómo deseaba poner las manos en esas llaves. Lógicamente, había tratado de introducirse en el sótano, pero la maciza puerta de roble en lo alto de la escalera que conducía allí siempre estaba cerrada con llave. Cada mañana Clare la abría para que pasaran Orlando e Istagio, los que al parecer le ponían una tranca después de cerrarla, porque durante el día era inamovible. Cuando reaparecían al atardecer al acabar su jornada, siempre uno de ellos iba a buscar a Clare, que la dejaba cerrada con llave durante la noche.

—Mañana te enviaré un poco de ese compuesto de plomo blanco —dijo Clare dirigiéndose a la puerta—. Mientras tanto, Aldous está solo en su habitación, esperándote. Por favor, ábrele esas delicadas piernecitas tuyas y regálale una buena follada para que se deje de esos malditos gimoteos. Estoy harta de ellos.

Después que Clare salió y se cerró la puerta, Edmée se santiguó.

—Jesús misericordioso. Nunca me imaginé que oiría decir esas cosas a una dama de su rango.

—Cualquiera diría que ya deberías estar acostumbrada a su forma de ser —dijo Phillipa—. Has estado con ella desde Poitiers, ¿verdad?

—Sólo desde poco antes que se viniera. Su doncella cayó enferma con una fiebre que no se le quería marchar, y me preguntaron si no querría reemplazarla. Yo sabía que eso significaría venir a Inglaterra, pero me pareció como una aventura, y no había nada que me retuviera en Poitiers; el hombre que me gustaba se acababa de casar con otra y… —Movió la cabeza, tristemente—. Tal vez debería haberme quedado allá.

—Me alegro que no te quedaras —le dijo Phillipa, dándole unas palmaditas en el brazo.

—Sois muy amable al decir eso —dijo Edmée sonriendo, y empezó a echar hacia atrás las pieles que cubrían la cama.

Phillipa se mordió el labio inferior.

—No me importaría saber qué produce esos ruidos realmente.

—¿No creéis que son barriles de vino?

—¿Parece ruido de barriles de vino cayéndose?

Edmée se encogió de hombros.

—Sois bastante amiga del señor Orlando. ¿Se lo habéis preguntado?

—Sí. Dice que son barriles de vino.

—Entonces tal vez lo son.

Phillipa se paseó a todo lo largo de la habitación, de ida y vuelta.

—Tú eres amiga de Istagio.

Edmée se rió, ahuecando los almohadones.

Él es amistoso conmigo, querréis decir, el canalla lascivo.

El gordo e inepto ayudante de Orlando seguía a Edmée con un celo y una tenacidad que tenía algo de canino, aunque el lascivo destello de sus ojos cuando la miraba se le antojaba a Phillipa más de reptil que de perro. La verdad era que miraba así a la mayoría de las mujeres, pero por algún motivo concentraba en Edmée sus torpes intentos de seducción. Al principio, Phillipa no lograba entenderlo; Edmée era bastante agradable, pero con sus gruesos huesos y sus ojillos demasiado juntos, no era lo que se llamaría bonita. Aunque sí tenía el pelo rubio claro y unos pechos bastante prodigiosos; tal vez eran esos atributos los que atraían tanto a Istagio.

—Siempre trata de impresionarte —comentó—. Ayer lo oí alardear de la fundición de campanas de su familia en Italia y de cuántas generaciones...

—No debería decirme esas cosas —dijo Edmée con aspecto de verdadera aflicción—. No debería... —Desvió la vista—. No... no quiero que trate de impresionarme. No quiero que me ande rondando ni que... ni que me mire así. No le he dado ningún motivo para pensar que deseo ese tipo de atenciones.

—Eso no detiene a algunos hombres.

—¿Entonces qué puedo hacer para que me deje en paz? —preguntó, quejumbrosa.

—Tal vez no deberías hacer nada —replicó Phillipa—. Al menos, no inmediatamente.

Edmée la miró fijamente un momento y luego pestañeó.

—Queréis que le pregunte qué pasa en la bodega.

—Bueno, tal vez podrías sacarle la información con encanto —sugirió Phillipa sonriendo—. Coquetear con él un poquito, sólo un poquito. Hacerle creer que tal vez estás... un poquitín interesada, hacerle unas pocas preguntas...

Edmée negó con la cabeza.

—Si hago eso, milady, no me dejará en paz jamás.

—Pero al menos descubriremos qué pasa en la bodega.

—Eso no lo vale —dijo Edmée, resuelta.

Tenía razón; la única manera de librarse de Istagio era haciendo caso omiso de él, no interrogándolo acerca de su trabajo. Aunque de todos modos seguía tentada de tratar de convencerla de que lo hiciera, puesto que su misión era más importante que las complicaciones románticas de Edmée, comprendió que si insistía sólo lograría despertar sospechas acerca de sus motivos.

—Tienes razón, lógicamente —dijo, forzando un tono despreocupado—. No te iría bien hacer a Istagio más pesado aún sólo para satisfacer nuestra ociosa curiosidad.

Claro que ella había hecho eso y más con Aldous, pensó. Se había dejado besar, le había prometido acostarse con él. Y en esos momentos la estaba esperando, pensando cuánto tiempo tardaría ella en despedir a Edmée para ir a su habitación.

«Es la hora», pensó «es la hora de representar el resto».

—Creo que no necesito nada más esta noche, Edmée. Ahora podrías ir a ver si lady Clare o lady Marguerite necesi...

—Milady... —dijo Edmée mirándole el provocativo camisón de seda con expresión apenada—. ¿Estáis segura de que tenéis...?

—Edmée, por favor.

—Pensad en vuestro marido —suplicó Edmée—. Pensad en sir Hugh.

«Ojalá pudiera pensar en otra cosa.»

—Te veré por la mañana, Edmée.

—Sí, milady —dijo la doncella con aire de grave resignación y salió de la habitación.

«Aldous está solo en su habitación, esperándote...»

Al instante se dirigió a una de las troneras de la pared de atrás que hacían de ventanas, y pegó el oído a ella. Cerró los ojos, escuchando atentamente por si sentía algún sonido proveniente de la habitación de Aldous, pero lo único que oyó fue el croar de ranas en el foso y risas apagadas provenientes de la sala grande, donde los huéspedes de Clare solían jaranear hasta altas horas de la noche. A veces cantaban y bailaban. Tres veces esa semana, Clare había convocado juicios de amor para arbitrar sobre las riñas de enamorados, haciendo ella sola el papel de juez. Habían sido puras farsas, tal como aseguraba Hugh, pero ni la mitad de perturbadores que el jueguecito que presidió Clare hacía dos noches, que consistía en emparejar a un hombre y una mujer, basándose en una tirada del dado, confiscarles toda la ropa y dejarlos encerrados en un dormitorio hasta el alba.

Con un suspiro de exasperación, pues tenía que saber si Aldous seguía solo o no, fue hasta la puerta y la entreabrió. Al no ver a nadie en el oscuro corredor de piedra, se acercó sigilosamente a la puerta de la habitación de él y pegó el oído. Durante un minuto no oyó nada, y luego sintió una especie de murmullo melódico. Reconoció la melodía; era una canción de borrachos que Turstin de Ver les enseñó a los huéspedes la noche anterior. Aldous la estaba medio tarareando y medio cantando, del modo indiferente que canturrean las personas cuando están solas.

O sea que todavía no llegaba.

Volviendo a su habitación, apagó las velas y entreabrió la puerta un poquitín, lo suficiente para ver los alrededores de la puerta de Aldous en el corredor, sin atraer atención hacia ella.

Y allí se instaló a esperar.

Aldous Ewing, recién bañado y reclinado en su mullida cama de plumón sólo con los calzoncillos y la camisa, de sedoso algodón egipcio, de la mejor calidad, comenzó a excitarse al primer sonido apagado de la puerta al abrirse.

Por fin. Todos esos años en París deseándola y teniendo que arreglárselas con prostitutas; todos esos años después, pensando cómo habría sido si ella le hubiera dicho: «Sí, Aldous, poséeme, soy tuya, para que me uses a tu voluntad…».

Miles de veces, despierto y en sueños, se había imaginado cómo sería follar a la serena y hermosa Phillipa de París.

Ahora lo descubriría.

La puerta se abrió con un lento crujido de los goznes de cuero. Por encima de los calzoncillos, Aldous se acomodó la polla, que estaba totalmente erecta.

Sonrió al verla, cubierta por un manto de raso negro con capucha. Ella se detuvo un momento fuera, una figura espectral en el oscuro corredor, y luego cruzó el umbral. Para la ocasión, él había encendido unas doce velas, atado las cortinas y esparcido menta entre las esteras y ramitas de romero y lavanda sobre la colcha.

Pronto…

La sonrisa se le desvaneció cuando ella se giró a cerrar la puerta. Phillipa no era tan alta, ¿verdad?

Ella se echó hacia atrás el capuchón y se volvió a mirarlo. Aldous casi se tragó la lengua al ver el fiero brillo de los cabellos rojizos iluminados por las velas.

—¿L-lady Marguerite?

Las delicadas cejas de Marguerite du Roche se elevaron.

—Entendí que no íbamos a hablar —dijo ella con su voz ronroneante—. ¿O era sólo yo la que no tenía que hablar?

—Eh… ¿cómo habéis…?

—Si ha de haber reglas del juego, deberían decirse con claridad y cumplirse estrictamente, ¿no os parece?

Se abrió el manto y lo dejó caer al suelo. Esta vez él sí se tragó la lengua.

Estaba desnuda. Bueno, no del todo. Llevaba unas zapatillas negras con dorado adornadas con bolitas de cristal y medias negras de seda sujetas con ligas sobre las rodillas. Pero aparte de eso, estaba absoluta, voluptuosa y pasmosamente desnuda. Su cuerpo era blanco como la leche, igual que su cara, y el vello de la entrepierna tan brillante como los cabellos que caían en cascada sobre ella como ondulantes serpientes. Tenía los pechos firmes y redondos como manzanas, y los pezones… Se los había pintado con algo rojo, observó. Ese descubrimiento le produjo una fuerte oleada de excitación en las partes bajas.

En la mano sostenía el mango de una disciplina de la que salía un manojo de trallas, como las que usaban los eremitas camaldulenses para flagelarse. La vista de esa arma de castigo le aumentó la excitación.

—¿Aclaramos las reglas? —dijo ella.

—¿Las... las reglas? —tartamudeó él—. No...

Ella se acercó por un lado de la cama, levantó una pierna y la pasó por encima de él, apoyándola justo sobre su miembro, cuya dureza seguro que sintió en la pantorrilla. Llevaba algo metido bajo la liga, un trozo de pergamino bien dobladito.

—Son vuestras reglas —dijo, entregándole la nota—. «No golpees, no hables. Simplemente reúnete conmigo en mi cama y allí rindámonos el uno al otro.»

Él miró el trozo de pergamino, incrédulo.

—¿Dónde en-encontrasteis...?

—Alguien lo metió por debajo de mi puerta esta mañana. Supuse que fuisteis vos.

Él negó con la cabeza.

—Estaba destinado a lady... a otra persona. M-mi hermana, ella tenía que entregárselo a...

Marguerite se echó a reír.

—Y en lugar de entregárselo lo metió bajo mi puerta. Eso es algo que me parece muy propio de Clare.

Muy propio, sí, pensó Aldous, gimiendo para sus adentros. A Clare le encantaba orquestar intrigas entre quienes la rodeaban.

—Parece que hemos caído en su trampita, vos y yo. El asunto es —ronroneó ella, frotándole el miembro con la pierna y haciéndolo gemir de excitación— qué vamos a hacer al respecto.

«¿Al respecto?» Aldous trató de analizar la situación racionalmente pese a la enloquecedora fricción de su firme pantorrilla sobre su polla. Era evidente que Clare no le había entregado su primera nota a Phillipa, pensando que sería una fabulosa broma hacérsela llegar a Marguerite, por lo que era lo lógico suponer que tampoco le había entregado la segunda. O sea que Phillipa no tenía idea de que él la estaba esperando esa noche. No vendría.

En su lugar había venido Marguerite.

—¿Y bien?

Mirándolo fijamente con sus glaciales ojos verdes, Marguerite se pasó las trallas del látigo por encima de los pechos. Con el roce, los pezones se le endurecieron convirtiéndose en botones teñidos de rojo.

Bajando lentamente el instrumento, se frotó la entrepierna con el mango envuelto en ante.

Aldous cerró bruscamente el puño sobre el trozo de pergamino, lo tiró a un lado y tendió la mano hacia ella.

—No tan rápido —dijo ella, dándole un fuerte golpe en la mano con el látigo.

Él retiró la mano emitiendo un gritito que sonó humillantemente afeminado.

—Aún no hemos aclarado las reglas.

—Las... las...

—No hables —musitó ella—. Esa me gusta. Pero me gustaría más si yo pudiera hablar y fueras tú el que se calla. ¿Qué te parece?

—Ah, bueno...

—¡Shh! —Acercándose más, le puso el mango del látigo entre los labios y se lo metió en la boca; él sintió el sabor de ella en la piel de ante—. No hables. Puedes pensar lo que quieras, pero guárdate los pensamientos para ti. Si no —le retiró casi totalmente el mango de la boca y se lo volvió a meter, más hondo, tocándole la garganta— me veré obligada a amordazarte. No te gustaría nada eso, ¿verdad? Puedes asentir o negar con la cabeza.

Con los ojos escocidos por las lágrimas y bascas en la garganta, él consiguió negar con la cabeza.

Ella le retiró el mango de la boca.

El aire salió de sus pulmones como en suspiro de alivio. Una lágrima les resbaló por un ojo; levantó la mano para limpiársela, pero ella le dijo:

—No, déjatela. Me encanta ver lágrimas en las mejillas de los hombres.

Él bajó obedientemente las manos.

—También me gustó la parte de rendirse —continuó ella—. Sólo que, como probablemente ya has adivinado, prefiero que tú te sometas a mí, y no a la inversa.

Aldous asintió, pasmado no sólo por la forma de tratarlo, sino también por su reacción a ese trato. Estaba tan excitado que le dolía.

—Baja el cuerpo, fuera de los almohadones —ordenó ella—, para que quedes tendido plano. Muy bien. Ahora levántate la camisa y ábrete los calzoncillos.

Pasado un momento de sorprendida vacilación, él obedeció, estremecido por su sensación de vulnerabilidad al quedar así expuesto a ese examen crítico.

—Eso tendrá que servir. —Le empujó la cadera con la punta de la zapatilla, haciéndosela doler—. Date la vuelta.

Él se dio la vuelta hasta quedar boca abajo sobre la colcha morada, la que sintió suave y fría en su vibrante y excitada polla, pero…

—Eh… las hierbas que esparcí… se me entierran.

—Excelente.

Marguerite se subió encima de él, y con agilidad felina puso una pierna a cada lado quedando montada a horcajadas. Bruscamente le bajó los calzoncillos hasta los muslos.

—Este bonito culo quedaría muy atractivo con hermosas marcas rojas, ¿no crees? —Al ver que él tardaba en responder, le cogió unos cuantos mechones de pelo y de un tirón le echó la cabeza hacia atrás—. ¿No crees?

Él asintió enérgicamente. Ella le soltó el pelo y echó la mano hacia atrás como en busca de algo. Girando el cuello, él la vio desatar el cordón de raso que ataba las cortinas al poste derecho del pie de la cama. Lo sacó y dejó caer las cortinas; luego repitió la operación en los otros tres postes, dejando la cama acortinada por los cuatro lados, como si estuvieran dentro de una tienda de damasco blanco.

Del enredo de cordones que había reunido, eligió uno y con él le dio varias vueltas alrededor de la muñeca derecha de él; después le flexionó la pierna derecha.

—Cógete el pie —ordenó.

Entonces le ató el tobillo con el mismo cordón.

Excitado y fascinado, la vio coger otro de los cordones y repetir la operación con su muñeca y tobillo izquierdos, dejándolo atado de pies y manos como un cerdo en el momento de la matanza. El corazón le golpeaba en el pecho con una embriagadora sensación de impotencia.

—Así está mejor —musitó ella, haciéndole círculos en las nalgas con las trallas del látigo, y poniéndole carne de gallina—. Te gusta llevar las riendas, ¿verdad? —Metiéndole una mano por entre las piernas le cogió el miembro erecto; él gimió lastimeramente, apretándolo contra la palma fresca y suave—. Sí, te gusta —dijo ella, en tono tranquilizador—. Pero tienes que dejar de moverte así, porque aún no ha llegado el momento de que te corras. Si te permito correrte, será mucho más tarde.

Mareado de deseo, muy, muy a punto, él negó con la cabeza y se apretó más, más…

Un dolor agudo y cortante lo sacó de su delirio sensual. Ella le había dado un fuerte latigazo en las nalgas.

—¿Cómo te atreves a ejercer tu voluntad por encima de la mía?

Él gimió impotente cuando ella lo volvió a golpear, una y otra y otra vez. El dolor se fundió con el placer hasta producirle un éxtasis atroz que no había experimentado jamás antes. Si ella continuaba así, se correría demasiado pronto.

Vagamente sintió un crujir de madera, un chirrido de cuero… ¿La puerta? Oyó pasos sobre las esteras.

—¡Para! —exclamó, en el momento en que Marguerite levantaba el látigo.

—¿Aldous? —dijo una voz de mujer, dulce y suave.

«¡Phillipa!» ¡Había venido! Estaba en la habitación, ¡Dios misericordioso!, aunque no podía verlo, mejor dicho verlos, a través de las cortinas que encerraban la cama.

—No —suplicó, cuando sintió bajar el látigo, y chilló cuando restalló, más fuerte aún que antes.

—Aldous —dijo la voz de Phillipa, más cerca—. ¿Estás…?

—¡No! —gritó él, retorciéndose para liberarse de las ataduras—. ¡Sí! ¡Vete, por el amor de Dios!

La cortina se abrió y apareció ella, angelical y hechicera, ataviada con la más extraordinaria y mínima prenda de satén blanco, sus cabellos una sedosa cascada negra. Sus enormes ojos oscuros se posaron primero en él, atado como un cerdo y los calzoncillos bajados, después en la riente Marguerite, y finalmente, «trágame tierra, mátame, Señor, te lo ruego, ahora mismo», en el látigo que le acariciaba suavemente el culo al descubierto.

Con los ojos desorbitados por la impresión, Phillipa abrió la boca como para decir algo, pero no le salió nada.

—¿Te apetecería darle un latigazo tú? —le ofreció Marguerite, tendiéndole el látigo por el mango.

Phillipa retrocedió espantada y soltó las cortinas, que se cerraron. Se oyeron sus rápidos pasos hacia la puerta sobre las esteras.

—¡Phillipa! —gritó Aldous cuando se cerró la puerta con un golpe—. ¡Phillipa, vuel…! ¡Jesús, no! ¡Phillipa! ¡Phillipa! ¡Lo siento Phillipa! —aulló, tratando de soltarse las ataduras—. ¡Esto no significa nada! ¡Tú eres la única! ¡La única!

—Bueno, no exactamente —dijo Marguerite, sorbiendo por la nariz. Cogiendo uno de los dos cordones libres lo enrolló—. Eso es evidente. Si lo fuera no estarías aquí conmigo, ¿verdad?

—¡No! ¡No lo entiendes! ¡Ella no lo entiende!

—Con todo lo que me gustaría escucharte cómo se lo vas a explicar, de verdad, me encantaría, te ordené muy claramente que no hablaras.

Poniéndole una rodilla en la espalda para someterlo, le abrió la boca y le metió el cordón enrollado; después le pasó el cuarto cordón por entre los labios a modo de mordaza y lo ató detrás de la cabeza para sujetarlo.

Lágrimas de vergüenza e impotencia le escocieron los ojos; los cerró para tragárselas.

—Déjalas caer —dijo Marguerite dulcemente, cogiendo nuevamente el látigo—. Habrá muchas más antes que acabe la noche.

Capítulo 14

Casi una semana después de esa memorable noche, estaban Clare y todos sus huéspedes disfrutando del festín en celebración de la noche de San Juan en mesas de caballetes en el patio exterior del castillo. De pronto Clare captó la mirada de Marguerite du Roche.

—¿Qué te parece? —le dijo, haciendo un gesto hacia algo, por encima del hombro de Phillipa—. Viene un hombre, un hombre de verdad llega a Halthorpe. Debe de ser por algún error.

Haciéndose visera con la mano para protegerse los ojos del sol poniente, Marguerite miró en esa dirección y sonrió:

—Tal vez está extraviado.

—Seguro que yo podría ayudarlo a encontrar su camino —dijo Clare con voz sedosa.

Phillipa se giró y siguió la dirección de sus miradas hacia el puente levadizo que atravesaba el foso fuera de la elevada muralla de piedra. Entornando los ojos distinguió la silueta de un hombre alto, de hombros anchos, a caballo, que en ese momento iba pasando por la puerta flanqueada por dos torres. Cuando salió de las sombras a la luz, el corazón le dio un vuelco en el pecho.

Había venido.

Ese atardecer Hugh estaba más o menos igual que la noche en que lo vio por primera vez, los cabellos dorados despeinados, la mandíbula oscurecida por la barba de algunos días y ese curioso pendiente de oro que le brillaba en la oreja. Estaba vestido igual también, con la sucia túnica de cuero de soldado que prefería ponerse para cabalgadas largas. Si no fuera por su magnífico corcel pardo, caballo de noble,

173

casi se podría pensar que era un filibustero llegado ahí a robar y saquear. Lo rodeaba un aura de masculinidad, en especial si se lo comparaba con los hombres de Halthorpe, con sus vestiduras elegantes y modales afectados, a excepción, claro, de los doce hombres de armas del rey Luis y los soldados de lord Bertram, pero éstos estaban siempre en sus barracas y rara vez se adentraban en el patio interior. No era de extrañar que Clare estuviera tan fascinada por él.

Incluso a esa distancia le vio los ojos, traslúcidos como cristal, fijos en ella, y le sostuvo la mirada. Le sonrió casi con timidez, recordando la última vez que lo vio, profundamente dormido en su cama en la casa de Aldous, con los labios ligeramente abiertos, un mechón de pelo sobre los ojos, con aspecto de niño pequeño a la luz plateada de la aurora. Tuvo que recurrir a toda su fuerza de voluntad para marcharse y dejarlo ahí.

Él la saludó con un gesto de la cabeza, sin sonreír exactamente, pero mirándola con tanta intensidad que ella sintió correr un calorcillo por toda la columna, como si él se la estuviera acariciando con su enorme mano callosa.

—Yo lo vi primero —estaba diciendo Clare a su amiga—, tú puedes tenerlo después que yo.

—¿Es necesario hacerlo por turnos? —dijo Marguerite—. Tiene aspecto de ser capaz de follarnos a las dos juntas sin demasiada dificultad.

—Yo pediría unirme a la juerga, *midons* —dijo el trovador Turstin de Ver, que estaba sentado como de costumbre a la derecha de Clare, entre su mecenas y Marguerite—, pero sospecho que ese muchacho prefiere jugar con muchachas.

Turstin era el tipo de hombre mayor que con el tiempo se las ha arreglado para intensificar los rasgos feos con que fue maldecido al nacer, en su caso una nariz demasiado grande y unas orejas igualmente notorias. Flaco y de facciones bastante marcadas, de cabellos castaño rojizos ya bastante canosos y un perpetuo destello travieso en sus ojos, Phillipa lo encontraba extrañamente apuesto.

Aldous también se giró a mirar lo que todos estaban mirando.

—Vamos, por el amor de Dios —gruñó.

—¿Conoces a ese hombre? —le preguntó Clare.

—Sí, maldito sea —gruñó él—. Es el marido de Phillipa.

Después masculló algo en voz baja que sonó claramente sacrílego dados sus santos hábito y solideo negros clericales. Su irritación tenía sus muy buenos motivos; su relación con Phillipa había estado bastante tensa desde la noche en que ella entró en su habitación y lo sorprendió con Marguerite. La presencia de Hugh ahí sólo serviría para enfriarla aún más.

A la mañana siguiente a ese sórdido incidente, él había buscado a Phillipa para presentarle una letanía de contritas disculpas, explicándole que Clare le había gastado una broma pesada entregándole a Marguerite la nota que él le había escrito a ella, y que sólo era un hombre al fin y al cabo, con los bajos impulsos de cualquier hombre, pero que la adoraba y lamentaba inconmensurablemente lo que ella había visto.

En realidad, lo que ella vio esa noche la horrorizó y desconcertó tanto que ni siquiera fue capaz de decir el discursito ofendido que había ensayado mentalmente («Aldous, ¿cómo has podido…? Dijiste que tu amor permanecería puro para mí, tu cuerpo casto…»). En lugar de decirlo, después de mirarlos boquiabierta, como una carpa en un barril, se giró y salió corriendo de la habitación, grabada en su mente la imagen de Aldous y Marguerite trabados en una forma de relación carnal tan pervertida que sencillamente no lograba, ni quería, comprender.

Asegurándole que se sentía herida y humillada por su infidelidad, ella le dijo que tendría que poner más empeño en cortejarla para reconquistar su buena voluntad, y mucho más para lograr que fuera a su cama. Y eso había hecho él durante esa semana, sofocándola con sus atenciones amorosas, incluso delante de los demás, su preocupación por la discreción al parecer menos importante que su necesidad de reconquistarla, y aceptando mansamente que ella rechazara sus besos. En consecuencia, ella consiguió seguir en Halthorpe para continuar su investigación, infructuosa hasta el momento, pero sin la carga de compartir la cama de Aldous Ewing, aunque seguía sintiéndose obligada a alentarlo en sus galanteos. Si él llegaba a enterarse de que ella no tenía la menor intención de acostarse con él, la arrojaría de allí al instante.

Lo interesante era que la noche anterior, al no poder dormir debido al calor, se levantó y fue a situarse ante una de las troneras, con la esperanza de que entrara un poco de brisa por ahí. Pero lo que entró por la tronera en lugar de brisa fueron sonidos provenientes de la habitación contigua de Aldous; un ronco gemido masculino que se alargó en una especie de sollozo, y luego una voz femenina, la de Marguerite, suave, engatusadora, un poco resollante: «No te pongas tan rígido… eso es, afloja un poco y no te dolerá tanto… sé que te gusta».

Al instante comprendió que sería imprudente hacer saber a Aldous que estaba enterada de su continuada relación con Marguerite; cualquier mujer que se respete se alejaría de un hombre que la trataba tan mal, y alejarse de Aldous en ese momento no era una opción.

Era mérito o bien de su astucia o de la credulidad de Aldous, o de ambas cosas, que él nunca sospechó que había sido ella la que deslizó su primera nota por debajo de la puerta de Marguerite esa mañana. Se echaba toda la culpa él, y a Clare, que naturalmente negó haber pasado la nota a Marguerite, aunque dijo que ojalá se le hubiera ocurrido. Aldous no le creyó, lógicamente, y desde entonces la relación entre los hermanos estaba más difícil que nunca.

En ese momento Hugh estaba apeándose del caballo junto al establo.

—¿Está casado con la Bastardilla Sesuda? —preguntó Marguerite, después de observarlo desmontar, mirando a Clare con una expresión de divertido asombro.

—¡Absolutamente extraordinario! —exclamó Clare—. ¡Qué divertido va a ser esto! Y justo cuando estabais comenzando a atontarme de aburrimiento.

Phillipa observó que Edmée, que esa noche estaba ayudando a los sirvientes a servir un monumental pastel de picadillo de paloma, el plato número diecisiete de los veinte en que estaban trabajando las cocineras traídas de Poitiers por Clare en la cocina cercana, miraba de Hugh a ella, pensativa. ¿Estaría pensando en su supuesto romance con Aldous Ewing?

Aldous, sentado a la izquierda de Clare, se inclinó hacia ella y le susurró:

—Échalo de aquí.

Orlando detuvo a la mitad el movimiento de su copa de plata para mirar a Aldous enfurruñado.

—¿Por qué querer echarlo? Sir Hugh es el *marito* de lady Phillipa, su marido. Ella quererlo aquí, ¿no?

Dado que pasaba los días y la mayoría de las noches encerrado en el sótano, Orlando estaba relativamente ignorante de la maraña de intrigas románticas de Halthorpe, entre ellas de la continuada campaña de Aldous por seducir a Phillipa.

—Lo quiero fuera de aquí —insistió Aldous a Clare, sin hacer caso de Orlando—. Haz lo que sea para librarnos de él.

—Estás más loco que un hurón —espetó Clare, clavando en su hermano una mirada fija que la hacía parecerse a una de sus aves de presa— si piensas que voy a echar de mi casa a un hombre como ése sólo porque da la casualidad de que está casado con la mujer que te quieres tirar.

Orlando frunció el ceño con evidente desconcierto.

—*Sono spiacente*, pero mi entender del idioma ser mucho malo. ¿Qué significa esa palabra…?

Istagio, que estaba sentado junto a él, le soltó la falda a Edmée, que se la había agarrado al pasar ésta por su lado, y le susurró algo al oído. Orlando abrió los ojos muy grandes y luego los entornó para mirar a Aldous.

—Pero vos sois… ¿cómo se dice?… un hombre de la Iglesia, ¿no? Y ella es una señora casada. Qué vergüenza.

«Bueno, al menos hay una persona en Halthorpe que todavía sabe lo que es la vergüenza», pensó Phillipa. No queriendo que Orlando pensara tan mal de ella, pues aparte de Edmée era la única persona con la que realmente podía hablar en Halthorpe, dijo:

—No es lo que creéis, Orlando.

—Sí lo es —exclamó Aldous, cogiéndole la mano y apretándosela demasiado—. No lo quieres aquí, ¿verdad?

Todos los comensales se volvieron a mirarla.

—Eh…

—Pero verás, Aldous —dijo Clare con cansina impaciencia—, en realidad no importa lo que desea ella. Yo soy la señora de Halthorpe, y deseo que se quede, por lo tanto, quedarse ha.

—Ahí viene —dijo Marguerite, poniéndose un dedo en los rojos labios.

Phillipa se giró a mirar y vio a Hugh caminando hacia ellos por el bien recortado césped. Trató de soltarse la mano de Aldous, pero él se la tenía firmemente cogida.

Deteniéndose, Hugh inclinó la cabeza hacia ella.

—Mi señora.

—Mi señor marido.

La mirada de Hugh se posó en la mano de Aldous que apretaba la de ella; sus ojos se tornaron opacos y se le tensó la mandíbula, aunque ella dudó de que otra persona aparte de ella lo hubiera notado. Girándose un poco él hizo una cortés reverencia en direcćon a Clare.

—Lady Clare, supongo.

—Clare —dijo Phillipa—, te presento a mi marido Hugh de Oxford. Hugh, te presento a Clare de Halthorpe.

Clare lo miró de la cabeza a los pies y de los pies a la cabeza.

—Ahora que estáis cerca, no puedo evitar pensar que os he visto en alguna parte antes.

—En Poitiers —dijo él—. Estuve ahí hace un año y medio más o menos.

—¿De veras? —dijo ella, posando en él su mirada lánguida y descarada—. Entonces deberíais encajar muy bien en Halthorpe.

—El caballero sentado a la derecha de Clare —dijo Phillipa a Hugh— es Turstin de Ver, que escribe poemas para ella, y a su lado está Marguerite du Roche, la amiga de Clare. A los *signores* Orlando e Istagio ya los conoces, y luego tenemos al padre Nicolas Capellanus...

—¿Hugh? —exclamó Raoul d'Argentan levantándose y acercándose con los brazos abiertos—. ¡Eres tú! ¡Buen Dios, hombre! ¿Cuánto tiempo hace?

—¿Raoul? ¿Así es cómo te ves fuera del campo de batalla? —Después de un fuerte abrazo y una serie de palmadas mutuas en la espalda, Hugh añadió—: Estás tan bonito como para besarte.

Raoul era un hombre robusto, de pelo oscuro y de modales campechanos, diferente a la mayoría de los hombres de Halthorpe.

—¡Maldición, cuánto me alegra verte Hugh!

—Lo mismo digo, Raoul, ¿pero qué demonios te ha ocurrido? ¿Dónde está esa barba? Solías parecer un oso y oler como un jabalí, pero ahora...

Con una sonrisa sesgada, Hugh le levantó un lado de larga manga abierta de su suntuosa túnica y la dejó caer; después le desordenó los bien peinados cabellos.

Raoul miró hacia el cielo poniendo los ojos en blanco y se le enrojecieron las orejas.

—Lo ha domesticado el matrimonio —dijo Turstin de Ver con una risita sarcástica—. El verdadero amor tiende a domar a los más fieros de los hombres.

Esa observación fue recibida por risitas maliciosas por parte de los comensales.

Hugh había dejado de sonreír.

—¿Estás casado?

Entonces Raoul le presentó a Isabelle, su bonita y menuda esposa de cabellos castaños. Ella lo obsequió con una sonrisa superficial y dijo en voz baja:

—Raoul, tu pelo.

—¿Qué pasa, cariño?

—Tu pelo. Arréglatelo. Te lo ha despeinado.

—Ah. —Después de arreglarse el peinado con los dedos, Raoul dijo—: Cariño, me has oído hablar de Hugh. Éste es el compañero que conocí en Milán cuando estábamos luchando contra Federico Barbarroja, antes que Strongbow nos reclutara para la campaña en Irlanda.

—Ah. —La mirada de Isabelle se posó en la mano derecha de Hugh—. El que dejó su pulgar en Irlanda.

—¿Cómo lo perdisteis? —preguntó Marguerite, con voz ronca, como si estuviera preguntándole sobre su primera proeza sexual.

—Irlanda es muy grande y salvaje —repuso Hugh alegremente—. Es fácil perder cosas ahí.

—Aldous —dijo Clare, en medio de las risas que celebraron esa salida—, ¿por qué no te cambias de sitio para que Hugh se siente junto a su esposa?

«Y junto a ti también», pensó Phillipa, sintiendo una punzadita de celos que le retorció el estómago. ¿Sería eso lo que sentía Hugh respecto a ella y Aldous? ¿Supondría que ya era su querida? ¿Lo preocupaba eso o simplemente lo aliviaba?

—Tal vez Hugh preferiría sentarse junto a su amigo —dijo Aldous, clavando en su hermana una mirada que rezumaba odio.

—Excelente idea —exclamó Hugh, sentándose en el banco al lado de Raoul—. Esto me da la oportunidad de revivir viejas batallas.

—Hablando de viejas batallas —dijo Turstin, apoyando los codos en la mesa—. ¿Cómo perdisteis ese pulgar? ¿O es una historia demasiado espeluznante para los oídos de las damas?

Hugh aceptó la copa de vino que le ofrecía Edmée, pero rechazó su ofrecimiento de pastel de paloma.

—Demasiado aburrida en realidad —dijo.

—¡Aburrida! —exclamó Raoul—. Yo estaba allí, y no la llamaría...

—¿Estabas ahí? —preguntó Marguerite, inclinándose sobre la mesa, con los ojos relampagueantes.

Clare dirigió su mirada descarada e imperiosa hacia Raoul.

—Cuéntalo.

—No creo que Hugh desee que se cuente esa historia —dijo Phillipa, soltándose bruscamente la mano que le tenía cogida Aldous.

Hugh se llevó la copa a los labios, mirándola a los ojos por encima del borde. Ella vio algo en sus ojos que se imaginó era gratitud, pero que se desvaneció cuando Aldous le pasó el brazo por los hombros con toda familiaridad. Ella se quitó el brazo de encima con un brusco movimiento.

—Lady Clare desea oír esa historia —dijo Isabelle—. Cuéntala, Raoul.

Éste miró nervioso a Hugh, que bebió un trago de vino con expresión grave.

—Pero…

—Cuéntala —ordenó Isabelle en un exagerado susurro.

Phillipa estaba a punto de objetar nuevamente cuando Hugh captó su mirada y, haciendo un gesto de pena, negó casi imperceptiblemente con la cabeza. Estaba claro que prefería pasar por eso antes que enemistarse con Clare, lo cual era la decisión correcta si habían de dar prioridad a su misión.

Raoul exhaló un profundo suspiro.

—Sí, bueno. Veamos… Fue hace tres años que fuimos a Irlanda con Strongbow. —Frunció el ceño—. Pero no, la historia comienza mucho antes. Hugh, ¿cuándo fue que luchaste por Donaghy Nels? Fue tu primera campaña como mercenario, ¿verdad?, o sea que tendrías… ¿dieciocho años?

—Nunca he sido tan joven —dijo Hugh, haciendo una señal a una criada para que le llenara la copa.

Poniendo los ojos en blanco, Raoul continuó:

—Esa fue su primera campaña, en todo caso. Fue a Irlanda con un destacamento de escoceses y nórdicos de las Hébridas a luchar por un jefe del Meath llamado Donaghy Nels. Era por algo que tenía que ver con un pariente de Donaghy que aseguraba tener ciertos derechos sobre sus posesiones, ¿verdad, Hugh? ¿O era por unos ganados robados?

Hugh se encogió de hombros y se llevó la copa a los labios.

—Es tu historia, Raoul. Cuéntala como quieras.

—En cualquier caso —continuó Raoul, al parecer entusiasmándose con su relato al tener a un público embelesado pendiente de cada una de sus palabras—, después que Hugh recuperara el territorio, o el ganado o lo que fuera, Donaghy le pagó y lo despidió, pero no antes de hacerle jurar por la reliquia incrustada en la empuñadura de su espada que nunca tomaría las armas en contra de él, en toda su vida. Donaghy lo hizo jurar porque ciertamente sabía que un mercenario lucha por quienquiera le pague más, y él siempre estaba batallando con alguno de los otros jefes por algo. ¿Qué había en esa empuñadura, Hugh? ¿Un trocito de paja del pesebre del Niño Jesús?

—Eso va bien —dijo Hugh bebiendo otro poco de vino.

—Después de eso, Hugh partió al norte a ayudar a Eric de Suecia a tomar Finlandia. Después fue… ¿Kiev? No, la campaña del Elba-Oder, después Kiev, después la Tierra Santa, Egipto, Sajonia… Entonces fue cuando lo conocí, hará unos cinco o seis años, luchando por Milán y las ciudades del norte de Italia. Cuando acabamos ahí, nos enteramos de que Richard Strongbow estaba reclutando mercenarios para ir a Irlanda en nombre del rey de Leinster, un hombre llamado Dermot Mac Murrough, que había sido expulsado por el rey superior Rory O Connor de Connacht. Strongbow ofrecía más oro que el que ninguno de nosotros había recibido nunca, así que fuimos.

Phillipa observó que Hugh estaba mirando a la nada, con la mirada desenfocada y la expresión un poco melancólica. Sintió curiosidad por saber qué estaría viendo.

—Reinstalamos a Dermot —continuó Raoul—, lo que no fue tarea fácil, he de decir. Rory tenía luchando por él a algunos de los jefes más feroces de Irlanda, y había muchísimos ahí, cada uno con su pequeño reino. Tomamos Waterford antes de marchar sobre Dublín. Durante los combates alrededor de Dublín fue cuando Hugh se enteró de que uno de los bandos aliados con Rory O Connor estaba dirigido por Donaghy Nels. Es decir, Hugh estaba blandiendo su espada justamente contra el hombre al que había jurado no combatir jamás.

Se hizo un denso silencio, que finalmente interrumpió Turstin.

—¿Qué hizo?

—Hice lo que haría cualquier hombre que sabe que lo único que importa es una bolsa llena de oro —dijo Hugh antes que Raoul pudiera responder.

Dicho eso, miró fugazmente a Phillipa y empinó la copa para beber otro poco.

Ella le había dicho eso en la taberna Red Bull, la noche en que se conocieron en Oxford. Esas habían sido sus palabras, sus presumidas y farisaicas palabras de condenación. Cómo deseó poder retirarlas.

—Hugh hizo lo que haría cualquier soldado que se merezca el pan que se come cuando se espera de él que se presente y luche —dijo Raoul acaloradamente—. Se presentó y luchó. Él os haría creer que fue un acto deshonroso haber luchado contra Donaghy Nels…

—Y lo fue, maldita sea —interrumpió Hugh—, una vez que supe que era él el hombre a quien combatía. Pero estaba tan acostumbrado a coger el dinero y desenvainar la espada que… —Mascullando una maldición en voz baja, levantó la copa—. Es tu historia, Raoul. Cuéntala tú.

—Ocurrió que durante la batalla por Dublín, cogieron a algunos prisioneros y los retuvieron de rehenes; entre ellos estábamos Hugh y yo. No nos preocupamos, porque sabíamos que si ganaban ellos nos cambiarían por ganado y nos liberarían si perdían. Pero cuando Donaghy supo que Hugh era uno de los enemigos capturados, fue al castillo donde nos tenían encerrados y... —Miró a Hugh, que estaba haciendo señas para que le sirvieran más vino.

—¿Qué ocurrió? —preguntó Turstin.

—Donaghy dijo que, puesto que Hugh no cumplía sus juramentos, quería asegurarse de que no pudiera sostener una espada nunca más en su vida. Trajo un tajo y un hacha y ordenó a algunos de sus hombres que lo sujetaran para poder cortarle el pulgar.

Repentinamente muy serio, Raoul interrumpió el relato para hacer una honda inspiración. Se oyó cantar a los grillos en la hierba, mientras se iba apagando la luz del crepúsculo; era el único ruido que se oía.

Phillipa tenía la mirada fija en Hugh, que estaba contemplando el vino de su copa, haciéndola girar lentamente.

—Hugh dijo que no necesitaba que lo sujetaran, que había incumplido su juramento y que era justo que pagara el precio. Colocó la mano en el tajo con la mayor tranquilidad del mundo e hizo un gesto a Donaghy para que dejara caer el hacha. No emitió ningún sonido cuando se le desprendió el pulgar, ni cuando le cauterizaron la herida con la punta al rojo de su propia espada. Se puso un poco pálido, eso sí.

Se oyeron uno o dos murmullos de risa nerviosa y unas cuantas exclamaciones en voz baja. Phillipa, que no apartaba la vista de Hugh, sintió tan oprimido el pecho que casi le saltaron las lágrimas.

Raoul movió la cabeza, pensativo.

—Fue lo más terrible que he visto en todos mis años de combate. Hugh siempre decía que uno puede vencer el dolor si verdaderamente lo desea, que uno puede, ¿cómo era?, elevarse por encima de él. —Dando una palmada a Hugh en la espalda, añadió—: Jamás lo creí, hasta que lo vi perder ese pulgar.

—Qué historia más estimulante —dijo Clare dulcemente, mirando a Hugh de una manera que hizo desear a Phillipa ahogarla en vino.

—Tomamos Dublín y nos liberaron —dijo Raoul—, y esa fue la última vez que vi a Hugh. Fue hace dos años. ¿Qué has estado haciendo desde entonces, amigo mío?

Hugh sonrió como si le costara esfuerzo, que sin duda le costaba.

—Cuidando muy bien de mis otras partes.

Marguerite soltó una risa ronca.

—Tal vez algunas de nosotras podríamos ayudaros en eso.

—Lo tendré presente —dijo Hugh por encima del murmullo de risitas.

En ese momento llegaron los criados con el plato siguiente: tajaderos con rebanadas de pan blanco sin corteza bañadas por mejillones guisados en su salsa.

—Así pues, sir Hugh —dijo Turstin—. ¿Qué os ha traído al castillo de Halthorpe este hermoso atardecer?

Eso, pensó Phillipa, ¿a qué había venido? ¿Sólo a comprobar qué progreso había hecho ella, o había algún otro motivo? Le pusieron un tajadero delante y ella lo hizo a un lado, demasiado obsesionada por la presencia de Hugh para comer.

—He estado en casa de mi hermana, de visita —contestó Hugh, rechazando el tajadero que intentó ponerle delante una criada—. Pero después de dos semanas sin mi señora esposa, descubrí que echaba de menos su compañía.

—Qué conmovedor —dijo Clare.

Aldous le colocó una mano en la pierna a Phillipa. Ella se la apartó rápidamente.

La expresión expectante de Raoul cuando le colocaron el tajadero delante se convirtió en una de tristeza cuando Isabelle ordenó que se lo llevaran, susurrándole:

—Cebollas y puerros… ya sabes lo que te hace eso.

Sonriéndole a Hugh, Marguerite ensartó un mejillón en la punta de su cuchillo con mango de oro, con un destello diabólico en los ojos.

—¿Vinisteis porque temíais que vuestra estudiosa mujercita pudiera sucumbir a… a las tentaciones de la carne, rodeada por réprobos como nosotros?

—No, no soy muy propenso a los celos —dijo él, desviando la mirada como hacía siempre que mentía. «Interesante.» Con un despreocupado encogimiento de hombros, añadió—: La verdad es que, más que cualquier otra cosa, fue simple desasosiego el que me trajo aquí.

—¿Estáis desasosegado? —preguntó Marguerite, acercándose el mejillón a la boca y tocándolo con la punta de la lengua—. Creo que habéis venido al lugar perfecto. Y he de decir que es una suerte que no seáis del tipo celoso, porque en Halthorpe tendemos a mezclarnos con cierta libertad. —Miró hacia Aldous y Phillipa, metiéndose el mejillón entre los labios y al parecer tragándoselo entero—. En realidad, una noche de la semana pasada, cuando este buen diácono me estaba entreteniendo en su alcoba, ¿quién creéis que entró, y sin golpear, sino lady Bastardilla en persona, con aspecto de una cortesana veneciana, oliendo al distrito de los perfumes de París? Si os dijera lo que vestía, o mejor dicho, no vestía…

Phillipa miró a Hugh, que bruscamente desvió la vista, con la mandíbula apretada.

—Madre de Dios —masculló Aldous en voz baja, levantando su copa para apurarla.

—Era evidente para qué entró ahí —continuó Marguerite, implacable—. Pero yo no estaba en posición de levantarme y marcharme así como así, teniendo a Aldous todo atado como un cisne listo para asar.

Los oyentes estallaron en risotadas, a excepción de Aldous, que se atragantó con el vino, el padre Nicolas, que masculló algo, desaprobador, y se santiguó, y el visiblemente desconcertado Orlando. Edmée, que estaba sirviendo cerca de ellos, miró hacia Phillipa con horrorizada perplejidad.

Phillipa cerró los ojos un instante, rogando: «Ayúdame a pasar por esto…».

Cuando se apagaban las risas, Turstin dijo:

—A juzgar por vuestra sombría expresión, sir Hugh, uno podría casi pensar que sí sois propenso a los celos.

—Y se equivocaría —dijo Hugh entre dientes—. Si tengo aspecto de estar algo indispuesto, se debe sencillamente a que estoy agotado por el viaje.

—Es un precepto de *l'amour courtois* —dijo el trovador, partiendo un trozo de pan para remojar en la salsa— que el verdadero amor es imposible sin celos. ¿Qué pensáis de esta teoría, sir Hugh?

Clare y Marguerite esperaron la respuesta con sonrisas predadoras. Seguro que él sostendría que el hecho de que Aldous presumiblemente se hubiera acostado con su esposa no lo ponía celoso. Si defendía los principios del amor cortés solamente para evitar conflicto, eso equivaldría a reconocer que no sentía ningún amor por su esposa.

—Para ser totalmente sincero —dijo él—, no me entusiasma nada eso de *l'amour courtois*. Toda esa idea de una dimensión espiritual del amor se me antoja ilusoria, en el mejor de los casos. La ficción del amor romántico no es otra cosa que el hambre carnal que siente hasta el más soso de los animales.

—Mmm… —ronroneó Marguerite, estremeciéndose delicadamente—. Hambre carnal…

O sea que Hugh optó por la verdad, pensó Phillipa, pero el resultado era el mismo, un reconocimiento público de que no sentía nada por ella, aparte tal vez de una cierta medida de deseo animal. Pero después del éxtasis de la relación sexual entre ellos, ella sabía que su hambre de Hugh era tanto del espíritu como de la carne.

Turstin se echó a reír.

—Así que sois inmune al amor ya sea que pueda existir o no sin celos.

—Así debió ser como escapaste de su civilizadora influencia —comentó Clare, lamiéndose la salsa de los dedos.

—Sabéis, supongo —dijo Turstin con la boca llena de pan remojado en salsa—, que *l'amour courtois* no es sólo una fantasía ociosa soñada por las damas de la corte de Poitiers. Deriva de los escritos románticos de un hombre llamado Ovidio, que fue un gran poeta romano del primer siglo antes del nacimiento de…

—Sé quien fue Ovidio —dijo Hugh lisamente—. ¿Es a su *Ars Amatoria* a la que os referís, o a *Remedia Amoris*?

Phillipa miró a Hugh boquiabierta, igual que Turstin.

—Eh… el *Ars Amatoria* —dijo Turstin, mirando a Hugh con una especie de respeto recién descubierto.

—Ah, sí —asintió Hugh, alzando la copa—. Su tratado sobre el arte de amar. ¿Lo habéis leído?

—Por supuesto —contestó Turstin airado, añadiendo en tono más tímido—: en parte.

—Una lectura más completa —dijo Hugh— os revelaría que todo el asunto es una complicada broma, con la intención de ridiculizar las aventuras amorosas ilícitas, poniendo las reglas de la seducción en un tono de la mayor seriedad. Su intención era divertir, por el amor de Dios. Ovidio aullaría de risa si supiera que se ha adoptado como el fundamento de toda una nueva filosofía romántica.

En el silencio que siguió a esa improvisada disertación, Phillipa sintió subir el calor a su cara desde dentro. Dios mío, y todo ese tiempo ella había supuesto que él no sabía ni leer…

—Debéis disculpar mi sorpresa ante vuestra erudición —dijo Turstin—. Tenía entendido que los caballeros se forman en las artes de la guerra y muy poco más.

—Eso es cierto en la mayoría de los casos —repuso Hugh—, pero mi padre opinaba que la mente del caballero consumado debe estar tan bien afilada como su espada. Desde que tenía cuatro años hasta que me hicieron caballero a los dieciocho, contrató a una serie de clérigos instruidos de París y Oxford para que me enseñaran por la noche, después de las horas de formación militar.

—¿Por la noche? —preguntó Raoul.

Hugh asintió.

—Hasta que la campana de la capilla tocaba maitines.

—Maitines —repitió Raoul, moviendo la cabeza, incrédulo—. Y te levantabas antes del alba para tus ejercicios, si tu maestro de armas se parecía en algo a los demás. Eso no te dejaba mucho tiempo para dormir.

Aldous, que estaba eligiendo entre sus mejillones con su cuchillo, claramente recuperado de la escabrosa anécdota contada por Marguerite, emitió un bufido.

—Por lo que sé de William de Wexford, me sorprende que le dejara alguno.

—¿William de Wexford? —preguntó Clare, enderezándose bruscamente, con la expresión más animada que le había visto Phillipa—. ¿Eres hijo de William de Wexford?

—Sí.

Ella sonrió casi con dulzura.

—Lord William es un hombre extraordinario. Si su intención era modelarte a su imagen, no podrías haber tenido un mejor ejemplo. No me extraña que seas tan… —añadió en tono coqueto— excepcional, en tantos aspectos.

—No tan excepcional —dijo Marguerite— que la influencia de una mujer no pueda haceros algún bien. Yo también conozco a Ovidio. Eso y mi total disolución moral son producto de una rígida educación conventual. No puedo discutir vuestra interpretación del *Ars Amatoria*, pero sí puedo decir que en la visión romántica de Ovidio, como en la de la mayoría de los hombres, es el hombre el que propone y seduce y la mujer la que se somete.

A Phillipa le molestó, sin saber por qué, descubrir que la odiosa y lasciva Marguerite du Roche no sólo era leída sino que además supiera expresar lo que sabía.

—En el mundo de *l'amour courtois* —continuó Marguerite— la mujer es algo más que un recipiente de la lujuria del hombre, o, como diría la Iglesia, la sirvienta del demonio. —Sonrió burlona mirando hacia el padre Nicolas, conocido por su baja opinión sobre el bello sexo—. En Poitiers se ha alejado a los hombres del acoso y los prostíbulos y se les ha enseñado a adoptar una forma de sociedad más refinada, elegante y, sí, femenina. Una forma mejor, en que a las mujeres se las reverencia y adula.

—Y se las obecede, supongo —dijo Hugh.

Marguerite sonrió con una especie de sonrisa secreta y alzó los hombros.

—La obediencia es consecuencia natural de la reverencia.

—¿No puede haber un terreno intermedio, en que ambas partes sean iguales, al menos en los asuntos del corazón?

—¿Asuntos del corazón? —rió Turstin—. No os referís supongo a «la ficción del amor romántico».

Se oyeron risas.

—Los asuntos de la carne, entonces —corrigió Hugh—. Supongo que los hombres y las mujeres pueden estar en pie de igualdad en la cama.

—Alguien tiene que dominar —dijo Marguerite ensartando otro mejillón en su cuchillo—. ¿Por qué no la mujer?

A Aldous se le volcó la copa, y el vino cayó sobre su tajadero y de allí corrió por la mesa como un río rojo.

—Lo siento, lo siento —masculló, limpiando con su servilleta—. ¡¿A qué esperas?! —rugió, en un repentino estallido de ira, a la criada que estaba más cerca, que dio la casualidad de que era Edmée—. Ven aquí a limpiar este maldito desastre.

Edmée se precipitó a cumplir la orden. Phillipa le dirigió una mirada comprensiva y ella le correspondió con una tímida sonrisa.

—Sigo pensando que Ovidio tenía muchas cosas de valor que decir —dijo Turstin—. Tanto el abad Bernardo como Pedro Abelarlo tomaban citas de su *Ars Amatoria* en sus clases.

—Abelardo fue un hombre inteligente —dijo Hugh—, pero sólo era un hombre. Él mismo reconoce en su *Historica Calamitatum* que al principio su intención sólo era seducir a Eloísa, haciendo uso de astucia y subterfugios del tipo descrito por Ovidio. Eso me lleva a pensar que a su lectura del *Ars Amatoria* pudo haberle faltado la objetividad académica necesaria para un análisis verdaderamente crítico. Y en cuanto a Bernardo…

Gimiendo para sus adentros, Phillipa volvió a cerrar los ojos, recordando su presumido sermoncito en el huerto de Eastingham esa noche. «Supongo que no habéis oído hablar de una mujer llamada Eloísa. Hace unos cincuenta años se hizo notoria en París por su romance con un gran filósofo y profesor llamado Pedro Abelardo…»

Ella había querido explicar su interés por el amor cortés; él debió de encontrarla absolutamente pueril, y no sólo porque había supuesto total ignorancia por su parte. Porque en esos momentos ya sabía que el amor romántico tal como se consideraba en Poitiers, y en Halthorpe, no tenía nada que ver con la intensa y perdurable pasión que uniera a Abelardo y Eloísa.

Había deseado comprender esa avasalladora pasión, y por fin la comprendía, porque, Dios misericordioso, la sentía, por Hugh.

Pero había una diferencia. Abelardo le correspondía el amor a Eloísa. El amor que ardía en el corazón de esa gran mujer era correspondido totalmente, y sin embargo, la había destruido. ¿Cuánto más daño podría hacerle desatar su amor por Hugh, cuyo interés en ella no superaba el dominio del «hambre carnal»? Esa relación sexual que tanto la extasió, para él sólo había sido una diversión más; con todo lo conmovedoramente tierno y apasionado que se había mostrado, en el análisis final, ella sólo había sido una más de la serie de mujeres que se habían desenfrenado en los brazos de Hugh de Wexford.

No existe el problema, solía decir el tío Lotulf, que no se pueda analizar y tratar, siempre que se analice con lógica, sin rendirse a la turbia emoción. El problema de ella era que su amor por Hugh, si se entregaba a él, podría destrozarla. La solución lógica, por lo tanto era: no te entregues a él; combátelo; no le hagas caso.

¿Pero cómo disminuir el sufrimiento, cómo hacerlo soportable? Recordando, lógicamente, que el objeto de su pasión no la quería como lo quería ella a él. Hugh de Wexford era un hombre de muy buenas cualidades, si no ella no se habría enamorado de él, pero también era un hombre que la había cedido a otro como quien cede un buen caballo o un perro cazador.

Que él hubiera sido capaz de hacer eso, aunque fuera en cumplimiento de la orden de sir Richard, le dolía cada vez que lo pensaba. Si eso le había resultado fácil o difícil, no importaba; podría haber cambiado de decisión, haberle pedido que no se fuera, pero no lo hizo. Debería saborear la pena que le había causado eso, alimentarla en su interior hasta que expulsara de ella ese ruinoso amor por él.

Y mientras no disminuyeran sus desmadrados sentimientos, debía guardárselos para sí. Expresárselos a un hombre que no los correspondía sólo le empeoraría el sufrimiento, acompañándolo con humillación.

«Deja que crea que te acuestas con Aldous, y que eso no te importa nada, si no, sabrá lo mucho que lo quieres.»

¿Y si él deseaba volver a hacer el amor? Por mucho que la avergonzara reconocerlo, ansiaba sentir sus brazos estrechándola una vez más, rendirse a la dulce invasión de su cuerpo por el de él, experimentar ese estremecedor éxtasis cuya existencia desconocía antes. Pero si su intención era recuperar su corazón entregado a él, ¿debía continuar entregándole su cuerpo? ¿Podía, sin quedar aún más atrapada en su hechizo?

—¿Te ocurre algo?

Abrió los ojos y se encontró con Aldous, que la estaba mirando con una expresión de untuosa sinceridad.

—No, nada. Sólo estoy... no me pasa nada.

Acercándosele más, Aldous le dijo:

—Es indignante que ese cabrón se presente así aquí sin ser invitado, y justo cuando yo pensaba... que tal vez estés dispuesta a perdonarme y...

—Había planeado ir a tu habitación esta noche —musitó ella, tratando de parecer convincente.

—¿Sí? Jesús, esto me está volviendo loco. Ven de todos modos.

—No puedo, Aldous. Mientras él comparta mi cama... no puedo.

—No le importa, lo ha dicho él mismo.

Por el rabillo del ojo ella vio a Hugh mirándolos por encima del borde de la copa, con una expresión que indicaba que le importaba, y mucho, en realidad. ¿Pero con qué derecho se sentía posesivo con ella, después de cederla a Aldous?

—De todos modos no puedo. Lo siento.

—¿Crees que podrías convencerlo de volver a la casa de su hermana?

—Lo intentaré —mintió ella.

—Pon empeño en procurarlo, mi amor. Recuérdalo, eres la única, la única.

Cuando él estiró la mano hacia la suya, le permitió cogérsela.

Capítulo 15

*H*ugh apretó fuertemente los dientes cuando vio salir a lady Clare de la oscuridad caminando hacia él. No debería haberse emborrachado tanto; ya era bastante difícil hacer su papel en ese extraño drama estando sobrio.

Cuando estaban sirviendo los últimos platos de la cena, a los demás, porque él no estaba para comer esa noche, los villanos de Halthorpe encendieron una enorme hoguera de San Juan en el centro del patio exterior y se pusieron a bailar alrededor, tocando cálamos y haciendo sonar cencerros para celebrar la festividad; los huéspedes de lady Clare, entre ellos Phillipa, se congregaron allí a batir palmas y cantar; él se quedó sentado solo a la mesa, observando desde la distancia, vaciando una jarra de vino tras otra.

Hacía un rato la música había pasado a un ritmo más medido y melódico, y Marguerite du Roche entró en el círculo de observadores moviéndose de un modo lento, sinuoso y claramente seductor que indujo a los pocos villanos que quedaban a retirarse. Y en esos momentos continuaba ejecutando esa danza de tipo hipnótico. Meneaba las caderas, se acariciaba los pechos, haciendo ondular sus cabellos como una bandera. Con su vestido de seda largo con cola, del color de orín fresco, con las llamas crepitando detrás de ella, sus ojos entornados mirando a un hombre tras otro, podría haber sido un súcubo venido del otro mundo a seducir sus almas.

—Marguerite es así en el dormitorio también —comentó Clare sentándose a su lado en el banco, haciendo tintinear las llaves, pegando bien su costado derecho a él, aunque de cara hacia el otro lado; llevaba un cernícalo aferrado a su muñeca izquierda enguantada—. Se entrega totalmente a su desenfreno sensual.

Hugh no se molestó en preguntarle cómo sabía eso.

Clare apoyó la espalda en la mesa, con los brazos estirados sobre ella, y le sonrió como sonríen las prostitutas, su promesa sexual groseramente obvia. Era una de esas mujeres que parecen espectacularmente hermosas hasta que se las mira de cerca y se ve que el pelo es demasiado negro, la piel demasiado blanca, salvo una mancha roja en cada mejilla. Phillipa, que había nacido con los colores que Clare trataba de emular mediante artificio, tenía la piel tan traslúcida como un pergamino aceitado, que de tanto en tanto dejaba ver las venas azuladas de debajo; a él le encantaba hacerla ruborizarse y observar cómo le subían los colores a las mejillas, desde dentro.

En ese momento Phillipa estaba de espaldas a él, junto a Aldous, los dos cogidos de la mano mientras contemplaban el baile de Marguerite. Con esa preciosa túnica color marfil que le dejaba desnudos los hombros, sus cabellos recogidos en un moño envuelto en perlas, era una visión tan angelical como diabólica era la de Marguerite.

—Mi padre y yo solíamos hacer volar halcones con tu padre, ¿sabías eso?

—Aldous me lo dijo —dijo Hugh con la voz estropajosa. Maldición, cómo deseaba no haber bebido tanto.

—Yo sabía que lord William tenía un hijo dos o tres años menor que yo, pero nunca nos acompañaste a hacer volar los halcones.

—Mi padre no me permitía ninguna actividad que me distrajera de mis estudios.

—Casi nos comprometimos en matrimonio, tú y yo —dijo ella, intensificando la sonrisa.

«Dios santo.» La idea de estar unido en matrimonio con esa mujer esa demasiado grotesca para contemplarla.

—Mi padre trató de arreglarlo, pero lord William rehusó.

—¿Porque os consideró demasiado mayor para mí? —preguntó él llevándose la copa a los labios.

Ella negó con la cabeza.

—Probablemente porque se acostaba conmigo.

Hugh logró evitar que el vino le pasara por la nariz.

—Yo tenía trece años cuando me quitó la virginidad —continuó ella en tono coloquial—. Era sólo un poco mayor de lo que eres tú ahora, y el hombre más hermoso e imponente que yo había conocido. Y perspicaz, se dio cuenta de que yo estaba enamorada de él. Una mañana cuando estábamos con los halcones, me alejó de los demás con un pretexto, me llevó al bosque y extendió su manto en el suelo. Yo le pregunté qué iba a hacer. Me contestó que estaba cansado y que necesitaba echarse un rato, y me preguntó si yo no estaba cansada también. Era un día caluroso, así que se quitó la túnica y me dijo si tal vez yo no estaría más cómoda sin mi...

—Sí, ya capto la idea —dijo Hugh.

Sintió una inesperada punzada de compasión por ella, o más bien por la niña cuyo enamoramiento su padre explotó con tanta desconsideración. Ese era el mismo hombre que no cesaba de sermonearlo acerca de la caballerosidad y el honor. Había pensado que su odio por su padre ya no podía intensificarse más; estaba equivocado.

—Nunca he vuelto a conocer a ningún hombre como él —dijo Clare, melancólica—. Aunque he de decir que tú te le pareces bastante. Creo que te recuerdo de Poitiers. —Un destello travieso le iluminó los ojos al levantar la copa y beber un sorbo—. ¿No me follaste por el culo una noche mientras yo tomaba a Roger de la Foret con la boca?

De pronto Hugh deseó estar mucho más borracho.

—Creo que no.

—Sí, fue en el granero —continuó ella alegremente—. Trajiste a uno de los mozos de cuadra, ese fornido bruto pelirrojo, ¿te acuerdas? Los dos lo animabais mientras él me follaba.

—Creo que recordaría un... interludio tan romántico.

—¿Sabes?, creo que tienes razón. Te estoy confundiendo con el primo de Roger, Guillaume; tenía el pelo rubio, como tú. Los hombres tienden a fusionarse en la memoria.

Hugh recordaba a todas las mujeres con que se había acostado, hasta los más mínimos detalles.

—Yo era una persona bastante reservada durante mi estancia en Poitiers —dijo.

—¿Sí? —Una chispa de reconocimiento brilló en sus ojos—. ¡Ah! Ahora me acuerdo. Sí, claro. Me llamaste la atención porque eras tan apuesto, pero tenías un algo espectral, siempre apareciendo y desapareciendo en las sombras... observando, escuchando, pero jamás participando. No parecías tener interés en las damas de la corte, aunque una vez oí hablar de ti a dos pinches de cocina cuando no sabían que yo estaba detrás de ellas.

«Ah, sí», pensó él, «esas bonitas ayudantes de cocina».

—Creo recordar que te compararon con un semental —continuó Clare, sonriendo. Antes que él se diera cuenta, le metió la mano por debajo de la túnica y le cogió el miembro por encima de los calzoncillos—. Ah, sí, tienes que haber sido tú —dijo, acariciándolo con pericia, como si él se fuera a excitar con una mujer como ella—. Si logras escapar de esa remilgada mujercita tuya esta noche, podrías venir a mi dormitorio. Marguerite estará allí también.

—Tal vez en otra ocasión. —Le quitó la mano de su polla, la que estaba estrujando como si fuera un trapo. Era mejor no rechazarla de plano; si se sentía desdeñada podría expulsarlo de Halthorpe, y a Phillipa con él—. Me temo que esta noche he bebido más vino del que debiera. Por hechiceras que seáis las dos, creo que no estaría a la altura del reto.

Eso no era totalmente cierto, pues jamás había estado tan borracho que no pudiera follar si la mujer era lo bastante estimulante. Pero sabía lo suficiente de mujeres para mantenerse alejado de Clare y Marguerite, aun en el caso de no estar firmemente en poder de Phillipa. Aunque se creía toda una sirena, Clare era demasiado dura y opaca para ser atractiva, y eso sin mencionar el perfume dulzón que le hacía picar la nariz. Y en cuanto a Marguerite, ya hacía tiempo que había aprendido a evitar el deporte de cama del que podía salir arañado.

—Espero que tu rechazo no se deba a una equivocada fidelidad a tu esposa —dijo Clare, acariciando al nervioso cernícalo—. Sabes cómo ha estado liada con mi hermano. Es decir, míralos.

Hugh miró y vio a Aldous inclinándose a susurrarle algo a Phillipa al oído, pasándole un brazo por la cintura en actitud posesiva.

—Ninguno de los dos estamos atados por arcaicas ideas de fidelidad —dijo, con la mano crispada por el deseo de desenvainar su *jambiya*.

—Entonces tal vez pueda convencerte de salir con mis halcones mañana. Tengo uno particularmente bravo que apuesto a que puedes manejar muy bien. ¿Qué te parece? —Sonrió—. Puedes llevar un manto, por si nos cansamos y necesitamos echarnos un rato.

—Me parece… —«intolerable»—. Encantador. Por desgracia, uno necesita tener buena la mano derecha para la cetrería.

Los guanteletes se hacían para la mano izquierda, puesto que la derecha se empleaba para una multitud de tareas que requerían un pulgar. Gracias a los santos.

—Qué lástima —dijo Clare haciendo una mueca—. Los deportes al aire libre son tan estimulantes… —Levantándose del banco, se inclinó a susurrarle al oído—: No temas, tarde o temprano tendré mis garras en ti.

Dicho eso, se giró y echó a andar, con la cola absurdamente larga del vestido color esmeralda arrastrándose por la hierba como la cola de una lagartija.

—Edmée —gritó a la rolliza muchacha que iba pasando con los brazos cargados de jarras de vino—, ven a prepararme para la cama.

Hugh bebió de un trago lo que le quedaba de vino, observando a Phillipa y Aldous y tratando de no pensar en él en la cama con ella, encima de ella...

¿Se dejaría puesta la camisola con él, o la habría convencido de quitársela? ¿Se desvestiría mientras él la observaba? ¿La cogía desnuda en sus brazos? ¿Gemiría ella de placer mientras él estaba dentro de ella?

Maldición. La idea de que ella fuera bien dispuesta a la cama de Aldous después de esa noche con él, le producía un sufrimiento indecible. En su interior rugió una oleada de rabia, rabia contra él por permitirle hacerle eso, y rabia contra ella por no haber encontrado la manera de evitar esa situación. Era inteligente; podría habérsele ocurrido algo.

«Ella deseaba usar su ingenio y no su cuerpo. Tú le dijiste que eso no resultaría.»

Se frotó la cara tratando de salir de ese aturdimiento, de esa rabia inducida por el vino, para recuperar el pensamiento racional. Se dijo que no tenía ningún derecho sobre ella. Phillipa le había pedido que se acostara con ella sólo para que Aldous no fuera el primero. Se lo había dejado muy claro esa noche en Southwark, cuando lo siguió hasta el establo y le dijo que su virtud se había convertido en una carga para ella, pero que él era el último hombre del que se enamoraría.

Estaba bien que se acostara con Aldous, aunque sólo fuera en aras de su misión, y estaba condenadamente bien que no se creyera enamorada de él, porque no le hacía ninguna falta ese tipo de problema además de sus descontrolados sentimientos.

Tenía demasiado miedo de que si se daba un poquitín de aliento pudiera imaginarse que esos sentimientos eran algo más de lo que eran y acabara siendo el respetuoso marido por el resto de su vida en lugar de serlo sólo por unas pocas semanas. Entonces estaría atado por una eternidad a una persona, encadenado a sus necesidades y expectativas, algo que había jurado no le ocurriría jamás cuando se liberó del dominio de su padre hacía diecisiete años. Entonces había decidido, con la mayor convicción, hacer su vida solo, libre de las exigencias de feudo, señor, esposa y familia. Iría donde se le antojara, lucharía por el mejor postor y disfrutaría de sus mujeres, vino y dados como le viniera en gana, sin nadie que lo dominara ni atara, sin nadie que le quitara el ánimo con azotes ni domara su alma, hasta el día que abandonara este mundo.

«El verdadero amor tiende a domesticar hasta a los hombres más fieros», dijo Turstin de Ver refiriéndose a Raoul, otrora un hombre de hombres y condenadamente buen soldado y ahora un servil perrito faldero de su mujer. Si Turstin tenía razón, y él era inmune al amor, entonces debería estar a salvo de sufrir el mismo destino.

Pero no se sentía a salvo.

Levantó la vista y vio a Phillipa caminando hacia él, fantasmal y radiante a la contraluz de la cortina de llamas de la hoguera. Detrás de ella, Aldous desvió la mirada de la actuación de Marguerite para seguirla con los ojos, con expresión enfurruñada.

—Hola Hugh —dijo ella, deteniéndose frente a él al otro lado de la mesa. No habían hablado en privado desde que él llegara.

—Phillipa.

—Se ha hecho tarde —dijo ella, en tono reservado—. Ahora me voy a acostar.

Él hizo un gesto hacia Aldous.

—¿Con él, o...?

—No, en mi dormitorio, el dormitorio tuyo ahora, supongo. Cuando estés dispuesto, está al final del ala este, en la planta baja.

—Recogeré mis cosas e iré enseguida.

—Muy bien.

Después de recoger su zurrón y alforjas en el establo, atravesó el puente levadizo hacia el patio interior con paso inseguro. «Maldición, ojalá no hubiera bebido tanto.» Normalmente nunca se excedía en la bebida, pero en esas dos semanas pasadas, durante su viaje a Ruán para la entrevista con el rey Enrique se había excedido en demasía; y por cierto, en esa entrevista efectivamente el rey le había ofrecido nombrarlo sheriff de Londres, ofrecimiento que él declinó. Consternado por esa negativa, el rey le pidió que lo reconsiderara, pero él estaba demasiado obsesionado imaginándose a Phillipa en la cama de Aldous como para concentrarse en otra cosa. Había tratado de ahogar en vino su sufrimiento, con lo que solamente había conseguido estar más colérico día a día, como si sus nervios no pudieran parar de retorcerse.

Con cierto esfuerzo logró encontrar el camino por el laberíntico castillo hasta la ruinosa ala este y su húmedo corredor, que discurría a todo lo largo desde la entrada hasta el final. Casi golpeó la puerta, como había sido su costumbre en Southwark, pero impulsado por su ardiente frustración, simplemente abrió la puerta y entró.

Phillipa levantó bruscamente la vista desde donde estaba sentada, en el borde de la cama sin cortinas con colcha de pieles, todavía vestida con su túnica color marfil; estaba quitándose la malla de perlas que le cubría el moño en la nuca.

—Hugh.

Con una seca inclinación de la cabeza, él dejó su zurrón sobre las esteras que cubrían el suelo de esa pequeña habitación sorprendentemente modesta y pobremente amueblada.

—¿Por qué acabaste en esta parte del castillo? ¿Se aloja aquí alguno de los otros huéspedes?

Ella guardó silencio un momento, mirando hacia otro lado, quitándose la malla de perlas del pelo y dejándola a un lado en la cama.

—Solamente Aldous. Ocupa la habitación contigua.

«Evidentemente.» Con un amargo suspiro, él se pasó la mano por el pelo.

—No tienes por qué quedarte aquí por mi causa. Es decir, supongo que has estado durmiendo con él, esta cama no es lo bastante grande para...

—¿Estás bebido?

—No lo suficiente.

—Dadas las circunstancias —dijo ella, sacándose horquillas de plata del pelo y dejándolas a un lado—, ¿no crees que deberías tratar de mantenerte sobrio?

—Dadas las circunstancias —repitió él, burlón, caminando hacia ella—, creo que debería emborracharme hasta quedar absoluta y condenadamente aturdido. Sólo porque tú encuentras fácil de tragar esto no significa que yo tenga que encontralo fácil.

Ella se quitó la última horquilla y el pelo le cayó en un ondulante río negro sobre la espalda.

—Estás equivocado, Hugh.

—¿Equivocado?

Se inclinó sobre ella, con los puños temblorosos. «No hagas esto. Enfréntalo, elévate por encima.» Pero entonces se la imaginó retorciéndose y gimiendo de placer mientras Aldous se movía encima de ella y el dolor le hirvió al rojo vivo en las venas.

—Parece que te has adaptado muy bien al papel de la puta de Aldous Ewing.

A ella se le ensombrecieron los ojos de indignación.

—¿No era eso lo que querías? —le preguntó con la voz temblorosa de rabia—. ¿No fue a eso a lo que me enviaste aquí?

—¡Maldición! —exclamó él, apartándose y comenzando a pasearse, enterrándose los puños en las sienes. Lo volvería loco si se lo permitía.

—¿Hugh? —dijo ella amablemente.

Él oyó el suave frufrú de su vestido de damasco y comprendió que se había levantado.

—Eh... —suspiró ella—. No es que tenga algún sentimiento por Aldous.

Con una risa amarga, él se giró a mirarla.

—Ah, no voy a presumir de que necesites tener sentimientos por un hombre para abrirle las piernas.

La amabilidad de ella se convirtió en ira.

—Tal vez simplemente he llegado a compartir tu opinión sobre la relación sexual, que no es otra cosa que pura gratificación animal. Has dejado suficientemente claro que no pones ninguna emoción en el acto, ¿por qué habría de ponerla yo?

—Ya piensas como una puta —farfulló él—. Siendo así, espero que no te importe servirme a mí ahora.

Ella ahogó una exclamación de indignación mientras él se desabrochaba el cinturón y lo tiraba a un lado.

—¡De ninguna manera!

—Sé buena. —Se le acercó sacándose la túnica por la cabeza—. Llevo dos semanas de privación. Me iría bien un revolcón rápido.

Volviéndole la espalda ella cogió la malla de perlas y las horquillas de la cama.

—Voy a buscar otro lugar para dormir.

Él le cogió los hombros desnudos desde atrás.

—Que me cuelguen si te dejo pasar esta noche en su cama.

—No me refería a su...

Se interrumpió con una exclamación cuando él la rodeó con los brazos, cogiéndole un pecho con una mano y levantándole la falda de la túnica con la otra. Las perlas y las horquillas cayeron sobre las esteras.

—No me importa lo que hagas mañana —dijo él con voz ronca, aunque era una mentira—, ni niguna noche después, pero esta noche eres mía. Te quedarás en esta cama aunque tenga que atarte a ella.

—Hugh...

198

Su exclamación fue más un gemido cuando él le metió el dedo en su acogedora parte íntima. Ella la apretó por reflejo, produciéndole excitación en las ingles.

—¿Sientes esto? —Se frotó contra ella por atrás, metiéndole y sacando el dedo, introduciéndolo cada vez más a fondo—. Todas las noches me quedo despierto recordando cómo era estar dentro de ti, cómo te desataste al final, cómo me llevaste al borde… y preguntándome si alguna vez te volvería a ver así, si alguna vez volvería a hacerlo ocurrir. Te has preguntado lo mismo. Has deseado esto también, ¿verdad?

—Ojalá no lo hubiera deseado.

Él le dio un tirón al amplio escote de su túnica y a la camisola de abajo, dejándole un pecho al descubierto, y empezó a masajearlo mientras le acariciaba la parte íntima.

—¿Te acaricia así? ¿Te corres con él?

—No… él no… no nos hemos…

—Eso es algo en todo caso. —Le acarició rítmicamente el pezón, apretándoselo hasta que se puso rígido, haciéndola gemir—. ¿Tienes una idea de lo torturante que es saber que compartes su cama, que él se acuesta contigo noche tras noche?

—Hugh…

—Dios mío, Phillipa… no soporto esto.

Si no sintiera esa loca e implacable necesidad de ella; si pudiera dejar de quererla; si pudiera dejar de pensar en ella aunque sólo fuera por un maldito minuto al día…

Ella susurró su nombre en un tembloroso gemido. Él también gimió al notar que estaba mojada. Ella estaba tan jadeante como él, comprobó, meciendo su cuerpo lánguidamente, con la cabeza echada hacia atrás, apoyada en su pecho.

Metiendo la mano por entre ellos, se desató los calzoncillos. Ella trató de girarse, pensando sin duda que él la iba a tumbar sobre la cama, pero la cogió por los hombros y la puso de cara hacia la cama.

—Arrodíllate.

Empujándola hasta dejarla arrodillada sobre las esteras, le guió la cabeza hasta apoyarla en la áspera piel que cubría la cama. Los cabellos le cayeron en la cara; él los dejó ahí.

Estremecido por el tumulto de sentimientos no deseados que hervían en su interior, lo último que necesitaba era mirarle la cara mientras la poseía, mirar esos grandes y húmedos ojos castaños y sentir oprimírsele el corazón en el pecho. Tenía que ser un coito duro, insensible, que le expulsara los demonios del alma, pensó, levantándole la falda y cogiéndola por las caderas. Tenía que ser algo de cuerpos, de correrse; de cualquier cosa menos de amor.

Se enterró en ella gruñendo por el esfuerzo. «Sigue siendo estrecha, atrozmente cerrada…»

Ella emitió un gemido ronco, apretando la piel con los puños.

—Ay, Dios, Hugh…

Él la rodeó con los brazos, enterrándose en ella, embistiendo, acariciándola en el lugar de la unión, deseando hacerla sentir placer, necesitado de poseerla de una manera que no la poseía, de hacerla rendirse en una tempestad de sensaciones.

Las cuerdas de la cama rechinaban con cada salvaje embestida, la paja del colchón crujía cada vez más rápido… Todo el cuerpo de ella se puso rígido; desgarró la piel de la cama, gritando cuando el orgasmo la avasalló.

Él se arqueó sobre ella, estallando con impresionante repentinidad mientras ella se estremecía debajo de él, apretándole el miembro. Se oyó gritar cuando el placer lo sacudió violentamente, aplastándolo en oleada tras oleada hasta que agotado se desplomó sobre ella estremecido, susurrando su nombre una y otra vez.

Ella estaba temblando, comprobó, con la cara hundida en la piel toda arrugada que todavía tenía apretada entre los puños.

—¿Phillipa? —susurró inquieto.

La respuesta fue tan apagada que no la entendió, pero notó su sonido húmedo, ahogado.

«Jesús.» No debería haber hecho eso… no así. Jamás había tratado así a una prostituta. Ese había sido un acto bárbaro, una forma de venganza. No había tenido la presencia de ánimo para retirarse, algo que nunca dejaba de hacer.

Y ahora había que verla, inclinada sobre la cama, llorando en silencio después de la violación.

Soltando una maldición en voz baja, retiró el miembro. Ella se encogió y gimió de dolor.

—¿Phillipa?

Bajándose la falda, colocó las manos sobre la cama como para levantarse, pero él la cogió por la cintura.

—Phillipa, ¿te he hecho daño?

Ella se dejó caer sobre las esteras acurrucándose, con los cabellos encima como un manto, algunos mechones pegados a su cara mojada. Estaba temblando.

—Dijiste que… la segunda vez no… —Se le cortó la voz—. No me dolería tanto.

«¿Segunda vez?» Sintiéndose repentinamente demasiado sobrio, la miró fijamente, sin comprender.

—Pero… tú y Aldous…

Ella negó con la cabeza, con las lágrimas corriéndole por las mejillas.

—Nunca. No podía, después de… —Bajó la cabeza y apoyó la cara en las rodillas levantadas—. Después que tú y yo… —Se le atascó un sollozo en la garganta—. No podía.

—Ay, Dios, Phillipa

O sea que había significado algo para ella; él le importaba. La cogió en sus brazos, la sentó en su regazo y hundió la cara en sus cabellos.

—Ay, Dios. Lo siento, lo siento. ¿Te hice mucho daño? ¿Estás…?

—Estoy bien, estoy bien. Sólo… —Movió la cabeza.

Sólo estaba horrorizada de que él la hubiera tratado tan mal. Apoyó la cabeza en el pecho.

—Phillipa, ¿cómo te las arreglaste para…? Es decir, Aldous te trajo aquí para…

—Mentiras, engaños… Le he estado dando largas, pero sigue creyendo que tengo la intención de… acostarme con él. —Se limpió las lágrimas mientras le brotaban otras nuevas de los ojos—. Pero yo sabía que no podría… después de haber estado contigo. Eso fue… tan…

Tan perfecto. Dulce, salvaje, apasionado y perfecto, un recuerdo exquisito que él había manchado para siempre abusando de ella tan atrozmente esa noche.

—No debería haber hecho esto.

—Yo no habría deseado que lo hicieras —dijo ella con la voz enronquecida por las lágrimas.

Él se las limpió con el borde de su camisa. Se le oprimió la garganta como si se la estuvieran apretando en un puño. «Elévate por encima del dolor.» No había derramado una lágrima desde los primeros azotes a los siete años; derramarlas en ese momento sólo empeoraría la situación.

—Una vez te dije que jamás me enamoraría de ti —dijo ella, con la voz entrecortada—. Estaba equivocada.

«Ay, Dios.» Hugh cerró los ojos y la abrazó estrechamente, combatiendo el imperioso deseo de decirle lo que sentía en su corazón. Todo lo que era, todo lo que siempre había deseado ser, dependía de estar solo, separado, libre. Había pasado diecisiete años deshaciendo el daño de los primeros dieciocho, modelándose según la imagen de lo que deseaba ser, un hombre que escribía sus propias reglas y no respondía ante nadie fuera de sí mismo, un hombre al que destruiría un afecto a alguien.

Incluso un afecto a Phillipa.

—No pensaba decirte lo que siento —dijo ella—. Deseaba negarlo, desecharlo, pero no sirvió de nada. No puedo combatirlo.

—Tal vez deberías intentarlo —le dijo él dulcemente.

Phillipa estuvo un momento contemplando la habitación, apesadumbrada.

—Tú no lo sientes. Esperaba que tal vez… —Hizo una inspiración entrecortada—. Pero no puedo culparte. Nunca me has llevado a creer que me quieres.

—No deberías desear que te quiera —dijo él, apartándole el pelo de la cara—. ¿Y Eloísa?

—Era un error permitir que lo que le ocurrió a ella me llenara de miedo. Yo no soy Eloísa. —Lo miró con su angustiosa cara mojada de lágrimas—. Y tú no eres Abelardo. No tiene por qué destruirme simplemente sentir…

Hugh comprendió que era a él a quien correspondía ser fuerte, el que debía trascender sus ingobernables deseos y poner fin a eso antes que fuera demasiado tarde. Era capaz de hacerlo. Desde la infancia se había formado para cerrarse a sus sentimientos, y en especial al dolor. Eso era lo que sabía hacer; era bueno para eso. Debía recurrir a esa fuerza en ese momento, por los dos.

—Pues sí que te destruiría —dijo—. Y me destruiría yo también si… —«Si cediera a mis sentimientos por ti, si expresara lo que significas para mí»—. Si sintiera lo mismo.

Phillipa cerró los ojos, le tembló el mentón. Asintió con la cabeza. Él le besó los cabellos.

—Sería mejor si nunca… —Le miró la túnica arrugada, la cama con las pieles desordenadas—. Esto ha… complicado más las cosas entre nosotros. —Odiándose por decirle todo eso, pero sabiendo que era para su bien, añadió—: Te ha hecho imaginar que hay algo más entre nosotros que lo que realmente existe.

Ella lo miró a los ojos.

—¿Es sólo mi imaginación, Hugh? —le preguntó apaciblemente.

Él desvió bruscamente la mirada, oyendo la voz de lord Richard: «Mirar a otra parte te delata siempre».

—Creo que sí. Es muy natural, por supuesto, que una mujer se en-

tregue a esas fantasías con el primer hombre con quien se acuesta. Con el tiempo esos sentimientos disminuirán y los verás por lo que son. Mientras tanto, dado que las cosas se han descontrolado tanto...
—Se frotó la nuca, odiando decir eso—. Creo que es mejor que no durmamos juntos.

Ella frunció el ceño, formando esa arruguita inexplicablemente seductora entre las cejas.

—Pero sólo hay una cama. ¿No sería sospechoso si pidiéramos otra? Él apretó fuertemente los dientes.

—Tal vez a partir de ahora deberías dormir en la cama de Aldous. Este castillo es como un burdel, nadie mirará con recelo.

—Pero es que Aldous y yo... no hemos...

—Deberías —logró decir él—. Por el bien de la misión.

Ella se apartó de él con expresión implacable.

—Ya le dije que no compartiría su cama mientras tú estés aquí.

Armándose de valor, él dijo:

—Entonces me marcharé mañana.

—¡No! —exclamó ella, negando enérgicamente con la cabeza—. No, Hugh. Le dije... él cree... si te marchas tendré que acostarme con él. Por favor, Hugh, no puedo. —Le brotaron nuevas lágrimas en los ojos—. ¡No puedo!

—¿Ni siquiera por el bien de la misión?

—Justamente, de eso se trata —dijo ella, recordándole nuevamente a un animalito acorralado tratando de encontrar la manera de escapar del peligro—. Es por el bien de la misión que debes quedarte, Hugh. Necesito tu ayuda en la investigación. He progresado muy poco yo sola.

—Sólo porque no quieres acostarte con Aldous. Si fueras su amante te diría todo lo que desearas saber.

—Hay otras maneras. Por favor, Hugh —suplicó, cogiéndole la camisa—. No puedo... no puedo... estar con él así. No puedo.

Él le limpió las lágrimas y la abrazó.

—De acuerdo, me quedaré.

Ella se relajó, aliviada, apoyada en él.

—Dormiré en el suelo —dijo él.

—Tonterías. Dormirás en la cama, conmigo. —Lo miró, con expresión traviesa—. ¿Tienes miedo de que te viole durante la noche?

Él sonrió ante la idea de la candorosa Phillipa de París volviéndose sexualmente agresiva. Qué agradable sonreír después de lo que acababa de ocurrir entre ellos.

—Phillipa, lamento… lamento haberte utilizado como acabo de hacerlo. Lo siento terriblemente. No te mereces ese trato.

—Te provocaron.

—Me porté como un monstruo. Dime cómo puedo compensarte.

Ella suspiró y se acomodó contra él.

—Puedes compensarlo olvidando que ocurrió. Si no vamos a… a volver a estar juntos así, si no vamos a volver a hacer el amor, entonces quiero recordarlo como fue en Southwark, esa primera vez.

Él asintió, le besó la cabeza y la estrechó con más fuerza.

—Yo también.

—No eres un monstruo —dijo ella dulcemente—. Eres un hombre bueno que tiene que arreglárselas en circunstancias difíciles. Saber que has sido… —Movió la cabeza apoyada en su pecho—. Me ha abierto todo un mundo nuevo, me ha cambiado.

—A mí también me ha cambiado.

—No quiero desperdiciar esta… conexión entre nosotros simplemente porque… porque no podemos ser amantes. No he tenido muchos amigos en mi vida. Aparte de Ada, no he tenido a nadie que fuera verdaderamente amigo de mi corazón, alguien con quien bajar la guardia, hablar y…

—Si me dejas ser amigo tuyo, verdadero amigo, después de todo lo que ha ocurrido entre nosotros, mi gratitud sería inconmensurable. Para mí significaría mucho más de lo que te puedes imaginar.

Phillipa levantó la cara para mirarlo y sonrió, con una sonrisita acuosa.

—Seamos amigos entonces.

Él le besó la frente y la abrazó fuertemente.

—Amigos.

Capítulo 16

*H*ugh salió de otro sueño con Phillipa y sintió sus dedos, frescos y suaves, acariciándole la cara.

—Hugh…

—Mmm…

Cubriéndole la mano con la de él, frotó la mandíbula áspera por la barba contra su palma. Aunque estaba medio dormido, la veía, sentada en la cama pasándose el camisón por la cabeza, su piel desnuda bañada por la luz de la luna.

Muy cerca de despertar bien, comprendió que era sólo un sueño; esa era la consecuencia de compartir la cama con ella todas las noches como «amigos», pero la excitación que lo recorría todo entero era muy real.

—Hugh, despierta.

Entreabrió los párpados, esperando encontrar la habitación bañada por la luz del sol de la mañana, y entonces descubrió que todavía era de noche. La habitación estaba oscura, iluminada muy tenuemente por un cabo de vela que chisporroteaba sobre la pequeña mesa escritorio adosada a la cama. Phillipa, envuelta en su voluminoso camisón de lino, estaba sentada a su lado, de piernas cruzadas, con un legajo de hojas de pergamino entre los dedos manchados de tinta.

—Lo he conseguido —dijo ella, desplegando las páginas sobre su falda.

Él se frotó los ojos.

—¿Qué has conseguido, cariño?

Ella levantó la vista de las páginas y al instante la bajó.

El término cariñoso se le había escapado sólo porque estaba recién saliendo del sueño. Mientras pensaba si explicarle eso o no, ella dijo:

—He descifrado el código.

Él la miró fijamente.

—Noo.

—Ya sabes cómo soy para los retos —dijo ella, con una encantadora sonrisa.

Durante los cuatro días que llevaba en Halthorpe, entre los dos habían explorado el castillo e interrogado a sus residentes, con magros resultados, hasta esa tarde, en que Phillipa le pidió a Clare que los llevara a ella y a Aldous a hacer volar a los halcones, con el fin de alejarlos para que Hugh pudiera registrar sus dormitorios.

Al caer en la cuenta de que mientras Hugh estuviera allí no tendría ninguna oportunidad de acostarse con Phillipa, Aldous se había mudado a una habitación exquisitamente amueblada encima de la sala grande. Hugh no encontró nada de interés en ella, aparte de un libro en cuya cubierta de cuero labrado figuraba el título *Oraciones para las horas canónicas*, pero que en realidad contenía una colección de poemas y grabados muy obscenos.

En la habitación de Clare tuvo más suerte. Al apartar un tapiz de una pared descubrió un agujero casi invisible entre dos piedras, en el que estaba metida, muy dobladita, una finísima hoja de pergamino de piel de ternera, suave como terciopelo, toda escrita en hebreo, en apretadas líneas. El hebreo era un idioma que él leía bastante bien, además de latín, francés y griego. Pero cuando intentó leerlo, comprobó que era un galimatías.

Era cada vez más frecuente que los comunicados delicados se escribieran en código; era evidente que ese era uno de esos mensajes cifrados. Nuevamente registró concienzudamente las dos habitaciones, en busca de la clave para descifrar el código, alguna tabla o cuadrícula, pero sin éxito. Probablemente Clare la había escondido en otra parte, por precaución. Dados el tamaño y la complejidad del castillo, tal vez no la encontraría jamás, pensó. De todos modos, escribió una copia y devolvió el original a su escondite.

Sólo esa noche cuando se retiraron a su dormitorio para acostarse pudo enseñarle el documento a Phillipa. Ella aseguró que, con suficiente tiempo, sería capaz de descifrar el código, aunque no sabía hebreo, laguna en sus conocimientos que, aunque avergonzado, él encontró muy agradable. A petición de ella, escribió las veintiséis letras del alfabeto hebreo y sólo con eso consiguió convencerla de acostarse

curso, explicándole el método que adoptó para descifrar ese código, que consistía en elaborar «tablas de frecuencia» de las letras latinas que aparecen con más frecuencia en un texto y diferentes disposiciones de las letras, usándolas después para detectar formas en el mensaje cifrado, en las que identificaba palabras al azar, probando y tanteando hasta que se materializara un mensaje de ese caos.

Había más cosas en la explicación, pero él no entendió casi nada, no sólo porque estaba aturdido por haber sido interrumpido bruscamente su sueño para escuchar ese análisis descriptivo incomprensible, sino también porque ella le tocó el brazo diciendo algo sobre que él era una excepción extraordinaria, y cuando hizo eso, algo se le hinchó en el pecho y le subió a la garganta, robándole los sentidos y haciéndole comprender, ay Dios, que eso era, eso era lo que querían decir esos imbéciles cuando escribían sobre alondras y estorninos, sólo que no deberían escribir sobre alondras y estorninos sino sobre una mujer menuda y eufórica sentada de piernas cruzadas con su camisón de dormir tocándole el brazo a un hombre.

—... entonces, cuando por fin tuve mi última versión del círculo alfabético... —Buscó entre las páginas que tenía en la falda y sacó una en que había hecho un círculo con las letras hebreas rodeado por otro con letras latinas—. Tenía la clave y pude simplemente reemplazar cada letra del mensaje hasta interpretarlo totalmente.

Hugh cogió la página y miró aturdido el «círculo alfabético», que debía de ser idéntico a la clave que Clare tenía escondida en algún lugar secreto del castillo. Dejando la hoja sobre su pecho, la miró con soñolienta admiración.

—Eres una mujer muy extraordinaria.

Incluso a la tenue luz de la vela, vio cómo le subían los colores a las mejillas. Ella cogió la hoja de pergamino en el que él había copiado el documento encontrado en la habitación de Clare.

—¿No quieres saber lo que dice?

—Por supuesto. —Se pasó un brazo bajo la cabeza y volvió a bostezar—. ¿Por qué no me lo lees?

—Es una carta dirigida a Clare. —Se aclaró la garganta y comenzó a leer—: «De Leonor, condesa de Poitou, duquesa de Aquitania y reina de...».

—¿Es de la reina? —exclamó él, incorporándose bruscamente.

Phillipa se echó a reír como una niñita.

—¡Dame eso! —dijo él, arrancándole la carta de las manos y empezando a leer.

Ella dejó a un lado las otras páginas y cambió de posición, para quedar hombro con hombro con él y leer también.

—Por los clavos de Cristo —musitó él cuando terminó de leer la carta por segunda vez.

—Pues sí.

La carta, datada hacía un mes, comenzaba mencionando una carta anterior de Clare a Leonor en la que le aseguraba que se habían tomado ciertas medidas y que la victoria sería rápida y decisiva, afirmaciones que la reina encontraba terriblemente indiscretas. «Se considera traición el simple hecho de contemplar esas cosas, y sin embargo me escribís sobre ellas en francés sin cifrar, como si fuera un cotilleo sobre vuestra última y tediosa aventurilla. El código que se os entregó antes que os marcharais era para que lo aplicarais a vuestras comunicaciones conmigo y las mías con vos. Que no hayáis entendido esto disminuye enormemente mi confianza en vos y en vuestro hermano».

A continuación, Leonor le decía que desde el principio había dudado en confiar tanta responsabilidad a ella y Aldous, dado que los dos eran unas «grasientas ratas de la corte», a los que no les gustaba otra cosa que intrigar, seducir para alardear después. «Pero en cuanto al asunto en que me estáis sirviendo en estos momentos, tened la seguridad de que si no lográis mantener la boca cerrada al respecto, alguien os la cerrará. No cometáis el error de considerar esto una amenaza vana. He instalado en el castillo de Halthorpe a un agente mío, con la misión de proteger mis intereses de la ineptitud e imprudencia vuestra y de vuestro hermano. Si empieza a dar la impresión de que no sois capaces de manejar la situación, seréis eliminados de este mundo y otra persona ocupará vuestro lugar.»

—Leonor ha puesto a un espía aquí —comentó Hugh.

—Eso parece.

—¿Uno de los huéspedes de Clare? —dijo Hugh, pensativo, rascándose la mandíbula—. Sería lo lógico. Todos llegaron aquí o bien de Poitiers, que es el dominio de Leonor, o de París, que es el de su aliado el rey Luis. Podría ser cualquiera.

—No, no cualquiera —rebatió Phillipa—. Si hemos de creer eso de callarles la boca y eliminarlos del mundo, tiene que ser alguien capaz de asesinar a sangre fría. Eso descarta a... bueno, casi a todos.

Hugh no pudo evitar reírse de su ingenuidad.

—Nadie mejor para representar el papel de inocente que un asesino a sangre fría. Es imposible identificarlo sólo por su comportamiento o modales. Repito, podría ser cualquiera.

Phillipa se mordió el labio.

—Turstin de Ver es un íntimo de la reina, ¿verdad?

—¿Turstin? —¿Podría el simpático trovador ser el misterioso agente de Leonor? Sí que podría. Podría ser cualquiera—. También está ese cura, Nicolas Capellanus. Viene de la corte del rey Luis en París; tal vez lo envió a petición de Leonor. También están Robert d'Ivri, Simon de Saint-Helene…

—Raoul d'Argentan —añadió ella, mirándolo.

—¿Raoul? No, jamás.

—Creí oírte decir que podría ser cualquiera.

—No es Raoul.

—Parece estar muy dominado por su esposa —dijo Phillipa—. ¿Y no es ella una confidente de la hija de Leonor, Marie de Champagne? Y sabemos que es capaz de matar, fue soldado.

—Raoul es tan apacible fuera del campo de batalla como despiadado dentro. Ni siquiera por obedecer a Isabelle puedo creer que sería…

—¿Y la propia Isabelle? —dijo Phillipa volviéndose a mirarlo—. ¿Por qué no puede ser una mujer? Al fin y al cabo Leonor ha creado en Poitiers todo un mundo que gira en torno a las mujeres.

Lo que no era de extrañar, pensó Hugh, después que el rey Enrique le diera la espalda a su matrimonio, que había sido una unión por amor después de todo, no un arreglo político, para formar una alianza con otra mujer. Su mala opinión de la infidelidad conyugal se le había formado a los siete años, cuando su padre, al encontrar fatigosa la labor del parto de su esposa con su segundo hijo, se fue a Londres a reunirse con su amante, una muchacha llamada Eglantine, que tenía catorce años pero representaba unos once. Cuando regresó a la semana siguiente, Elizabeth de Wexford ya estaba en su tumba, y él y su hermanita recién nacida, estaban huérfanos de madre. No podía sentir más comprensión por la ira de la reina Leonor por la traición de su marido, ni podía dejar de admirar la magnitud de la venganza que planeaba, porque si los rumores eran ciertos, se proponía despojarlo de la corona inglesa y dársela a su hijo. Pero la traición es traición y las órdenes son órdenes. Si podía frustrar sus planes, lo haría.

Phillipa estaba llevando la cuenta de las mujeres huéspedes de Clare con los dedos.

—Luego está Marguerite, por supuesto. No podemos descartarla simplemente porque es tan buena amiga de Clare.

Hugh negó con la cabeza.

—Está demasiado ocupada en su papel de tentadora diabólica como para interesarse en intrigas políticas.

—Sí, pero probablemente le encantaría tener un pretexto para matar. Para ella eso sólo sería una emoción tenebrosa más, una forma nueva y superior de gratificación sensual.

—Mmm… puede que tengas razón en eso —dijo él en medio de otro bostezo—. Estoy demasiado cansado para pensar en todo eso esta noche. —Se movió un poco para hacerle lugar en la cama—. ¿No sería mejor que durmieras un poco y continuaras pensando mañana?

—De acuerdo —dijo ella, bostezando también.

Después de ocultar las páginas en el compartimiento secreto del inmenso arcón con flejes de hierro que lord Richard mandara hacer especialmente para ella y de una visita al retrete, apagó la vela y se metió en la cama. Se puso de espaldas a él, como siempre, acurrucada contra su cuerpo, donde calzaba perfectamente. Él la rodeó con un amistoso brazo, acercándola más. Crujió la paja del colchón con sus movimientos para acomodarse juntos.

Después que Aldous se mudó al dormitorio de encima de la sala grande, Clare les había ofrecido mudarse a la habitación que él dejaba libre, con muebles más lujosos y una cama más grande. Hugh deseó aceptar, pero Phillipa protestó que ni siquiera podría mirar esa cama sin recordar la escena que vio allí entre Aldous y Marguerite. Ya le había contado cómo los encontró esa noche después de maquinar la ingeniosa estratagema para atraer a Marguerite a su dormitorio; después le pidió que le explicara lo que estaban haciendo, y por qué. Aunque terriblemente tentado de contestarle a la ligera, como esa vez que encontraron a Aldous con Elthia, consiguió hacerle algo parecido a una disertación sobre las idiosincracias sexuales, que ella escuchó con los ojos agrandados, fascinada. Algunas de las actividades que le explicó le repugnaron, pero otras le despertaron la curiosidad, lo cual le despertó la curiosidad a él, y entonces fue cuando decidió poner fin a la conversación, explicándole que ya sabía lo suficiente y que, dada la situación en que estaban, tal vez era mejor no hablar demasiado acerca de relaciones sexuales.

Compartir esa estrecha cama con Phillipa era de lo más frustrante, de ahí sus febriles sueños con ella, de los que solía despertar con una feroz erección, sin tener manera de aliviarla. Dos noches atrás había despertado embistiendo contra ella, lo cual, gracias a Dios, no la despertó del profundo sueño. El calor de su delicado cuerpo apretado contra el de él, su aroma femenino, la forma como a veces sus sedosos cabellos le hacían cosquillas en la cara...

Dormir con ella así, como si fueran una satisfecha pareja casada desde hacía mucho tiempo, tenía sus momentos difíciles. Pero también era profundamente gratificante, de una manera que él no habría imaginado, puesto que jamás en su vida había pasado la noche en cama con una mujer sin haberla follado primero. En lugar de unir sus cuerpos, se comunicaban sus pensamientos, sus sentimientos, sus observaciones del día, hablando hasta bien entrada la noche, hasta que los vencía el sueño.

Sorprendentemente, se habían hecho amigos, de verdad, aun cuando una parte de él seguía ansiando que fueran algo más.

—¿Cómo llegaste a tener tanto conocimiento de los códigos? —le preguntó en voz un poquitín más fuerte que un susurro.

Siempre hablaban en voz baja en la oscuridad.

—En realidad era un interés especial de mi tío Lotulf —explicó ella—, una manera de pasar el tiempo, de ocupar su mente cuando no estaba sirviendo al obispo de París. El secretario de criptografía del rey Luis le enseñó las formas de codificación, y él a su vez nos enseñó a Ada y a mí.

Hugh asintió. Durante sus conversaciones nocturnas ella le había contado todo acerca de su curiosa infancia en la isla de Notre Dame, inmersa en el enrarecido mundo de la academia, sin ningún niño por compañía fuera de su amadísima hermana gemela. Él, en cambio, había esquivado sus preguntas sobre su infancia y crianza, cuyos aspectos más desdichados no había contado jamás a nadie. No tenía mucho sentido pensar en las dificultades del pasado; ¿para qué entonces contárselas a alguien para que pensara en ellas?

—Las dos encontramos absolutamente fascinante la criptografía —continuó Phillipa—. Era una manera de inventarnos lenguajes secretos, para comunicarnos entre nosotras con total confianza. Nos empapábamos de todo lo que nos enseñaba el tío Lotulf sobre las cifras, después nos inventábamos códigos propios. Desde los seis años estábamos obsesionadas con los códigos.

—¿Seis años? —repitió él, pensando que esa era una edad tremendamente temprana para sumergirse en una actividad tan analítica.

—Bueno, comenzamos con lo más elemental, escritura invertida, transposición de letras, simple sustitución alfabética, agrupación de palabras o separación en bloques, en fin. Después se nos ocurrió la forma de aplicar signos y símbolos matemáticos para escribir un mensaje secreto dentro de otro aparentemente inocente. Descubrimos varios métodos de asignar valores numéricos a las letras y después códigos en espiral, códigos en círculo, códigos en mapas...

—¿Códigos en mapas?

—Dibujas un mapa aparentemente normal, pero los grupos de árboles o las montañas son un mensaje. Se puede hacer lo mismo con cualquier tipo de cuadro o dibujo.

Hugh empezó a reírse suavemente.

—¿Qué es tan divertido?

—No es que sea divertido, sólo que... —Le mordisqueó los cabellos, que siempre tenían un tenue aroma a lavanda, y aumentó la presión del brazo que la rodeaba—. Estoy muy contento de haberte conocido. De verdad eres una mujer muy singular.

Ella se quedó en silencio.

Era más que singular, era extraordinaria. El día anterior por la mañana, cuando le dijo que podía dejar de preocuparse de si la había dejado embarazada la noche de su llegada, él sintió flaquear las piernas de alivio. Ella le dijo que también se sentía aliviada, pero él vio en sus ojos un cierto asomo de tristeza, como si una parte de ella se sintiera desilusionada. ¿Era posible que la autosuficiente y erudita Phillipa de París sintiera el mismo anhelo innato de ser madre que sentían todas las demás mujeres? Que claramente lo sentía la hacía aún más extraordinaria a sus ojos, más compleja y sorprendente. Deseoso de volver a oír su voz, le dijo:

—Supongo que después perdisteis interés en los códigos.

—Nada de eso. Incluso ahora, las cartas que nos escribimos siempre están cifradas. Inventamos el código más complicado posible y la receptora debe descifrarlo para poder leer la carta.

—Tengo una curiosidad. Si el canónigo Lotulf sabía tanto de códigos, ¿por qué no cifraba las cartas que te escribía, en especial aquellas en que te hablaba del complot para destronar a Enrique?

Había temido que ella reaccionara mal a su introducción del asunto de esas cartas, pero al parecer ya había dejado de lado la ira por ellas, porque se echó a reír.

—Si piensas que yo soy una criatura de la mente, deberías conocer a mi tío Lotulf. Es el académico por antonomasia; siempre camina con la nariz metida en un libro y no tiene idea de lo que ocurre a su alrededor. Para él la criptografía no es otra cosa que una diversión para el intelecto. Jamás se le ocurriría darle ninguna aplicación práctica.

—Cuando te conocí pensé que tú eras así.

—Y lo era —dijo ella ahogando una risita—. Me ha cambiado estar contigo, estar en el mundo así. Me siento como una mariposa que ha roto su capullo y salido de él. —Pasó los dedos por los de él, haciéndole doler el pecho con un deseo que no tenía nada que ver con sexualidad y todo que ver con esa extraña y nueva intimidad del corazón y la mente—. Gracias.

Él le besó el pelo, la única parte de ella que tocaban sus labios ahora, pensando qué gratificante era saber que ella lo quería, tan gratificante que se sintió casi tentado de quitarse la armadura conque se rodeaba el corazón y ofrecerle sin restricciones lo que ella le había ofrecido a él.

Casi.

Capítulo 17

—*M*e parece —entonó Clare desde su sillón puesto a modo de trono sobre un estrado en el extremo norte de la sala grande del castillo— que estoy preparada para emitir un juicio en el asunto que se ha expuesto tan elocuentemente ante mí esta noche.

La cara de Clare era una máscara blanca a la amarillenta luz de las antorchas, su ceñidísimo vestido se veía del color de la sangre seca. Sobre su muñeca izquierda enguantada estaba posada su favorita, la cernícala *Salomé*, con un capirote de cuero con incrustaciones de rubí adornado por un airoso copete de plumas teñidas de rojo.

De pie en las sombras del extremo sur de la sala, Hugh contempló a su amigo Raoul d'Argentan, que estaba sentado junto a Isabelle entre el público que había soportado el interminable juicio de amor de esa noche. En los ocho días que había estado en el castillo, Clare había organizado cuatro de esas parodias. Raoul, que tenía tan poca paciencia como él para eso, normalmente se escabullía muy pronto y salía a reunirse con él para dar un paseo a lo largo del río que pasaba por Halthorpe, durante el cual recordaban sus años de soldados a sueldo compartiendo un odre de vino, aunque él jamás bebía más de lo equivalente a una copa, pues había reducido al mínimo su bebida después de violar a Phillipa, borracho, la noche de su llegada.

Aunque Raoul normalmente desdeñaba esos juicios de amor de Clare, esa noche tenía motivos para quedarse a escuchar, porque el tema en consideración era justamente él, concretamente, si había tenido derecho a asestar un puñetazo en la nariz a Robert d'Ivri la noche anterior por haber besado a Isabelle en la boca y no en la mejilla al final de la danza del *chaplet*.

A través de su abogada Marguerite du Roche, Isabelle alegó que Raoul había cometido un acto de barbarie, sin ningún respeto por sus sentimientos; que de hecho la había humillado delante de todos los que presenciaron su salvaje comportamiento. Raoul, por su parte, a través de Turstin de Ver, sostuvo que sus celos eran en realidad una prueba de su profundo y perdurable amor por ella, y que sus actos, si bien impertinentes, eran perdonables en ese contexto.

Hugh, que lo había visto todo, el desvergonzado coqueteo de Isabelle con Robert, sin duda calculado para atormentar a su marido, y el largo beso de Robert en su boca, durante el cual le acarició el trasero, pensaba que la reacción de Raoul había sido, en todo caso, demasiado moderada. Él habría sacado a Robert de la sala, le habría roto unas cuantas costillas y tal vez cambiado de forma la nariz. En realidad, pese a su «amistad» con Phillipa, cada vez que la miraba y veía a Aldous con su mano cogida, como estaba en ese momento, o susurrándole algo al oído, como había hecho durante toda la velada, se le crispaban las manos de deseos de hacer eso y más. Ese impulso de afirmar un derecho y castigar a los intrusos era, como había observado correctamente Marguerite en sus argumentos esa noche, un instinto exclusivamente masculino, primitivo y brutal, pero era innegablemente una fuerza de la naturaleza y, como tal, no se merecía una reprimenda a no ser que se llevara demasiado lejos.

Turstin, de pie delante del estrado, junto a Marguerite, hizo una profunda reverencia a su mecenas.

—Espero con impaciencia vuestro juicio, *midons*.

—Y yo también —dijo Marguerite, que esa noche vestía una brillante túnica amarilla llena de aberturas redondas para lucir la camisola transparente que llevaba debajo—. Tal vez cuando el susodicho caballero se vea obligado a escuchar vuestra justa censura, llegue a comprender que los hombres civilizados no se gruñen ni se muerden entre ellos como perros luchando por una perra en celo. En realidad, por derecho, es la perra la que debe hacer la elección, ¿verdad?

Al decir eso Marguerite clavó su mordaz mirada en Raoul, provocando risas entre todos los que sabían lo de su infame Lista de Veinte, y que Raoul había tenido la temeridad de rechazarla. Incluso Isabelle se rió, aunque Hugh pensó cómo habría reaccionado ella si Raoul se hubiera rendido a las insinuaciones de Marguerite. Si bien normalmente las parejas que aireaban sus problemas en los juicios de amor lo hacían sin revelar sus identidades, en ese caso no había posibilidad de anonimato, puesto que casi todos los huéspedes de Halthorpe habían presenciado el puñetazo.

—¿Es posible que la agresividad del caballero no se deba tanto a celos como a frustación y vergüenza por su propia incapacidad amorosa? —preguntó Marguerite, sin dejar de perforar a Raoul con su despiadada mirada.

Se produjo un revuelo de interés en el público cuando Marguerite se agachó, como preparándose para atacar. Raoul miró alrededor, confundido, con la cara sonrojada, ciertamente no preparado para esa táctica. Hugh soltó una maldición en voz baja, pensando si debería intervenir.

—Porque según mi experiencia —continuó Marguerite—, un hombre que es verdadero amante de las mujeres, que las desea y sabe satisfacerlas, no se siente tan amenazado por los demás hombres como aquel que duda no sólo de su capacidad para procurarles placer sino también de su interés en ellas...

Sus últimas palabras quedaron ahogadas por un coro de abucheos, risotadas y aplausos. Raoul, que acababa de entender la insinuación, se levantó de un salto del banco y miró alrededor rojo de humillación. Hugh dio un paso adelante, pero se detuvo al comprender que ya era demasiado tarde. Ante esa humillación pública a manos de Marguerite, Raoul se apartó de Isabelle, que trató en vano de cogerle la túnica, y salió con paso firme de la sala, en medio de mofas y abucheos.

Hugh se giró para seguirlo cuando algo captó su atención: la puerta de la escalera del rincón, que daba al sótano, acababa de abrirse, y por ella vio salir a Istagio, sofocado y sudoroso como siempre. Orlando ya había subido y salido a la cocina, en busca de una cena tardía. Dado que entre él y Phillipa habían observado disimuladamente los horarios de los italianos, sabía que el último que salía del sótano iba inmediatamente a buscar a Clare, que se apresuraba a cerrar la puerta con una de sus muchas llaves.

Cerrando la puerta, Istagio miró hacia el estrado donde estaba Clare, pero al instante su atención se desvió hacia Edmée, que iba pasando en dirección a los huéspedes con una bandeja de confites en cada mano. La llamó, peinándose hacia atrás los mojados cabellos; ella lo vio y adoptó una expresión de cansino desinterés. Sin amilanarse por eso, él corrió pesadamente hacia ella y le cogió la falda.

—Edmée... tú y yo dar paseo, ¿sí?

Hugh miró hacia Raoul, que iba saliendo furioso por la puerta principal, después hacia Clare, que estaba disertando pomposamente desde su trono ante muchas risas, y luego a Istagio, que seguía tratando de convencer a Edmée, mirándole lascivamente los pechos. Miró nuevamente hacia la puerta del sótano, que estaba sin llave.

«Hazlo, pero rápido.»

Con pasos veloces y sigilosos recorrió el perímetro de la sala hasta la puerta, que se abrió con un lento crujir de goznes de hierro oxidados; entró a toda prisa y la cerró con sumo cuidado; bajó corriendo la estrecha escalera de piedra, sólo iluminada por una antorcha sujeta por una abrazadera en la pared, y se encontró ante otra puerta.

—Por favor, que no esté con llave —murmuró en voz baja.

Entonces vio que la puerta no tenía ojo de cerradura. Giró el pomo y la puerta se cedió.

También se abrió la puerta de arriba; oyó rechinar los goznes oxidados.

—¿Hugh?

Era la voz de Clare. «Mierda.» Rápidamente abrió de par en par la puerta y miró dentro, oyendo los pasos de ella por la escalera; esa podría ser su única oportunidad de ver el laboratorio donde Orlando e Istagio pasaban sus días y la mayor parte de las noches, fabricando lo que fuera que producía esos ruidos de trueno intermitentes.

Estaba oscuro como boca de lobo ahí, aparte del tenue brillo de brasas en el hogar cavado en el muro; el aire estaba sofocante de calor e impregnado por un hedor a huevos podridos. A la magra luz de la antorcha de la escalera distinguió lo que parecía ser una mesa de trabajo, llena de frascos y herramientas, y en el extremo del fondo algo redondo con el brillo apagado de hierro. ¿Un casco? No, era demasiado grande.

¿Una campana? «Istagio… él hace las campanas.»

Pero era demasiado redondo para ser una campana. ¿Qué demonios…?

—Ah, eras tú el que vi bajar aquí —dijo Clare, pasando muy pegada a él para cerrar la puerta.

El empalagoso perfume que usaba mezclado con el humo resinoso de la antorcha, le hicieron subir la bilis a la garganta. Ella seguía con la cernícala lujosamente encapirotada sobre la muñeca.

—¿Explorando un poco?

—Supongo que podríamos decir eso. —«Mírala a los ojos», pensó al sorprenderse desviando la vista. «No te delates»—. Tenía curiosidad por saber lo que hay aquí.

Ella empezó a juguetear con las llaves, lo cual, le había dicho Phillipa, era señal de nerviosismo.

—Si tu curiosidad es por esos ruidos, sólo son barriles de vino que...

—Sí, lo sé. Como he dicho, sólo tenía curiosidad. Estoy un poco desasosegado, si queréis saberlo. Me temo que no me gustan mucho esos juicios de amor.

—¿Estás desasosegado? —preguntó ella, cambiando bruscamente a un tono claramente coqueto—. Yo podría hacer algo para solucionar eso, si me lo permitieras.

—No me cabe duda de que podríais —dijo él con una sonrisa que esperaba no pareciera demasiado forzada.

—¿Entonces por qué no me lo permites? —preguntó ella en un tono que sonó algo quebradizo.

—Ah... bueno...

—Ya hace más de una semana que llegaste a Halthorpe —dijo ella, acercándosele.

Él retrocedió, quedando apoyado en la pared; en la pared, por el amor de Dios, justamente lo que había criticado a Phillipa esa noche en Oxford, después de su primer encuentro.

—¿Tanto tiempo ha pasado? —dijo, pensando que así de cerca ella tenía un extraordinario parecido a un cadáver de dos días—. He estado tan...

—¿Por qué todavía no me has follado?

«Ah, el esplendor del amor cortés.»

—En realidad no se ha presentado una buena opor...

—Te refriego las tetas en la cara en toda oportunidad posible. Siempre tienes una disculpa. ¿No me encuentras atractiva?

Terreno peligroso. No podía permitirse desairarla, no fuera que lo echara del castillo junto con Phillipa. El único motivo de que Clare desafiara a Aldous aceptándolo todo ese tiempo ahí era su suposición de que finalmente él se rendiría y se acostaría con ella. En ese momento comprendió cómo se sentía Phillipa al tener que hacer creer a Aldous que lo deseaba cuando la sola idea de acostarse con él la llenaba de repugnancia.

—Os encuentro inmensamente atractiva —le aseguró, tratando de mirarla a los ojos y no arrugar la nariz ante esa piel blanca de cadáver y las manchas de pintura roja.

«¡Coño, es una peluca!», pensó cuando se le hizo demasiado difícil mirarla a la cara y empezó a mirarle el pelo. «¡Sabe Dios qué habrá debajo!»

—¿Entonces por qué... no quieres... llévame... a la cama? —preguntó ella, haciendo chasquear cada palabra como una ramita seca.

—Eh...

—Ni siquiera tiene que ser una cama —Hizo su sonrisa de prostituta—. Podrías follarme apoyada contra la pared.

—Ah, aunque es encantadora esa perspec...

—O aquí mismo, agachada. —Se le acercó más y apretó sus pechos contra el pecho de él, mientras *Salomé* chillaba y se movía nerviosa; con la mano derecha empezó a levantarle la túnica—. Me gusta bastante la idea de que me folles por detrás. Así podrías hacerlo duro y fuerte, como un verdadero semental.

—¿No molestará eso a *Salomé*?

—Está acostumbrada.

Él le cogió la mano cuando esta empezó a subirle por el muslo.

—Clare...

—Han transcurrido veinte años desde que me folló un verdadero hombre. La última vez fue tu padre, la noche de mi boda. Entró en mi habitación cuando yo estaba esperando al muchacho con el que me casé, puso llave a la puerta y...

—Tengo la sífilis —exclamó él, recordando esa noche con Phillipa en el establo de Aldous. «Tal vez le diga que tienes la sífilis y no quiero contagiarme.» Él se ofendió entonces, pero en ese momento...—. Lo que pasa es que no quiero contagiártela.

—No te preocupes —dijo ella, con una sonrisa de conspiradora—. Yo también la tengo.

¿Y cuándo tendría pensado decírselo?, pensó él.

—Entonces te diré la verdad —dijo, fingiendo tristeza—. Soy... —«Madre de Dios»—, soy impotente.

Ella lo miró fijamente con esos ojos negros apagados.

—Noo...

—Es cierto. Es... a causa de la sífilis. —«¡Pero claro!»— La sífilis me ha hecho...

—Maravilloso.

—¿Qué?

—Me encantan los retos.

Al parecer últimamente era su cruz encontrarse con mujeres a las que encantaban los retos.

—Pero es que no lo entiendes. No puedo...

—Pues claro que puedes. Lo único que necesitas es un poco de estímulo, algo que estoy segura yo puedo darte.

—Pero...

Ella le apoyó un dedo en los labios, susurrando:

—Mi dormitorio. Esta noche. No golpees, no hables. Simplemente reúnete conmigo en mi cama y rindámonos el uno al otro.

«¡Ya sé! Le diré que prefieres a los hombres…», le había dicho Phillipa. Abrió la boca para decirlo, pero no le salieron las palabras.

—Esta noche —susurró Clare.

—Esta noche —repitió Hugh, después de un largo y resollante suspiro.

Capítulo 18

—*D*ice que no puede desempeñarse en la cama —dijo Clare a su hermano.

Esa noche era ella la que estaba en las sombras en el extremo sur de la sala grande, al lado de Aldous, mirando a Hugh y a esa esposa suya bailar una complicada gallarda ritual junto con los demás huéspedes, mientras Turstin cantaba y tañía su *mandore* apoyada en su falda.

—¿Sí? —dijo Aldous, con aspecto de un niñito en Navidad—. ¿Significa eso que no se le levanta o que no puede...?

—¿Cómo puedo saberlo?

Cogió un trozo de carne de gallina cruda del plato que había obligado a Aldous a sostenerle y lo puso delante del pico de *Salomé*, que estaba sin capirote cogida a su muñeca izquierda enguantada. El pájaro cogió la carne y la devoró.

—Anoche me prometió que iría a mi dormitorio, pero no se presentó. Eso fue después de que lo sorprendiera fisgoneando en el sótano. Me aseguró que sólo sentía curiosidad, y yo le creí. Deseaba creerle, pero ahora no estoy tan...

—Si no se le levanta —musitó Aldous—, entonces sabe Dios cuánto tiempo hace que ella no ha tenido nada. Probablemente está hirviendo de deseos reprimidos. Va a ser como una verdadera zorra en la cama si logro...

—Sé que te cuesta, Aldous —dijo Clare cansinamente—, pero por un maldito minuto trata de concentrarte en algo que no sea tu polla, hazme el favor.

— Y tal vez lo lograría —espetó él—, si ordenaras a Hugh de Wexford que se marchara adonde estaba, para yo poder por fin echar un polvo con su maldita mujer.

—Creía que Marguerite atendía a tus necesidades mientras tanto.

—No es lo mismo —dijo él torciendo el gesto—, la mitad del tiempo ni siquiera me deja… —Sonrojándose, desvió la vista.

—Dios mío, qué patético eres. —Dio otro trocito de carne a *Salomé*—. De acuerdo, puesto que pareces incapaz de descubrirlo tú solo, te lo diré. La conducta de Hugh me inspira sospechas. Para empezar, ya lleva más de una semana dándome largas para acostarse conmigo, alegando una serie de disculpas cada vez más increíbles.

—¿Quieres decir que no crees que sea impotente?

—Si lo es, es algo muy reciente. Según las ayudantes de cocina de Poitiers, podía estar toda la noche follándolas, y las hacía gritar como agoreras. Ah, sí, y tan bien dotado estaba, que era como «ser empalada en un garrote de guerra».

A Aldous se le demudó la cara; soltó unas cuantas maldiciones.

—Pero fue anoche, al comprender que no vendría a mi cama, cuando empecé a pensar en el modo como se acercó a la puerta del sótano, mirando a todos lados, como si no quisiera ser visto. Y después, cuando lo llevé de vuelta a la sala y cerré la puerta, miró la llave como si fuera el santo grial.

—No entiendo —dijo Aldous, ceñudo.

—No me extraña que no lo entiendas, porque pese a tu pátina de refinamiento, eres un tonto baboso.

Salomé chilló, pidiendo más carne. Clare se la dio.

—Es posible que los motivos de Hugh para estar aquí no sean del todo puros —continuó—. En realidad, podría haber sido enviado aquí a espiarnos.

Aldous pestañeó.

—¿Quieres decir que crees que él es el agente de la reina?

Clare miró al cielo poniendo los ojos en blanco.

—Noo, Aldous. El agente de la reina, sea quien sea, está aquí simplemente para vigilarnos, para asegurarse de que no decimos ni hacemos nada que ponga en peligro la rebelión. Lo cual no habría sido necesario si no tuvieras esa fama de imprudente y estúpido.

—¡Yo! ¡Fuiste tú la que le escribió una carta no cifrada!

Clare cerró los ojos un instante, haciendo acopio de toda su serenidad para no arañarle la cara a su hermano.

—Como estaba diciendo, el agente de la reina sólo está aquí para observarnos.

—Y para despacharnos a nuestro Creador si le desagradamos.

—Siendo indiscretos o perdiendo el control de la situación aquí. Pero eso no va a ocurrir, ¿verdad, Aldous?

—No soy un niño, Clare —dijo él con una mueca.

—¿Entonces por qué lloras cuando te azotan?

Él la miró boquiabierto, mientras la cara se le teñía de rojo.

—Marguerite y yo nos contamos todo —dijo ella sonriendo y cogiendo otro trozo de carne del plato.

Bueno, casi todo. Marguerite nunca le había preguntado qué ocurría en el sótano, y ella, no queriendo incurrir en la ira de la reina poniendo en peligro el secreto del trabajo de Orlando, jamás le había ofrecido información.

—Lograré descubrir quién es el agente de la reina —dijo, confiada—. He estado haciendo indagaciones entre nuestros huéspedes, y he reducido las posibilidades a un puñado de personas conectadas con Leonor. Una vez que lo identifiquemos podremos procurar que sólo nos observe cuando estemos más circunspectos y competentes. Eso significa que en su presencia sólo harás y dirás lo que yo te diga que hagas y digas, ¿entendido?

Aldous abrió la boca, probablemente para repetir que no era un niño, pero lo pensó mejor y la cerró.

—En todo caso —continuó Clare—, el agente de la reina no tendría ningún motivo para fisgonear en el sótano. Lo más probable es que ya sepa qué ocurre allí. Pero un agente de otro, digamos del rey Enrique, podría muy bien desear…

—¡El rey Enrique! No creerás que Hugh trabaja para…

—No lo sé, pero tengo toda la intención de descubrirlo.

—¿Cómo?

Ella lo miró ceñuda.

—Cuanto menos sepas de esto, mejor. Lamento que te hayas implicado tanto en este asunto. Baste decir que he tomado ciertas medidas destinadas a despistar…

Se interrumpió para observar a Hugh, que en ese momento hacía una reverencia a Phillipa, al finalizar la gallarda. Después la condujo hacia una mesa, pero entonces Marguerite les interceptó el paso, y le dijo algo a Hugh, presumiblemente lo que ella le había pedido que le dijera: que su amigo Raoul d'Argentan, que había permanecido encerrado en su habitación desde que saliera furioso del juicio de amor la noche anterior, necesitaba hablar con él sobre un asunto de grave urgencia y que lo estaría esperando en la despensa.

Incluso a esa distancia ella leyó en los labios de Hugh las palabras «¿La despensa?». Marguerite le señaló la puerta del rincón que conducía a las dependencias de servicio. Hugh dijo algo a Phillipa, tocándole el brazo, y luego, girando sobre sus talones, echó a andar en esa dirección.

—Excelente —dijo Clare. Colocó a *Salomé* en una percha especial forrada con lino que sobresalía de la pared, se quitó el guantelete y se lo pasó al desconcertado Aldous. Se alisó la escotada túnica color ciruela y se ahuecó la peluca—. Ahora descubriré cuánta impaciencia tiene por entrar en ese sótano.

—¿Qué vas a hacer? —le preguntó Aldous.

Clare miró hacia el cielo, exasperada.

—Voy a ocuparme de tener controladas las cosas para nuestros fines y por lo tanto impedir que el agente de la reina nos corte el cuello mientras dormimos. Cuida de *Salomé*.

—Pero…

Sin volver la vista, Clare atravesó la sala, pasó por la puerta del rincón y siguió por el corredor de servicio hasta llegar a la puerta abierta de la despensa. Hugh estaba ahí, contemplando ceñudo los barriles de vino y cerveza apilados en todo el perímetro del pequeño cuarto sin ventanas, iluminado por una linterna de latón colgada del techo. Estaba atrozmente apuesto esa noche, con una túnica negra orlada con cordoncillos de plata, sus cabellos peinados hacia atrás y esa daga deliciosamente infiel envainada sobre la cadera.

—Clare —dijo receloso al verla entrar en la despensa—. Estoy… esperando a alguien.

—Me estás esperando a mí —dijo ella, cerrando la puerta y apoyando la espalda en ella—. Le pedí a Marguerite que te dijera que era Raoul el que deseaba verte porque temí que no vinieras si sabías que era yo la que te hacía llamar.

—Si quieres saber por qué no fui a tu habitación anoche…

—Sé por qué no fuiste. No te inspiro deseo.

—Eso no es cierto, Clare.

Pero bajó los ojos al decir eso, el canalla embustero, el cabrón despreciable, arrogante. Si ella era apetecible para William de Wexford, tenía que ser condenadamente apetecible para su hijo.

—¿Entonces por qué?

—Me emborraché y perdí el conocimiento.

—Ya has usado esa disculpa antes.

—Bebo muchísimo.

—Es extraño —dijo ella—. No te he visto bebido desde esa noche de tu llegada aquí.

—Normalmente bebo tarde por la noche, cuando ya todos se han retirado.

—Bueno, ahora no estás borracho. —Se pasó las manos por los pechos, mirándolo seductoramente. Vio que la mirada de él se posaba en las llaves que colgaban de la cadena de oro que llevaba al cuello—. Me ofende terriblemente que vivas rechazándome. Anoche, cuando no llegaste, decidí que no tengo otra alternativa para salvar mi orgullo que pedirte que te marches de Halthorpe con tu mujer.

Un destello de alarma pasó por los ojos de él.

—Pero luego pensé que tal vez debería darte una última oportunidad. Entonces fue cuando se me ocurrió el plan para que vinieras a encontrarte conmigo aquí.

Sin apartar la mirada de él, se desató el lazo del cordoncillo de satén que le abrochaba la abertura delantera del vestido.

—Clare, de verdad no creo que sea capaz de hacer esto. Por hermosa que seas, hace mucho tiempo que no he podido excitarme ante una mujer.

—Las mujeres que no lograron excitarte no eran tan creativas como yo. —Se quitó sus muchas pulseras y las dejó sobre un barril de vino—. Hay cosas que puede hacer la mujer, truquillos ingeniosos que podrían despertar a un hombre muerto, cosas que jamás podría concebir esa remilgada mujercita tuya, y mucho menos hacerlas. ¿Quieres que pruebe algunas contigo?

Él levantó las manos.

—De verdad…

—Hay aceite de almendras en la otra despensa —dijo ella, quitándose la cadena con las llaves con los otros collares y dejándolos junto a las pulseras. Por el rabillo del ojo vio que él posaba la mirada en las llaves—. No te imaginas lo que pueden lograr un poco de aceite y mucha imaginación. ¿Voy a buscar un poco mientras te desvistes? —le preguntó, cogiendo el pomo de la puerta.

Pasado un momento de vacilación, él dijo:

—Supongo que no haría ningún daño intentarlo.

—No, a menos que quieras.

Dirigiéndole una pícara sonrisita, salió y cerró la puerta. Se quedó allí con el oído atento por si escuchaba algún ruido; pero la puerta era muy gruesa y no logró oír nada. De todos modos, esperó varios minutos y estaba a punto de entrar cuando recordó el aceite de almendras. «Vale más que lo haga bien», pensó. Fue a la otra despensa, cogió el frasco de aceite y volvió a la despensa de los vinos. En ese momento Hugh iba saliendo.

—¿Adónde vas? Pensé que estarías quitándote la ropa para que yo pudiera… —Le enseñó el frasco.

—Acabo de recordar que le dije a Phillipa que volvería enseguida para bailar el *tourdoin* con ella. Pronto vendrá a buscarme. No iría bien que nos encontrara…

Le sonrió con esa encantadora sonrisa sesgada suya y se encogió de hombros. El maldito cabrón.

—Tal vez podría unirse a nosotros —sugirió coquetamente.

Él negó con la cabeza.

—No, ella no… nunca haría…

—No, claro que no, pobre gazmoña. Qué lástima, justo cuando parecía que todo iba a funcionar.

—Pues sí. Tal vez en otra ocasión.

—En realidad podría llevarme esto —acarició el frasco sugerentemente— a mi dormitorio, y tal vez alguna noche cuando no estés atontado por la borrachera puedes hacerme una visita y dejarme abrir mi cajita de truquillos.

—Nada podría ser más seductor —dijo él y con una leve inclinación de la cabeza, giró sobre sus talones y volvió a la sala grande.

Clare entró en la despensa y deteniéndose ante el barril de vino revisó su colección de llaves, que normalmente eran trece, y sólo contó doce. Faltaba la llave de latón con sus distintivos adornos que correspondía a la puerta de la escalera que daba al sótano.

Tal como ella había esperado.

Sosteniendo una linterna de cuerno recubierto de vidrio para orientarse por la oscura sala grande, Phillipa retuvo el aliento cuando Hugh insertó la enorme llave de latón en la cerradura de la puerta y la giró. Se oyó un apagado clic. Él cogió la manilla y empujó lentamente, abriéndola un poquito.

Ella dejó salir el aire en una exhalación de alivio y le sonrió. Él le correspondió la sonrisa. Ella se puso un dedo en la boca, haciendo un gesto hacia los criados que dormían en las esteras en el otro extremo de la sala. Él asintió y se guardó la llave en los pliegues de la manga de la camisa arremangada.

Habían acordado con una de las ayudantes de la cocina que volviera a poner la llave en la cadena de Clare cuando le subiera la bandeja con el desayuno por la mañana, pero antes de despertarla, por un precio, por supuesto.

Phillipa le pasó el pote de grasa derretida conque se habían aprovisionado, y él la vertió sobre los goznes oxidados antes de abrir más la puerta. Los goznes sólo hicieron un suave crujido, que no despertó a los criados.

Pasaron por la puerta, la cerraron y bajaron silenciosamente la escalera, descalzos, ella con la bata y el camisón bien recogidos, no fuera a tropezar y despertar a toda la gente del castillo. Abajo había una puerta, tal como había dicho Hugh, sin cerradura. Él la abrió y entraron, sumergiéndose en un calor apestoso tan denso que tuvieron la impresión de chocar con una pared.

—El olor es de azufre —dijo Phillipa, levantando la linterna.

La habitación era una especie de cripta de piedra húmeda, larga y estrecha, cuya parte anterior se había arreglado a modo de laboratorio. La parpadeante luz iluminó una mesa larga llena de frascos, tubos, morteros y utensilios de diversos tipos (tenazas, cribas, cucharas, espátulas, cinceles, martillos), una especie de prensa, un yunque, un rimero de libros, unas extrañas tacitas con picos y un buen número de vasijas de barro cubiertas.

—Anoche estaba esa cosa redonda de hierro en la mesa —dijo Hugh—, eso que te dije que al principio me pareció un casco, ¿te acuerdas? Ya no está.

Sobresaliendo de la pared de detrás de la mesa había un hogar de piedra con cubierta, con una rejilla sobre brasas que brillaban tenuemente, sobre la cual había crisoles de barro y de metal. A un lado del hogar colgaban tenazas y atizadores; el hogar se había agrandado para que cupiera más combustible y estaba provisto de fuelles de cuero y madera para echar aire a las llamas.

—Lo han convertido en un horno —comentó Hugh.

En estantes y bancos de trabajo adosados a las paredes había más potes de barro, muchísimos. En el suelo, cerca del improvisado horno, había sacos con diversos tipos de combustible: carbón, turba y estiércol seco. A un lado había unos aparatos que Hugh identificó como un torno de varas y una muela rotatoria, aunque a Phillipa no le quedó clara su finalidad.

—¿Qué es eso? —preguntó ella, señalando con la corona de luz de la lámpara una vasija de barro alta, ahusada, montada sobre una especie de brasero y conectada con otra vasija mediante un tubo de cobre.

—No tengo la menor idea. No logro imaginarme qué finalidad puede tener ninguna de estas... —Se interrumpió bruscamente y apuntó hacia un lugar en medio del suelo—. Pon la luz encima de eso.

Phillipa alumbró el lugar y contempló incrédula lo que vio. Dibujado en el suelo de tierra apisonada había un enorme círculo con ocho radios que salían del punto central; en el extremo de cada radio había dibujado un misterioso símbolo y encima una vela. En el centro se elevaba un adornado mortero alto lleno de una especie de polvo.

Los dos se miraron un momento y luego la mirada de él se desvió hacia arriba, hacia el techo.

—¿Qué demonios...?

Ella levantó la linterna y la oscilante luz iluminó un montón de serpientes retorciéndose colgadas de las vigas. Soltó un chillido y casi se le cayó la linterna.

—Están muertas —dijo él, poniéndose detrás de ella y rodeándole la cintura, apoyándole la mejilla en la cabeza, como para tranquilizarla. Riendo, añadió—: Jamás me habría imaginado a Phillipa de París chillando como una escolar ante un manojo de serpientes secas.

—¿Para qué son? —preguntó ella, con el corazón todavía acelerado.

—¿Para qué es cualquiera de estas cosas? —Dándole una palmadita tranquilizadora, se apartó y fue hasta la mesa a coger el libro que estaba encima del rimero y leyó el título—: *Turba Philosophorum*. Dice que está traducido del árabe.

—No lo conozco —dijo ella.

Inclinándose sobre uno de los bancos de trabajo, levantó la tapa de un pote de barro; dentro había un líquido parecido a tinta, inidentificable. Otro estaba lleno de azufre en terrones, otro con carbón de sauce y otro...

—¡Ajj! —exclamó, arrugando la nariz, y se apresuró a ponerle la tapa. Al ver la mirada interrogante de Hugh, explicó—: Orina, y nada fresca.

—Uf. —Miró el título de otro libro—: *De Compositione Alchemiae*, de Robert de Chester.

—Jamás he oído hablar de ese libro —dijo ella, encogiéndose de hombros—, ni del autor. —Armándose de valor, abrió el pote de barro más grande y luego lo ladeó para que Hugh viera el polvo que contenía.

—Creo que eso es salitre —dijo él—. Los infieles lo llaman nieve china. Y esto —dijo, haciendo girar una pequeña vasija que acababa de abrir— es mercurio. Lo he visto en Italia.

Phillipa miró alrededor, perpleja. Habían supuesto que el trabajo de Orlando sería de algún beneficio a la reina Leonor en su rebelión contra el rey; si no, ¿para qué tanto secreto? En realidad, ¿para qué habían llevado ahí a Orlando e Istagio?

—Es posible que estén inventando algún tipo de veneno nuevo —sugirió Hugh.

Los dos miraron hacia el talismán dibujado en el suelo y luego se miraron entre ellos.

Phillipa se acercó a la pared opuesta, junto a la cual había una especie de jaula vacía de rejillas cuadriculadas de hierro finamente forjado, del tipo en que se guardan cosas valiosas.

—¿Qué es esto? Parece nueva. Sea lo que sea que están haciendo esperan que los resultados tengan cierto valor.

—Veamos qué hay allí atrás —dijo Hugh, caminando hacia el extremo del fondo del largo sótano, más allá de las macizas columnas de piedra de sostén.

Phillipa lo siguió, adentrándose en la enorme y amilanadora oscuridad, con la linterna en alto. Pasaron junto a un hoyo profundo bordeado de piedras. Ella se asomó a mirar; en el fondo se oía ruido de agua.

—¿Un pozo? ¿Aquí abajo?

Hugh asintió.

—Muchos castillos tienen un pozo en el sótano, para tener una fuente de agua fresca en caso de asedio.

—¡Ay! —chilló Phillipa, dando un salto en un pie, con el otro cogido.

Hugh se giró al instante y se le acercó.

—¿Qué te ha pasado, cariño?

«Cariño…»

—Tropecé con algo, algo pequeño y duro.

Él le masajeó la planta del pie, mirando alrededor.

—Aquí está.

Recogió algo del suelo de tierra, se incorporó y lo puso cerca de la linterna.

—¿Qué es eso? —preguntó ella mirando la pequeña bolita que él estaba haciendo girar en la palma.

Él se encogió de hombros.

—He visto a niños jugando a algo con bolitas de piedra o arcilla. Tal vez esto no es otra cosa que una pieza de un juego.

—¿Qué hace aquí?

Él movió la cabeza.

—Cuanto más veo, más perplejo estoy. —Se guardó la bolita en el pliegue de la manga, y la instó a seguir caminando hacia la parte de atrás de la vasta habitación—. ¿Es una puerta eso que hay en el rincón?

Era una puerta, pero al otro lado sólo había un retrete. En la pared vieron un anaquel de rejilla donde, explicó él, tal vez en otro tiempo se dejaban instrumentos de castigo. Después apuntó hacia el techo.

—Alumbra ahí, esa viga.

Ella vio que en la viga había atada una polea.

—Al prisionero le ataban los brazos a la espalda y lo colgaban ahí —explicó él—, tal vez cargado con piedras, y luego lo soltaban, descoyuntándole...

—Sí, creo que capto la idea —dijo ella.

—Vamos, acabemos esto. Hace un calor horroroso aquí.

Era cierto. A ella el sudor le producía picor en el cuero cabelludo y le chorreaba por debajo del camisón de dormir, pero lo que iluminó la linterna entonces le heló hasta la médula de los huesos.

—Dios mío, Hugh, ¿qué es eso? ¿Es para...?

—Para torturar, sí.

Era un enorme sillón de hierro provisto de correas de cuero y grilletes, todo cubierto por una espesa capa de polvo.

—Nunca había visto uno de estos potros fuera de Renania —comentó Hugh—. Los veíamos en los sótanos de los castillos que tomábamos. Federico Barbarroja era muy aficionado a la tortura. Incluso a los ladronzuelos de poca monta se los ponía en la catasta o se los amarraba a este potro para hacerlos confesar. —Señaló un hoyo ennegrecido debajo del sillón—. Se encendía fuego debajo...

—Ay, qué terrible.

—La intención era que fuera terrible. Jamás he conocido a un hombre que no cantara finalmente siendo torturado.

—¿Cómo es posible que haya personas que hagan cosas así a otras? ¿No tienen ni una chispa de compasión humana en sus corazones? Aun cuando un hombre sea tu enemigo, sigue siendo un hombre.

—Aquellos que tienen esa chispa de compasión suponen que todo el mundo la tiene —dijo él, muy serio—. Te asombraría saber lo que personas aparentemente normales son capaces de hacer a otras, y no sólo a sus enemigos.

La insólita gravedad de su tono hizo pensar a Phillipa si no estaría refiriéndose a experiencias personales, pero antes de que pudiera hacerle alguna pregunta al respecto, él le señaló un aparato que sobresalía de la pared, más allá del sillón.

—Mira, un collar de espinas. No se ven muchos de estos.

Phillipa acercó la linterna y vio un pequeño y polvoriento marco de hierro clavado a la pared de piedra en ángulo recto. En el centro, conectadas al marco por cadenas y unidas por goznes, colgaban las dos mitades de una argolla de hierro, con puntas como púas en todo el interior.

Hugh unió las dos mitades.

—Con esto se trata de obligar al prisionero a permanecer de pie, puesto que le impide sentarse o acostarse, y dormir, lógicamente; si da una cabezada, estas puntas se le clavan en el cuello y lo despiertan al instante. Si los carceleros son particularmente crueles o están resueltos a vencer su resistencia, lo privan de alimento y agua también. Un hombre no puede durar más de unos días sin agua, y la muerte por sed es terriblemente dolorosa.

Phillipa se estremeció al imaginarse el sufrimiento de estar engrillada a ese aparato día tras día.

—Yo les diría inmediatamente lo que fuera que quisieran saber —dijo—. Jamás sería capaz de resistir semejante suplicio.

—Te sorprendería comprobar lo que eres capaz de soportar si lo abordas de la manera correcta —dijo él, pensativo, dándole vueltas a la cruel argolla en las manos, dejando sus huellas en el polvo—. Es posible trascender el dolor. El truco consiste en elevarse por encima de él, como si estuvieras flotando en el aire, observándolo como si le estuviera ocurriendo a otra persona.

La mirada de ella se posó en su mano derecha, en la fea y rugosa cicatriz que quedaba donde antes había estado su pulgar. «Colocó la mano en el tajo con la mayor tranquilidad del mundo… No emitió ningún sonido cuando se le desprendió el pulgar…»

—Hugh, ¿cómo te hirieron la espalda para dejarte esas cicatrices?

Los ojos de él perdieron su brillo, mirando la argolla.

—Eso ocurrió hace mucho tiempo. Casi no lo recuerdo.

—Hugh…

—Ya hemos visto todo lo que hay que ver aquí. —Soltó la argolla y le cogió la mano—. Ven, vámonos a la cama.

Mucho más tarde, cuando estaban acostados en la oscuridad, acurrucados como siempre, parte delantera de él con espalda de ella, esperando que descendiera sobre ellos la cortina del sueño, Phillipa susurró:

—Sé que no quieres hablar de eso, y no insistiré, pero no puedo dejar de pensar... —Hizo una inspiración entrecortada—. Creo que se debe a que mis sentimientos se han enredado tanto contigo... —Era la primera vez que sacaba a colación sus sentimientos por él después de haber acordado ser amigos, aunque le ocupaban todos los pensamientos durante las horas de vigilia—. Sólo te lo preguntaré una vez, y no es necesario que me contestes si no quieres, pero... ¿por qué te azotaron, Hugh?

El silencio que siguió fue tan profundo y tan largo que ella llegó a la conclusión de que él se había quedado dormido. Cerró los ojos suspirando, pensando que también le convenía dormir un poco.

—Fue porque lloré por mi madre.

Lo dijo con una voz tan baja y rasposa que ella pensó si no se lo habría imaginado, pero entonces sintió apretarse el brazo de él que la rodeaba y comprendió que no se lo había imaginado.

—No entiendo —dijo.

Sintió ensancharse el pecho de él en su espalda; su aliento le movió el pelo.

—Mi madre murió de fiebre puerperal, después que nació Joanna. Yo la quería muchísimo. Era... —Ella lo sintió mover la cabeza lentamente—. Era mi madre. Yo tenía siete años. Ella era todo para mí. No pude evitar llorar.

—Por supuesto que no. Eras un niño —dijo ella cogiéndole la mano.

—Mi padre deseaba que fuera un hombre. Dijo que yo era un débil, que necesitaba dominar mejor mis emociones si quería ser el más grande caballero de la cristiandad. Me dijo que él no había derramado ni una sola lágrima por mi madre y que se enorgullecía de eso. Yo le repliqué que había estado follando con su puta cuando mi madre murió, con terribles dolores y delirio, llamándolo a gritos, y que lo despreciaba y que rogaba a Dios no ser como él cuando creciera. Le dije que despidiera a Regnaud, el maestro de armas que me estaba formando en las artes de la guerra, porque ya no quería ser un caballero, que prefería educarme en un monasterio y formarme para el sacerdocio.

Phillipa estaba tan sorprendida de que él le revelara tanto, que no quiso hablar, no fuera a desanimarlo de continuar.

—Mi padre se... molestó —dijo Hugh con una risita ronca—. No creo que nadie lo hubiera desafiado desde hacía mucho, o tal vez nunca. Regnaud llevaba un tiempo impaciente por disciplinarme con su... no un látigo exactamente. Era una correa con punta de acero, pensada para dejar heridas, no sólo verdugones.

Phillipa cerró los ojos, rogando tener la fuerza para escuchar eso.

—En opinión de Regnaud yo necesitaba endurecerme. Después de mis lágrimas y desafío, mi padre consintió. Dijo que me amaba demasiado para permitirme revolcarme en mi debilidad, que si una planta ha de crecer derecha y fuerte necesita sentir la dentellada del cuchillo podador. Le dio permiso a Regnaud para que me atara a un poste y me diera seis latigazos. Me dijo que algún día se lo agradecería.

—Oh, Hugh...

Trató de girarse para abrazarlo, pero él aumentó la presión del brazo, estrechándola más contra él, como si no quisiera mirarla a la cara mientras le contaba esas experiencias tan terribles.

—Lloré, lógicamente —continuó él—. Sólo tenía siete años y el dolor fue atroz. Mi padre le ordenó a Regnaud que me diera otros seis azotes por haber llorado. Me dijo que debía soportarlo como un hombre, sin siquiera encogerme. Después de eso le dio libertad total a Regnaud con el látigo, con la orden de doblar los azotes si veía cualquier reacción en mí.

—Entonces fue cuando aprendiste a... a elevarte por encima del dolor, ¿verdad?

—Sí, era como si flotara por encima de mí, viendo cómo el látigo me desgarraba la carne, y sintiéndolo, pero en otro ámbito, en el que podía mantenerme separado de lo peor. No sé, es difícil explicarlo.

—No, lo... lo explicas muy bien. Pero lo que me cuesta entender es por qué continuaste en Wexford hasta los dieciocho años. ¿No sentiste la tentación de marcharte antes?

—Sí, muchísimo antes. Pero tenía que pensar en Joanna. Era una niñita muy voluntariosa y siempre provocaba la cólera de nuestro padre.

—A ella no la haría azotar, supongo.

—No, pero de vez en cuando le pegaba, después de encerrarme a mí en el sótano para que no se lo impidiera. Le dije que lo mataría si alguna vez le hacía daño, y que no me importaba si me colgaban por eso. Parece que me creyó, porque nunca la golpeó demasiado fuerte. Cuando cumplió los once años la envió a Londres a servir a la esposa del barón Gilbert de Montfichet. Poco después a mí me hicieron caballero.

—Y puesto que Joanna ya no te necesitaba allí para protegerla, te sentiste libre para marcharte de Wexford y hacerte mercenario.

—Exactamente. Y me prometí que jamás volvería a ser aplastado por las ruedas de las expectativas de nadie, que haría mi propio camino, libre de cualquier exigencia que no fueran las mías propias.

Phillipa asintió, comprendiendo por fin las fuerzas que lo hacían tan ferozmente independiente y reservado.

—Sí —dijo muy seria—. Yo habría hecho lo mismo.

Capítulo 19

—*T*engo que comunicaros algo —dijo Clare a sus huéspedes al final de la cena del día siguiente, otra comida al aire libre en el patio exterior, pero esta vez no para celebrar ninguna festividad sino para capear el terrible calor de julio—. Mañana al alba me marcho para hacer una visita a un querido amigo…

Se oyeron murmullos de protesta. Phillipa observó que Aldous parecía tan sorprendido por la inminente marcha de su hermana como todos los demás.

—No, no, no debéis creer que os abandono —continuó Clare, con una tranquila sonrisita—. Mi amigo vive un poco al sur de Londres. Estaré fuera sólo unos días…

En ese momento Phillipa observó que a Istagio, que andaba ganduleando por el puente de acceso al patio interior, le aparecía en los ojos ese destello lascivo que sólo podía significar una cosa: que había visto al objeto de su no correspondido deseo, Edmée. Siguiendo su mirada, vio a Edmée saliendo de la cocina con dos jarras de vino, en dirección a las mesas. El corpulento italiano corrió hacia ella y le cerró el paso; ella se detuvo, mirando más allá de él con una expresión de indiferente paciencia. Él apuntó hacia la puerta exterior; según Edmée, vivía intentando convencerla de salir a pasear con él por la orilla del río. Ella negó con la cabeza y le enseñó las jarras, haciendo un gesto hacia las mesas. Él le susurró algo al oído, mirando alrededor, como temeroso de que alguien lo oyera, y abrió la bolsa de cuero que llevaba colgada en bandolera sobre el pecho para enseñarle algo. Ella estuvo unos segundos mirando sin pestañear lo que fuera que le enseñaba; después entregó las jarras a una criada que iba pasando y dejó que Istagio le cogiera la mano y la acompañara a atravesar el patio exterior.

Phillipa observó que Orlando, sentado frente a ella, también había estado contemplando la escena, y hacía enérgicos gestos negativos con la cabeza mirando fijamente a Istagio. Cosa curiosa, pues Orlando parecía no alterarse por nada. Istagio agitó la mano, como rechazando la advertencia y continuó llevando a Edmée hacia la puerta exterior.

Con expresión preocupada, Orlando apoyó las manos en la mesa para levantarse pero titubeó al darse cuenta de que Clare seguía con su discurso; no sería educado levantarse de la mesa mientras su anfitriona estaba hablando. Se puso a juguetear con los lazos de su gorra de fieltro, echando miradas disimuladas hacia Istagio y Edmée hasta que desaparecieron por la puerta.

—… por lo tanto confío en que todos continuaréis disfrutando de mi hospitalidad aunque yo no esté —estaba diciendo Clare—. Durante mi ausencia, mi hermano quedará a cargo de las llaves del castillo de Halthorpe —se quitó la cadena con las llaves y se la puso a Aldous—, y de la comodidad y felicidad de mis huéspedes. En el caso de necesitar cualquier cosa, pedídsela a Aldous.

Tan pronto como Clare volvió a sentarse, Orlando se levantó de un salto y echó a correr hacia la puerta, y estuvo a punto de caerse al pisar la orilla de su larga túnica. Captando la mirada de Phillipa, Hugh ladeó la cabeza hacia el metafísico y arqueó las cejas.

Tenía razón; esa era la oportunidad perfecta para interrogar a Orlando acerca de las cosas que habían visto la noche anterior en el sótano, a solas, puesto que en el castillo era dificilísimo encontrar una oportunidad para tener una conversación en privado. Se levantaron al mismo tiempo de la mesa, ante la consternación de Aldous, que, sentado al lado de ella, le cogió la manga flotante de su túnica de satén azul, para preguntarle en un seco susurro adónde iba, nada menos que con «él».

—Sólo a dar un paseo por la orilla del río —dijo ella, soltándole los dedos de la manga—. Estaré de vuelta antes que se ponga el sol, entonces podremos entrar para una buena partida de backgammon en algún rincón tranquilo.

Aldous prefería el backgammon al ajedrez, el cual, sospechaba ella, no entendía muy bien como para jugarlo.

Él suspiró malhumorado y se llevó la copa de vino a la boca.

Cuando terminaron de atravesar el puente sobre el foso, Orlando ya les llevaba bastante ventaja, corriendo, con la túnica recogida, por el terraplén cubierto de hierbas y árboles en dirección al bosquecillo que ocultaba de la vista el río. Hugh le cogió la mano y echaron a correr detrás del italiano, llamándolo:

—¡*Signore* Orlando! ¡Esperadnos!

Orlando se detuvo, miró hacia ellos, luego hacia el sendero que llevaba al río por en medio del bosquecillo, y nuevamente a ellos.

—Buenas noches, Orlando —lo saludó Hugh cuando estaban cerca de él—. ¿Os importaría tener una breve conversación con nosotros?

—Eh… eh…

—Es sólo un momento —dijo Phillipa—. Queremos preguntaros acerca de una cosa.

—Eh… tal vez más tarde —repuso Orlando dirigiéndose hacie el sendero.

—Tiene que ver con el sótano —dijo Hugh.

Orlando se detuvo en seco y se giró bruscamente a mirarlos.

—Anoche estuvimos allí —continuó Phillipa—, y tenemos unas preguntas que haceros acerca de… de vuestros experimentos.

Asintiendo desmayadamente, el italiano fue a sentarse en un tocón cercano y se secó el sudor de la frente con la manga de la túnica.

—*Sí*, ya me lo esperaba.

Hugh y Phillipa se miraron. ¿Lo esperaba? ¿Por qué había previsto su curiosidad? ¿Habría descubierto que ellos habían estado ahí?

—Vimos algunas cosas que nos dejaron muy perplejos —dijo Phillipa—. Siempre os habéis negado a contestarme cuando os he preguntado qué hacéis ahí, pero ahora sencillamente necesito saberlo.

—Sólo es un *esperimento*. Con la *dissoluzione e coagulazione*.

—Disolución y coagulación, las dos fuerzas esenciales de la naturaleza —dijo Phillipa, recordando el famoso tratado publicado por Orlando hacía varios años.

—¡*Sí*! —dijo Orlando, animándose, como siempre que hablaba de asuntos de metafísica con ella—. Caliento el *zolfo*, lo que llamar azufre, y el *mercurio*, el azogue, y… ¿cómo se dice?… los destilo. Los descompongo y los vuelvo a unir. Es un trabajo muy noble.

—No me cabe duda. —Hugh se frotó la mandíbula—. Las… eh… las serpientes nos hicieron pensar.

—Ah, sí, bueno, necesito materia orgánica también. Es mucho complicado.

—¿Y el talismán dibujado en el suelo? —preguntó Phillipa.

—¿Talis…? Ah, el *magico cerchio*. *Sí*, es una parte. Es mucho complicado.

—Somos muy inteligentes —dijo Hugh—. Explicádnoslo, por favor.

—Es mucho difícil explicar. Muchas personas, ellas no entender. Otros *scienziati*, otros metafísicos, decir que es brujería esta alquimia. Pero es ciencia, ciencia muy antigua del Cosmos. ¿Haber oído quizá, de la búsqueda de la piedra filosofal?

—¡La piedra filosofal! —exclamó Phillipa—. No seréis uno de esos «hijos de Hermes» que tratan de convertir el plomo en oro, ¿verdad?

Orlando arrugó la nariz.

—Eso ser parte muy pequeña del todo, mucho, muy pequeña parte. También buscamos el elixir de la vida, y el disolvente universal, que disolver cualquier sustancia.

Entonces pasó a explicarles los orígenes y la práctica de esa «filosofía hermética» que, por lo que sabía Phillipa, era un intento de redescubrir secretos de la naturaleza olvidados, mediante experimentos tomados de antiquísimos textos orientales. Al parecer, los alquimistas partían de la premisa de que todos los elementos de la naturaleza contienen una fuerza vital, y de estos elementos, el azufre representa el polo activo, y el mercurio el pasivo. La desintegración y reunión de esas dos fuerzas primordiales opuestas, les explicó Orlando, era semejante a la unión del hombre y la mujer en el acto sexual.

Esa disertación dejó aún más perpleja a Phillipa. Si pretendían que los experimentos de Orlando basados en esa seudociencia mística oriental cambiaran la marcha de las cosas en favor de la reina Leonor, no parecían ser un peligro muy grande. ¿Y por qué de pronto Orlando se mostraba tan bien dispuesto a, e incluso impaciente por, revelarle lo que antes había puesto tanto empeño en ocultar?

—El principio activo —continuó Orlando entusiasmado— es el *sole*, y el pasivo es la *luna*. Imaginar que el sol es un hombre y la luna una mujer. Mucho separados, mucho aparte. Pero unidlos… —Sonriendo hizo un gesto hacia ellos, que seguían cogidos de la mano—. Del caos de la naturaleza se forma algo nuevo, algo total maravilloso. Es *magico*, ¿no?

Al parecer desconcertado, Hugh le soltó la mano a Phillipa y se pasó los dedos por el pelo.

—Todo eso es… fascinante, Orlando, pero sigo sin entender algunas cosas. ¿Por qué hicisteis el largo viaje a Inglaterra para realizar vuestros experimentos? ¿No habría sido más sencillo continuar en Roma, donde, supongo, tenéis vuestro laboratorio, vuestro equipo?

Orlando negó con la cabeza tristemente.

—Mi laboratorio incendiar.

—Ay, Dios —dijo Phillipa—. ¿A causa de un experimento?

Él asintió.

—Y mi ayudante murió. —Se santiguó tristemente—. Mucha mala opinión de Orlando entonces, muy mucho desprecio. Decir que mi trabajo ser peligroso, además de estúpido. Después del incendio, no tengo lugar para trabajar, y nada de lo que necesito. El *materiale* es muy... ¿cómo es la palabra?, cuesta mucho *monete*.

—Caro —suplió Phillipa.

—*Sí*, el *mercurio* especialmente. Muy caro. La lady Clare tiene mucho *monete* y corazón muy grande, ¿no?

—Eh...

Phillipa miró a Hugh, que parecía estar mordiéndose el labio.

—Traerme a acabar mi trabajo donde nadie se ríe de Orlando, nadie dice que no soy hombre instruido sino brujo. Y compra mucho que necesito. Sin ella no poder hacer el trabajo de mi corazón. Ser una muy gran dama.

Phillipa estaba a punto de preguntarle si Clare esperaba algo a cambio de esa generosidad cuando se oyó un fuerte estallido, como de un árbol partido por un rayo, aunque el cielo estaba despejado. La sobresaltó tanto que pegó un salto y el aire le salió de los pulmones en un agudo chillido.

Hugh la miró con esa sonrisa sesgada suya.

—Me encanta esa nueva forma de chillar.

El italiano se levantó de un salto y echó a correr.

—¿Orlando? —llamó Phillipa.

Hugh la cogió nuevamente de la mano y juntos siguieron a Orlando por el bosque, dándole alcance donde el estrecho sendero llegaba a la peñascosa orilla del río. A unos cincuenta metros río abajo vieron a dos figuras de espaldas a ellos: Istagio agachado sobre una roca de superficie plana, rascando una tenaza de chimenea contra un trozo de pedernal, y Edmée mirando desde cierta distancia. Cuando saltó la chispa del pedernal, produciendo un tenue brillo sobre lo que fuera que cayó, Istagio corrió hacia donde estaba Edmée y los dos se taparon los oídos.

—¡Istagio! —gritó Orlando, añadiendo algo en italiano.

Entonces se oyó otro estallido, acompañado por un relámpago de luz blanca sobre la superficie de la roca. Trocitos de algo salieron disparados en todas direcciones. Phillipa sintió retumbar los oídos.

Orlando llegó corriendo al lugar, reprendiendo a Istagio en italiano. Los dos parecían hablar tanto con las manos como con la boca. Orlando le arrancó de un tirón la bolsa de cuero y el contenido se esparció sobre la hierba alta: eran un buen número de objetos cilíndricos pequeñitos pintados de vivos colores.

Sin dejar de reprender a Istagio, Orlando se arrodilló y empezó a buscar los pequeños cilindros por entre las hierbas. Hugh se arrodilló a su lado para ayudarle; juntos recogieron unos cuantos y los devolvieron a la bolsa de cuero.

Edmée giró sobre sus talones y echó a andar hacia el sendero, mientras Orlando seguía regañando a Istagio. Cuando la doncella pasó junto a Phillipa, la miró a los ojos y luego hacia el cielo, poniendo los ojos en blanco; Phillipa sonrió y movió la cabeza.

En ese momento llegó Hugh junto a ella, la cogió del brazo y la guió hacia el sendero también. Cuando se habían adentrado varios metros en el bosque, se detuvo, hurgó en el monedero de cabritilla que llevaba colgado al cinto y sacó uno de los cilindros.

—¡Cogiste uno! —exclamó Phillipa.

—Me pareció que era lo lógico.

Le dio vueltas al pequeño objeto. Era un tubo hecho de pergamino, atado en los dos extremos; de un extremo salía un trozo de cuerda de uno o dos dedos de largo. Desenvainando la *jambiya*, hizo un corte longitudinal en el tubo, dejando al descubierto su contenido: un finísimo polvo negro. Vertió un poco de polvo en la palma; brillaba en la semioscuridad del bosque.

—¿Qué es eso? —preguntó Phillipa.

Fuera lo que fuera, parecía tener una violenta reacción con el fuego. Jamás había visto nada igual.

—Creo que lo sé —dijo Hugh, examinando el polvo—. En el Levante conocí a un inglés, un fraile agustino, cuya misión era propagar el cristianismo en Oriente. En sus viajes había llegado más al este que cualquiera de los europeos que yo conocía, hasta China. Una vez me habló de un juguete infantil que explotaba cuando se lo encendía. Tal vez…

Istagio pasó junto a ellos pisando fuerte, seguido por Orlando, que continuaba con su furioso rapapolvo. Phillipa cayó en la cuenta de que la palabra «estúpido» es reconocible en cualquier idioma.

Hugh le cogió la manga a Orlando cuando pasó por su lado.

—Un momento, por favor.

Orlando continuó su diatriba mientras Istagio desaparecía en el sendero, aunque pasó al inglés.

—Se lo he dicho tantas veces. Es… cómo se dice, *segreto*, nuestro trabajo.

—Secreto —tradujo Hugh.

—*Sí*, no es para presumir ante… —Se interrumpió al ver el tubo abierto de polvo negro que le enseñó Hugh.

—¿Era esto lo que estabais haciendo cuando se os incendió el laboratorio en Roma? —le preguntó Hugh.

Orlando suspiró, pensativo.

—La lady Clare… se va a poner muy furiosa si sabe que habéis visto esto.

—O sea que a esto han llevado vuestros experimentos alquímicos —dijo Phillipa—. Por esto os trajeron a Halthorpe.

—¿Os prometieron un laboratorio y equipo si accedíais a reproducir el polvo chino? —le preguntó Hugh.

—¿Estáis inventando algún tipo de arma? —preguntó Phillipa—. ¿Así es como pagáis a Clare el…?

—¡*Prego!* —exclamó Orlando, extendiendo las palmas, suplicante—. Ya habéis visto demasiado. Estaré en gran *difficoltà* si os hablo de mi trabajo.

—Queréis decir esta parte de vuestro trabajo —dijo Phillipa—. Clare sabe que hemos estado fisgoneando. Quiso despistarnos, ¿verdad? Os dijo que nos dijerais lo de la alquimia, pero no que la estabais usando para fabricar el polvo negro.

—Y ayer os ordenó ocultar todas las pistas —añadió Hugh—, sabiendo que yo le robaría la llave del sótano si se me presentaba la oportunidad. —Rió sin humor—. Y yo caí directo en su trampa.

—¡*Prego*, os suplico! —imploró Orlando—. Hecho *volta di segretezza*.

—Voto de guardar el secreto —dijo Hugh.

—Será muy malo para mí si ella se entera que os he dicho lo de… —Hizo un gesto hacia el tubo de pergamino que tenía Hugh en la mano.

—Pero es que no nos lo habéis dicho —dijo Hugh.

—No, pero… lo sabéis.

Hugh se encogió de hombros.

—No por culpa vuestra. Phillipa ni yo no tenemos ningún motivo para hablar de esto con Clare, a no ser que vos habléis primero.

Los ojos del italiano se iluminaron por un destello de comprensión: Hugh y Phillipa mantendrían la boca cerrada si él hacía lo mismo, y todos se librarían de la ira de Clare. Asintió.

—De acuerdo. Nos guardamos el *segreto*, ¿sí?

—Sí, pero… —Phillipa le tocó el brazo—. Orlando, sabéis que no deberíais estar haciendo este trabajo.

Él pareció sorprendido de que ella dijera semejante cosa.

—Es buen trabajo. Maravilloso reto para la mente.

Igual que su tío Lotulf, Orlando disfrutaba de entregarse a la actividad intelectual haciendo caso omiso de sus aplicaciones prácticas.

—Pero pensad en todo el daño que podría producir.

Orlando negó enérgicamente con la cabeza.

—Todo conocimiento ser bueno. Todo aprendizaje valer la pena.

—Siempre he pensado eso —musitó Phillipa—. Ahora no estoy tan segura.

Phillipa despertó de un sueño inquieto y comprobó que hacía mucho más calor que cuando se acostaron. El aire estaba espeso; tenía el camisón pegado al cuerpo, mojado de sudor.

¿Qué la despertaría esa vez?, pensó, y entonces recordó. Hugh, que estaba durmiendo detrás de ella rodeándola con el brazo, se había movido; tal vez fue su agitación lo que la despertó. Estaba a punto de hablarle cuando él volvió a moverse, flexionando lentamente las caderas, apretándose contra ella y apartándose. Notó la tensión en sus costados, y la dura columna de su miembro tocándole la cintura. Se quedó pasmada; él no había intentado ningún tipo de intimidad con ella desde su primera noche en Halthorpe, cuando le dijo que no debían unirse así nunca más.

Él volvió a moverse, con otra larga y sinuosa embestida.

—¿Hugh? —susurró.

Él crispó la mano e hizo una inspiración resollante. Había estado dormido, comprendió, y ella lo despertó. Él se quedó inmóvil un momento y luego expulsó el aire en una larga y temblorosa exhalación.

—Lo siento, eh… estaba soñando.

Retiró el brazo y se apartó de ella hasta no tocarla, lo que no era fácil en esa estrecha cama. Ella oyó crujir la paja del colchón al cambiar él de posición.

Se sentó y se recogió el pelo que le caía por el cuello, pensando que debería haberse hecho una trenza antes de acostarse, por el calor. Hugh estaba de espaldas, con la pierna flexionada y el brazo derecho sobre los ojos. Esa noche, por primera vez, se había quitado la camisa y acostado sólo con los calzoncillos, probablemente debido al calor, pero también era posible que al haberle revelado la causa de esas cicatrices en la espalda se sentía menos inclinado a ocultarlas.

Observó que la luz de la luna que entraba por la tronera más cercana a la cama formaba una franja iridiscente a lo largo del sudoroso cuerpo de Hugh, los firmes planos de su pecho, las duras ondulaciones de su abdomen; franjas de músculos definían sus largos brazos y fuertes piernas. Era la quintaesencia del macho, letalmente fuerte, conmovedoramente hermoso.

Se bajó de la cama.

—¿Te apetece beber un poco de agua?

Él negó con la cabeza sin destaparse los ojos.

Ella vertió un poco de agua del aguamanil del lavabo en una taza y bebió, después puso agua en la jofaina, mojó un paño y se lo pasó por la cara y la nuca.

Tenía el camisón pegado al cuerpo, y lo sentía opresivamente pesado con ese calor. Se lo despegó de la piel, pensando qué delicioso sería quitárselo y dormir sin nada. Extraño, jamás había dormido desnuda, jamás lo había deseado, por calurosa que fuera la noche. Imaginándoselo, pensó por qué no. Sentiría suaves y frescas las sábanas de lino en la piel desnuda y la paja del colchón sólo ligeramente áspera. Si llegaba a entrar una brisa por las troneras, la acariciaría como el aliento de un amante.

Miró a Hugh, que seguía en la misma posición. Incluso con la pierna levantada le veía la rígida forma bajo los calzoncillos. Recordó lo que les dijo Orlando: «Imaginad que el sol es un hombre y la luna una mujer. Mucho separados, mucho aparte. Pero unidlos... Es *magico*, ¿no?».

Y sí había sido mágico hacer el amor con él esa primera vez, aunque si tuviera que volver a hacerlo le permitiría que la desvistiera. «Miles de veces me he imaginado verte cómo eres sin ropa. Todas las noches sueño que te tengo desnuda en mis brazos.»

¿Sería eso lo que había estado soñando en esos momentos?

Miró su imagen iluminada por la luna en el espejo del lavabo. Vio a una mariposa sonriéndole.

Sin mirar hacia él, no fuera que perdiera la osadía, se pasó el camisón por la cabeza y lo colgó en una percha. Habría pensado que se sentiría dolorosamente expuesta, desnuda en una habitación con un hombre, aunque fuera Hugh; pero sintió una eufórica sensación de que estaba perfectamente bien.

Notó una película de sudor pegada al cuerpo. Mojó nuevamente el paño en agua y se lo pasó por el cuello y por los brazos. Volvió a mojarlo en la jofaina y se lo pasó por el pecho; se le encogieron los pezones cuando el agua le corrió en riachuelos por los pechos, el vientre y las piernas. Dejando el paño en la jofaina se cogió los cabellos y se hizo una trenza, atándola con el cordón de cuero que Hugh había dejado en el lavabo después de quitárselo de su coleta. Se giró hacia la cama.

Él continuaba de espaldas, inmóvil, rodeándose la cabeza con el brazo, mirándola, con el pecho agitado como si acabara de subir corriendo por una ladera. Sus ojos brillaban a la luz de la luna que le daba en la cara, con la expresión de un hombre que acaba de ver la estatua de un ángel deplegar las alas y elevarse hacia el cielo.

Su mirada estaba fija en ella cuando se acercó y se sentó en el borde de la cama. Ella le hizo una suavísima caricia en la mejilla. Él cerró los ojos, y se le agitó la garganta.

—Esto no es juicioso, cariño.

Ella acercó la boca a la de él.

—No tiene por qué serlo.

El sol de la mañana brillaba a través de las troneras cuando Hugh y Phillipa se desacoplaron por tercera vez, los dos mojados y saciados, con la respiración jadeante. El cuerpo de ella zumbaba como las cuerdas de un laúd al que han tañido toda la noche haciendo la música más sublime y deliciosa imaginable.

De espaldas junto a ella, Hugh le cogió la mano, se la llevó a la boca y se la besó, con la mano de él todavía ligeramente temblorosa.

—Dios mío, Phillipa —susurró.

Cuando después de quitarse el camisón ella fue a sentarse en la cama y él le dijo que eso no era juicioso, temió haber cometido un error. Pero el contacto de sus labios con los de él pareció sacudirlo. La rodeó con los brazos y la estrechó fuertemente contra él, la besó con una avidez tan pasmosa que pensó que le iba a estallar el corazón. Bajó la mano para desatarle los calzoncillos, rozándole el miembro vibrante al esforzarse torpemente en la tarea. Entonces él dio un tirón al lazo, rompiendo el cordoncillo, rápidamente se los quitó empujándolos con los pies y montó sobre ella, hundiéndola en el colchón. Esa primera vez fue desesperada y fuerte, dos seres debatiéndose juntos en una violenta lucha por fusionarse en uno.

La segunda vez fue lenta, muy lenta, un baile parecido a un sueño de dos cuerpos resbaladizos por el sudor. Él la palpó y besó por todas partes, sus caricias rítmicas, intensas, el ardor de su boca embriagador... mientras ella le hacía lo mismo, hasta que los dos estaban temblando y gimiendo, estremecidos en el borde. Ella se sintió como si fuera ese brillante polvo negro y él fuera la llama. Cuando se introdujo en ella embistiendo, ella explotó. Él la llevó a un segundo orgasmo y luego se rindió con un rugido a su feroz placer.

Después se acurrucaron como siempre, delantera con espalda y se quedaron dormidos, al menos ella se durmió, para luego despertar al alba con la suave caricia de sus dedos en el cuello, pechos, abdomen y la deliciosa excitación en la entrepierna. Él la penetró por detrás, embistiendo y meciéndose con ella hasta llevarla a la delirante satisfacción.

En ese momento, contemplando las vigas del techo, tendida a su lado en la sábana húmeda y arrugada, con la mano en la de él, Phillipa comprendió con absoluta certeza que su corazón, su alma y su cuerpo pertenecerían para siempre a un solo y único hombre, Hugh de Wexford.

—Te amo, Hugh —dijo apaciblemente.

Él le apretó la mano y la apoyó en su pecho ligeramente velludo. Ella sintió los rápidos e irregulares latidos de su corazón.

—No deberíamos haber hecho esto —dijo él, con la voz rasposa, como si se la hubieran lijado.

Ella giró la cabeza para mirarlo.

—¿Tanto te asusta que te amen?

—Tú crees que me amas —le dijo él, sosteniendo su mirada, con los ojos absolutamente transparentes a la luz de la mañana—. No sientes lo que crees sentir.

—Sé lo que siento. Y creo que también sé lo que sientes tú.

Él desvió la mirada al techo, pero no antes de que ella viera algo triste, desolado, reemplazar el cariño de sus ojos.

—Esto ha sido un error, lo supe desde el principio.

—Recuerdo que me dijiste que no querías ser el hombre al que una mujer no soporta mirar al día siguiente cuando se da cuenta de que en realidad fue algo puramente sexual.

Él le soltó la mano y se echó hacia atrás el pelo de la cara.

—Eso es cierto —dijo.

—Pero ahora te estoy mirando, Hugh, porque no fue algo puramente sexual.

—¿No?

—No, fue algo de nosotros.

—No existe un «nosotros». —Se sentó y apoyó los codos en las rodillas levantadas, apretándose la frente con las palmas—. Nunca puede haber un nosotros. Dios mío, Phillipa, uno de nosotros tiene que ser fuerte. ¿Es que no lo ves?

Sí que lo veía; la red de cicatrices en su espalda, horriblemente feas y reales a la luz del día, equivalentes a toda una década de la angustia que había soportado separándose, elevándose por encima de ella. Se sentó y le colocó una mano en el hombro.

—Eres bueno para ser fuerte, Hugh. Eres capaz de elevarte por encima de todo, incluso de tus sentimientos por mí. Pero no es necesario; no deberías hacerlo.

—Esos sentimientos, si los tuviera, serían mi ruina. Y la tuya.

—Tal vez serían nuestra salvación. ¿Para qué tenemos que ser fuertes solos cuando podemos ser el doble de fuertes juntos?

—Las cosas no funcionan así, Phillipa. Sólo seríamos la mitad de fuertes si nos atáramos. Dependeríamos el uno del otro, cada uno sometido a los caprichos y exigencias del otro, y por lo tanto más débil y más vulnerable. Eres muy joven, has llevado una vida muy resguardada, no has sido tocada por las miserias del mundo.

Ella asintió, concediendo el punto.

—Cómo me gustaría que tú también lo fueras.

Se oyeron pasos rápidos por el corredor, seguidos por frenéticos golpes de un puño en la puerta.

—¡Milady! ¡Sir Hugh! ¿Estáis despiertos?

—¿Edmée? —dijo Phillipa—. ¿Qué demonios ha...?

—Istagio. Está... —Se oyó un sollozo ahogado—. Jesús misericordioso, está muerto.

Capítulo 20

Hugh sintió el olor cuando subían la escalera que conducía a la segunda planta del ala norte, donde estaba el dormitorio de Istagio. El hedor de la muerte era inconfundible. Phillipa iba delante de él, detrás de Edmée.

—Espera, cariño —«Maldita sea, ¿por qué no puedo dejar de llamarla "cariño"»? Cerró la mano en la cintura de Phillipa, deteniéndola, mientras Edmée continuaba subiendo—. ¿Por qué no esperas abajo? Me parece que esto va a ser muy desagradable.

—He visto cadáveres, Hugh.

Estaba absurdamente bonita con el camisón de lino rosa que se había puesto a toda prisa después de la llamada de Edmée, la cara enmarcada por guedejas despeinadas que se le habían soltado de la trenza durante la larga noche de hacer el amor.

—Pero con este calor y todo…

—No me pasará nada, de verdad. —Sonrió—. Claro que si tú prefieres esperar abajo…

Sonriendo, él la empujó escalera arriba.

—Continuemos, acabemos esto.

Cuando llegaron arriba, oyeron los lastimeros lamentos de Orlando. Todavía con su largo camisón y gorro de dormir, el italiano estaba entre los huéspedes y criados que se habían congregado en ese extremo del corredor. Según Edmée, Orlando fue el que descubrió el cadáver de Istagio en la cama cuando iba a golpearle la puerta para despertarlo.

—Dios me perdone las cosas que le dije anoche. Lo insulté, le dije que era un tonto. Y ahora no está y no puedo devolverle la vida…

—Orlando —le dijo Phillipa, abrazándolo—. Lo siento mucho, pero no debéis culparos por las cosas que le dijisteis anoche.

—Phillipa tiene razón —dijo Hugh, dándole una palmadita en la espalda—. Él os provocó, y sólo sois un ser humano.

Phillipa estuvo unos minutos consolando a Orlando y después le preguntó en qué habitación estaba Istagio, para poder ir con Hugh a presentarle los respetos.

Edmée señaló una puerta abierta en el otro extremo del corredor. Turstin de Ver se quitó el pañuelo perfumado de la cara para decir:

—Nicolas Capellanus está ahí ahora, dándole la extremaunción.

—Es demasiado tarde —gimió Orlando—. Ya está muerto. Jamás encontrará reposo.

—Incluso aquellos que llevan un tiempo muertos se benefician de la extremaunción —dijo Hugh, con la esperanza de que fuera cierto, pues había conocido a muchos hombres buenos muertos en el campo de batalla a los que tardaban horas y a veces días en administrarles el último sacramento.

—¿Vamos? —le dijo Phillipa tocándole el brazo y haciendo un gesto hacia la habitación de Istagio.

—Tomad —le dijo Turstin, pasándole su pañuelo perfumado—. Si vais a entrar allí, necesitaréis esto. Las ventanas están abiertas, pero eso no sirve de mucho.

El hedor se hizo tan terrible cuando se acercaban a la puerta que sólo con un enorme esfuerzo Hugh fue capaz de poner un pie delante del otro. Cerró la boca y se tapó la nariz con la mano, pero no le sirvió de nada. La fetidez se le metía por las ventanillas de la nariz y se le alojaba en la garganta, densa, asquerosa.

Llegaron a la puerta abierta y vieron al padre Nicolas de pie junto a una cama estrecha de cuatro postes, ataviado con su sobrepelliz y estola, y un trapo atado a la parte inferior de la cara; estaba cubriendo la cabeza de Istagio con la sábana. Después de hacerle un gesto de saludo a Hugh, tapó un frasquito y lo guardó en una bolsa que estaba en el suelo.

—No debería hacer eso —dijo a Hugh al ver a Phillipa coger la sábana para echarla hacia atrás.

Era revelador, pensó Hugh, que el sacerdote dirigiera su comentario a él y no a Phillipa, como si su desprecio por las mujeres fuera tan profundo que no pudiera rebajarse a censurar a una directamente.

—¿Por qué no? —preguntó Phillipa.

—No es una visión muy agradable —dijo Nicolas, mirando a Hugh.

—No esperaría que lo fuera —dijo ella.

Echó hacia atrás la sábana lentamente, dejando parcialmente al descubierto el cadáver de Istagio, que estaba nada menos que monstruoso. Su cuerpo, ya obeso, se había hinchado grotescamente con el calor. El pobre hombre tenía los ojos medio abiertos, clavados en el techo, la boca abierta, la cara hinchada y amoratada. Hugh y Phillipa se santiguaron.

Sujetándose el pañuelo en la nariz con una mano, con la otra ladeó suavemente la cabeza de Istagio para examinarle el cuello.

—Ojalá estuviera Ada aquí; ella sabría qué buscar.

—¿Así fue como lo encontrasteis? —le preguntó Hugh al sacerdote.

—Sí.

—¿Con los brazos cruzados sobre el pecho? —preguntó Phillipa.

El padre Nicolas se desató el trapo que le cubría la cara y se lo pasó a Hugh.

—Tomad. Tiene un poco de aceite aromático —dijo, dirigiéndose hacia la puerta

Agradecido, Hugh se lo puso en la nariz.

—¿Vos le cruzasteis los brazos, padre?

Nicolas se detuvo en la puerta.

—Está tal como lo encontré. —Miró enfurruñado a Phillipa, que había descubierto la parte superior del cadáver desnudo—. ¿Es que no tiene vergüenza?

—Sólo queremos determinar por qué murió —dijo Hugh.

—Murió porque el Señor decidió llevárselo. Eso es todo lo que cualquiera de nosotros necesita saber.

Dicho eso, el padre Nicolas salió de la habitación.

—¿Cuánto tiempo supones que puede llevar muerto? —preguntó Phillipa.

—Toda la noche.

—Pareces muy seguro —dijo ella levantándole un brazo a Istagio.

—He visto cadáveres que han quedado desatendidos en todos los tipos de climas y condiciones que te puedas imaginar. —Condenadamente demasiados—. Sé a qué velocidad se pudren en calores húmedos como este.

—¿O sea que lo mataron anoche?

—«Murió» anoche, antes de maitines, diría yo. Podría haberse debido a causas naturales. No le veo ninguna herida, y a no ser que haya algo que no veo, no hay ninguna señal de estrangulamiento.

—Mira esto —dijo Phillipa, moviendo la mano de Istagio de uno a otro lado.

—¿Y qué es exactamente lo que tengo que ver?

—Estas marcas. Son casi imperceptibles, pero…

—Ah, sí.

—Las tiene en las dos muñecas. —Se movió para mirar los pies—. También las tiene en los tobillos.

—Madre de Dios.

Los dos se volvieron y vieron a Aldous en la puerta, tapándose la boca con una mano, su horrorizada mirada fija en el cadáver de Istagio. Era evidente que acababa de salir de la cama; tenía el pelo revuelto y sólo llevaba una camisa arrugada sobre los calzoncillos. Bajo la camisa se veía un bulto: las llaves de Clare.

—Aldous, ¿está aquí Clare todavía? —le preguntó Hugh.

—No. —El diácono cerró los ojos, con la cara brillante por el sudor y pálida como cera de vela—. Se marchó antes del alba.

Hugh abrió la boca para preguntarle cuándo regresaría, pero Aldous, emitiendo un gemido aterrado, salió precipitadamente, haciendo tintinear las llaves, y al cabo de un instante llegaron los sonidos de un violento vómito.

Hugh se frotó la mandíbula.

—Clare se habría enfurecido si se hubiera enterado de la demostración de Istagio en el río anoche, después de todo el trabajo que se ha tomado para mantener en secreto sus actividades.

—Sí —dijo Phillipa—, ¿pero la crees capaz de asesinar a alguien a sangre fría?

—No, no me la imagino.

—¿Y Aldous?

—No tiene el valor para eso. Además, escúchalo cómo vomita. No reaccionaría así si hubiera sido el instrumento de la muerte de Istagio.

—Tiene que haber sido el agente de la reina, que quiso silenciarlo antes que hiciera más daño. —Suspirando, Phillipa volvió su atención al cadáver—. Ayúdame a girarlo, por favor.

Examinaron el cuerpo durante un largo y nauseabundo rato, pero no descubrieron ninguna otra señal de violencia.

—¿Qué piensas? —preguntó Hugh.

—Pienso que tendríamos que hablar con Orlando.

• • •

Encontraron al metafísico en su dormitorio en la planta baja, ya totalmente vestido, pero sentado en la cama mirando tristemente por la ventana, con la cara demudada y los ojos enrojecidos.

—Necesitamos saber cómo encontrasteis a Istagio esta mañana —le dijo Phillipa—. Exactamente cómo lo encontrasteis.

—Lo encontré muerto —respondió Orlando, santiguándose, con la mano temblorosa—. Murió mientras dormía.

—¿Tocasteis su cuerpo? —preguntó Hugh, pensando en los brazos cruzados sobre el pecho.

Orlando negó con la cabeza.

—Lo dejé tal como lo encontré. Murió durante el sueño.

Phillipa miró a Hugh y se sentó junto a Orlando y le cogió una mano.

—Deseáis protegerlo, ¿verdad? Os preocupa su reputación; teméis lo que pensará la gente si se entera de cómo lo encontrasteis.

Orlando negó con la cabeza, con los ojos empañados en lágrimas.

—Conozco a Istagio desde que era un niño pequeño. Su *famiglia*, buenas personas. No querer que se marchara de Roma, pero yo les dije... —Se le estremecieron los hombros y las lágrimas le rodaron por la cara—. Les dije que... que cuidaría de él...

—Y cuidasteis de él —dijo Phillipa—. Hicisteis todo lo mejor que podíais, ¿pero cómo ibais a saber que había un asesino entre nosotros?

—¡No! Istagio murió durante...

—Queréis proteger su memoria —dijo Phillipa—, cuando deberíais ayudarnos a descubrir quién le hizo esto. Decidnos la verdad, Istagio estaba atado cuando lo encontrasteis, ¿verdad?

Orlando se cubrió la cara con las manos, mascullando algo en voz baja en su idioma. Phillipa le pasó el brazo por los hombros.

—Lo desatasteis para que no lo encontraran así, ¿verdad?

Él asintió.

—Era algo tan... tan indigno. Sería una vergüenza que lo vieran así.

Hugh decidió que era mejor no decir que, en su vida, Istagio no era precisamente un modelo de dignidad.

—¿Tenía las manos y los pies atados a los postes de la cama? —preguntó.

—*Sí.* —Metió la mano debajo de la cama y sacó un enredo de medias negras de seda—. Con estas. Y él... cómo se dice... *cuscino*.

—La almohada —dijo Hugh.

—La tenía encima de la cara.

—Oh, pobre Istagio —dijo Phillipa, moviendo la cabeza.

Orlando volvió a meter la mano debajo de la cama.

—¿Qué buscáis? —le preguntó Hugh.

—Esto —dijo el italiano, sacando un látigo del tipo llamado «gato», por los arañazos que dejan sus muchas trallas—. Lo encontré en el suelo al lado de la cama.

Phillipa no pareció sorprendida al verlo.

El dormitorio de Marguerite du Roche estaba en lo alto del torreón norte del castillo de Halthorpe, y su puerta era la primera del corredor. Puesto que era muy probable que ella hubiera cometido ese horrendo asesinato, Hugh insistió en que Phillipa y Orlando lo esperaran abajo, mientras él enfrentaba a Marguerite solo.

Phillipa tuvo la prudencia de no poner objeciones. Después de todo, Hugh era un soldado experimentado. En el caso de que la situación se pusiera peligrosa, ella y Orlando sólo serían un estorbo.

Hugh abrió la puerta del torreón y subió tres peldaños de la escalera de caracol que subía por el interior de la vieja torre, y se detuvo con el ceño fruncido.

—¿Qué pasa? —preguntó Phillipa.

—¿No hueles?

Ella entró en el hueco de la escalera e inspiró; Orlando la siguó e hizo lo mismo.

—Ay, Dios mío —susurró ella.

Era la misma fetidez que habían sentido cuando se acercaban a la habitación de Istagio: el olor de la muerte.

Hugh subió corriendo la escalera, y no protestó cuando oyó que Phillipa y Orlando lo seguían. Se detuvo en el rellano superior, donde el hedor era más pronunciado, y abrió lentamente la puerta.

La habitación estaba a oscuras, las contraventanas cerradas y pasado el pestillo. Adosada a una pared había una inmensa cama; sólo Dios sabía cómo habrían subido el colchón por esa escalera. Adosado a la pared opuesta había uno de esos escritorios con la superficie inclinada y unido a la silla, como los que usaban los monjes. Marguerite, vestida con una bata de seda carmesí, estaba sentada allí, de espaldas a ellos, con la cabeza desplomada sobre el escritorio, sus cabellos cubriéndole la espalda y la cara como una llameante cascada.

Hugh dio la vuelta al escritorio y le levantó los cabellos que le cubrían la cara; cerró los ojos, los dejó caer y se santiguó, enderezándose. Phillipa y Orlando también se santiguaron.

—Creo que no lleva tanto tiempo muerta como Istagio —dijo Hugh—. Mirad, escribió algo.

Sacó una hoja de pergamino de debajo de la mano de Marguerite, que todavía sostenía entre sus dedos rígidos una pluma de cuervo. En la parte plana del escritorio había un tintero de arcilla abierto, junto a una copa de plata de vino vacía.

Hugh abrió la contraventana de la ventana de arriba del escritorio, inundando de luz la habitación. Agrandó ligeramente los ojos al mirar lo escrito en la hoja y se la pasó a Phillipa.

En el centro de la hoja había escritas tres cortas líneas de palabras en hebreo.

—Es un galimatías —dijo Hugh.

Phillipa levantó la vista hacia la seria mirada de Hugh, y se comunicaron tácitamente la misma conclusión: Marguerite tenía que haber sido la agente de la reina Leonor, si no, ¿cómo sabía el código de la reina?

Phillipa miró alrededor, observando la habitación. Aunque era pequeña estaba muy bien amueblada; las paredes de piedra estaban adornadas por hermosos tapices de seda y las cortinas de la cama eran de brocado púrpura. De perchas clavadas en la pared colgaban diez o más lujosos vestidos; veintenas de frascos y potes cubrían la superficie del mueble del lavabo, y el espejo con marco dorado clavado a él era el más grande que había visto en su vida. Acercándose a la mesita de noche, miró el aguamanil que había allí, descubriendo que estaba hasta la mitad con vino; en la superficie del líquido color rubí flotaban trocitos de clavo de olor y canela, pero el olor a muerte apagaba su aroma.

Hugh se frotó la mandíbula.

—Dijiste que el asesinato sólo sería una emoción más para Marguerite, una nueva forma de gratificación.

—¿Qué significa grati… gratifi…? —dijo Orlando. Agitó la cabeza como para despejársela—. ¿Por qué hacer esto a Istagio? Él nunca hacer daño a nadie.

—Es… muy complicado —dijo Phillipa, destapando un frasquito azul que encontró volcado junto al aguamanil—. Hay muchas cosas que tampoco entendemos nosotros.

—Por ejemplo, por qué está muerta —dijo Hugh. Volvió a levantarle el pelo a Marguerite para mirarle la cara, con expresión triste—. Posiblemente ella mató a Istagio, ¿pero quién la mató a ella? ¿Y cómo?

—Mirad esto.

Phillipa ladeó el frasquito y se echó un poco de un polvo blanco cristalino en la palma.

Los dos hombres se acercaron a examinar el polvo. Orlando lo olió.

—Huele demasiado mal aquí para saber si esto tiene olor.

Metió la punta del dedo en el polvo y lo tocó con la lengua; Hugh hizo lo mismo.

—No tiene sabor —dijo Hugh.

Orlando asintió.

—*Arsenico* —dijo.

—¿Arsénico? —exclamó Hugh, escupiendo en las esteras.

—Arsénico, *sí*. No os preocupéis, ese poquito no hacer daño.

Phillipa cogió un poco del polvo granulado y lo frotó entre el pulgar y los dedos. Parecía inofensivo.

—¿Esto es arsénico? —preguntó.

Orlando asintió.

—El *minerale* sacado de la tierra tiene color dorado y sabor mucho mucho fuerte. Pero el gran alquimista sarraceno Jábir ibn Hâyyan asar el *minerale*, pensando que puede ser la clave de la piedra filosofal. Y en lugar de piedra filosofal, hace el arsénico blanco. Es veneno muy peligroso. Se mezcla bien en líquido caliente: no tiene color, olor ni sabor. Muy potente, mata mucho rápido.

—El vino con especias se sirve caliente —dijo Phillipa.

Hugh le pasó la hoja de pergamino.

—Échale una mirada. Hay siete palabras, pero dos aparecen tres veces. ¿Crees que es una especie de poema?

Dada la forma fácilmente reconocible de las palabras, Phillipa tardó menos de un minuto, sin tener a mano la clave descubierta, en descifrar lo que parecía ser el mensaje de despedida de Marguerite al mundo.

—Bueno, que me…

—¿Qué dice? —preguntó Hugh.

—*Mea culpa, mea culpa, mea maxima culpa.*

—Por mi culpa, por mi culpa —musitó Hugh, repitiendo la conocida letanía de contrición—, por mi gravísima culpa.

—Tal vez no encontró tan gratificante el asesinato después de todo —comentó Phillipa, pensativa.

• • •

Era bastante más tarde esa mañana, cerca de nona, cuando Hugh abrió la puerta de la habitación que compartía con Phillipa y la encontró sentada en una enorme bañera de madera vaciándose un cubo de agua aromada con lavanda sobre la cabeza.

—Ah, perdona —dijo, empezando a retroceder—. Sólo...

—No seas tonto. —Sonriendo, ella dejó a un lado el cubo y se apartó el pelo mojado de la cara; unas gotitas de agua le temblaron en los pechos desnudos—. ¿Por qué no habrías de quedarte?

¿Por qué no, efectivamente, después de esa noche? De todos modos, sintió un ronco zumbido de desasosiego. Debería agradarle que ella pudiera bañarse delante de él sin sentir ni un asomo de timidez. ¿Cuántas veces había soñado que la veía así, exquisitamente desnuda y sonriéndole con la intimidad de una amante?

Pero era justamente eso, comprendió; era justamente esa intimidad la que lo inquietaba. Toda la mañana había sentido una persistente inquietud, que no lograba quitarse de encima, pese al terrible descubrimiento de dos cadáveres en el castillo y las conclusiones que se habían visto obligados a sacar: que Marguerite, en su calidad de agente de la reina, había asesinado a Istagio por su indiscreción y luego, abrumada por el sentimiento de culpabilidad, se había quitado la vida.

Phillipa se puso de pie dentro de la bañera, y el agua se le deslizó por su elegante cuerpo como mercurio.

—¿Me haces el favor de pasarme esa toalla?

Hugh cogió la sábana de suave lino del respaldo de una silla y se la pasó; después caminó hasta una de las troneras. Por ella vio a Raoul e Isabelle d'Argentan riñendo acaloradamente cerca de la puerta de salida al patio exterior. No, no estaban riñendo; Raoul jamás reñiría con su amadísima esposa. En realidad, parecía ser ella la que lo estaba regañando, y él, aguantando el chaparrón como un perrito azotado. Varios mirones se estaban riendo sin disimulo.

Después de ese humillante juicio de amor de hacía tres días, él finalmente le preguntó a Raoul cómo podía tolerar el trato que le daba Isabelle, y si no sentía la tentación de recoger sus cosas y marcharse, y tal vez solicitar la anulación de su matrimonio. Raoul le dijo que él sólo lo veía con la perspectiva de un observador, que él amaba a Isabelle y ella lo amaba a él, pero que las cosas se habían complicado, complicado terriblemente.

A lo cual él le contestó que el amor tendía a hacer eso.

«¿Tanto te asusta que te amen?»

Pues sí, lo asustaba, y mucho.

Sintió un suave chapoteo de agua, seguido por el apagado crujido de las esteras; Phillipa debía de haber salido de la bañera.

—¿Se han ocupado de los cadáveres? —preguntó ella.

—Sí —contestó sin girarse—. Orlando ha dispuesto que a Istagio lo entierren en el camposanto de la capilla. Pero el padre Nicolas se negó a permitir que a Marguerite la enterraran ahí. Dijo que el suicidio es un pecado demasiado grave para recompensarlo con un entierro en terreno consagrado. Ordenó que llevaran el cadáver al bosque y lo dejaran allí expuesto.

Phillipa susurró algo que él no logró entender.

—Desgraciadamente —continuó—, después que el padre hizo esa declaración, Orlando dijo que estaba bien, porque una asesina no debe ser enterrada con personas decentes.

—Oh, no —gimió Phillipa. Habían deseado que las circunstancias de la muerte de Istagio quedaran en secreto, debido al delicado asunto político relacionado—. Pero si le pedimos que no dijera nada sobre…

—Estaba afligido, lo olvidó. Después me pidió disculpas.

—¿Lo oyeron muchas personas?

—Sí. Deberías haber visto lo pálido que se puso Aldous. Pensé que se iba a desmayar.

—Sin duda estaría pensando en todas las veces que Marguerite podría haberlo ahogado con una almohada en la cara después de haberlo… ¿cómo fue que dijo esa vez?… de tenerlo todo atado como un cisne listo para asar.

En ese momento Isabelle estaba golpeando a Raoul, llevándolo hacia la entrada del castillo. Hugh pensó que sabía de qué iba la pelea. Desde ese juicio de amor Raoul había estado deseoso de marcharse de Halthorpe, pero ella se negaba. Después de los horribles descubrimientos de esa mañana había redoblado los esfuerzos por convencerla, pero Isabelle, como los demás huéspedes, parecía pensar que el asesinato y el suicidio eran otro sabroso escándalo más para su diversión. ¿Para qué se iban a ir justo cuando las cosas se habían puesto tan terriblemente emocionantes?, le dijo a su marido durante el desayuno.

—¿Me haces el favor de amarrarme los lazos?

Hugh se apartó de la tronera y vio a Phillipa acercándosele metida en una camisola de lino blanco, sujetándose el pelo mojado en un nudo sobre la cabeza. Ella se giró y él vio que la camisola estaba abierta por la espalda, y el cordoncillo que la cerraba estaba cogido, suelto, de los últimos ojetes. Vaciló un instante, sintiéndose extrañamente desconcertado. A lo largo de los años había pasado los lazos de cientos de camisolas, pero jamás le había parecido como en ese momento, una tarea doméstica, algo que una mujer podría pedirle a su marido.

—Normalmente esto me lo hace Edmée —dijo ella por encima del hombro—, pero a esta hora del día la necesitan para que ayude a servir la comida.

Él tiró del cordoncillo, ciñendo la camisola en las esbeltas caderas y estrecha cintura, y luego empezó a pasarlo por los demás ojetes. Al hacerlo sus dedos le rozaron la espalda; sintió su piel suave como satén sobre los delicados huesos de su columna, tibia con el baño, y oliendo a lavanda. Cómo le gustaba tocarla.

Le gustaba demasiado.

—¿Tuviste oportunidad de preguntarle a Orlando qué es lo que pasa realmente en el sótano?

—Sí, pero está con la boca más cerrada que nunca después de lo que le ocurrió a Istagio. No creo que sepa realmente en qué se ha metido. Ahora que han asesinado a Istagio por su tontería, está resuelto a no soltar prenda.

—Pero la persona que mató a Istagio está muerta —observó ella—. ¿Eso no debería hacerlo sentirse más seguro?

—Teóricamente sí, pero no quiere correr ningún riesgo. En realidad está tan perturbado por la muerte de Istagio, que no piensa con lógica. En todo caso, no logré convencerlo de hablar.

—Tal vez yo tenga más suerte.

—Lo dudo. —Habiendo terminado de pasar el cordoncillo por los ojetes, tiró de los extremos, ciñendo la camisola a las curvas femeninas de Phillipa, como si se lo hubieran cosido al cuerpo—. Me pareció resuelto a guardar silencio. Dijo que ojalá no hubiera oído hablar jamás del polvo negro.

—Yo también, ahora que sé lo que puede hacer, en especial en manos de alguien como Orlando. No obstante las serpientes y talismanes, es un hombre muy inteligente. Si su objetivo es inventar una nueva y devastadora arma para la reina Leonor, lo hará.

—Y sí que podría ser devastadora —dijo él, atando los cordoncillos en un lazo—. Si la reina equipa a sus soldados con armas que estallan como esos juguetes chinos, su revuelta sería victoriosa en pocos días.

Phillipa se giró a mirarlo, soltándose el pelo, que le cayó en una negra maraña por la espalda.

—¿Estás seguro? —le preguntó, cogiendo su enorme peine de cuerno del mueble del lavabo y sentándose en la cama a peinarse el pelo mojado—. El rey Enrique dispone de miles de los más expertos arqueros y ballesteros de Europa. Por no hablar de los espadachines como tú, y luego están sus máquinas de asedio y…

—Yo diría que nada de eso servirá si la reina pone sus manos en lo que sea que Orlando está inventando en el sótano. El manejo de espadas, flechas, mazos y todo eso, armas que perforan y aplastan, requiere pericia y valor. Hace falta tener pelotas para… perdona.

—No pasa nada —sonrió ella, tironeando un nudo de cabellos particularmente tenaz.

Hugh resistió el deseo de coger el peine y hacer él la tarea. Les recordaría esa noche en hicieron el amor por primera vez, cuando él le cepilló los cabellos para relajarla; sería demasiado evocador. Ojalá hubiera tenido el valor de negarse cuando ella le pidió, con tanta dulzura y timidez, que le quitara su inocencia. Ojalá nunca hubiera puesto su corazón en sus manos, porque recuperarlo sería lo más doloroso que había hecho en su vida.

Apartándose de ella empezó a pasearse con pasos nerviosos.

—Hace falta bastante valor para acercarse a un hombre y atravesarlo con la espada —dijo—, sobre todo si también está armado. Y hace falta una fuerza de combate muy numerosa para vencer a un enemigo, porque los soldados se derriban de uno en uno. Un arma que explota, si tiene suficiente potencia, podría matar a veintenas de hombres de una vez, derribar murallas, destruir castillos…

—Dios misericordioso —musitó Phillipa.

—Dios no siempre está de humor misericordioso. He visto los resultados cuando Él está de ánimo vengativo. Las consecuencias de una batalla son una visión horrorosa. No me imagino cuánto más horrible sería si un lado tuviera armas de tanta brutalidad y de uso tan fácil.

—Tenemos que impedir que ocurra eso.

Él se volvió a mirarla y la encontró sentada con el peine cogido fuertemente sobre la falda, los ojos agrandados por la preocupación.

—Es nuestra misión hacerlo —le recordó.

—No me refiero simplemente a impedir la rebelión de la reina, sino a que ningún ejército debería tener a su disposición ese poder tan horrible.

Hugh suspiró y apoyó la espalda en la pared.

—Tú debes de saber mejor que muchos que el conocimiento no se puede restringir eternamente, ni siquiera el conocimiento destructivo, en especial el conocimiento destructivo. La Iglesia ha tratado de proscribir el uso de ballestas contra cristianos, pero con poco éxito. Ten la seguridad de que ese polvo negro se producirá finalmente en Europa, y se harán armas terribles con él, y la guerra jamás será igual. Nada que podamos hacer puede impedir que ocurra eso. Pero sí podríamos adelantarnos a lo inevitable impidiendo que esas armas lleguen a manos de Leonor de Aquitania, y al hacerlo aseguraremos que el rey debidamente coronado de Inglaterra continúe en su trono.

Ella se levantó.

—Ahora que estamos bastante seguros de lo que ocurre en el sótano, ¿no está esencialmente hecho nuestro trabajo aquí? Si el rey Enrique se entera de lo del polvo negro, ¿no es eso suficiente para que actúe en contra de la reina?

—Lamentablemente no. ¿Recuerdas nuestra reunión con lord Richard? Insistió en que el rey necesita pruebas sólidas, irrecusables, si quiere poner en custodia a la reina. Su posición con sus súbditos y aliados es bastante difícil en estos momentos; no puede permitirse poner en peligro el poco apoyo con que cuenta haciendo encarcelar a una esposa a la que ya ha ofendido públicamente sólo porque estamos «bastante» seguros de lo que pasa en el sótano del castillo de Halthorpe.

—Pruebas sólidas... —musitó ella—. ¿Y la carta de Leonor a Clare? Da a entender que están tramando una traición. ¿No es eso suficiente para...?

—No, necesitamos algo más que insinuaciones, y ella siempre puede alegar que esa carta es falsificada. El rey necesita una prueba indiscutible de que está preparando una guerra contra él, algo que pueda enseñar al pueblo.

—Tienes ese tubito de pergamino con polvo negro. ¿No es suficiente eso para...?

—No, sólo es un juguete infantil, una curiosidad proveniente de un país lejano. Tenemos que poner las manos en una de las armas de Orlando y lograr sacarla de ahí. Esa es la única manera de demostrar lo que se propone la reina.

Phillipa volvió a sentarse y continuó pasándose el peine por el pelo, pero distraída, pensando en la situación.

—Es evidente que Marguerite era la agente de la reina, y ahora está muerta; eso nos simplifica las cosas y nos da cierta medida de seguridad. Pero todavía tenemos que contender con Aldous, y con Clare cuando regrese.

—Esos dos son inofensivos. No tienen estómago para matar.

—¿Ni siquiera si están en peligro sus vidas? La traición se castiga con la hoguera, ¿verdad?

—Depende del rango y de la naturaleza de la deslealtad. Con más frecuencia que menos, a los traidores simplemente se los cuelga, aunque a veces se corta la cuerda antes de que mueran para poder destriparlos, descuartizarlos y decapitarlos.

Phillipa susurró algo y se santiguó.

—Si el rey está dispuesto hacia la misericordia, por algún motivo —continuó él—, podría simplemente encerrarlos, con guardias armados. Ciertamente ese será el destino de la reina, si se la encuentra culpable de conspirar contra su marido. No se atrevería a hacerla ejecutar, después del descontento por la muerte de Becket y, en especial, después de haberla traicionado tan públicamente con Rosamund Clifford.

Phillipa se mordió el labio inferior, lo que la hizo parecer una niñita sagaz. Hugh cerró los ojos y se frotó la frente, deseando que no lo afectara tanto como lo afectaba.

—Tenemos que volver a entrar en ese sótano —dijo ella—. Si hay armas por encontrar, ahí es donde están.

—Aldous tiene las llaves ahora —dijo él, frotándose el mentón—. Yo podría robárselas. Si esta noche entrara sigilosamente en su dormitorio cuando esté dormido…

—Eso no resultará.

—Sé ser tan silencioso como un fantasma cuando es necesario.

—Eso lo sé, pero no te servirá. Duerme con las llaves puestas. ¿No recuerdas esta mañana? Las llevaba bajo la camisa. No podrías sacárselas sin despertarlo.

—Ah, no, supongo que no. —Se pasó la mano por el pelo—. Entonces tal vez… No sé, tal vez tú podrías convencerlo de… —Se encogió de hombros—. Tú eres muy lista para este tipo de cosas. Piensa, a ver si se te ocurre algo.

—Tengo que reconocer que esta vez no se me ocurre nada —dijo ella pasándose el peine por los cabellos ya desenredados.

Él se cruzó de brazos, sonriendo.

—¿Quieres decir que reconoces la derrota? ¿Tú? Jamás pensé que vería ocurrir eso.

—Si eso significa un reto al que debo responder, me temo que tendré que desilusionarte. Sólo se me ocurre una manera de sacarle esas llaves a Aldous.

Lo miró con callada seriedad, con el peine en la falda, obligándolo con la mirada a entender lo que quería decir.

—No —dijo él, automáticamente, apartándose de la pared.

Ella enarcó las cejas.

—Solías decirme que era la única manera.

—Y tú me decías que hay otras maneras de obtener lo que se desea de un hombre que no sea entregarle el cuerpo.

—Es evidente que estaba equivocada, o ya lo habría conseguido, ¿verdad?

Él negó con la cabeza vehementemente, deseando que ella no tuviera razón.

—Ya se nos ocurrirá algo…

—Ya se me ha ocurrido —dijo ella, con exasperante calma—. Esta noche iré a la habitación de Aldous y me dejaré seducir…

—Jesús…

—Pero le diré que las llaves estorban, como sin duda estorbarán, y le pediré que se las quite. Después, cuando esté dormido, simplemente las cogeré, entraré en el sótano y…

—No me gusta.

—¿Crees que a mí me gusta? —Se levantó y fue a dejar el peine en el mueble del lavabo—. Es la única manera, Hugh. Lo sabes.

Y lo sabía. Pero…

—¿Podrías hacerlo, de verdad? ¿Podrías entregarte a él después de…? —Su mirada se posó en la cama, esa estrecha cama con humilde colchón de paja y maravillosos recuerdos.

—¿Por qué no? —preguntó ella en voz baja, de espaldas a él, moviendo aquí y allá sus cosas de aseo—. Sólo esta mañana me dijiste que lo ocurrido entre nosotros anoche era puramente sexual, y que nunca habría un «nosotros». Dijiste que cualquier sentimiento que pudiéramos tener el uno por el otro sería nuestra ruina. Entonces dime, por favor, por qué no habría de acostarme con Aldous Ewing por el bien del reino.

Desde el lugar donde estaba, él veía la imagen de Phillipa en el pequeño espejo de acero clavado en la pared de piedra sobre el mueble del lavabo. La imagen estaba deformada, borrosa, pero alcanzaba a ver la expresión de sus ojos, una expresión que ya le era muy conocida, la de un animalito inteligente tratando de ser más listo que su enemigo.

Comprendió lo que pretendía hacer. No estaba en absoluto preparada para acostarse con Aldous Ewing; lo más probable era que no tuviera la menor intención de hacerlo. Su finalidad era obligarlo a él a enfrentar sus sentimientos por ella, a suplicarle que no lo hiciera.

Una parte de él ansiaba rendirse a ella, tal como esa noche en Southwark cuando le pidió que fuera el primero, tal como la noche anterior cuando se le acercó desnuda e irresistible a la tenue luz de la luna.

Debería haber sido fuerte desde el principio, debería haberse elevado por encima de su deseo de ella, de su tormento y anhelo. Debería haberse resistido, sabiendo cuál sería la consecuencia, sabiendo que le importaba demasiado y que debía mantener la distancia. En lugar de eso se empantanó en un cenagal de sentimientos que no lograba controlar. Y ahora…

Ahora tenía la oportunidad de corregirlo. Asegurándole que estaba dispuesta a acostarse con Aldous, ella le daba, sin darse cuenta, la oportunidad de hacer lo que debería haber hecho hacía tiempo. Entonces le había faltado la fuerza.

Debía reunirla en ese momento. Girándose a mirar la tronera, apoyó un brazo a cada lado.

—De acuerdo, entonces. Hoy volveré a Eastingham.

—¿Qué? —Crujieron las esteras detrás de él—. ¿Te… te vas a marchar?

Él cerró los ojos, con las mandíbulas apretadas, obligándose a decir lo que debía decir, a hacer lo que debía hacer.

—En lo que se refiere a Aldous, el único motivo de que todavía no te hayas acostado con él es que yo he estado aquí. Por lo tanto, debo marcharme de Halthorpe si… si has de llevar a cabo tu plan.

Pasado un largo rato de silencio, ella dijo.

—Tal vez… tal vez tienes razón. Tal vez sí se me puede ocurrir alguna otra manera de conseguir esas llaves…

—No. —Se giró a mirarla, resuelto a no permitirle que retirara lo dicho—. Tenías razón al decir que era la única manera. Y la es, no lo dudes. Dijeras en serio o no que estabas dispuesta a acostarte con Aldous, el hecho es que esa es nuestra única esperanza de acceder a esas llaves. Tienes que hacerlo, y eso significa que yo tengo de irme a Eastingham.

—Hugh —dijo ella, acercándose un paso y suplicándole con esos grandes y acuosos ojos castaños—. Por favor, no te vayas. No me sentiré segura aquí sin ti, después de todo lo que ha ocurrido.

—Marguerite era el único verdadero peligro. Tú misma dijiste que su muerte hace las cosas mucho más sencillas y seguras.

—Sí, pero todavía están Aldous y Clare.

—Esos son pura bravata y nada de agallas. Son incapaces de hacerte algún daño.

—Yo no estoy tan segura de eso.

—Yo sí.

—Hugh.

Se le acercó más, pero él se hizo a un lado y recogió su zurrón del suelo. Sacando rápidamente su ropa de las perchas, la metió en el zurrón. Después guardó su navaja de afeitar, su piedra de amolar y su peine.

—Si te encuentras en algún aprieto, Raoul te ayudará. Es bueno para la espada y es digno de confianza.

—Hugh, quédate, por favor, te lo ruego —dijo ella, cogiéndole la manga de la túnica.

Él le quitó la mano, sacó su odre de la percha y se lo colgó al cuello. Sin girarse a mirarla, contestó:

—No se gana nada con que yo me quede aquí, y es mucho lo que se puede perder.

—Hugh, te amo —dijo ella con una vocecita quebradiza—. No dije en serio lo que dije. No puedo acostarme con Aldous. Por favor, Hugh.

Apretando los dientes, él se echó el zurrón al hombro con un brusco movimiento. «Sé fuerte, elévate por encima…»

—Puedes y debes —dijo—. Tal vez acostarte con Aldous te sirva para resolver algo del misterio de la sexualidad y para superar tu enamoramiento de mí.

Se giró hacia ella y la vio mirándolo fijamente, muy frágil y afligida, rodeándose con los brazos. Vio que se le acumulaban brillantes lágrimas en sus ojos. Antes de verlas caer, se dirigió a la puerta, la abrió bruscamente y salió.

Capítulo 21

Al día siguiente al atardecer, Aldous se estaba vistiendo para la cena, cambiando la túnica de lanilla siciliana que había usado durante el día por una de brillante seda florentina, cuando sonó un golpe en la puerta de su habitación.

—Adelante.

Era la doncella de su hermana, esa robusta campesina rubia que hablaba con el tosco acento de Poitiers.

—Lady Clare os necesita en sus aposentos, señor Aldous.

Encorvándose ligeramente para mirarse en el espejo de plata de la pared, él se puso su solideo de satén y se arregló sus abundantes cabellos negros que eran su orgullo secreto.

—¿Ya está de vuelta?

—Sí, desmontó en la puerta y se fue derecho a su habitación. Pidió un poco de vino y a ese pájaro suyo. Y a vos, sire.

Clare se había marchado sólo el día anterior por la mañana a hacer su visita a ese «viejo y querido amigo», llevando de escolta a dos de los hombres del rey Luis y diciendo que estaría ausente unos cuantos días. ¿Por qué había vuelto tan pronto?

—¿Entonces acaba de llegar? —preguntó, curioso por saber si ya la habrían informado de los extraordinarios acontecimientos del día anterior.

—Sí, señor.

Sí, señor, dos de sus palabras favoritas, en especial cuando provenían de una sirvienta bonita. Se giró a mirar con más detenimiento, pensando cómo era que aún no le había levantado las faldas, porque en esas ocasiones en que Marguerite sencillamente lo desataba y se marchaba, después de haber obtenido su placer, dejándolo a él dolorido de deseo, había sido su costumbre salir a buscar a la sirvienta más cercana para aliviarse.

Se estremeció al pensar en Marguerite y en lo que podría haberle hecho si se hubiera sentido inclinada a hacerlo. Con un esfuerzo, expulsó de su mente la imagen del cadáver hinchado y hediondo de Istagio y volvió la atención a la muchacha que tenía delante.

La miró de arriba abajo, observando con interés sus voluminosos pechos y sus anchas caderas. Sintió una pequeña erección al pensar en quitarle esa túnica y echarle una buena mirada.

—¿Me dices tu nombre otra vez?

—Edmée, sire.

—Edmée.

Tenía las manos grandes, manos grandes y capaces. Eso le gustó. Pero había algo en la anchura de sus hombros y lo cuadrado de su mandíbula que no le gustó. Además estaban sus ojos, pequeños y algo bizcos, como los de ratones del campo. De todos modos, estaban sus tetas.

Estaba a punto de decirle que se abriera la túnica para echarles una mirada, cuando recordó a Phillipa. Y sonrió.

Phillipa, tan blanca y hermosa, tan exasperantemente inalcanzable; Phillipa, a la que durante siete largos años había deseado llevar a la cama, que lo había calentado intencionadamente en París, sólo para después darle la espalda una y otra vez, seduciéndolo, engatusándolo, llevándolo al tembloroso borde de la locura en su deseo de ella…

Esa noche sería suya, por fin.

La tarde anterior había ido a verla a su habitación, pensando que no había peligro en hacerlo pues había visto a su marido ensillar el caballo y marcharse, a preguntarle por qué no se había presentado a la comida, y la encontró sentada en la cama, muy triste y pálida, con los párpados hinchados y enrojecidos. Habían tenido una seria riña con Hugh, le dijo, y él se había marchado para no volver.

Él no pudo borrar de su cara la sonrisa de expectación mientras la abrazaba y consolaba, susurrándole palabras de solaz, mientras se la imaginaba en diferentes posturas, desnuda, postrada ante él, ofreciéndosele en la más absoluta sumisión. «Qué no daría por la oportunidad de hacerte olvidar mi actitud contigo en París…» Su aventura con Marguerite había despertado en él un aprecio por la capacidad erótica del castigo. ¿Cómo sería manejar él el látigo?, pensaba. Le produjo una intensa excitación imaginarse a Phillipa atada, vulnerable y totalmente a su merced. Tanto se excitó por las posibilidades que le suplicó que fuera a su habitación esa misma noche. Afligida ella le rogó que esa noche no, diciéndole que no tendría su corazón puesto en ello. No queriendo reconocer ante ella que estaba mucho más deseoso de su cuerpo que de su corazón, él le manifestó su comprensión. Había esperado tanto tiempo, le dijo, que bien podía esperar una noche más.

Y eso significaba que ella sería suya esa noche.

Con el miembro ya totalmente erecto bajo sus ropajes clericales, echó otra rápida mirada a la sirvienta, deteniendo la mirada en esos labios carnosos y rojos. La tentación de ordenarle que se arrodillara fue casi irresistible. No le llevaría mucho tiempo, dado el estado en que se encontraba; no haría esperar a Clare más de uno o dos minutos.

Pero no, era mejor reservar su excitación para esa noche. Cuanto más caliente estuviera cuando llevara a Phillipa a la cama, mejor sería el revolcón. Ya habría muchas oportunidades de tirarse a Edmée cuando se hubiera desvanecido un poco su deseo de Phillipa, tal vez dentro de unos días.

—Si me dais el permiso para retirarme —dijo Edmée—. Me necesitan para ayudar a poner la comida en…

—Vete.

Despidiéndola con un gesto de la mano, salió de su habitación y se dirigió a la de su hermana.

Encontró la puerta abierta y a Clare, todavía vestida con la polvorienta túnica marrón para cabalgar, con esa maldita cernícala en el puño, paseándose por la habitación con una expresión de implacable resolución que lo sorprendió al instante.

—Cierra la puerta —ordenó ella.

Aldous cerró la puerta. Ella cerró las contraventanas de la ventana, dejando la habitación en semioscuridad.

—Es un espía.

—¿Qué?

—Hugh de Wexford, o de Oxford, o como mierda se haga llamar ahora, ¡es un espía! ¡Es un maldito espía del rey Enrique!

—No puedes estar tan…

—Lo sabía. ¡Lo sabía!

Lo miró fijamente con los ojos agrandados, enseñando el blanco alrededor de las pupilas. *Salomé* hinchó las alas, molesta por la fuerte sujeción, pero ella no se dio ni cuenta.

—Desde el momento en que lo vi bajar tan sigilosamente al sótano, comprendí que ese intrigante hijoputa andaba metido en algo. Así que fui a hacerle una visita a su padre.

—¿A William de Wexford? ¿Fuiste al castillo de Wexford? —Aldous cogió el aguamanil con vino de la mesilla de noche de Clare y se sirvió una copa—. Ah, sí, Hugh y Phillipa habían estado alojados con él antes de venir a Southwark a…

—¡Mentiras! —exclamó ella, girándose bruscamente a mirarlo, haciendo chillar a *Salomé*—. Lord William me dijo que hacía años que no veía a su hijo. Han estado distanciados desde que Hugh tenía dieciocho años y se marchó de Wexford para hacerse mercenario. William ni siquiera sabía que Hugh estaba casado.

Aldous apuró su copa y se sirvió otra.

—¿Mintieron?

—Sí, Aldous —dijo Clare, cambiando el tono frenético por uno de cansino disgusto, por tener que explicarle las cosas, como siempre—. Mintieron al decir que habían estado con lord William, con el fin de inducirte a invitarlos a tu casa, lo que me imagino no les fue difícil, dada tu absoluta estupidez cuando estás en presencia de un par de buenas tetas. Mintieron al decir que simpatizaban con la reina Leonor, mintieron…

—¿Estás segura? —preguntó Aldous, pensando que era inconcebible que Phillipa pudiera haberlo mirado a los ojos mientras decía mentiras.

—Él mintió —dijo Clare, poniendo a *Salomé* en una de las varias perchas para halcón que había clavadas en su habitación—. Según lord William, lo único que sabe sobre las últimas actividades de Hugh es lo que le dijo Richard Strongbow, con quien tiene trato superficial de vez en cuando. Al parecer, Strongbow quedó tan impresionado por el valor de Hugh durante la campaña en Irlanda que recomendó sus servicios a Richard de Luci.

—¿El juez del reino?

—El mismo.

—¿Qué tipo de servicios?

—Lord William cree que sólo es una especie de empleado armado, pero no podría ser más evidente que fue enviado aquí a descubrir información sobre la rebelión de la reina.

—¿Y Phillipa?

—¿Qué pasa con Phillipa?

—¿Es una espía también?

Clare soltó una risita despectiva, quitándose el guantelete.

—¿Esa ridícula gazmoña sobreeducada? Vamos, Aldous, la verdad...

—Pero fue ella la que me dijo que habían estado en Wexford...

—Si le siguió el cuento a Hugh en algunas cosas, bueno, ese es el tipo de cosas que hace una esposa con la mayor naturalidad. Pero apuesto a que no sabe nada de su trabajo para Richard de Luci. Ese trabajo requiere el mayor secreto, incluso se le oculta a la esposa. Sin duda la habría dejado en casa, como hizo cuando fue a Poitiers, que evidentemente fue otra misión de espionaje, pero esta vez la necesitaba, para que le sirviera de inconsciente cebo. Te la puso por delante, se te levantó la polla, y aquí estamos.

—¿Te preguntó lord William por qué le hacías una visita tan corta?

Clare se dejó caer pesadamente en su enorme cama, cuyas cortinas atadas a los postes dejaban ver una pila de mullidos almohadones de seda en colores ciruela, escarlata y rojo sangre.

—No —repuso malhumorada—. Probablemente se alegró de verme partir.

Aldous frunció el ceño.

—Creí que erais...

—Eso fue hace veinte años. —De su bolsa sacó una cajita de marfil, la abrió y se miró atentamente la imagen en el espejito que contenía. Frotándose las mejillas y la barbilla, añadió en voz baja—: El tiempo no pesa en el hombre como pesa en la mujer. A sus sesenta años, William de Wexford sigue siendo el hombre más apuesto que he visto. Se parece mucho a su hijo, alto y delgado, con ese porte de autoridad, pero con ese destello rapaz en sus ojos que siempre me hacía latir más rápido el corazón.

—O sea que no...

—No por falta de intención por parte mía. —Cerró la cajita y se reclinó en los almohadones, mirando a la nada—. El mes pasado se casó con esa ingenua Blanchefleur, de doce años. A la madre de la niña le bastó con mirarme una vez para no quitarle de encima sus ojos de águila a él. De todos modos, podría haber encontrado la forma de escapar e ir a verme a mi habitación, pero no lo hizo.

Aldous jamás había oído hablar a su hermana con tanta tristeza. Casi sintió pena por ella, hasta que ella se incorporó y gruñó:

—Todo esto es culpa tuya, estúpido baboso, tuya y de ese codicioso cochinillo que te cuelga entre las piernas.

Aldous se atragantó con el vino.

—¿Codicioso cochinillo?

—¡Eso es lo que nos ha metido en este aprieto! —exclamó ella apuntándole las ingles con un dedo tembloroso—. Si no hubieras estado tan cegado de deseo por la Bastardilla Sesuda, si no la hubieras acogido en tu casa, y en la mía, con ese canalla tramposo de su marido...

—Me parece recordar que tú albergabas una buena medida de deseo por ese «canalla tramposo» —observó Aldous—. De hecho, te negaste a echarlo de aquí cuando yo te lo pedí.

—Este no es el momento para tratar de parecer listo, Aldous —ladró ella—. Estamos con un problema por resolver, un problema muy grave. Si el agente de la reina descubre que hemos acogido en Halthorpe al espía del rey y le hemos dado casi total libertad para recorrer el castillo...

—Clare... —interrumpió él, comprendiendo que ella aún no sabía lo de Marguerite.

Dejando a un lado la cajita con el espejo, Clare se levantó y reanudó el paseo por la habitación.

—Una vez que sospeché quién era Hugh en realidad, debería haber ordenado a los hombres del rey Luis que se encargaran de él y lo enterraran en el bosque. Fue un error limitarme a decirle a Orlando que escondiera las armas y dejar que Hugh me robara la llave del sótano. Sólo quería despistarlo, por si estuviera trabajando para el rey, y antes de que el agente de la reina se enterara de que estaba...

—Clare, creo que debes saber que...

—Pero ahora me doy cuenta de que habría sido mucho mejor entregarlo a los brutos del rey Luis en el momento en que lo vi bajar a fisgonear en el sótano, y eso es lo que voy a hacer ahora. La reina Leonor se va a enterar, sin duda, pero eso no tiene por qué ser tan malo para nosotros; en realidad, podría elevarnos en su estima saber que hicimos despachar al instante al cabrón una vez que supimos de cierto que trabajaba para el rey. Sí... sí... —Guardó silencio un instante, con los ojos brillantes de renacida esperanza—. Eleanor no nos cree capaces de manejar la situación aquí, eso dice en su carta, por eso envió a su agente a vigilarnos. Pero si demostramos que somos capaces...

—La agente de Leonor está muerta —interrumpió Aldous.

Clare lo miró fijamente y arqueó una ceja, como para decir «continúa».

Él se lamió los labios, nervioso.

—Era Marguerite la que nos espiaba para la reina, Clare. Ayer por la mañana...

—¿Marguerite? ¡Imposible!

—Ayer por la mañana la encontramos muerta. Se había envenenado, después de matar a Istagio. Al parecer, nunca había matado a nadie antes, y se encontró con que no podía vivir con…

—No… no lo entiendo —interrumpió ella—. Estaba casi segura de quién era el agente de la reina. —Se sentó en un arcón adosado a la pared, con la mirada desenfocada—. ¿Era Marguerite? ¿Por qué mataría a Istagio?

—Él debió comprometer el secreto de su trabajo, dejar escapar algo —dijo él—. Ya sabes cómo es. —Se santiguó, viendo en su imaginación el monstruoso cadáver del que había sido Istagio—. Cómo era.

—Dios santo. Pero eso no tiene sentido —añadió, negando con la cabeza—. A Marguerite jamás le interesó un pepino la política y ni siquiera le caía bien Leonor. Y… y era mi mejor amiga en el mundo. No me la puedo imaginar espiándome. No puede ser cierto.

—Yo lo encuentro tan increíble como tú, ¿pero qué otra conclusión podemos sacar? Considéralo así, por lo menos ahora está muerta, por lo tanto sabemos que a ninguno de los dos se nos va a ahogar en la cama.

Clare hizo una mueca y se santiguó.

—De todos modos incurriremos en la ira de Leonor si no nos ocupamos de Hugh de Wexford. Y no sólo eso, también podríamos acabar expuestos como traidores. ¿Sabes cómo castiga a los traidores el rey Enrique, Aldous? Lo mejor que podríamos esperar, lo mejor, sería prisión perpetua. Incluso nos podrían atar a estacas y…

—¡Jesús!

Aldous apuró el resto del vino y se sirvió otra copa. Una vez, en Francia, vio quemar a un hereje. Fue a presenciar la quema por curiosidad, y acabó vomitando hasta las tripas cuando vio al pobre desgraciado retorciéndose y chillando, con la carne quemada burbujeante cayendo de sus huesos.

—¿Qué tenemos que hacer? —preguntó.

—Tenemos que eliminar a Hugh de Wexford tan pronto como sea posible. Sabe Dios qué habrá descubierto, sobre todo si Istagio fue indiscreto. —Soltó una fea maldición—. Pero no crees que haya logrado pasar ninguna información a sus superiores, ¿verdad? ¿Ha enviado alguna carta?

Aldous soltó una maldición para sus adentros, recordando el momento en que vio a Hugh salir cabalgando por el puente el día anterior.

—Eh… Clare…

Ella se levantó del arcón y reanudó el paseo por la habitación.

—Tendremos que averiguar de qué se ha enterado y si se lo ha dicho a alguien. Dejaré que los hombres de Luis se ocupen de eso como quieran. Son una manada de perros sedientos de sangre, ellos se lo sonsacarán. —Sonrió—. Podrían desvestirlo y asarlo durante un rato en ese sillón de hierro del sótano; eso podría dar resultados. Después, una vez que haya hablado, lo pueden llevar al bosque para…

—Clare, Hugh se marchó ayer.

Ella se detuvo en seco y lo miró fijamente, de esa manera penetrante que a él le recordaba a su maldito pájaro.

—¿Y cuándo, exactamente, pensabas decirme eso?

Aldous se fortaleció con un buen trago de vino.

—Tuvo una especie de pelea con Phillipa, una muy seria. Se marchó para siempre, me dijo ella.

—¿No sabes, por casualidad, adónde fue? —preguntó ella entre dientes.

—No.

Clare cerró los ojos y se quedó inmóvil, durante tanto rato que Aldous empezó a pensar si sería posible que alguien se muriera estando de pie.

—¿Clare? —susurró, tímidamente—. Lo… lo siento. Debería habértelo dicho antes, pero…

—Cállate, Aldous —dijo ella sin abrir los ojos, y volvió a quedar en absoluto silencio.

Cuando por fin abrió los ojos, lo miró:

—He aquí lo que vamos a hacer.

Capítulo 22

*E*sa noche, hacia el final de la cena, Aldous susurró al oído de Phillipa:

—¿Se te ha ocurrido pensar qué pasa en el sótano?

Ella detuvo a mitad de camino hacia su boca la cuchara llena de púdin rosado, y miró al diácono, que se le había pegado como lapa desde la partida de Hugh, y que suponía que esa noche, Dios misericordioso, ella iría a su habitación para su tan largamente esperado encuentro sexual. Estaba por ver cómo se las arreglaría para escapar de eso; ya había agotado todas las disculpas imaginables, y todavía estaba tan destrozada emocionalmente por la partida de Hugh que no era capaz de pensar bien.

—¿El sótano? —dijo con cautela—. ¿Qué quieres decir?

—Esos ruidos estruendosos —dijo él, y miró alrededor mientras bebía, como temeroso de que lo escucharan los demás comensales—. Ha habido muchísimos, hoy en particular.

—Tu hermana me dijo que esos ruidos estaban producidos por barriles de vino que se caían.

Aldous la miró con expresión escéptica.

—Si eso hubiera ocurrido una o dos veces podría creerlo, aun cuando no se parecen mucho al ruido que hace un barril al caerse.

Phillipa tragó el bocado de púdin, pensativa.

—Tú debes de saber qué pasa ahí. Después de todo, acompañaste a Orlando e Istagio aquí.

Declinó mencionar que también había transportado dos carretas llenas de algo misterioso desde París, con guardias armados, porque él se preguntaría cómo había llegado a saber eso.

Él se encogió de hombros.

—Clare me ocupa para diversas tareas, pero sólo me dice lo que cree que es necesario que yo sepa. Una vez le pedí que me dejara entrar en el sótano, pero se negó, dijo que no lo entendería, como si yo fuera un niño. En realidad eso me irrita bastante, te diré. Pero ahora que ella está de visita donde ese amigo suyo, yo estoy a cargo de las llaves.

Se dio una palmadita en el bulto que hacían en su pecho las llaves de Clare colgadas bajo su túnica. Después se le acercó más y le pasó un brazo por la cintura. Ella tuvo la sensación de que su brazo era una de esas serpientes que según decían mata a su presa apretándola hasta que muere.

—¿Qué me dices? —susurró él, en tono seductor—. ¿Irías conmigo a explorar un poco?

Phillipa hizo tiempo sirviéndose otro bocado de púdin, que tenía un sabor extrañamente floral.

—Edmée me dijo que Clare llegó hace un rato.

—Ah. —Al parecer, repentinamente molesto, él retiró el brazo—. ¿Sí? Mmm, me extraña que no haya bajado a cenar, entonces.

—Está fatigada por el viaje, diría yo.

—Sí, claro, eso debe de ser. Sí. —Apuró su copa—. O sea que… eh… esta noche me pedirá las llaves, entonces. Si queremos ver lo que hay en el sótano, nuestra única oportunidad es bajar inmediatamente.

Phillipa comió un poco más del púdin, dándole vueltas en la cabeza a esa extraordinaria novedad. Su deber era entrar en ese sótano, costara lo que costara. El ofrecimiento de Aldous de enseñárselo, en un aparente intento de congraciarse con ella, era por lo tanto oportuno y afortunado, casi demasiado afortunado en realidad, y no podía hacer caso omiso del mal presentimiento que le hacía hormiguear el cuero cabelludo. Que él le hiciera ese ofrecimiento después de esquivar durante semanas sus sutiles preguntas para descubrir la conspiración contra el rey le despertaba sospechas, naturalmente. No era nada extraño que Clare lo hubiera empleado como niño para los mandados, teniéndolo ignorante acerca de la conspiración. ¿Sería posible que ella hubiera confundido con circunspección su ignorancia?

—Claro que está ahí Orlando —dijo Aldous, y se apresuró a añadir imperiosamente—: Pero eso no tiene importancia. Soy capaz de arreglármelas con un anciano italiano.

Ah, sí, Orlando. Después de tomarse libre el día anterior, había estado todo ese día en el sótano, y aún no salía de allí. La tranquilizó un poco saber que no estaría sola con Aldous en esa cripta aislada y sin ventanas. Además, estaba el hecho de que su única otra alternativa para acceder al sótano era acostarse con Aldous y robarle las llaves cuando estuviera durmiendo.

Qué tonta había sido al decirle a Hugh que estaba dispuesta a hacer eso. ¿De veras había creído que a él lo horrorizaría tanto esa perspectiva que le revelaría sus sentimientos tan enterrados que siempre había negado? ¿Había algún sentimiento que revelar, o ella se había engañado a sí misma por resultarle demasiado doloroso aceptar su afirmación de que todo era puramente sexual?

En cualquier caso, había llevado mal las cosas, pésimamente, y Hugh ya no estaba. Cuando se marchó, fue como si le hubieran arrancado un trozo de alma, dejándola herida de una manera invisible, pero dolorosa de todos modos. La aniquiladora sensación de pérdida había remitido muy poco. Conducirse como si no pasara nada, cuando por dentro seguía aullando de dolor, era lo más difícil de todo lo que había tenido que hacer.

—¿Y bien? —dijo Aldous, levantándose del banco y tendiéndole la mano—. ¿Vamos a explorar?

Ella dejó la cuchara en la mesa, se levantó y puso la mano en la de él.

—Vamos.

Cuando llegaron a la puerta de la escalera, Aldous sacó la cadena con llaves de debajo de la túnica, eligió la grande de latón labrado y la hizo girar en la cerradura. Él bajó primero por la escalera iluminada por una antorcha y al llegar abajo abrió la puerta. Phillipa entró detrás de él en el laboratorio de Orlando, que estaba muy bien iluminado por linternas colgantes y no tan caluroso ni fétido como cuando entraron allí con Hugh a investigar. De hecho, la temperatura estaba fresca y húmeda como en cualquier sótano; comprendió el motivo cuando miró hacia el horno improvisado y vio que estaba apagado.

—Buenas noches —dijo Aldous.

Orlando, que estaba inclinado sobre su mesa de trabajo, levantó la cabeza, sorprendido.

—Señor Aldous, lady Phillipa.

La miró y arqueó ligeramente las cejas, visiblemente desconcertado de que Aldous la hubiera llevado allí después que a él lo hubieran hecho jurar que guardaría el secreto.

—Pensé que nos iría bien mirar un poco por aquí, si os parece bien —le dijo Aldous, mirando alrededor.

—Eh… si lady Clare se llega a enterar…

—Mi hermana me pidió que trajera aquí a lady Phillipa, para enseñarle lo que habéis estado haciendo.

—¿Es cierto eso? —preguntó Orlando a Phillipa.

Contrapesando el disgusto de mentirle a su amigo y la necesidad de reunir pruebas para impedir la rebelión de la reina, ella dijo:

—Es cierto.

—*Buono*. Es un gran placer enseñarle mi trabajo.

Aldous se arrimó a la mesa de trabajo, sobre la que había un buen número de extraños aparatos de hierro forjado, en forma de tubos, cada uno con un diferente tipo de mango o asa en el extremo. Esparcidas por la mesa había veintenas de bolitas de hierro como la que encontraron en el suelo esa noche que bajaron ahí con Hugh.

—¿Qué tenemos aquí? —preguntó Aldous.

—Estas son *gli armi della mano*, las armas para sostener en la mano —explicó Orlando. Apuntando por encima del hombro de Phillipa, dijo—. Esas son las armas arrojadizas, *gli bombe*.

La jaula de hierro, que cuando ellos entraron allí estaba vacía, ahora contenía un buen número de vasijas de hierro cerradas, de diversas formas y tamaños, de las que sobresalían trozos de cuerda, tan peligrosas a sus ojos como un montón de huevos de dragón.

—¿Cómo funcionan? —preguntó ella.

—Es muy sencillo —dijo Orlando, dejando en la mesa la vasija y el embudo que tenía en las manos—. Cuanto más… ¿cómo se dice?… sólida es la vasija que contiene el polvo, más *violento* ser la reacción. En China lo ponen en el tubo de bambú o a veces en el *globi* de hierro. Istagio —se santiguó, triste—, él hacerme en su fundición de campanas muchas formas diferentes para que yo ver cuál funciona mejor. Yo lleno cada *bomba* con un polvo hecho de *salnitro*, lo que llamáis nieve china…

—Salitre —dijo Phillipa.

—*Sí*, y el *zolfo* y el *carbone di legna*. —Hizo un gesto con la mano indicando los tarros que contenían azufre y carbón—. Y entonces Istagio cerrarlos bien. El *fusibili*, ¿cómo decir?… ¿la mecha?

—¿Esas cuerdas largas?

—*Sí*, las cuerdas, las remojo en *alcool*, el líquido de la destilación, junto con un poco de *salnitro*. Arder muy lento, muy igual, hasta que la cuerda se quema y el fuego llega al polvo. Entonces… —Extendió las manos, con los dedos abiertos—. Estallido muy fuerte.

—¿Esos son los ruidos que hemos estado oyendo procedentes de aquí? —preguntó Phillipa.

Por el rabillo del ojo vio a Aldous tocando aquí y allá los objetos diseminados sobre la mesa, las *armi della mano*. Orlando también lo vio y le golpeó la mano.

—No tocar, por favor, no tocar. Los cargo todos para la prueba. Ser mucho peligroso tomarlos. Alguno, por el tamaño, ser muy potente, pero estallar muy rápido. Mi *assistente* en Roma, probar uno y estallar en la mano y matarlo. Entonces la paja del suelo prender fuego y ¡fuas! No más laboratorio.

—Ah —dijo Aldous, apartándose de la mesa—. Bueno entonces.

—Esos ruidos que oís —dijo Orlando a Phillipa— vienen cuando probamos *gli armii. Gli bombe* —indicó la jaula con un gesto—, no poder probarlas dentro. Demasiado *violento*, creo, mucho peligroso para probarlo dentro. Las llevaré fuera cuando esté preparado.

Phillipa observó la cadena y el candado con que estaba cerrada la jaula y comprendió que sería muy difícil robar una *bomba* de allí. Las armas de mano, en cambio, además de ser más fáciles de coger, se podían esconder en la ropa. Se miró la túnica de seda de varios tonos de rosa, calculando si sus pliegues serían lo bastante profundos para ocultar una. Acercándose más a la mesa, preguntó a Orlando:

—¿Estas también se llenan de polvo negro?

—¿Cómo sabías que es negro? —preguntó Aldous.

—Pues…

Orlando acudió en su rescate, levantando la tapa de un tarro de arcilla vitrificada, dejando al descubierto los brillantes gránulos negros del interior.

—Lo vio.

—Pero eso estaba tapado.

—Estaba abierto cuando entrasteis.

—¿Sí? No recuerdo haber…

—El *arma* —interrumpió Orlando— necesita el polvo negro para funcionar, pero sólo un poco. Si se pone demasiado, ¡bum!

Al parecer había demasiadas oportunidades de estallidos por inadvertencia, pensó ella.

—Todas estas estar cargadas para probar con el polvo y la bola de hierro —dijo Orlando, indicando una ordenada hilera de armas sobre la mesa—. El agujero de arriba, este, es por donde entra el alambre caliente. —Tomó un arma y la giró hacia un pequeño brasero que estaba sobre la mesa, con brasas encendidas, sobre las cuales había un cazo bajo con cortos trozos de alambre al rojo. Con un par de tenazas sacó un trozo de alambre y lo puso cerca del agujero, sin tocarlo—. Cuando el alambre toca el polvo…

—Bum —dijo Phillipa.

Orlando asintió.

—Y la bola sale volando, a alta velocidad, tan rápido que no se ve. Hacer un hoyo grande en la carne. El cerdo y la… *capra*, ¿cómo se dice?, cabra, mueren muy rápido.

—¿Esto lo probáis en animales vivos? —preguntó Phillipa, haciendo un gesto de espanto.

—Sólo una vez. Lady Clare insistir, querer ver qué ocurre a un ser vivo cuando la bolita entrar. Pero ahora sólo disparar dentro del pozo.

—Y esos son los ruidos que oímos —dijo ella.

—*Sí*. Es arma buena, hacer mucho daño, pero es gran problema. Sólo disparar una vez, y entonces hay que cargar el polvo y la bolita otra vez. La ballesta se recarga más rápido. También el arco. Estoy trabajar en solución.

—Fascinante, ¿verdad? —dijo una voz.

Phillipa se giró rápidamente y se encontró con Clare, que estaba en la puerta, vestida con una insólita y utilitaria túnica marrón de montar sin adornos.

Observó que Aldous ni siquiera pestañeó ante la aparición de su hermana, como si la hubiera estado esperando. Sintió una fría sensación de alarma. «No pierdas la serenidad», se aconsejó.

—¿Te gustaría probarla? —dijo Clare, entrando.

—¿Probar…?

—Disparar una de las armas de Orlando. —Cogió el arma que tenía Orlando y la sopesó en la mano—. Vengo aquí a hacerlo de vez en cuando. Es francamente emocionante de un modo muy curioso.

—Creo que… no…

—A mí sí me gustaría —dijo Aldous.

Clare miró con una expresión de lánguido desprecio a su hermano.

—Tal vez después, Aldous. Quiero que Phillipa sienta por sí misma las increíbles posibilidades y potencia de estas armas.

Le tendió el aparato a Phillipa, pero Orlando le cogió el brazo.

—Ese no, milady. Es una del tipo que a veces hacer mala *esplosione*. Para probar esta debo encenderla con el *fusibile* lento y alejarme mucho por si explota y se rompe.

—Ah. —Clare le devolvió el arma—. Eso no irá bien. No queremos que le pase nada funesto a nuestra querida Phillipa, ¿verdad? ¿Cuál sería segura para que la disparara?

Orlando eligió otra arma y se la pasó a Phillipa, por el mango.

—¿Queréis probar? —le preguntó, claramente indiferente a la ominosa corriente producida por la llegada de Clare.

Phillipa cogió el arma con cierta inquietud, doblando los dedos alrededor del mango, que tenía forma de yunque, muy parecido a la empuñadura de la daga turca de Hugh. Lo sintió frío y pesado.

—¿Qué debo…?

—Tened —dijo Orlando, pasándole las tenazas que sujetaban el alambre todavía al rojo.

Luego la condujo hasta el pozo del centro del sótano. Aldous y Clare los siguieron. Phillipa observó que los aparatos de tortura de la pared del fondo no se veían más benignos iluminados por la luz de la lámpara de lo que se veían hacía tres noches en la oscuridad; en todo caso, se veían aún más peligrosos.

—Sujetad el arma así —dijo Orlando—, apuntada hacia el pozo. Después introducir el alambre en el agujero, así, y…

—Bum —dijo Phillipa.

El pozo era tan profundo, tan extraordinariamente profundo que no se podía ver el fondo. Parecía bajar hasta las entrañas mismas de la tierra.

—Afírmate —advirtió Clare—. Eso golpea como una mula cuando dispara.

—Yo te afirmaré —dijo Aldous, colocándose detrás de ella y pasándole los brazos por la cintura.

Clare miró al cielo y puso los ojos en blanco al ver su gesto.

—Sujetad firme el arma —dijo Orlando—. No quiero que caiga dentro del pozo.

—Lo haré lo mejor posible.

Phillipa hizo una respiración profunda, retuvo el aire y metió el alambre en el agujero, mientras Clare y Orlando se ponían los dedos en las orejas.

El arma se movió con tal ímpetu que la arrojó hacia atrás, haciéndola chocar fuertemente con Aldous, y su rugido retumbó en las paredes del pozo, como un trueno. Después de un rápido relámpago de luz que brilló en el extremo abierto, salió una ráfaga de humo acre que quedó suspendido en el aire.

Orlando cogió el arma y las tenazas y le sonrió, como si lo hubiera hecho bien.

En medio del zumbido que sentía en los oídos, Phillipa oyó la risita de Clare, diciendo:

—Valió la pena tanto trabajo sólo para oír chillar a lady Bastarda como una niñita.

¿Había chillado? Al recordar la broma de Hugh «Me gusta bastante ese nuevo chillido tuyo», sintió un deseo de verlo tan intenso que le dolió en el pecho físicamente.

Cuando le volvió del todo la audición, se dio cuenta de que Clare le estaba diciendo a Orlando que ya había trabajado mucho ese día y que debía subir a buscar algo para cenar.

—De hecho —le dijo, llevándolo hacia la puerta—, dado que habéis trabajado todos los santos días aquí desde que llegasteis a Halthorpe, tal vez os iría bien tomaros unos cuantos días libres. Descansad un poco, para consolaros de lo que le ocurrió al pobre Istagio…

—*Grazie*, milady —repuso Orlando—, pero mi melancolía se hace más pequeña cuando trabajo, por eso venir aquí hoy, para alejar los malos sentimientos.

—Hay otras maneras de aliviar la aflicción, Orlando. Habéis trabajado demasiado. Unos pocos días de descanso… una semana tal vez, os irán muy bien, creo.

—Pero…

—Pero yo creo que sería lo mejor, de verdad —ronroneó ella, acercándolo a la puerta—. De hecho, insisto. *Buona notte*, Orlando.

—Yo subiré con él —dijo Phillipa.

Sólo había dado un paso hacia la puerta cuando los brazos de Aldous la cogieron por detrás, rodeándola por encima de los brazos, deteniéndola.

—Todavía no —le susurró al oído, estrechándola demasiado fuerte contra él.

El corazón le golpeó en el pecho. Trató de zafarse, pero en vano, y teniendo los brazos inmovilizados, no podía coger el cuchillo de comer que llevaba envainado en el cinturón.

«Si te encuentras en algún aprieto, Raoul te ayudará» Abrió la boca para gritarle a Orlando «Decidle a Raoul que estoy en dificultades», pero Aldous le tapó la boca apretándosela fuertemente con la mano.

Clare hizo chasquear la lengua al cerrar la puerta después que saliera Orlando.

—¿Ya estás impaciente por irte? Te tenemos una demostración aún más instructiva. —Señalando el surtido de armas con un movimiento de la mano, preguntó a Aldous—: ¿Todas esas están cargadas?

—Eso fue lo que dijo Orlando —contestó Aldous—. Las estaba preparando para probarlas.

—Qué extraordinariamente conveniente. —Pasó la mano llena de anillos por encima de la hilera de armas como quien elige un par de zapatos para ponerse—. Esta, creo. La he disparado, así que puedo estar bastante segura de que no me estallará en la cara. —Con el arma en una mano y las tenazas en la otra, se giró hacia el brasero para sacar un trozo de alambre al rojo del cazo—. Ya le puedes quitar la mano de la boca, Aldous.

No bien él le quitó la mano que Phillipa se llenó de aire los pulmones y gritó:

—¡Socorro! ¡Alguien… Raoul! ¡Estoy en el sótano!

—No te oye nadie —dijo Clare avanzando hacia ella—. Lo único que se oye desde aquí es la ocasional *esplosione*. Y una más no llamará la atención tampoco.

Le apoyó el extremo abierto del arma en la sien. Al ladear Phillipa la cabeza para evitar el contacto, Clare le cogió la trenza envuelta en cinta que le colgaba a la espalda y de un fuerte tirón le enderezó la cabeza.

—Ahora puedes atarle las manos, Aldous. Sé que has estado esperando con ilusión esta parte.

De algún lugar de su persona, Aldous sacó un cordón de satén con borlas, como los que se usan para sujetar las cortinas abiertas. Cogiéndole las manos a la espalda, dio unas vueltas al cordón alrededor de las muñecas, apretándoselas fuertemente, y lo ató.

—Oí cuando Orlando te dijo lo de la cabra y el cerdo —dijo Clare—. Me permitió hacer los disparos. Fue una experiencia… muy excitante sostener esto —le apretó el aparato de hierro contra la sien— contra la cabeza de un ser vivo y meter esto —le puso delante de los ojos el alambre al rojo— en este pequeño agujero.

Aldous volvió a rodearla con los brazos desde atrás. Ella sintió en el pelo su respiración rápida, su aliento caliente. En la espalda sintió el bulto de las llaves que todavía llevaba colgadas al cuello; más abajo, a la altura de sus manos atadas, notó una presión diferente y más siniestra, que le produjo escalofríos, puesto que estaba totalmente a su merced.

—El efecto de disparar una de estas en un ser vivo es muy extraordinario en realidad —continuó Clare, acercando el alambre al agujero de contacto—. Se siente cómo se abre la carne con el estallido, se oye explotar el hueso, incluso por encima del chillido de muerte del animal. Cae al suelo al instante, lógicamente, se agita un poco y luego se queda inmóvil. Los sesos del cerdo acabaron aplastados en la pared del fondo. A la cabra se le desprendió totalmente la cabeza.

Phillipa cerró los ojos e hizo una respiración profunda. «Mantén la presencia de ánimo. El terror es tu peor enemigo.»

—Todavía no la hemos probado en un ser humano —continuó Clare—. Pero eso ha sido un descuido que se puede remediar fácilmente.

«Esos dos son inofensivos. No tienen estómago para matar», había dicho Hugh refiriéndose a Clare y Aldous. ¿Sería cierto eso, o serían capaces de asesinar si había mucho en juego?

—Tú primero.

Phillipa abrió los ojos y vio a Clare haciendo un gesto con el arma hacia la pared de atrás, donde estaban, lado a lado, el sillón de hierro y el collar de espinas. Negando con la cabeza, trató de soltarse de los brazos de Aldous.

—No…

Clare caminó hacia un lado y movió el arma hacia atrás, haciendo ademán de arrojársela a la cabeza.

—Aldous —dijo, indicando la pared de atrás con la cabeza.

Apretándole el cuello con las manos, como si fueran tenazas, Aldous la empujó hasta dejarla situada, resollante de miedo, delante de los terribles aparatos de castigo.

Sin tener idea de cuánto sabían o cuánto habían conjeturado, pensó Phillipa, sería mejor fingir total ignorancia por el momento.

—¿Por qué me hacéis esto? —preguntó con la voz más tranquila posible, haciendo acopio de toda su presencia de ánimo—. No os he hecho ningún daño.

—Una de las verdades menos atractivas de la vida —dijo Clare— es que las personas rara vez se merecen las cosas malas que les ocurren. Sabemos perfectamente bien que no nos has hecho ningún daño. Pero no podemos decir lo mismo de tu marido. —Poniendo el arma a nivel de su cabeza, añadió—: Aldous, colócala en posición.

Aldous la empujó hacia el collar de espinas.

«Dios mío, no», pensó ella cuando le metió la cabeza bajo el pequeño marco de hierro que sobresalía de la pared. Él abrió la argolla con goznes que colgaba del marco mediante cadenas, dejando a la vista las horribles púas del interior, y se la cerró alrededor del cuello. Afortunadamente las puntas apenas le rozaban la piel, tal vez porque tenía el cuello más delgado que los hombres a los que estaba destinado ese instrumento de tormento. Pero dada su pequeña estatura, aunque estaba colgado en su nivel más bajo, el borde de la argolla se le enterraba en las mandíbulas, echándole ligeramente hacia atrás la cabeza.

—Ciérralo —ordenó Clare a su hermano—. La llave es esa pequeña con la cabeza cuadrada.

No te aterres, no te aterres, se repitió Phillipa, con el corazón golpeándole enloquecido y gotas de sudor bajándole por debajo de la túnica y la camisola.

—Piensa en lo que hacés, Aldous —dijo, cuando él hizo girar la llave en la cerradura.

—Lo pienso —dijo él, acercando la cabeza hacia ella con una sonrisa muy íntima—. Nunca me has parecido más hermosa.

Instintivamente ella giró la cabeza cuando los labios de él le tocaron los suyos, y chilló de dolor al sentir enterrarse las puntas en el lado del cuello.

—Tontita —dijo él, y con expresión solícita le tocó la herida con el dedo—. Te has hecho sangrar. —Se lamió el dedo mirándola preocupado—. Tienes que tener más cuidado. No queremos hacerte daño, querida mía. Sólo necesitamos asegurarnos tu colaboración en un asunto de grave importancia.

—¿Qué tipo de colaboración?

—Tu marido se marchó ayer de Halthorpe —dijo Clare, bajando el arma puesto que ella estaba inmovilizada—, y no sabemos adónde fue. Suponemos que tú lo sabes. Necesitamos que le escribas y lo convenzas de que vuelva.

Phillipa tragó saliva, sintiendo el duro y frío collar de hierro.

—¿Po-por qué?

—Digamos solamente que tenemos enemigos y hemos descubierto que tu marido trabaja para ellos.

«Lo saben.»

—Sabemos que tú no tienes idea de que ha estado espiando para…

—¡Basta, Aldous! —ladró Clare—. Si le dices demasiado estaremos obligados a hacerla despachar tal como a él, y sé que tienes planes para ella.

—¿Des-despachar?

—A ti no —dijo Clare—. Sólo a tu marido.

Phillipa empezó a negar con la cabeza e hizo una mueca al sentir la presión de las puntas.

—No haríais eso. No sois capaces de hacer eso.

—Nosotros tal vez no, pero esos brutos francos de las barracas sí lo son, no sólo de enviar a Hugh a su Hacedor sino también de extraerle antes cierta información de naturaleza muy sensible e importante —dijo Clare, mirando el sillón de hierro con espacio debajo para encender fuego.

«No...» Phillipa se estrujó los sesos buscando una manera de salir de esa, por el bien de Hugh.

—¿Qué información deseáis? —preguntó, pensando que tal vez podría inventar algo creíble para aplacarlos sin revelar nada que fuera dañino para el rey—. Tal vez yo pueda deciros lo que necesitáis saber.

Clare negó con la cabeza.

—Tú no sabes nada de estos asuntos.

—¿Y si supiera? ¿Y si fuera yo la espía y fuera Hugh el que no sabe nada? No habéis considerado esa posibilidad porque soy mujer, pero...

Clare la interrumpió con una carcajada.

—No fue a ti a quien pillé fisgoneando aquí con el fin de descubrir nuestros secretos. Y no fue a ti a quien enviaron a Poitiers hace un año y medio a espiar a la reina. Me gustaría decir que admiro tu inclinación a la abnegación, pero la verdad es que la encuentro patética.

—Sobre todo dada la forma como te ha maltratado y degradado Hugh —dijo Aldous, acariciándole la cara echada hacia atrás—. No sé por qué os peleasteis ayer, pero sí sé que te dejó llorando. Nunca te ha amado, tú misma me lo dijiste. Y todo este tiempo te ha estado mintiendo, engañándote, ocultándote su verdadero trabajo, aun cuando te aprovechó para tener acceso a mí.

Con una suavidad que la hizo estremecerse, le apartó el pelo mojado de la cara.

—Te ha utilizado, Phillipa, te ha considerado con el más absoluto desprecio, mientras yo ansiaba hacerte mía. Cuando él ya no esté y estemos juntos, te trataré como a una princesa. Te instalaré en una espléndida casa en Southwark, para que estés cerca de mí. Tendrás sirvientes, joyas y vestidos finos, más finos que todo lo que te ha dado él. No te hará falta nada. —Acercando la boca hacia la de ella, susurró—: Tú eres la única, la única.

La besó. Ella apretó los labios para que no pudiera meterle la asquerosa lengua en la boca.

—Escríbele a tu marido y dime adónde he de enviarle la carta —dijo Clare—. Una vez que vuelva y esté bajo nuestra custodia, te entregaré en manos de Aldous, con el acuerdo de que no te ocurrirá ningún daño siempre que jamás hables de esto con nadie. Cuando te pregunten qué fue de tu marido, habrás de decir que se ahogó en el Támesis y que nunca encontraron su cuerpo.

—No —dijo Phillipa—. Jamás.

—¿Después de lo que te ha hecho? —exclamó Aldous, con expresión de auténtico asombro—. Podríamos estar juntos, Phillipa, tú y yo. ¡Piénsalo!

—Hacedme lo que queráis, pero no tengo la menor intención de hacer venir a Hugh para que lo torturen y maten.

—Lo que te haremos —la informó Clare en tono glacial— será simplemente dejarte donde estás, encerrada en ese aparato día y noche, sin descanso, aunque supongo que tendré que bajar de tanto en tanto para permitirte ir al retrete. Hay consideraciones estéticas, después de todo. Pero aparte de eso, estarás obligada a permanecer de pie sin alivio, lo que según tengo entendido, se hace bastante doloroso de suyo propio. No podrás dormir, no tendrás alimento ni agua, mientras no consientas en escribir una carta a Hugh, la que te dictaré yo, palabra por palabra.

—No voy a escribir ninguna carta, de modo que bien podríais matarme ahora mismo.

—No tenemos eso en nosotros, ¿no lo recuerdas? —se burló Clare—. Claro que si te deseara muerta, supongo que podría recurrir a la ayuda de los soldados francos. Ellos se entregarían a la tarea con bastante entusiasmo, no me cabe duda, sobre todo si les doy absoluta libertad para divertirse contigo antes de…

—¡Clare, no! —exclamó Aldous, cogiéndole el brazo—. Me dijiste que yo podía tenerla. Dijiste…

—¡Suéltame, zopenco, bobo! —dijo Clare soltándose el brazo bruscamente—. Sólo estoy dando conversación, por el amor de Dios. Si la quisiera muerta ya estaría muerta. Prefiero dejarla en ese aparato hasta que se rinda y haga lo que le ordenamos. O perezca lentamente sufriendo —añadió sonriendo malignamente en dirección a Phillipa—. En realidad depende de ti, querida mía. Dudo que tardes más de una semana en sucumbir a la sed, pero será la semana más larga que habrás aguantado.

—Phillipa, por el amor de Dios, escribe la carta —le suplicó Aldous—. No soporto la idea de que te vayas a destruir así, en particular por un canalla como él. —Cerró las manos alrededor de su cintura y las subió hasta dejarlas apretadas contra los costados de sus pechos—. Estás preciosa de rosa. Esa túnica es la que llevabas esa tarde cuando te vi en el Puente de Londres. Eso no fue ninguna casualidad, ¿sabes? Hugh te llevó allí con la esperanza de que yo te viera, sabiendo que si volvía a verte haría cualquier cosa por tenerte. —Se inclinó para susurrarle al oído—: Estás maravillosa así, exquisitamente impotente. Podría poseerte aquí mismo. —Bajó las manos y las cerró en sus caderas, atrayéndola hacia él para que sintiera lo duro que estaba bajo el hábito de diácono—. Tal vez esta noche, cuando todos estén durmiendo, venga aquí a…

—Esta noche no, Aldous —dijo Clare, que ciertamente había oído sus apasionados susurros, sacándole la cadena con las llaves y poniéndosela ella—. Sería prudente, creo, postergar una visita así. Tal vez dentro de uno o dos días, si lady Phillipa sigue negándose a escribir la carta, te daré las llaves de la puerta del sótano. Pero sólo la de la puerta, no la del collar. No quiero arriesgarme a que se escape. Si la deseas, tendrás que follarla de pie.

«Dios santo», pensó Phillipa, «ni siquiera es humana.»

—Despídete, Aldous —ordenó Clare caminando hacia la puerta—. No soporto estar aquí ni un solo momento más.

Aldous pasó unos instantes acariciando a la cautiva Phillipa y susurrándole al oído las cosas que le haría cuando su hermana le dejara la llave de la puerta de la escalera. Mientras tanto, Clare dejó en la mesa el arma y apagó todas las linternas, con excepción de una, dejando tenuemente iluminado el sector del laboratorio y en una horrorosa oscuridad la parte donde estaba Phillipa.

Hermano y hermana se detuvieron en la puerta antes de salir, Clare para decirle que volvería alrededor de maitines por si necesitaba ir al retrete, y Aldous para enviarle un beso de buenas noches soplándolo de los dedos.

Capítulo 23

«Es posible trascender el dolor. El truco consiste en elevarse por encima de él, como si estuvieras flotando en el aire, observándolo como si le estuviera ocurriendo a otra persona.»

Hugh le susurraba su consejo una y otra vez en la mente, como una interminable letanía de consuelo y fuerza que la había sostenido durante...

¿Cuánto tiempo había transcurrido desde que la pusieran en ese diabólico aparato? No sabía cuántos días llevaba ahí en esa permanente semioscuridad, obligándose a no sentir el abrumador dolor de las piernas, la espalda, el cuello y los hombros, el hambre que le hacía sonar el vientre, la avasalladora sed, que la chupaban, chupaban, arrastrándola hasta el borde de la locura y la hacían volver nuevamente, a elevarse por encima del sufrimiento constante que ya le había penetrado hasta lo más profundo de los huesos.

Sin ver salir ni ponerse el sol, sin enterarse de los ritmos diarios del mundo que la rodeaba, le era imposible calcular el paso del tiempo. Al principio trató de contar las visitas periódicas de Clare, durante las cuales ésta la liberaba del collar de espinas unos momentos para acompañarla, con un *arma* a la espalda, hasta el retrete del rincón. Había adquirido una mínima pericia para usar el retrete con las manos atadas a la espalda, pero eso ya tenía muy poca importancia puesto que rara vez lo necesitaba.

En realidad, las visitas de Clare parecían más espaciadas, aunque desde el principio las había hecho sin ninguna regularidad, como si quisiera frustrar sus esfuerzos por llevar la cuenta del tiempo. Y claro, siempre que ella le preguntaba cuánto tiempo llevaba allí o si era de día o de noche, Clare le respondía que pronto lo descubriría por sí misma, si escribía esa carta a Hugh.

Ansiaba dormir con una desesperación que verdaderamente la enloquecía. El esfuerzo por mantener erguida la cabeza para no pincharse con las puntas de la argolla, junto con la restricción de tener las manos atadas a la espalda, le hacían arder de dolor el cuello y los hombros. Su mente entraba y salía del delirio, buscando un alivio de ese infierno despierta. Anhelaba la bendita inconsciencia del sueño, aun mientras lo combatía, lo negaba, lo rechazaba. Pese a todos sus esfuerzos, con frecuencia se adormecía y al instante despertaba con los pinchazos de las puntas y su propio grito de dolor.

Una vez no despertó inmediatamente; en lugar de despertar soñó, o tal vez fue una alucinación, porque también las tenía, con un demonio cornudo, que llevaba una cadena de llaves colgada del cuello y tenía muchísimos dientes largos y filudos, que se metía su cabeza en la boca y le mordía el cuello; le enterraba los dientes lenta e inexorablemente tratando de separarle la cabeza del cuerpo para comérsela. Despertó bruscamente con la cabeza ladeada, con las puntas de ese lado enterradas en la piel como los dientes del monstruo imaginado.

No era de extrañar que su imaginación evocara un demonio, porque ¿qué era eso si no el infierno en la Tierra? Para intensificar su tormento, Clare había dejado una jarra de agua en el suelo, cerca de sus pies; a pesar de la semioscuridad de esa parte del sótano, la veía bastante bien si miraba hacia abajo, lo que trataba de no hacer, para no aumentarse el sufrimiento, pero de todos modos sabía que estaba allí.

El agua sólo era una muestra tangible del maltrato y burla en que por lo visto Clare se complacía; su amenaza favorita era decirle que le daría a Aldous la llave del sótano a menos que ella accediera a escribir la carta. Cada vez que se abría la puerta y veía que su visitante era Clare, susurraba palabras de gratitud; había rezado muchas oraciones y plegarias durante esa infernal tortura. Nunca antes había tenido ninguna inclinación a la piedad, pero durante ese tiempo había descubierto que, tal como decía siempre el tío Lotulf, el sufrimiento acerca a Dios.

Agradecía fervientemente a Dios cada vez que veía que era Clare y no su hermano la que había bajado a verla.

¿Cómo dijo Clare esa noche? «Tal vez dentro de uno o dos días...» «Tendrás que follarla de pie.»

Pero tenían que haber pasado más de uno o dos días desde que la aprisionaron en ese aparato, y Aldous aún no había bajado. Y por eso sentía una gratitud inconmensurable. Su mente racional, nominalmente funcional todavía, le decía que le hiciera lo que le hiciera Aldous, no sería nada en comparación con los otros tormentos que estaba soportando. Pero la lógica le servía de muy poco consuelo en ese subterráneo de miedo y dolor. La idea de que la utilizara así, haciendo una sórdida burla de lo que había compartido con Hugh, la afligía aún más que la terrible sed, el dolor de los huesos y el interminable insomnio.

Los recuerdos de cuando hizo el amor con Hugh, esos intervalos encantados, en que sólo estaban los dos, haciéndose uno, eran piedras de toque de solaz y cordura en esa interminable pesadilla, al margen de que Hugh hubiera dicho que sus actos de amor habían sido puramente sexuales y que sus sentimientos por él eran una ingenua fantasía. Él podría engañarse o no acerca de lo ocurrido entre ellos; pero a ella no la podía engañar.

Si cerraba los ojos y se esforzaba en pensar, ella estaba ahí con él, extasiada en sus brazos, elevándose por encima de ese sufrimiento mundano, volando muy alto por encima, aparte, separada, observándolo ocurrir a otra persona, libre del dolor, de la preocupación, libre de su propio cuerpo.

Crujió la puerta.

Abrió los ojos y comprobó que tenía la cabeza ladeada. La enderezó, encogiéndose de dolor cuando se le desenterraron las puntas.

Entornó los ojos tratando de ver la forma que pasaba por la puerta, su silueta definida como siempre por la única linterna de cuerno que ardía encima del horno. Se le formó un nudo en el estómago al ver que la figura era más alta que Clare, de hombros más anchos.

—Dios mío, no —susurró desesperada—. Dios mío, te lo ruego, esto sería demasiado.

—¿Milady?

La voz era de mujer; reconoció la pronunciación rústica de los campesinos de Poitiers. Estremecida de alivio dijo:

—¿Edmée? ¿Eres tú?

La voz le salió áspera de los labios agrietados.

—Milady, ¿dónde…? —Edmée se detuvo a mirar la mesa de trabajo con su surtido de armas y las bombas en la jaula—. Jesús misericordioso —murmuró, santiguándose—. ¿Dónde estáis, milady? —preguntó, mirando hacia el extremo no iluminado donde estaba Phillipa.

—Aquí, aquí al fondo, en la oscuridad. Trae la linterna.

Edmée desenganchó la linterna de su cadena y empezó a avanzar lentamente hacia ella, pasando recelosa por un lado del talismán dibujado en el suelo y el profundo e insondable pozo, y agrandó sus pequeños ojos, horrorizada, cuando la vio en el collar de espinas.

—Dios mío, milady, ¿qué... qué demonios...? ¿La... lady Clare os hizo eso?

Phillipa trató de asentir con la cabeza, pero se lo impidieron las puntas.

—Sí.

—¿Por qué, por el amor de Dios?

—Descubrió algo sobre... sobre mi marido —repuso, con la voz ronca. Consciente de que Edmée había servido en la corte de Poitiers y naturalmente albergaría lealtad hacia la reina Leonor, decidió que era mejor no revelar demasiado—. Y ahora sabe que él es el enemigo, y lo quiere muerto, y... —Se pasó la lengua por los labios agrietados—. Por favor... hay una jarra en el suelo. No he bebido agua desde... ¿cuánto tiempo he estado aquí?

—Bueno, a ver, dejadme pensar...

Mirando alrededor en busca de un lugar para dejar la linterna, Edmée vio el sillón de hierro y se santiguó. Dejó la linterna en el suelo, cogió la jarra y la acercó a la boca de su señora. Phillipa bebió ávidamente, sin importarle que una parte le cayera por el mentón, ni que el estómago se le retorciera dolorosamente tan pronto como llegó el agua a él.

—Hace cuatro noches —dijo Edmée— que fui a vuestro aposento a prepararos para la cama y no estabais ahí. A la mañana siguiente, lady Clare dijo a todo el mundo que os habíais marchado de Halthorpe. Yo encontré raro que no os hubierais despedido de mí, y más raro aún que hubierais dejado toda vuestra ropa y cosas en la habitación.

Phillipa dejó de beber para decir:

—Cuatro noches... ¿y qué hora es ahora?

—Primera hora de la mañana, milady. Las campanas de la capilla aún no han tocado prima. O sea que son tres días completos los que lleváis aquí, y cuatro noches. —Volvió a ladear la jarra para que Phillipa bebiera—. No sabía qué pensar de vuestra marcha, hasta que me di cuenta de que el señor Orlando ya no bajaba aquí. Le pregunté por qué, y él dijo cómo lady Clare le dijo que no viniera, incluso después que él le dijo que deseaba volver al trabajo. Y entonces me acordé que vos siempre preguntabais por los ruidos que salían de aquí, de cómo nunca creísteis ese asunto de los barriles de vino.

Phillipa giró la cabeza para apartar la boca de la jarra.

—Ya he bebido suficiente —dijo, casi sin aliento; hablar le resultaba menos doloroso al tener la garganta mojada—. Gracias. ¿Me harías el favor de desatarme las manos?

—¡Ay, pobrecilla! ¡Por supuesto! —Pasándole las manos hasta la espalda para desatarle el cordón que le ataba las muñecas, continuó—: Lo primero que hice esta mañana fue preguntarle a lady Clare si no le gustaría un agradable baño. Tan pronto se metió en la bañera, cogí estas llaves suyas, esa es la única vez que se las quita, cuando se está bañando, y bajé aquí y...

—¿Tienes las llaves? —Sólo en ese momento Phillipa vio la cadena que Edmée llevaba al cuello con el montón de llaves colgando. Friccionándose las muñecas irritadas por el roce del cordón, exclamó—: ¡Ay, Edmée, no me lo creo! ¡Bien por ti!

—Me disculpé y bajé aquí corriendo, rápida como un conejo. Pero no tengo mucho tiempo. Su señoría está en la bañera y espera que vuelva pronto para...

—¡Puedes sacarme de esto! —exclamó Phillipa—. El collar se abre con una de esas llaves, la pequeña de hierro con la cabeza cuadrada.

Edmée examinó las llaves con el ceño muy fruncido.

—¿La cabeza cuadrada?

—Sí, yo la vi —dijo Phillipa, inquietándose—. Es muy pequeña.

Edmée se acuclilló junto a la linterna y examinó las llaves a la amarillenta luz.

—Lo siento, milady —dijo, agitando la cabeza—, no está aquí. ¿La habrá sacado por algún motivo?

Phillipa gimió. Había supuesto que cuando Clare estuviera dispuesta a dejar bajar a Aldous, sacaría de la cadena la llave de la puerta del sótano para dársela. Pero tal vez temerosa de que él la extraviara, había quitado la llave del collar para así poder darle la cadena con todas las llaves, sin arriesgarse a que ella se escapara.

Eso significaba que Aldous no tardaría mucho en hacerle la visita; tanto más incentivo para procurarse la libertad.

—Escucha, Edmée. Hugh me dijo que si llegaba a necesitar ayuda, debía recurrir a Raoul d'Argentan. Por favor, quiero que lo busques y le digas lo que ha ocurrido. Él podría conseguir la llave, o tal vez... tal vez haya otra cosa que pueda...

—Se marchó, milady.

—¿Se marchó?

—Sí, ayer montó a caballo y se fue, dejando aquí a esa regañona mujercita suya. La oí decir que todo era por culpa de sir Hugh, por haberle dicho a su marido que debía hacer anular el matrimonio, y que eso era lo que quería hacer.

—Oh, no, no… —No podía negar que Raoul había tomado la decisión correcta, dadas las circunstancias, ¿pero no podía haber esperado un día más? —No hay nadie más —dijo, desesperada—. No hay nadie más en quien pueda confiar… aparte de ti.

—Decidme qué debo hacer y lo haré —dijo Edmée—. No soporto veros así, milady.

—¿Viste esos aparatos que hay sobre la mesa? ¿Y los otros dentro de la jaula? Sí, te vi mirándolos.

—Sí, ¿qué demonios son?

—Unas horribles armas nuevas, de un poder terrible. Tienen dentro un polvo negro que explota cuando se calienta. Los que están en la jaula, los que Orlando llama *bombe*, estallan como esos tubos de pergamino que te enseñó Istagio, pero con mucha más violencia. Pueden destruir edificios enteros, matar a veintenas de hombres de una vez.

—¡Caramba! —exclamó Edmée, girándose a mirar el sector del laboratorio, que estaba a oscuras.

—Las armas de mano de la mesa —continuó Phillipa—, a las que Orlando llama *armi della mano*, disparan bolitas de hierro cuando se les mete un alambre caliente en el agujero de arriba; no parecen peligrosas, pero un disparo puede ser mortal. Quiero que cojas una de esas, la que está junto al brasero. —Era la que Clare le ponía encima cuando bajaba ahí, por lo que estaba segura de que no explotaría cuando la arrojaran—. Hay unas tenazas al lado del brasero, para coger el alambre caliente. Llévala a la habitación de lady Clare y apúntala con ella, exigiéndole la llave de este collar. Es bueno que esté en la bañera, porque así se sentirá más vulnerable y es más probable que…

—Ay, Dios, milady, pedidme cualquier otra cosa —suplicó Edmée, retorciéndose las manos—. Coger las llaves fue una cosa, pero no puedo subir ahí y apuntar con eso a lady Clare y… y aunque lo hiciera, ella vería en mis ojos que no soy capaz de arrojársela.

—Edmée, te lo suplico. Te necesito. Te lo ruego.

—No puedo, milady. Por favor… pedidme cualquier otra cosa, cualquier cosa, y lo haré.

Phillipa consideró las posibilidades, o al menos lo intentó, porque estaba agotada, traumatizada.

—Sin la llave no puedo salir de aquí. Jamás saldré de aquí.

—Ojalá sir Hugh estuviera aquí. Él os sacaría de esa cosa.

—Gracias a Dios que no está aquí. Encenderían fuego debajo de eso —miró hacia el sillón de hierro— y lo amarrarían ahí hasta que les dijera lo que sea que desean saber. Una vez me dijo que no ha conocido a ningún hombre que no hablara finalmente con esa tortura. Y después lo matarían. Prefiero morir aquí así antes que permitir que le ocurra eso.

Iba a morir ahí, comprendió, con una sensación de aturdida inevitabilidad. No veía ninguna manera de evitarlo, aparte de atraer a Hugh allí, y esa no era una opción. Daría su vida, pero no sin antes hacer un último esfuerzo por evitar otra ruinosa guerra civil.

—¿Sabes montar a caballo, Edmée? —le preguntó.

—Si es algo parecido a montar una mula, puedo arreglármelas bastante bien.

—*Fritzi* es una yegua muy dócil, la manejarás muy bien. La encontrarás en el penúltimo corral de la derecha del establo. Dile al mozo que la ensille para tu señora…

—¿Tito Hugh triste?

Hugh sonrió a su sobrinita, que estaba feliz instalada en su falda ante la mesa. Era la primera vez que sonreía desde su llegada a Eastingham hacía cuatro días, y le costaba un esfuerzo titánico.

—No, Nelly. Estoy bien, sólo estoy cansado.

—No le mientas, Hugh —dijo Joanna, que estaba sentada a su lado—. Que tiene ojos y oídos, igual que el resto de nosotros.

Graeham, sentado al frente, le sirvió vino en la copa vacía.

—Es cierto. Jamás te había visto tan melancólico. La verdad es que jamás te he visto melancólico.

—Sólo estoy cansado —repuso Hugh malhumorado.

—Tú no te cansas —observó Joanna con una sonrisa sesgada, cortando un trozo de carne de venado para el pequeño Hugh.

—Todo el mundo se cansa —replicó él.

—¿Cuándo fue la última vez que estuviste bien cansado, de verdad? —lo retó ella—. Es decir, ¿lo suficientemente cansado para irte a la cama y dormir como una piedra?

Fue cuando estaban alojados con Phillipa en la casa de Aldous en Southwark, recordó él, pensando en esas noches cuando cabalgaba hasta quedar absolutamente agotado con el fin de olvidar con qué desesperación la deseaba. En ese tiempo creía que si lograba poseerla una vez se apaciguaría su hambre y quedaría libre de su hechizo.

Qué tonto había sido. Jamás estaría libre de ella, jamás. Durante el resto de su vida, siempre que aspirara el aroma a lavanda, u oyera una risa aguda, infantil, o tocara algo maravillosamente suave, como la mejilla de su sobrina, recordaría a Phillipa.

Y le dolería. Y ese no era el tipo de dolor sobre el que podía elevarse; era demasiado parte de él, demasiado insidioso. Lo sufriría por el resto de su vida porque la había rechazado, porque la había herido con sus palabras, palabras crueles destinadas a endurecerle el corazón. Y luego se marchó sin volver la vista atrás.

«Fue para mejor», se repitió por centésima vez. Tal vez algún día se lo creería.

—Sir Hugh.

Saliendo de su ensimismamiento, levantó la vista y se encontró ante la anciana cocinera de Joanna.

—¿Sí, Aethelwyne?

—Hay una mujer que vino por la parte de atrás preguntando por vos. Dice que hizo todo el camino desde Halthorpe. Le dije que vendría a llamaros.

Dicho eso, Aethelwyne giró sobre sus talones y se alejó muy erguida.

La primera idea de Hugh fue que era Phillipa, pero si ella hubiera venido a Eastingham habría entrado por la puerta principal; sólo los sirvientes y los villanos venían por la parte de atrás.

—¿Has hecho otra conquista entre las pinches de cocina del castillo de Halthorpe? —le preguntó Graeham sonriendo malicioso—. No puedo decir que me sorprenda.

Hugh besó el sedoso pelo de Nell y se la pasó a su madre.

—Iré a ver de qué se trata.

En la parte de atrás, sentada en el muro bajo que rodeaba la huerta, encontró a la robusta muchacha de Poitiers que servía a Phillipa en Halthorpe.

—Edmée —dijo, desconcertado—. ¿Qué haces aquí?

—Ah, sir Hugh… —Edmée se levantó, apretando en los puños la falda de su humilde túnica marrón—. Lady Phillipa me envió. Me envió con un mensaje, pero…

—¿Pero?

Edmée frunció el ceño.

—Primero el mensaje, tal como me dijo que lo diera. —Hizo una inspiración profunda—: Dice que debéis cabalgar a West Minster y pedirle a… ¿lord Robert?

—Lord Richard.

—Sí, eso es, lord Richard. Le pedís a lord Richard que envíe inmediatamente al castillo de Halthorpe a todos los hombres que pueda, porque ha visto lo que el señor Orlando está inventando en el sótano y hay que detenerlo. Son armas, sir Hugh, armas terribles, yo las vi.

—Sí, pero si Clare y Aldous ven aproximarse al destacamento de soldados, van a destruir o esconder esas armas antes de que podamos...

—No, dijo que no pueden llegar a ellas porque yo tengo la única llave del sótano. —Se sacó la cadena de debajo de la falda; era la cadena de Clare, con las llaves.

—¡Dios mío! ¿Cómo consiguió quitarle esas llaves a Clare?

—Fui yo la que lo conseguí —dijo Edmée, sonriendo orgullosa.

—Bien hecho —la elogió él y le tendió la mano—. Dame las llaves, entonces, y saldré para West Minster tan pronto como tenga ensillado mi caballo.

Ella negó con la cabeza con gesto implacable, con las llaves apretadas en el puño.

—Ese no es todo el mensaje, sire. Dijo que os dijera que tenéis que manteneros bien alejado del castillo. Acercaros sería arriesgar vuestra vida. Tengo que deciros que os buscan, y que los soldados francos os torturarán en ese horrible sillón y os matarán si os acercáis allí.

—Ah. —Hugh se frotó el mentón, mirando a Edmée con interés, mientras ella se mordía el labio y se retorcía las manos—. ¿Por qué te envió lady Phillipa? ¿Por qué no vino ella?

—Se pondría furiosa si supiera que os voy a decir todo. Dijo que en ninguna circunstancia permitiría que supierais...

—Suéltalo.

Edmée inspiró y soltó el aire, estremecida.

—Eso que... esa cosa que está al lado del sillón de hierro, ese collar —se puso las manos alrededor del cuello para ilustrarlo—, con las púas...

«Ay, Dios, por favor, no.»

—¿El collar de espinas?

Edmée asintió.

—Lleva ahí tres días y cuatro...

—¡Dios santo! —exclamó él, pasándose los dedos por el pelo—. ¡Jesús! ¿Por qué no viniste antes...?

—Recién lo supe esta mañaña —contestó ella, con expresión muy afligida—. Por favor, sire, ¡no lo sabía! La han tenido en esa cosa, lady Clare y el señor Aldous, desde el día siguiente al que os marchasteis de Halthorpe. Os quieren a vos, como dije. Le dijeron que la dejarían libre si os escribía una carta para que volvierais, pero ella no quiso, porque sabe lo que os harán si mostráis la cara ahí.

Hugh gimió, cubriéndose la cara con las manos. «Phillipa, Phillipa...»

—Quizá no debería haberos dicho esto, pero si pudierais verla... —se santiguó con la mano temblorosa—. No soporto dejar que se muera así sin hacer nada para evitarlo.

—¿La dejan tomar agua?

—No.

Hugh soltó una maldición.

—Yo le di un poco esta mañana, pero está... —Bajó los ojos—. No está nada bien, sire. No me imagino que pueda durar otros dos días. Y creo que ella lo sabe.

Lord Richard tardaría más de dos días en organizar un asalto eficaz al castillo de Halthorpe, dados los muchos soldados que lo defendían. Phillipa sabía eso, porque habían hablado de los detalles militares. Sabía que cuando los hombres de lord Richard llegaran ahí ella ya estaría muerta.

Pero él estaría vivo y a salvo. Y ese había sido el objetivo de ella, claro, cuando le ordenó a Edmée que no le dijera en qué situación se encontraba. Había decidido morir sufriendo para que él viviera, a pesar de la forma como se marchó, a pesar de las cosas hirientes que le dijo en respuesta a su conmovedora y seria declaración de amor... «Tal vez acostarte con Aldous te sirva para resolver algo del misterio de la sexualidad y para superar tu enamoramiento de mí.»

Se maldijo con un rugido que hizo salir volando a los gorriones que habían estado parloteando posados en el muro.

Eso era obra suya. La había abandonado, la había dejado sola, para que se las arreglara como pudiera, indefensa, después de asegurarle presumiblemente que Clare y Aldous eran inofensivos, algo que había deseado creer; y se había convencido de eso simplemente porque no era capaz de enfrentar los sentimientos que ella había hecho nacer en él. No era capaz de elevarse por encima de ellos, por lo tanto se marchó, dejándola abandonada a su destino.

Que ella hiciera ese sacrificio final por él después de todo eso...

Se restregó la cara. «Dios mío, ¿qué he hecho?»

—¿Hugh?

Sintiendo una mano en el hombro, se giró y se encontró ante Graeham.

—¿Eras tú el que sentí gritar aquí como un oso?

—Phillipa, está... —Se pasó la mano temblorosa por el pelo—. Está en dificultades. Edmée, ¿crees que si voy a Halthorpe contigo podrías hacerme entrar en el sótano sin que me vean?

—Tendríais que ir vestido de una manera que no os reconozcan —dijo ella—. Con ropas de labrador, tal vez, con el pelo cubierto. Y tendríais que ir en otro caballo, no ese semental vuestro.

—Eso no es problema.

—¿Qué puedo hacer yo? —le preguntó Graeham, serio, como un soldado listo para la batalla.

—Reúne a algunos hombres, todos los que puedas, y sígueme con ellos a Halthorpe tan pronto como sea posible.

—Considéralo hecho.

—Ah, ¿Graeham? Buenos hombres, y bien armados. Espero poder entrar sigilosamente y arreglar esto sin ningún problema, pero si no logro sacar a Phillipa de ahí solo, voy a necesitar respaldo. —Añadió muy serio—: Esta vez no saldré de allí sin ella.

Capítulo 24

Chirrió la puerta. Phillipa se sobresaltó, gimió del dolor en el cuello y miró alrededor. ¿Dónde estaba?

Ay, Dios, en el sótano. En el collar de espinas.

Alguien entró por la puerta. ¿Clare? No, no podía ser Clare, porque Edmée se había quedado con las llaves cuando salió para Eastingham a avisar a Hugh que no se acercara al castillo. Pero Clare ya debía de estar fuera de sí al descubrir que le faltaban sus llaves y no estaba su doncella.

Se cogió del marco de hierro del collar de espinas para sostenerse, agradecida por tener las manos libres. No logró identificar a su visitante, porque ese extremo del sótano estaba sumergido en la oscuridad; la linterna estaba cerca de ella, donde la había dejado Edmée. Pero era una figura alta, mucho más alta que Edmée, y ancha de hombros.

«Ay, Dios mío, que no sea Aldous, por favor...»

Pero claro que no podía ser Aldous, porque sin las llaves no tenía ninguna manera de acceder al sótano.

—¿Phillipa?

Parecía ser la voz de Hugh. Debía estar imaginándose cosas; eso le estaba ocurriendo con bastante frecuencia.

Detrás del visitante entró otra persona y cerró la puerta; era una mujer, porque llevaba túnica de mujer. ¿Sería Edmée?

El hombre que se le acercó, saliendo de la oscuridad, no era Hugh. Llevaba pantalones de tela casera y un raído manto de lana, ropa de campesino.

—¿Quién… quién está ahí? —preguntó, con la voz rasposa nuevamente; no había bebido agua desde que se marchara Edmée.

Su visitante se detuvo junto al pozo y se echó atrás la capucha, dejando al descubierto una cabeza de cabellos dorados y una expresión afligida.

—Dios mío, Phillipa…

¿Qué estaba haciendo Hugh ahí? ¿Por qué lo había traído Edmée?

—Hugh… no… no deberías estar aquí. Debes marcharte. ¡Inmediatamente!

Él reanudó la marcha hacia ella, a pasos largos.

—Phillipa… ¿Cómo pude…?

—Hugh, por favor, márchate ahora mismo. Los hombres de Luis te matarán.

—No, no lo matarán ellos —dijo Edmée detrás de él.

Hugh se giró hacia la doncella, que entró en el círculo de luz con los brazos extendidos, sosteniendo algo en la mano, apuntando a Hugh.

Salió un relámpago del arma que tenía Edmée en la mano, acompañado por un estallido y una nube de humo.

—¡No! —gritó Phillipa.

Hugh cayó bruscamente hacia atrás, aterrizando con un fuerte golpe en el suelo de tierra, con la frente roja. Gimió una vez, ladeó la cabeza y se quedó horriblemente inmóvil. Edmée se tambaleó hacia atrás pero no se cayó.

—Los hombres de Luis no tendrán la oportunidad —dijo, mirando el cuerpo inerte de Hugh.

—¡No! —gritó Phillipa otra vez, la rabia y la aflicción hirviéndole dentro y haciéndole escocer los ojos—. Dios mío. ¡Hugh! ¡Hugh! ¡Hugh!

Él no se movió. Estando su cara vuelta hacia el otro lado, ella no le veía la herida, pero sí veía la sangre oscureciendo el suelo en ese lado.

Aferrando el marco de hierro hasta que se le pusieron blancos los nudillos, gritó su nombre una y otra vez; al final ya no era su nombre lo que le salía sino roncos y desgarradores sollozos. Sus gritos de angustia llenaron el sótano; lágrimas calientes le bajaron por la cara y le llenaron la garganta.

Edmée se acercó a ella y examinó el arma en la corona de luz que la rodeaba.

—Extraordinario.

302

—Dios mío, Edmée —dijo Phillipa, con la voz ahogada por las lágrimas—. Dios mío, ¿cómo has podido? ¿Por qué..?

—¿Aún no lo habéis comprendido? Y dicen que sois tan inteligente.

Phillipa observó que la voz y la pronunciación de Edmée habían cambiado; sus toscas inflexiones de campesina de Poitiers habían sido reemplazadas por la refinada pronunciación del francés normando correcto.

—Supongo que vuestro encierro os ha afectado el funcionamiento de la mente —continuó Edmée—. Pero no, incluso antes, hubo cosas en las que no reparasteis, conclusiones que sacasteis porque yo os conduje a ellas... Por ejemplo, basándoos en cuatro medias negras y un látigo, sacasteis la conclusión de que fue Marguerite du Roche la que ejecutó a ese torpe patán de Istagio.

O sea que era Edmée, comprendió Phillipa, o comoquiera se llamara en realidad, porque no era una campesina de Poitiers, la agente enviada por la reina Leonor al castillo de Halthorpe para asegurar la discreción y el control.

—Ay, Dios —sollozó—. Eras tú. Fuiste tú. ¿Cómo...?

—Fue una fiebre tenaz la que impidió a la doncella de Clare regresar a Inglaterra con ella —dijo Edmée—, pero una fiebre tal vez no muy inocente. He descubierto que dosis pequeñas y frecuentes de acónito producen una enfermedad muy creíble y larga, con escalofríos, mucosidades y un debilitamiento progresivo del cuerpo; eso dejó su puesto vacante y listo para que yo lo tomara. ¿Qué posición más perfecta para vigilar las actividades de Clare que la de su doncella personal?

Phillipa cerró los ojos a la pesadilla del cuerpo sin vida de Hugh y lo vio todo: Edmée acechando desde un segundo plano todas esas semanas, observando, escuchando y viéndolo todo con esos astutos ojillos; Edmée dejándose seducir por Istagio después que él cometiera el terrible error de intentar impresionarla encendiendo esos tubos con polvo negro. Debió sentirse sorprendido, pero curioso, cuando ella lo ató a los postes y sacó el látigo, y desconcertado cuando le presionó la cara con la almohada.

Edmée lo planeó todo bien. Naturalmente las sospechas recaerían en Marguerite, al ser bien conocidas sus proclividades, y las medias y el látigo suyos. Encargarse del resto le resultaría sencillo: llevarle un aguamanil con vino caliente con especias para la noche, con arsénico añadido, dejar una oración de penitencia escrito en el código de la reina...

Y Hugh. «Hugh, perdóname. Yo debería haberlo sabido, debería haberlo deducido antes.»

—Querías que creyéramos que la agente de la reina estaba muerta para que bajáramos la guardia —dijo.

—Quería que Clare creyera que había muerto la agente de la reina —corrigió Edmée—, porque estaba haciendo demasiadas preguntas para descubrir quién era ese agente. Vi que estaba comenzando a sospechar de mí, y la reina me ordenó que mantuviera mi disfraz a toda costa. En cuanto a vuestro marido, sólo esta mañana llegué a comprender que estaba al servicio del rey. Y vos también lo estáis, supongo. Ha sido un trabajo competente, debo reconocer. —Mirando hacia el cuerpo inerte de Hugh, añadió—: No lo bastante compentente, claro...

—¡Arde en el infierno! —exclamó Phillipa con voz áspera, con nuevas lágrimas agolpadas en los ojos y oprimiéndole la garganta. «Hugh, Hugh...»

Edmée sonrió. La luz de la linterna, que le iluminaba la cara desde el suelo, dejaba en sombras las partes superiores de sus rasgos, dándole un aspecto espeluznantemente diabólico.

—No todos los infiernos son ardientes, como deberíais saber después de haber pasado cuatro días en esa cosa.

Guardando el arma y las tenazas debajo del cinturón, examinó las llaves que le colgaban del cuello hasta localizar la pequeña de hierro con la cabeza cuadrada.

—Vamos, mirad lo que he encontrado —dijo, sacándola de la cadena.

—La... la teníais ahí todo el tiempo.

—Veamos, ¿qué puedo hacer con ella? —La tiró al aire y la cogió en su enorme mano—. ¡Ya sé! —Girando sobre los talones, fue hasta al pozo y puso la mano con la llave por encima—. ¿Qué profundidad suponéis que tiene este pozo? Veamos si lo descubrimos por el tiempo que tardemos en oír el chapoteo del agua.

—Edmée, escucha...

Edmée dejó caer la llave. Phillipa retuvo el aliento.

De pronto se oyó un débil chapoteo al golpear la llave el agua y hundirse hasta el fondo.

Edmée emitió un largo silbido de admiración, asomada al pozo.

—Trece metros diría yo, hasta donde comienza el agua, tal vez más, y esto es recto hasta abajo. No logro imaginarme cómo lo cavaron.

Phillipa cerró los ojos. Todo acabado, entonces. Jamás se liberaría de esa argolla con puntas. Moriría allí.

«Tal vez sea para mejor», pensó. Sin Hugh estaría eternamente vacía, incompleta.

—Comprendéis por qué no os puedo dejar viva —dijo Edmée.

Su voz sonó más lejos. Phillipa abrió los ojos y la vio acercar una vela a los carbones del brasero y luego encender la linterna que colgaba sobre la mesa de Orlando.

—Sería muy imprudente, después de todo el esfuerzo que ha puesto la reina en la fabricación de estas nuevas armas, dejar con vida a cualquiera que sepa de su existencia y no sea capaz de mantener cerrada la boca. Entre esos no sólo estáis vos y vuestro marido sino Orlando y...

—No, Orlando no —dijo Phillipa—. Por favor, sólo es un anciano amable y...

—Y, por supuesto —continuó Edmée, implacable—, Clare y Aldous, que saben demasiado para ser personas que han demostrado no ser otra cosa que riesgos para la causa de la reina.

—Supongo que tienes un límite respecto a cuántas personas puedes decidir matar.

—Si lo tengo, aún no he llegado a él. Aunque despachar a un buen número de una vez podría ser un poco incómodo. —Miró pensativa el contenido de la jaula—. ¿Cómo funcionan esas? ¿Lo sabéis por casualidad?

—No tengo idea —mintió Phillipa.

—Conozco a alguien que lo sabe —dijo Edmée dirigiéndose a la puerta.

—¿Adónde vas?

—No os preocupéis, volveré enseguida —dijo Edmée al salir, antes de cerrar la puerta—. Me imagino lo sola que se sentiría una aquí —miró hacia Hugh— sólo con el marido muerto por compañía.

Phillipa la maldijo a todo pulmón; sus gritos se convirtieron en desgarrados sollozos cuando se cerró la puerta.

—Hugh... Hugh, Dios mío, Hugh.

¿Para qué tuvo que venir? Si él estuviera a salvo, ella podría soportar mucho mejor todo eso, tal vez incluso con un poco de dignidad.

Cuando volvió Edmée, no mucho después, venía acompañada por Orlando. Al verlo entrar delante de Edmée, Phillipa le advirtió a gritos que huyera, pero él quedó mirándola atónito desde el otro extremo del sótano iluminado por las linternas.

—¡Lady Phillipa! *¡Il Dio mio!* ¿Qué ocurrir?

—Un poco de mala suerte —dijo Edmée burlona, cerrando la puerta—. Nos ocurre a todos de vez en cuando.

Acto seguido se acercó a la mesa, eligió una de las armas y, sacándose las tenazas del cinturón, cogió uno de los alambres al rojo del cazo que estaba sobre el brasero.

—¡Orlando, huid! —gritó Phillipa.

—Si vais a huir —dijo Edmée, colocándole el arma cerca de la cabeza—, tened la amabilidad de huir en esa dirección. —Lo empujó hacia el lado del sótano donde estaba Phillipa—. Si no, me veré obligada a haceros un agujero en la cabeza, y como podéis ver —hizo un gesto hacia Hugh—, los resultados pueden ser muy debilitantes.

Al pasar junto a Hugh, Orlando musitó una oración.

—¿Está muerto?

—Si no lo está, lo estará pronto —contestó Edmée. Le indicó el sillón de hierro—. Sentaos ahí.

Orlando negó con la cabeza y trató de retroceder, pero Edmée lo empujó con el arma.

—No os preocupéis, no es mi plan haceros hervir, a no ser que os mostréis particularmente tozudo y no queráis colaborar, y en ese caso, no hago ninguna promesa.

Con un fuerte suspiro, Orlando se sentó en el sillón y obedeció cuando ella le ordenó poner el antebrazo izquierdo sobre el brazo del sillón y dejarlo sujeto con la correa abrochada. Dejando a un lado el arma sólo por ese instante, ella le sujetó el otro brazo con la correa. Después apuntó el arma hacia la cabeza de Phillipa.

—Así es como va a tener lugar esta conversación, *signore* Orlando. Yo haré las preguntas y vos las contestaréis de forma franca y clara, si no, lady Phillipa experimentará un repentino y aplastante dolor de cabeza. ¿Habéis entendido?

—*Sí.*

—No le digáis nada, Orlando —dijo Phillipa—. No importa que me mate, nos va a matar a todos de todas maneras.

—Esas cosas que hay en la jaula —dijo Edmée, como si Phillipa no hubiera hablado—. Esas… *bombe*, ¿así las llamáis?

—*Sí*, del latín *bombus*, significa ruido mucho fuerte.

—Qué apropiado. ¿Es verdad que son lo bastante potentes para destruir edificios?

—Depende de lo grande que sea el edificio y de cuántas *bombe*…

—Digamos, este edificio, el castillo de Halthorpe. ¿Podrían las *bombe* de esa jaula destruir…?

—¡No le contestéis, Orlando! —gritó Phillipa.

Edmée acercó el alambre a un pelo del agujero de contacto. Haciendo un gesto hacia Hugh, dijo:

—Creo que he demostrado que estoy más que dispuesta a disparar una de estas a la cabeza de una persona. Así pues, decidme la verdad, Orlando. Si todas esas *bombe* se encendieran a la vez, ¿qué ocurriría?

—Se destruiría el edificio —contestó Orlando a regañadientes—, y tal vez gran incendio.

—¿Incendio? —repitió Edmée y sonrió—. Un incendio sería conveniente. Sería excelente, en realidad. Si el castillo de Halthorpe ardiera hasta desplomarse, matando a todos los que están en su interior, ¿quién podría decir cómo comenzó una vez que no quedaran nada más que ruinas quemadas?

—¿A todos? —exclamó Phillipa—. ¿Matarías a todas las almas de este castillo sólo para eliminar cuatro vidas?

—Si creéis que esos de arriba tienen almas es que no habéis prestado atención estas semanas —contestó Edmée. Luego se dirigió a Orlando—: ¿Esas *bombe* funcionan igual que los paquetitos de pergamino? ¿Uno le prende fuego al cordón y espera que se queme todo?

—*Sí* —repuso Orlando suspirando.

—¿Tendré tiempo suficiente para salir del castillo y llegar hasta…, digamos al patio exterior, antes que exploten?

—El *fusibili* es mucho largo. Estar mucho lejos antes del bum.

—Gracias, *signore* —dijo Edmée, echando a andar hacia el otro lado del sótano—. Habéis sido de lo más servicial. Ah, una cosa más. ¿Dónde podría encontrar ese extraordinario polvo negro vuestro?

—En el tarro verde que está sobre la mesa.

Edmée dejó el arma sobre la mesa, cogió el monedero que colgaba de su cinturón, lo puso boca abajo para vaciarlo de las pocas monedas que contenía y lo llenó del polvo del tarro verde. Allegándose a la jaula, probó las llaves hasta encontrar la que la abría. Cuando encendió la vela en las brasas, Phillipa le dijo:

—Edmée, no hagas eso, ninguna causa vale la muerte de todas esas personas inocentes.

—¿Inocentes? —dijo Edmée riendo—. Desde luego no habéis puesto atención, ¿verdad?

Indiferente a las continuadas súplicas de Phillipa, se acuclilló junto a la jaula y encendió los extremos de los largos cordones colgantes, uno tras otro. Estos empezaron a arder, pero tan lento que era evidente que ella estaría muy lejos de las murallas del castillo cuando explotaran las bombas.

Volvió a poner llave a la jaula, para que nadie pudiera apagar el fuego de los cordones; después llevó las llaves hasta el pozo, mientras Phillipa le suplicaba que lo repensara.

—¡No! —gritó Phillipa cuando las echó dentro—. ¿Cómo puedes hacer eso? ¿Qué tipo de monstruo eres?

—De la mejor clase —contestó Edmée, sonriendo—. Del tipo que puede pasar por ser humano. —A Orlando le dijo—: Si os sirve de consuelo, vuestro invento pasará a la posteridad. Será bastante sencillo reproducir estas *bombe*, y me llevaré esta de modelo —cogió el arma que había dejado sobre la mesa— para que se puedan hacer otras a su imagen.

Él se irguió y negó con la cabeza.

—No...

—¿No? —dijo ella, arqueando las cejas—. Después de los años que habéis pasado inventando estas armas, no me imagino que deseéis que el mundo se pierda el conocimiento sobre cómo hacerlas.

Tampoco pudo imaginárselo Phillipa, al recordar cómo Orlando había justificado su trabajo para Clare. «Todo conocimiento es bueno. Todo aprendizaje vale la pena.»

—No quiero que se pierda el conocimiento —dijo Orlando—, pero esa no es la *arma della mano* de la que hago otras. Es una del tipo que hace *esplosione* cuando se mete el alambre.

Phillipa gimió consternada, deseando que Orlando no hubiera dado esa información. Ojalá la única arma sobreviviente se destruyera a sí misma cuando se disparara.

Edmée dejó el arma que había cogido junto a las otras.

—¿Cuáles se pueden disparar sin riesgo?

—Esa del extremo —dijo Orlando—, la que tiene el mango curvo.

Edmée cogió esa arma más grande y la sopesó en las manos.

—Necesitaréis saber hacer el polvo negro —dijo Orlando—. Las *armi* y las *bombe* sólo son trozos de hierro inútiles sin el polvo.

—Por el amor de Dios, Orlando —gimió Phillipa.

—Tengo un poco de muestra —dijo Edmée, dando unas palmaditas a su hinchado monedero.

Orlando negó con la cabeza.

—No es tan fácil reproducirlo de una muestra, si no eso no habría llevado tantos años a Orlando.

—Muy bien, entonces —dijo Edmée, echando una rápida mirada a las *bombe*, cuyos *fusibili* se iban quemando con suficiente lentitud—. ¿Cómo lo hacéis? ¿Qué contiene?

—Dije que necesitaríais saberlo —dijo Orlando sonriendo—, no que os lo diría.

Sorprendida, Phillipa casi se echó a reír. Al parecer, Orlando había llegado a la conclusión de que no todo conocimiento es digno de conservarse.

Pasado un momento de sorprendido silencio, Edmée cogió las tenazas y sacó un alambre caliente del cazo. Caminando hacia ellos, con el arma apuntada hacia Phillipa, dijo:

—Me lo diréis, ahora mismo.

—Va a morir de todos modos —dijo él. Volviéndose hacia Phillipa, le dijo—: Lo siento, pero es verdad.

—Sí —dijo Phillipa—. No le digáis nada.

Con un fuerte rubor de ira subiéndole por el cuello, Edmée giró el arma hacia las piernas de Orlando.

—¿Qué creéis que se siente cuando se os vuela una pierna? Y luego, si no habláis, cogeré otra de estas y os volaré la otra. Y luego...

—*Sí*, entender la idea —dijo Orlando encogiéndose de hombros—. A mí no me importa. Cuanto más tardéis, más probable es que quedéis atrapada en la *esplosione*.

Con un destello de terror en los ojos, Edmée se giró a mirar los *fusibili*, que ya estaban quemados en poco menos de un cuarto de su largo. Girándose bruscamente hacia Orlando, apuntó el arma a su pierna derecha.

—Decídmelo ahora, si no os juro que dispararé y apuesto a que entonces no os mostraréis tan arrogante.

—Será interesante verlo —dijo Orlando. Volviéndose hacia Phillipa, le preguntó—: ¿Qué os parece? ¿Estaré arrogante o no?

—Cabrón estúpido —gruñó Edmée, mostrando los dientes, y metió el alambre en el agujero de contacto.

Se oyó un estruendo cuando el arma le explotó en la mano, seguido por otro más violento cuando le explotó el polvo que contenía su monedero.

Durante un largo rato, Phillipa no oyó otra cosa que el sordo zumbido en sus oídos, ni vio otra cosa que el humo negro suspendido en el aire, que le hacía arder los ojos y la garganta.

Cuando se disipó un poco el humo, en medio de la niebla vio que Edmée había sido arrojada hacia atrás, estrellándose en una de las macizas columnas de piedra que sostenían el techo del sótano. Su cuerpo, ennegrecido y ensangrentado, estaba desplomado al pie de la columna, como una muñeca de trapo a la que han arrojado descuidadamente a un lado. Tenía una horrible herida abierta en el vientre, y lo único que quedaba del arma que había disparado eran unos cuantos fragmentos de hierro retorcidos diseminados por todo el sótano.

Orlando estaba tosiendo.

—La engañasteis —dijo Phillipa, impresionada—. La hicisteis dejar el arma buena y coger una de las...

En ese instante se oyó un resollane gemido. ¿Podría estar viva aún Edmée?, pensó Phillipa, y entonces comprendió que el sonido no provenía de Edmée, provenía de... «Dios santo...»

La explosión debió despertarlo. Una oleada de alivio la recorrió toda entera.

—¡Hugh! ¡Hugh! Gracias a Dios, Hugh, estás vivo. Orlando, ¡está vivo!

—¡Hugh, despierta! —ordenó Orlando.

Mientras tanto ella hacía una llorosa oración de acción de gracias. Estaba vivo. Se sentía borracha de alivio.

Hugh se movió, pero no despertó, pese a las exhortaciones de Orlando.

—Hugh —gritó Orlando—. Despierta, ya.

Phillipa se unió a sus súplicas. Si Hugh volvía en sí, no sólo podría salvarse él sino también salvar a Orlando y al resto de la gente del castillo, antes que detonaran las bombas.

Orlando movió con fuerza los brazos tratando de sacarlos de las correas de cuero que los aprisionaban, maldiciendo en italiano. Phillipa estiró un brazo hacia las correas, por si podía desabrocharlas, pero no le llegó por uno o dos dedos.

—¡Mi cuchillo! —exclamó. Sacando su pequeño cuchillo para comer de su vaina, lo cogió por la punta y lo tendió hacia Orlando—. Coged esto. Usadlo para cortar las correas.

Orlando escasamente alcanzó a coger el extremo del mango de marfil del cuchillo. Estuvo a punto de caérsele, pero logró sostenerlo y con sumo cuidado puso la hoja debajo de la correa que le sujetaba la muñeca, de modo que la serrara.

Hugh volvió a gemir. Phillipa miró hacia la jaula y vio que los *fusibili* estaban quemados casi hasta la mitad.

—¡Date prisa, Orlando!

—¡*Fatto!* —exclamó Orlando al terminar de cortar la correa—. ¡Hecho!

A toda prisa desabrochó la correa que le sujetaba el brazo izquierdo. Se levantó y se dirigió resueltamente hacia el otro extremo del sótano.

—Orlando, ¿adónde vas? ¡No te vayas todavía! ¡Lleva contigo a Hugh!

—No me voy —dijo él buscando frenético entre los frascos y tarros de la mesa—. Buscar algo para... ¡ah! —Cogiendo un frasquito azul, se dirigió hacia Hugh y se arrodilló junto a él. Destapó el frasquito y se lo puso bajo la nariz—. Si puede despertar, esto lo...

Hugh gruñó, como molesto, y se giró hacia un costado.

—Va bien —dijo Orlando, pasándole el frasquito de un lado a otro bajo la nariz—. Su herida no es muy grave. Sangrar mucho, pero no ser grande. La bolita de hierro, creo que rozar el cráneo, no entrar.

—¡Abre los ojos, Hugh! —gritó Phillipa—. ¡Por favor!

Con un fuerte gemido, Hugh abrió los ojos e hizo a un lado el frasquito.

—Dios mío...

—¡Hugh! —exclamó Phillipa—. Oh, gracias a Dios. ¡Hugh, levántate! ¡Levántate!

Él miró alrededor, adormilado.

—¡Jesús! —exclamó, al ver el cuerpo de Edmée.

Una fea herida llena de pelos le cruzaba un lado de la frente, y tenía la cara pegajosa de sangre por ese lado. Se tocó la herida e hizo una mueca. Cuando su mirada se posó en Phillipa, gimió su nombre y se levantó, tembloroso.

—Tienes que salir de aquí —dijo ella al verlo caminar hacia ella, tambaleante.

—¿Qué? —dijo él, cogiéndole la cara entre las manos—. No, sin ti no. Esta vez no.

—Hugh, no lo entiendes. Edmée... —Phillipa movió la cabeza, frustrada; no había tiempo para explicarlo todo—. Mira detrás de ti, esa jaula. Esas cosas son como las armas chinas de que me hablaste, las que se llenan de polvo negro. Esos cordones están ardiendo, y cuando el fuego llegue al polvo negro, todo el castillo va a explotar y quemarse.

Hugh tiró de la argolla que le rodeaba el cuello.

—Tengo que sacarte de esto.

Phillipa negó con la cabeza, frenética.

—La llave ya no está, Hugh, está en el fondo del pozo, junto con la de la jaula. Tienes que salir de aquí, con Orlando, y hacer salir a toda la gente del castillo. ¡No tenemos mucho tiempo!

—Orlando, vete tú —dijo Hugh—. Haz salir de aquí a toda la gente. Diles que corran. Llévalos lo más lejos posible del castillo…

—¡Tú también! —exclamó Phillipa, cogiéndole el manto—. Vete, mientras puedes.

—Ya te lo dije —dijo él tranquilamente, captando su mirada con sus ojos incandescentes—. No te dejaré. —Sin hacer caso de sus súplicas, se volvió hacia Orlando—. Date prisa.

Orlando se puso delante de Phillipa, con los ojos brillantes, y le cogió la mano.

—Cuando encender la primera *bomba*, encender a las demás. Será *esplosione mucho grande*. Morir rápido —añadió muy serio—. No sufrir.

—Gracias, Orlando.

—*Andare con il Dio.*

Le levantó la mano y la llevó a sus labios. Ella sintió mojado el dorso. Enderezándose, Orlando hizo una solemne señal de la cruz, le apretó fuertemente el hombro a Hugh y se marchó.

—Hugh, tienes que irte con él —suplicó Phillipa con el mentón estremecido—. Te lo ruego, Hugh, por favor.

Él estaba examinando la cerradura, con el ceño fruncido.

—Creo que podría abrir esto. Necesito algo afilado y estrecho. ¿Dónde está tu cuchillo para comer?

—Ahí —dijo ella, apuntando al suelo, donde había caído el cuchillo después que Orlando terminó de usarlo—, pero, por favor, Hugh…

—Shh. Quédate quieta.

Metió la punta del cuchillo por el ojo de la cerradura, mirándolo fijamente, como si pudiera abrirla con sólo su fuerza de voluntad. Movió el cuchillo hacia todos lados, tirando de la argolla, pero la cerradura no cedió.

—Eso no resulta, Hugh.

Suspirando, él tiró el cuchillo sobre el sillón de hierro; después le cogió la cabeza con ambas manos y la besó, muy tiernamente.

—No me voy a ir, Phillipa.

A ella le rodaron las lágrimas por las mejillas.

—Hugh, por favor, quiero que vivas.

—Yo no —dijo él dulcemente, apoyando la frente en la de ella—. No quiero vivir sin ti.

Ella lo miró a los ojos, tan cerca, tan insondables, y se sorprendió al verlos empañados de lágrimas.

—Te amo, Phillipa —le dijo, con la voz ronca por las lágrimas, acariciándole el pelo con las manos temblorosas—. Lamento no haber sido capaz de decírtelo antes. Lamento haber sido tan tozudo, tan… —Movió la cabeza, y una lágrima rodó por encima de la sangre de su mejilla—. Hice mal al simular que no sentía lo que sentía. Fui un loco al arrojarte a Aldous, al abandonarte como lo hice. Esto —tiró del horrible collar de espinas—, es culpa mía, totalmente culpa mía, y me voy a quedar aquí contigo, pase lo que pase.

—Hugh, yo también te amo, y por eso quiero que salgas de aquí. —Una mirada a la jaula le reveló que sólo quedaban unos pocos centímetros de cordón sin quemar—. Por favor, Hugh, esas cosas van a explotar en cualquier…

—No las mires. —Cogiéndole la cabeza, la obligó a mirarlo a los ojos—. Mírame a mí.

La besó tierna y dulcemente, mezclando sus lágrimas con las de ella, estrechándola en sus brazos. Ella lo sintió temblar y comprendió que estaba tan aterrado como ella, y sin embargo se negaba a marcharse.

—Piensa en mí y en lo mucho que te amo —le susurró él con la boca sobre sus labios—. Piensa en nosotros.

—Piensa en ti. Hugh, por favor, esas cosas están llenas de polvo negro. Destruirán este castillo estando tú dentro.

Él la miró como si hubiera dicho algo extraordinario.

—Sí…

—¿Qué…?

—Si mucha cantidad de polvo negro podría destruir un castillo, tal vez un poco, una cantidad muy pequeña, podría destruir una cerradura.

Miró el collar de espinas y luego la miró a ella. La mirada de ella se posó en un fragmento de hierro deformado que estaba en el suelo; era un resto del arma que explotó cuando Edmée la encendió.

—Podría resultar —musitó.

—También podría herirte a ti —dijo él—. Gravemente. No sé cuánto se puede usar, ni…

—Hazlo.

—¿Estás…?

—Sí. Ahora, antes que sea demasiado tarde.

Hugh corrió hasta la mesa, cogió un poco de polvo negro en un embudo y encendió la vela.

Phillipa miró la jaula, y susurró una plegaria al ver que ya faltaba muy poco para que los cordones estuvieran quemados enteros.

—No tenemos mucho tiempo, Hugh. ¡Date prisa!

Un instante después, él estaba de vuelta, y le pasó la vela.

—Sujeta esto.

Ladeando el embudo sobre el ojo de la cerradura, puso unos pocos granos de polvo dentro.

—Voy a empezar con un poquito —dijo, dejando a un lado el embudo y cogiendo la vela—. Gira la cabeza hacia allá, así. Yo te protegeré como pueda con la mano.

—Hugh, no quiero que te hagas daño en…

—No hay tiempo para discutir.

Acercó la llama de la vela a la cerradura, poniéndole la mano derecha sobre la cara para protegérsela y giró la cara él.

—Cierra los ojos. ¿Lista?

—Lista.

Un ruido de rayo resonó en el cráneo de Phillipa, ensordeciéndola y haciéndola pegar un salto. Vagamente consciente de un abrasador dolor en el cuello, se sintió mareada, como si el mundo estuviera girando en sentido equivocado.

Ese gemido, ¿salió de ella?

Unos sólidos brazos la rodearon fuertemente. Se sintió extrañamente ingrávida. Abrió los ojos y comprobó que Hugh la llevaba en brazos por el sótano, corriendo, porque las bombas iban a explotar en cualquier segundo, pero laboriosamente, porque su peso lo refrenaba.

—Bájame —le suplicó—. Puedo correr, ¡bájame!

Él la dejó sobre las piernas temblorosas, le pasó el brazo por la cintura y medio la arrastró escalera arriba, por la sala grande, que estaba desierta («Lograron salir, salieron a tiempo»), y luego por las gradas de la entrada.

Cogidos de la mano, corrieron por el patio adoquinado, luego por la extensión de césped que rodeaba el castillo, en dirección a la puerta del patio exterior. Phillipa sentía las piernas adormecidas, los pulmones ardiendo…

Una repentina sacudida la levantó del suelo y la arrojó hacia delante. Más que oír, sintió el estruendo, y luego otro y otro y otro, una reverberación ensordecedora que hacía temblar la tierra bajo ellos.

Encontrándose tumbada de cara sobre la hierba, comenzó a levantarse, pero algo cayó sobre ella; era el cuerpo de Hugh, que se arrojó encima para protegerla de la continuada fuerza del cataclismo y de los escombros que llovían sobre ellos.

Cuando remitieron el temblor de tierra y el estruendo, Phillipa oyó una voz en el oído, la voz de Hugh, hablándole dulce y seriamente.

—... eternamente —estaba diciendo—. Siempre, mi amor. Siempre estaré contigo, siempre. Jamás volveré a abandonarte.

Epílogo

Londres, junio de 1173

*U*na mariposa entró volando por la ventana.

Phillipa levantó la vista del comunicado que estaba descifrando para observar el revoloteo de la delicada criaturita blanca venida del cielo como transportada por un rayo del sol de la mañana. Después de estar posada un momento sobre el tintero de cuerno, como para saludar, se fue a explorar la biblioteca, que ocupaba toda la planta superior de la casa de ciudad en Thames Street, a la que ella llamaba su hogar desde hacía diez meses.

La mariposa revoloteó perezosamente por la estantería que, desde el suelo al techo, ocupaba toda la pared norte sin ventanas, se posó un instante en un rimero de libros que estaban en el suelo por no tener lugar en los estantes, como reflexionando acerca del que estaba encima, una vida de santa Catalina sorprendentemente buena escrita por la monja Clemence, que Phillipa acababa de terminar de leer.

Con un trémulo movimiento de sus frágiles alas, la mariposa emprendió nuevamente el revoloteo para pasear curiosa por entre los objetos diseminados sobre la mesa del rincón: un rimero de cartas sujetas por la daga adornada con piedras preciosas de Phillipa, en su vaina; un candelabro de hierro; su viejo portadocumentos de cuero labrado, en el que seguían guardados la *Logica Nova* y la *Logica Vetus* de Aristóteles; más libros, lógicamente, y una bandeja de plata con los restos de su desayuno, un pan de campo a medio comer y unos pocos trocitos del fuerte queso amarillo del que tanto comía últimamente.

Desde la mesa la mariposa pasó al armario del rincón opuesto, que se podía cerrar con llave, pero que en ese momento estaba abierto, dejando a la vista un buen número de objetos más misteriosos: códigos criptográficos, algunos ideados por Phillipa y otros que había adivinado al descifrar cartas interceptadas; dos tipos diferentes de tinta invisible, una de ellas inventada por su hermana Ada; sellos en blanco, lacre, cintas, cuerdas y otros implementos para volver a sellar las cartas sin dejar marcas de que se han abierto; lupas que se podían sujetar ante los ojos; tablas de frecuencia de todos los idiomas en que era posible enviar correspondencia delicada; pergaminos de todos los pesos y calidades, de piel de todos los animales que se usaban para esa finalidad, navajas afiladísimas para rascar palabras del pergamino sin dejar rastro; y otros diversos materiales empleados por ella en su calidad de secretaria de criptografía de Enrique de Plantagenet, rey de los ingleses.

Habiendo conseguido frustrar la rebelión, Enrique había castigado a su esposa poniéndola en prisión en Salisbury, con un trato de lo más liberal, y a sus hijos con una censura formal. En cuanto a los desventurados conspiradores, Aldous Ewing y Clare de Halthorpe, fueron aprisionados por Graeham y sus hombres cuando iban huyendo del castillo incendiado y reducido a escombros, después de lo cual Richard de Luci los juzgó por traición y los condenó a prisión indefinida en celdas contiguas en la Torre de Londres. Según comentaban los guardias, sus altercados eran incesantes.

Observando el zigzagueante recorrido de la mariposa, Phillipa se imaginó que sentía el batir de sus alitas en el vientre. Apoyó distraídamente la mano en su vientre redondeado, y se sobresaltó cuando volvió a sentir esos suavísimos golpecitos en la palma.

—¡Hugh! —llamó, mirando hacia la puerta que daba a la escalera—. ¡Hugh, ven rápido!

Se oyeron los fuertes pasos corriendo por la escalera, y entró Hugh en la habitación, pasándose una camisa por la cabeza.

—¿Te sientes mal? ¿Ya es...? —Su nerviosa mirada se digirió a su vientre—. ¿Pasa algo...?

—No es nada malo —dijo Phillipa, sonriendo complacida—. Sólo quería que sintieras esto. Dame la mano.

Hugh se arrodilló delante de ella, sus cabellos dorados revueltos, sus ojos luminosos como cristal a la luz del sol matutino y tendió tímidamente la mano, la mano izquierda buena, porque la derecha, además de no tener pulgar, se había estropeado aún más el verano anterior, cuando hizo estallar con polvo negro la cerradura de la argolla de hierro que le aprisionaba el cuello a ella. «Era mejor afear más una mano ya fea» decía siempre que ella lamentaba su sacrificio por ella, «que haber estropeado esa extraordinaria cara.»

Ese no era el único recuerdo de su misión, porque la bolita de hierro que le rozó el cráneo esa tarde le había dejado una larga y delgada cicatriz en un lado de la frente, desde la línea del pelo hasta la ceja. Claro que él afirmaba que consideraba una bendición esas nuevas marcas. «El sheriff de Londres no debe ser demasiado apuesto», le gustaba decir.

Phillipa le cogió la mano y la colocó sobre su vientre, donde había sentido las suaves pataditas desde dentro.

—Espera —susurró—. Las vas a sentir.

Hugh emitió una exclamación de asombro cuando el bebé volvió a patear, y se echó a reír, encantado.

—¡Dios mío! —Puso las dos manos sobre el vientre, acariciándoselo, con una expresión de reverencia. Cuando levantó la vista, vio que ella tenía los ojos empañados—. Vaya un bebé.

—Eso era lo que te he estado diciendo —musitó ella, acercando la boca a la de él.

Hugh le rodeó el cuello con las manos y se besaron, tierna y largamente.

Un recuerdo vino entonces a la memoria de Phillipa: ese atardecer en Eastingham, cuando estaba en el huerto semioscuro observando con melancólica fascinación cómo Graeham le tocaba el vientre a Joanna, tal como Hugh estaba tocando el suyo en ese momento: Graeham se echó a reír y luego se besaron.

Sin saber nada del mundo entonces, ella pensó que algunas mujeres estaban destinadas a casarse y tener hijos, y otras a cosas diferentes. Si entonces le hubieran dicho que menos de un año después ella estaría casada con un hombre como Hugh de Wexford y esperando el primer hijo de su unión, se habría mostrado absolutamente incrédula.

Y sin embargo allí estaba con el bebé de Hugh retozando en su vientre, y rodeada por sus brazos, y jamás en su vida había sentido una paz y una satisfacción iguales. Como dijo Orlando Storzi después de la misa nupcial el pasado agosto, ella y Hugh eran la confirmación viva del principio alquímico de que dos opuestos se pueden unir para crear algo totalmente nuevo y extraordinario.

· · ·

La pequeña mariposa blanca hizo cabriolas alrededor de la pareja abrazada, como para celebrarla, y luego salió volando por la misma ventana por donde había entrado, danzando por encima de los techos de paja y de tejas de Londres, adentrándose en el brillante y caliente sol y el infinito cielo azul, en la luz, en el calor…

Adentrándose en el mundo.